戏剧影视导演专业统考专用教材

叙事性作品写作

张福起 主编

山东人民出版社·济南

国家一级出版社 全国百佳图书出版单位

图书在版编目（CIP）数据

叙事性作品写作：戏剧影视导演专业统考专用教材 / 张福起
主编. — 济南：山东人民出版社，2023.7
　　ISBN 978-7-209-14700-2

　　Ⅰ.①叙… Ⅱ.①张… Ⅲ.①叙事散文 – 写作 – 入学考试 – 自
学参考资料 Ⅳ.①I056

　　中国国家版本馆CIP数据核字（2023）第115362号

叙事性作品写作：戏剧影视导演专业统考专用教材

XUSHIXING ZUOPIN XIEZUO XIJU YINGSHI DAOYAN ZHUANYE TONGKAO ZHUANYONG JIAOCAI

张福起　主编

主管单位　山东出版传媒股份有限公司
出版发行　山东人民出版社
出 版 人　胡长青
社　　址　济南市市中区舜耕路517号
邮　　编　250003
电　　话　总编室（0531）82098914
　　　　　市场部（0531）82098027
网　　址　http://www.sd-book.com.cn
印　　装　日照报业印刷有限公司
经　　销　新华书店

规　　格　16开（185mm×260mm）
印　　张　18
字　　数　348千字
版　　次　2023年7月第1版
印　　次　2023年7月第1次
ISBN 978-7-209-14700-2
定　　价　68.00元
　　　　　如有印装质量问题，请与出版社总编室联系调换。

主　　编：张福起

执行主编：王铁燕　张文杰　韩　堃

副 主 编：李志杰　李佩丽　韩　泉　格　林　李　博　梁晓明
　　　　　魏帅鸽　王　丽　吴鹏飞　聂延玉　吕　彬　周　波

编　　委：曾创创　郭　锐　洪　玄　高　原　高　干　孙晓辉
　　　　　郭　延　梁秀伟　武善君　郑　鑫　赵文杰　刘立森
　　　　　任浩源　张　宇　董曙光　余晗影　张添标　刘　璐
　　　　　丁华中　史培霈　李耀想　刘　清　李庆超　普　斐
　　　　　高　瑞　瓮署杰　刘子秋　张兴伟　王　超　张现祝
　　　　　马　坤　肖　凯　吴立强　王　晋　赵昊辰　严　明
　　　　　邵　妍　韩　朝　李瑞花　童　盛　任伯明　王宇壮
　　　　　宗国强　张　雨　袁金鑫　李　瑞　孙玉龙　吴　越

主编简介

　　张福起，艺术考试研究与辅导专家，福起讲文常、表导邦艺考和艺战到底艺术考研品牌创始人。具有深厚的艺术考试理论专业背景和丰富的一线教学经验，对艺术类专业招考有深入的研究，主持研发的自成体系、特色鲜明、权威实用的艺术考试系列丛书，已成为国内艺术类考生和培训机构的首选教材，被业界誉为艺术考试的"必备胜经"。

编写说明

2024 年艺术类专业高考改革终于拉开大幕，其中最大的一个变化就是，曾经风靡一时，拯救了众多文化课"高不成，低不就"考生的编导统考正式退出艺考的历史舞台，其中被考生们所热衷于报考的艺术史论、艺术管理、戏剧学、电影学、戏剧影视学、广播电视编导、影视技术等专业，将不再组织省级统一考试，而是改为直接依据考生高考文化课成绩、参考学生综合素质评价，择优录取。目前只有"戏剧影视导演专业"被保留了下来，并与"表演专业"一起被划归为"表（导）演类专业"进行省级统考。很多人认为，该举措一经推出，便斩断了万千学子的大学之路。

可事实情况真是如此吗？在传媒艺考领域深耕多年，有着丰富教学经验的艺考辅导专家张福起老师，召集多位艺考名师和高校学者对艺考新政进行深入研究后发现，以前的编导类专业统考与现在的戏剧影视导演专业统考之间，在"考查目的""录取生源"和"学习周期"等方面都存在着众多共同之处。换言之，以前那些本想通过编导类专业实现大学梦想的学子们，在今后，依然可以通过戏剧影视导演专业来实现自己人生的华丽蜕变。

另外，张老师还发现，艺考改革后的戏剧影视导演专业统考与之前的编导类专业统考相比较，在看似严峻的考试形势下，其实蕴藏着巨大的升学机遇。主要表现为文艺常识科目被取消，依靠死记硬背的时代一去不复返，考试更加趋于科学化和专业化，整个专业的录取分数也将会大大降低，等等。

那么，艺考新政后的戏剧影视导演专业都考查哪些内容呢？根据各省教育部门发布的《关于进一步加强和改进普通高等学校艺术类专业考试招生工作的实施方案》可知，戏剧影视导演专业统考主要考查：文学作品朗诵、命题即兴表演、叙事性作品写作三个科目。三科总分为 300 分，其中文学作品朗诵 50 分、命题即兴表演 50 分、叙事性作品写作 200 分。从考试科目和分值上我们不难看出，叙事性作品写作占据了总分值的三分之二，是至关重要的，可以说，在戏剧影视导演专业统考中，"得写作者得天下"。

为了让广大致力于学习戏剧影视导演专业的考生能够全面地了解考试内容并进行深入

学习，张福起老师带领自己的编写团队日夜深耕，并集结各专业领域名师学者多次研讨，及时推出了这套"戏剧影视导演专业统考专用教材"，而这本《叙事性作品写作》便是其中的重中之重。本书具有以下四大特点：

一、考情分析，深入了解专业现状

虽然早在 2021 年 9 月，教育部就发布了《关于进一步加强和改进普通高等学校艺术类专业考试招生工作的指导意见》，对进一步深化高校艺术类专业考试招生改革作出了部署。但是，经过近三年的观望和等待后，直到 2024 年艺考新政策真正落地的那一刻，众多学子、考生家长，乃至是许多艺考培训领域的从业者们，依旧是惶惶不安，面对新的考试形势茫然无措。"我们应该何去何从？"这几乎是每一个遭受新政"牵连"的人们心底最迫切的疑问。于是，编者就在本书的第一章节用了近万字的篇幅，对戏剧影视导演专业省级统考的考试形势进行了详细的分析和深入的研判，不仅为大家发现了机遇，还明确了挑战，更为重要的是，为广大考生和从业者提供了破局的方法和努力的方向。

二、四大文体，直击导演统考命门

我们在前面提到过，艺考新政后的戏剧影视导演专业统考，其考试内容的安排更加科学化、专业化和细节化，这在叙事性作品写作这一科目的考查中，主要体现为由原来的两种主要考查文体，即叙事散文和故事创作，扩展为"叙事散文""短故事""微小说"和"微剧本"四种考查文体，而且从新颁布的《考试大纲》中我们还可以看出，在真正考试的时候，极有可能是给出一个题目、一段材料或是相关条件后，让考生们自由选择自己所擅长的文体进行创作。这种考试模式在很大程度上看似给予了考生更大的选择性和自由度，但是从考试的不确定性角度讲，考生在备考阶段需要全面学习以上四大文体，并做到灵活掌握和运用。本书贴合需求，最大限度上满足戏剧影视导演专业的统考内容，对叙事性作品写作中明确考查的四大文体从"概念含义""创作法则""得分技巧""经典范文"等多个角度和方向进行了全面的讲解和阐述，直击导演专业统考的命门。

三、方法技巧，保障考生写作高分

叙事性作品写作，本质上考查的是考生的写作与创作能力、组织策划能力以及创意思维能力等。虽然广大考生在文化课的学习过程中已经具备了一定的写作能力，但主要针对的是"高考作文"的写作，而对于戏剧影视导演专业统考中所要考查的叙事散文、短故事、微小说、微剧本等"专业文体"却一无所知，处于零基础的学习状态。而且，目前市

面上虽然讲解叙事散文、故事创作、小说写作和剧本写作的书籍也有很多，但大多学术性较强，并不适用于高中生阅读和学习，更加不适合戏剧影视导演专业的考生们参加统考使用。鉴于此，福起老师推出的这本《叙事性作品分析》，主要从专业统考角度出发，并结合目前高中生们普遍的阅读能力和学习理解力水平，尽量使用通俗易懂的语言，进行深入浅出的讲解，着重于为考生讲解以上四大文体的写作方法和得分技巧，书中还列举了大量的优秀范文辅助理解，帮助考生们看得懂、学得会。若能与专业老师的讲解配合使用，则能够最大限度地保障考生在考试中获得高分。

四、海量范文，满足考生素材需求

对于广大致力于报考戏剧影视导演专业的考生而言，通过本书虽然已经学习了"叙事散文""短故事""微小说"和"微剧本"这四种考查文体的写作方法和技巧，但是仅仅掌握这些还是远远不够的，因为很多考生专业基础薄弱，甚至是零基础，所以要想真正地掌握这四类文体的写作，并能够在考场这种特殊环境下做到灵活运用，下笔如飞，还需要进行大量的阅读积累和训练。因此在本书中，我们不仅在讲解专业知识的过程中会给考生列举大量经典范文以供参考，而且在讲解完每一种文体的写作方法和技巧后，还会专门用一个小节的篇幅为广大考生提供多篇优秀的例文。每篇例文后均配有详尽的范文点评，以期让考生们在阅读大量范文的过程中，不仅能够掌握写作的格式、规则，还会对前面学过的写作方法、技巧进行再一次深入的理解。久而久之，考生就会在头脑中形成专属于自己的素材库，并且可以在考试时随意选择，做到文如泉涌，游刃有余。

本书主要适用于艺术类高考改革后，戏剧影视导演专业的省级统一考试！但由于改革伊始，各省艺考政策及考试形势尚未完全明朗，编者虽已尽最大努力，但本书依旧可能存在某些问题和不足之处，敬请谅解！同时，也欢迎广大考生及老师提出宝贵意见，以便再版时修订和补充。

期望本书能够成为广大考生进入理想大学的有力助手和实用工具。在这里，祝愿所有心怀艺术梦想的莘莘学子都能如愿以偿，梦想成真！

编者

2023 年 6 月

目　录

第一章 戏剧影视导演专业省级统考考情分析

2021年9月，教育部发布《关于进一步加强和改进普通高等学校艺术类专业考试招生工作的指导意见》（以下简称《指导意见》），对进一步深化高校艺术类专业考试招生改革作出部署。

《指导意见》要求：

第一，各省（区、市）要积极创造条件逐步扩大艺术类专业省级统考范围，到2024年基本实现艺术类专业省级统考全覆盖。届时，将形成美术与设计类、音乐类、舞蹈类、表（导）演类、播音与主持类、书法类等艺术类专业省级统考基本覆盖的格局。

第二，从2024年起，艺术史论、艺术管理、戏剧学、电影学、戏剧影视学、广播电视编导、影视技术等高校艺术类专业，将不再组织省级统一考试，改为直接依据考生高考文化课成绩、参考学生综合素质评价，择优录取。

随着《指导意见》的出台，国内各省（区、市），如江西、贵州、湖北、湖南、河北、天津、江苏、海南等地的教育部门，陆续发布了《关于进一步加强和改进普通高等学校艺术类专业考试招生工作的实施方案》，积极贯彻落实党的教育方针政策，有效配合艺术类招生专业改革的有序进行。

综观此次改革，编导类专业的变化是最大的，可以说是经历了彻底洗牌。在该专业中，以原有两大支柱专业"广播电视编导"和"戏剧影视文学"为首的十余个专业被从艺考中"除名"，其"戏剧影视导演"专业也从传统的"编导艺考"中脱颖而出，正式成为一门独立的艺考类别，并与表演类专业共同组合为"表（导）演类专业"进行省级统考，其考试内容也比过去更加趋于专业化和精细化。那改革后的戏剧影视导演专业究竟是怎样的呢？下面我们将从"现状研判""考试说明""评分标准""考查类型"等方面对戏剧影视导演专业的省级统考政策进行详细解读。

第一节　戏剧影视导演专业省级统考现状研判

从 2024 年艺考新政中可以看出，教育部将原有的编导类专业进行了拆分，戏剧影视文学、电影学、戏剧学、广播电视编导、影视技术等专业被明确要求按照文化课录取，而数字媒体艺术专业则直接划归为美术类。一系列改革尘埃落定后，曾辉煌一时的编导类专业目前只保留了"戏剧影视导演"这一棵"独苗"，并也与"表演专业"一起被划归为"表（导）演类专业"进行省级统考。针对这一系列颠覆性的新变化，广大艺考生应该如何应对？艺考新政后的戏剧影视导演专业省级统考对于考生们而言，究竟是一次难得的升学机遇？还是其青春生命里难以逾越的挑战？

一、转折中的机遇：文常被取消，录取分数有所降低

艺考改革后，编导类专业中的"重头戏"文艺常识科目被取消，这意味着靠死记硬背的时代已经成为过去，目前的戏剧影视导演专业省级统考的考试内容主要分为三个部分：一是文学作品朗诵，满分 50 分；二是命题即兴表演，满分 50 分；三是叙事性作品写作，满分 200 分。从分值上不难看出，现在的戏剧影视导演专业省级统考主要考查的不再是考生突击背诵的机械式记忆能力，而是更加看重其需要长期积累才能提升的积淀式写作功底！这对于那些文化课成绩不突出，但思维活跃、文字表达能力强的考生而言无疑是一个大好机会！

而且，改革后的戏剧影视导演专业省级统考对考生文化课的要求也大幅降低。改革前，编导类专业大多按照普通类本科录取控制分数线相应录取原则执行投档录取；改革后，虽然各个省份的戏剧影视导演专业文化录取控制分数线略有不同，但大多集中在普通本科最低录取控制分数线的 50%—75% 之间。例如，江西省要求戏剧影视导演专业文化线不低于本科最低录取控制分数线的 75%；山东省要求戏剧影视导演专业文化线不低于本科最低录取控制分数线的 65%；而广东、陕西等省份则仅要求戏剧影视导演专业文化线为本科最低录取控制分数线的 50% 即可。因此，2024 年艺考改革后，在戏剧影视导演专业的

录取方式中，文化课成绩的占比大幅削减，专业课分值占比达 70%，专业课的话语权更强。

二、机遇中的挑战：涵盖专业有限，可报考院校略少

目前，戏剧影视导演专业是表（导）演类专业省级统考的三大专业统考方向之一，除此之外，其余两大专业统考方向分别为：戏剧影视表演和服装表演。在表（导）演类专业省级统考的三大专业方向的大类别中，又可细分为 6 个小专业，分别为：戏剧影视导演、戏剧影视表演、戏剧教育、曲艺、音乐剧、服装表演。

虽然从总体上看，艺考新政后的表（导）演类专业省级统考类别中所包含的小专业也不少，但是这与之前编导类专业所囊括的近 20 个小专业相比，改革后的表（导）演类专业对于广大考生而言，可以选择报考的院校还是相对略少了一些。

按照 2024 年艺考新政，目前开设有戏剧影视导演专业，且基本确认会通过表（导）演省级统考的方式进行录取的院校如下：

浙江传媒学院、四川传媒学院、武汉传媒学院、河北传媒学院、南京传媒学院、山西传媒学院、辽宁传媒学院、天津传媒学院、西安传媒学院、吉林动画学院、河北美术学院、暨南大学、重庆大学、安徽大学、辽宁大学、贵州大学、四川师范大学、河北科技大学、华北理工大学、青岛电影学院、四川电影电视学院、四川大学锦江学院、重庆人文科技学院等。

当然，随着艺考改革步伐的渐行深入，未来肯定会有更多高校开设戏剧影视导演专业，或改组原编导类专业为戏剧影视导演专业，从而获得艺考的统考招生资格。因此，广大考生在选择院校时一定要与时俱进，以年度最新招生简章为准。

三、变化中求破局：寻找共性发掘潜能，实现人生华美蜕变

随着艺考新政的落地实施，2024 届编导考生圈可谓是哀鸿遍野。确实，与之前相比，当下编导类专业惨遭"腰斩"，考试形势也发生了巨大变化，令众多考生一时间无所适从。但是，经过仔细分析考试政策我们却发现，以前的编导类专业统考与现在的戏剧影视导演专业统考之间，还是存在众多共同之处的。换言之，只要广大考生能够调整好心态，在变局中求同存异，不断发掘自身潜能，巧抓政策方向时机，一定能够实现高考的华丽上岸。

1. 二者考查目的较为接近

无论是以前的编导类专业统考，还是现在被划归为表（导）演类专业统考中的戏剧影视导演专业统考，其本质都是考查考生对影视制作与视听语言的了解，以及考生的写作与创作能力、组织策划能力、团队配合能力以及创意思维能力等。

2. 二者录取生源较为接近

无论是以前的编导类专业统考，还是现在被划归为表（导）演类专业统考中的戏剧影视导演专业统考，其录取要求基本上都是：具备一定文化素养，热爱影视行业，喜好阅读，对生活具备独立的思考且有自己的见解，关注时政与潮流文化，有良好的沟通、组织能力的艺考生。

3. 二者学习周期较为接近

无论是以前的编导类专业统考，还是现在被划归为表（导）演类专业统考中的戏剧影视导演专业统考，其学习周期与美术、舞蹈、音乐等专业相比，不仅学习时间短，所投入的学习成本也相对较低。

通过以上对改革后戏剧影视导演专业考试形势的走向分析可知，虽然原有的编导类专业被取消，但是对于广大考生而言，通过艺考之路实现大学梦想的机会并未被阻断，尤其是那些文化课成绩略低，却依旧热爱影视文化，并有志于从事影视幕后工作的艺考生们，不妨抓住现有时机，转而选择戏剧影视导演专业，只要努力学习，同样能够实现人生的华美蜕变！

第二节 戏剧影视导演专业省级统考考试说明

一、考试性质和目的

表（导）演类专业省级统考是考生进入高校相关专业学习应当具备的基本素质和能力的测试，旨在考查考生是否具备学习表（导）演类专业的基本条件与潜能，其评价结果是高校相关专业招生录取的重要依据。

表（导）演类专业省级统考包括戏剧影视表演、服装表演、戏剧影视导演三个方向，其中戏剧影视表演考试适用于表演（戏剧影视表演方向）、戏剧教育、音乐剧等专业，服装表演考试适用于表演（服装表演方向）等专业，戏剧影视导演考试适用于戏剧影视导演等专业。

二、考试科目和分值

戏剧影视导演专业省级统考考试包括：文学作品朗诵、命题即兴表演、叙事性作品写作三个科目。

戏剧影视导演专业省级统考考试分值：三科总分为 300 分，其中文学作品朗诵 50 分、命题即兴表演 50 分、叙事性作品写作 200 分。

三、考试内容和形式

1. 文学作品朗诵

考试目的：主要考查考生对文学作品的理解力、想象力及运用有声语言表达文学作品的能力。

考试形式与要求：考生朗诵自选文学作品（现代诗歌、叙事性散文、小说节选、戏剧独白等）一篇，时长不超过 3 分钟；考生须以普通话脱稿朗诵。

2. 命题即兴表演

考试目的：主要考查考生在假定情境中组织有机行动的能力、观察生活的能力以及人文综合素养。

考试形式与要求：单人，现场抽取考题，稍做准备后进行考试；每人时长不超过 3 分钟。

3. 叙事性作品写作

考试目的：主要考查考生文学创作的立意把握、结构创意与文字组织的综合能力，以及考生在视听表达方面的潜力。

考试形式与要求：根据给定命题进行写作，叙事散文、短故事、微小说、微剧等均可；不少于 1200 字；考试时长 150 分钟。

第三节 戏剧影视导演专业省级统考评分标准

一、文学作品朗诵

等级	评分标准
一等	嗓音条件良好，声音通畅，字音清晰，对作品有深刻的理解力、感受力，内外部视像准确，语调、重音、节奏等表达能力强，艺术感染力强，形象气质和专业素质良好。
二等	嗓音条件较好，声音通畅，字音清晰，对作品有较好的理解力、感受力，内外部视像较准确，语调、重音、节奏等表达能力较强，艺术感染力较强，形象气质和专业素质较好。

（续表）

等级	评分标准
三等	嗓音条件一般，声音较通畅，字音较清晰，对作品有一定的理解力、感受力，内外部视像基本准确，语调、重音、节奏等表达能力一般，艺术感染力一般，形象气质和专业素质一般。
四等	嗓音条件较差，声音不够通畅，字音不够清晰，对作品的理解力、感受力不够，内外部视像不够准确，语调、重音、节奏等表达能力较差，艺术感染力较差，形象气质和专业素质不佳。
五等	嗓音条件差，声音不通畅，字音不清晰，对作品的理解力、感受力差，内外部视像不准确，语调、重音、节奏等表达能力差，艺术感染力差，不具备该专业形象气质和专业素质。

二、命题即兴表演

等级	评分标准
一等	声音条件好，有声语言表达能力强，肢体协调能力强，节奏把握得当，交流真实自然，应变能力、理解力、感受力、艺术表现力强，创作能力强，人物形象鲜明。
二等	声音条件较好，有声语言表达能力较强，肢体协调能力较强，节奏把握比较得当，交流比较真实自然，应变能力、理解力、感受力、艺术表现力较强，创作能力较强，人物形象较鲜明。
三等	声音条件一般，有声语言表达能力一般，肢体协调能力一般，节奏把握一般，交流真实自然度一般，应变能力、理解力、感受力、艺术表现力一般，创作能力一般，人物形象塑造能力一般。
四等	声音条件较差，有声语言表达能力较差，肢体协调能力较差，节奏把握不够得当，交流不够真实自然，应变能力、理解力、感受力、艺术表现力较差，创作能力较差，人物形象塑造能力较差。
五等	声音条件差，有声语言表达能力差，肢体协调能力差，节奏把握不当，交流不真实自然，应变能力、理解力、感受力、艺术表现力差，创作能力差，人物形象塑造能力差。

三、叙事性作品写作

等级	评分标准
一等	作品主题积极健康，能够体现考生的开阔视野和家国情怀；写作内容切合题目要求，体现考生良好的审美素养、知识素养和对事物的观察提炼能力；叙事构思体现考生良好的形象思维、创意思维培养潜质；写作语言体现考生良好的文学基础，行文格式规范、表述通顺清晰，无明显语病或错别字。
二等	作品主题积极健康，能够体现考生的开阔视野和家国情怀；写作内容切合题目要求，体现考生较好的审美素养、知识素养和对事物一定的观察提炼能力；叙事构思体现考生一定的形象思维、创意思维培养潜质；写作语言体现考生一定的文学基础，行文格式较规范、表述较为通顺清晰，无明显语病或错别字。
三等	作品主题较为积极健康，能够体现考生具备一定的观察视野和理想情怀；写作内容基本符合题目要求，体现考生一定的审美素养、知识素养和对事物基本的观察提炼能力；叙事构思体现考生在形象思维、创意思维上的培养潜质一般；写作语言体现考生的文学基础一般，行文格式基本规范、表述基本通顺清晰，有一些语病或错别字。
四等	作品主题基本积极健康，在体现考生观察视野和理想情怀方面不足；写作内容基本符合题目要求，在体现考生审美素养、知识素养和对事物基本的观察提炼能力方面表现不足；叙事构思体现考生在形象思维、创意思维上的培养潜质欠佳；写作语言体现考生的文学基础不佳，行文格式规范欠缺、表述通顺清晰不足，有明显语病或错别字。
五等	作品没有鲜明的主题立意；写作内容不符合题目要求，无法体现考生审美素养、知识素养和对事物基本的观察提炼能力；叙事构思无法体现考生在形象思维、创意思维等方面的培养潜质；写作语言体现考生的文学基础较差，行文格式不规范、表述不够通顺清晰，有较多语病或错别字。

第四节　叙事性作品写作考题范例及体裁分析

通过以上分析可知，艺考改革后，戏剧影视导演专业省级统考的考试内容主要为三大项，即"文学作品朗诵""命题即兴表演"和"叙事性作品写作"。从分值上看，文学作品朗诵和命题即兴表演各占 50 分，而叙事性作品写作这一考试科目独占 200 分，因此，如果考生想要顺利通过戏剧影视导演专业的省级统一考试，并有望获得一个较高的分数的话，学好"叙事性作品写作"是重中之重！换言之，在新政后的戏剧影视导演专业统考中，"得写作者得天下"。

那么，在目前的戏剧影视导演专业省级统考中，足足占据了三分之二总分值的叙事性作品写作是以什么样的模式和标准进行考查的呢？在当前发布的众多省份的艺术类专业考试招生工作实施方案中，江西省和内蒙古自治区分别给出了考题范例，供考生们参考。

叙事性作品写作考题示例一：

请以《我的青春在闪光》为题，写一篇叙事类作品，叙事散文、短故事、微小说、微剧等体裁均可，不少于 1200 字。

【2024 年内蒙古自治区普通高等学校表（导）演类专业统一考试说明】

叙事性作品写作考题示例二：

（1）请以《邂逅》为题，写一篇叙事类作品，叙事散文、短故事、微小说、微剧等均可，不少于 1200 字。

（2）请以《晨曦》为题，写一篇叙事类作品，叙事诗、叙事散文、短故事、微小说、微剧等均可，不少于 1200 字。

【2024 年江西省普通高等学校表（导）演类专业统一考试说明】

由此可见，艺考新政后，在戏剧影视导演专业省级统考中所考查的"叙事性作品写作"不再像以前编导类专业的考查那样，为考生规定了具体的写作体裁要求，例如"叙事散文写作""故事写作""剧本写作"等，而是预留出了更多可供考生选择的余地，这就意味着在真正考试时，考生可以根据现场给出的题目从"叙事散文""短故事""微小说"和"微剧本"这四类体裁中，选择一种自己最擅长的文体进行写作。为了让广大考生能够更好地对以上四类考查体裁进行了解和掌握，下面我们将对它们进行具体阐述。

一、叙事散文

叙事散文指的是以记人叙事为主，又洋溢着浓厚抒情气氛的散文。它以对人和事物的具体叙述和描绘为突出特色，同时表达作者的认识和主观感受。叙事散文侧重于从叙述人物和事件的发展变化过程中反映事物的本质，具有时间、地点、人物、事件等因素。叙事散文在表现手法上与小说相似，但又不像小说那样用典型化的手法塑造人物形象。鲁迅的

《藤野先生》和史铁生的《秋天的怀念》，都是优秀的以写人记事为主的叙事散文。

二、短故事

"短故事"在戏剧影视导演专业的考试中，主要指的是"戏剧故事"。戏剧故事是以人物为中心，以事件为纽带，以情感为依托展开的语言艺术，需要在有趣的基础上，做到思想精神和人文内涵的延伸，而好的戏剧故事还要给人留下想象的余地和联想的空间。创作戏剧故事最为重要的是要善于制造矛盾冲突，这种冲突的设置要求考生一定要敢于想象，更要有设置悬念和组织语言的能力。

三、微小说

这里的"微小说"指的是"微型小说"，是小说的主要样式之一，也可称为"小小说"或"超短篇小说"。微小说的显著特点是篇幅短小、人物少、故事情节简单，只截取生活中具有特殊意义的某个片段或某种场景进行横断面式的描写。在艺术处理上，微小说对情节、环境不做精雕细刻，只集中精力描绘人物、深化主题。微小说通常节奏变化紧凑，构思结构精巧，能收到小中见大的艺术效果，能够使读者在极短的时间内获得某种有益的感悟和启发，更符合现代人的审美心理和审美趣味。

四、微剧本

微剧本是区别于传统剧本的微型剧本，一般只有简单的几个场景，人物设置力求简约，所描述的事件也很简单，但剧本的内涵必须凸显出来。剧本是戏剧舞台演出的依据和基础，编写微型剧本也必须突出体现剧本的三个方面的特点，即空间和时间要高度集中；反映现实生活的矛盾要尖锐突出；剧本的语言一定要表现出人物的性格。剧本语言包括台词和舞台说明两个部分，台词是剧中人物所说的话，包括对白、独白、旁白等，一定要充分表现人物性格和思想感情；舞台说明是剧本里的说明性文字，这部分语言要求考生要写得简练、扼要、明确。

在下面的章节中，我们将对叙事性作品写作中必考的这四类体裁，从"写作技巧""范文分析""考题演练""应试策略"等多个方面和角度进行全面的讲解和阐述。考生一定要认真学习，先掌握写作方法，然后再多加练习，就一定能在考试中取得良好的成绩！

第二章　故事写作

第一节　故事的基本概念

一、何为故事?

听故事和讲故事贯穿人的一生,咿呀学语时听母亲讲睡前童话故事,垂垂老矣时给围绕膝旁的儿女讲自己的人生历程,因此"故事"二字对生活的意义非凡。

那么何为故事呢?

众所周知,"故事"是一种常见的文学体裁,就像许多概念名词一样,我们很难给予它一个准确的定义,但如果将下定义看作是一种符号学行为,尝试去了解一个概念的意义的话,我们则可以通过"能指"认识"所指",即是从事物的外在特征去了解其根本内涵。

通过分析"故事"二字的实际运用规律,一般认为故事是对过去事件的发展过程进行的描述,或者是通过叙述一件事而达到的寓言的目的。

若想具备良好的故事编写能力,对"故事"概念的理解就不能只停留在浅显的表面,必须进行更为深入的剖析,以求通过理解概念来获得对实际创作的积极影响。那么我们用拆文解字的方法,将"故事"分为"故"和"事"两部分。

1. 先讲"事"。"事"是客观的,具有针对性和直观性。所谓针对性,通俗来讲就是每件事情都能有所区别,各有各的不同;所谓直观性,则是指对某一过去事件的发展过程能够直接地展现出来。除了这两个性质之外,"事"还要保证要有时间和空间的变化。举例说明，比如——

"小明今天早上在家赖床，导致上学迟到了。"

【针对性：体现在只讲了今天小明迟到这件事】

【直观性：体现在清晰地表述了小明上学迟到的来龙去脉】

【时间变化：体现在从起床到上学】

【空间变化：体现在小明从家到学校】

由此我们可以清晰地看出，什么叫"事"。总结而言，"事"就是过去的、有针对性的时空现象。

2. 再讲"故"。"故"是主观的，一般可以理解为"缘故"，是对"事"发生原因的理解，针对同样一件事，不同个体去分析，都会得到不同的"故"。我们继续用上一个例子进行说明——

"小明今天早上在家赖床，导致上学迟到了。"

得到这一事件信息后，每个读者都会针对这件事进行理解，例如有人认为小明赖床可能是因为生病难受，是情有可原的；但也有人认为小明赖床是他逃避学习的懒惰行为，必须施以惩戒……。由此我们得知，"故"不确定，事件的意义就无法确定。

通过以上拆分，我们将"故"和"事"各自进行了分析，更为清晰地明确了"故事"的概念，并且利用"小明上学迟到"的例子进行了"推理演绎"，由此得知，"故"和"事"必须合二为一才能准确地描述一个事件。合体后"小明上学迟到"的事件可呈现为："小明今天早上因为生病在家赖床，导致上学迟到了。"如此表达，我们不仅明白了这件事的前后过程，还明白了事件发生的因果关系，由此才能构成一个最简单的"故事"。

综上所述，写故事就是带有"因果"意识去描述一个事件。

二、何为戏剧故事？

戏剧故事是以人物为中心，以事件为纽带，以情感为依托展开的语言艺术，需要在有趣的基础上，做到思想精神和人文内涵的延伸。而好的戏剧故事还要给人留下想象的余地和联想的空间，犹如撞钟，余音袅袅，回味无穷。创作戏剧故事最为重要的是要善于制造矛盾冲突，通俗地讲就是要会设置"戏"，这种冲突的设置要求考生一定要敢于想象，更要有设置悬念和组织语言的能力。在戏剧影视导演类专业的省级统考中，要求考生在150分钟内完成一篇不少于1200字的故事创作，考查的是考生集约地展示自己编故事的能力，整场考试可以说是"时间紧，任务重"，因此考生在日常学习中一定要加强对于戏剧故事的编写练习。

我们在上一部分已经深入阐述了何为故事，而"戏剧故事"则是在"故事"的基础上增添"戏剧性"。那么何为"戏剧性"呢？这一概念对于绝大多数故事创作的初学者而言是比较陌生的，但同时它也是非常重要的故事组成元素。下面我们将对"如何创作戏剧故事并使之具有浓厚的'戏剧性'"进行详细讲解。

首先，要把戏剧故事与散文、小说加以区分。

1. 区分戏剧故事与叙事散文

叙事散文以记人叙事为主，对人和事物进行具体描述，并且洋溢出抒情的气氛。因此情感气氛的表达是叙事散文所必备的，但故事则无须抒情，只需要完成事件的完整描述并给予故事一个结局即可。如果详细地对"戏剧故事"和"叙事散文"这两个概念进行辨析：首先，两者的叙述法不同。戏剧故事是以记叙的方式展开情节，叙事散文则是以描写的方式展开内容。其次，对于表现内容来说，一般叙事散文描述的是作者生活中的真人真事，而故事则是对于生活材料的虚构。第三，两者的脉络不同。故事必须要有清晰的故事主线，叙事散文则是散点式的，没有严格的故事线要求。另外，故事是具有鲜明的节奏感的，情节发展有明显的起伏波折，而叙事散文在整体节奏上则偏于舒缓，凝结在文章中表现一件事情，要求形散但神聚。

2. 区分戏剧故事与小说

首先，从体量上来看，小说拥有自己完整的时空设定，信息量较大，更加追求对于细节的描写，真实地捕捉日常生活中一闪即逝的画面，而故事则比较短小，更加注重事件发展过程的趣味性，主要追求的是对于情节的设定。其次，从表现方式上来讲，小说运用描写的方法，而故事则运用叙述的方法，虽然都是写事，但在形式上存在很大的区别。第三，从描绘对象来讲，小说必须细致地塑造人物形象，而故事则只需要拥有人物，人物的设定只是为了情节服务，侧重的是事件的发生状况。简单来说，当我们读一篇叙事性文学作品时，如果关心的是作品中人物的命运，那这部作品通常是小说；如果关心的是情节后续会有怎样的走向，故事最终会有一个怎样的结局，那它通常就是戏剧故事。

其次，创作戏剧故事要把握好以下几点。

①要表现浓缩的经历。考生在进行创作时要摒弃展开剧情的思维惯性，要学会简要清晰地概述事件发展，甚至可以截取事件发展片段进行创作。

②要展示完整的过程。戏剧故事必须有头有尾，开端、发展、高潮、结局要完整，不能创作戛然而止或是虎头蛇尾、有始无终的故事。

③要有情节的冲突。戏剧故事不能是平铺直叙、毫无波澜的，必须有冲突和悬念，即要充满精彩的"戏剧性"，能够让阅卷老师产生一定要读下去的强烈冲动和迫切想知道结

局的好奇欲望。

④要有清晰的线索。线索就是故事的脉络，考生在故事创作之前一定要厘清故事的线索，避免故事杂乱无章、前后脱节。

三、何为好的戏剧故事？

1. 创作好的戏剧故事首先需要满足两个条件，即"前后有意外，因果有情理"。

"前后"是指事件发展的前后过程，一件事情随着它的开端，慢慢发展，然后经历一些波折，最终达成一种结局。整个过程要有前后逻辑，但是整个发展过程又不能太平铺直叙，不能太简单化，一定要让读者在跟随事件进展的过程中常有出乎意料之感。考生只有做到这一点，才能够在考试时脱颖而出。如果一个考生创作的故事一直是处于不温不火的温暾水状态，阅卷考官肯定会觉得不过瘾、不满足，从而难以给出高分。这个时候，故事里就需要一个沸点，一个高潮，一个在层层有声有色的积累铺垫中的矛盾总爆发。而这个可以让前后有意外的重点就是要设置好"情节"，情节是戏剧故事的主要内容，戏剧故事的质量高低在很大程度上取决于故事情节是否生动和曲折。大师德尔泰认为："每一场戏必须表现一次斗争。"推及至故事，每一个故事最好也要有这么一个矛盾冲突。因此在捋顺戏剧故事前后的过程中，考生一定要有意地将情节设置得跌宕起伏一些，让人物矛盾随着情节的变化与突转逐渐激化，这样故事也就精彩了起来。

"因果"即是"故事"的"故"，故事作为生活的比喻，引导我们透过现象看到本质，因此，我们创造的故事世界需要遵循其自身内在的因果规律。我们常说，写故事要做到意料之外、情理之中，那么"情理之中"就是指事件发展和人物关系变化，必须合乎人情、符合常理，不能想当然地捏造情节或控制人物，即制造戏剧动作之前，必须保证此动作在当前情境下的可行性。

比如电影《绿皮书》，讲述了白人保镖托尼被聘用为世界上优秀的黑人古典钢琴家唐的司机，钢琴家从纽约开始举办巡回演奏，俩人之间也从最开始的陌生排斥逐渐建立起了跨越种族、阶级的友谊。电影的故事发生在20世纪60年代种族隔离最严重的南部地区，"白人"托尼和"黑人"唐总是身陷各种麻烦之中，但是每次遇到麻烦都能巧妙地解决，并且解决方式都是出人意料的。编剧正是利用了这一独特的时代背景和两人间的人物情感关系，才将这一切设计得合情合理，真正做到了前后有意外，因果有情理。

2. 好的戏剧故事一定拥有不可替代的故事核。

故事是写"事"的，其所有的一切都是围绕故事核进行的，故事核是一篇戏剧故事的灵魂。有的考生创作的故事看上去洋洋洒洒数千言，情节也很清晰，语言也不错，但还是让人觉得不够精彩，最主要的原因就在于它的故事核很一般。故事核是故事的 DNA，它直接决定了故事水平的高低。好的故事核应该具有强烈的指向性，能够推动主角的行动并且成为后期矛盾的引子。考生在创作故事时所运用的各种手法，其目的都应该是先将读者引向歧途，最后再引向故事核。

我们以美国著名作家欧·亨利的小说《麦琪的礼物》为例，它的故事核就是贫困夫妇二人忍痛割爱互赠礼物，尽管最后彼此的礼物都失去了使用价值，但他们从中获得了无价的情感。这一"故事核"使得这篇小说在历经百年后仍然让人津津乐道，始终在文学史上拥有独特的魅力。现将这篇小说呈现在下方，建议考生一定要细细品读。

麦琪的礼物

［美国］欧·亨利

一元八角七。全都在这儿了，其中六角是一分一分的铜板。这些分分钱是从杂货店老板、菜贩子和肉店老板那儿软硬兼施地一分两分地扣下来，直弄得自己羞愧难当，深感这种掂斤播两的交易实在丢人现眼。德拉反复数了三次，还是一元八角七，而第二天就是圣诞节了。

除了扑倒在那破旧的小睡椅上哭嚎之外，显然别无他途。

德拉这样做了，可精神上的感慨油然而生，生活就是哭泣、抽噎和微笑，尤以抽噎占统治地位。

当这位家庭主妇逐渐平静下来之际，让我们看看这个家吧。一套带家具的公寓房子，每周房租八美元。尽管难以用笔墨形容，可它真真够得上乞丐帮这个词儿。

楼下的门道里有个信箱，可从来没有装过信，还有一个电钮，也从没有人的手指按响过电铃。而且，那儿还有一张名片，上写着"詹姆斯·迪林厄姆·杨先生"。

"迪林厄姆"这个名号是主人先前春风得意之际，一时兴起加上去的，那时候他每星期挣三十美元。现在，他的收入缩减到二十美元，"迪林厄姆"的字母也显得模糊不清，似乎它们正严肃地思忖着是否缩写成谦逊而又讲求实际的字母 D。

不过，每当詹姆斯·迪林厄姆·杨回家，走进楼上的房间时，詹姆斯·迪林厄姆·杨太太，就是刚介绍给诸位的德拉，总是把他称作"吉姆"，而且热烈地拥抱他。那当然是再好不过的了。

德拉哭完之后，往面颊上抹了抹粉，她站在窗前，痴痴地瞅着灰蒙蒙的后院里一只灰白色的猫正行走在灰白色的篱笆上。明天就是圣诞节，她只有一元八角七给吉姆买一份礼物。她花去好几个月的时间，用了最大的努力一分一分地攒积下来，才得了这样一个结果。一周二十美元实在经不起花，支出大于预算，总是如此。只有一元八角七给吉姆买礼物，她的吉姆啊。她花费了多少幸福的时日筹划着要送他一件可心的礼物，一件精致、珍奇、贵重的礼物——至少应有点儿配得上吉姆所有的东西才成啊。

房间的两扇窗子之间有一面壁镜。也许你见过每周房租八美元的公寓壁镜吧。一个非常瘦小而灵巧的人，从观察自己在一连串的纵条影像中，可能会对自己的容貌得到一个大致精确的概念。德拉身材苗条，已精通了这门子艺术。

突然，她从窗口旋风般地转过身来，站在壁镜前面。她两眼晶莹透亮，但二十秒钟之内她的面色失去了光彩。她急速地拆散头发，使之完全披散开来。

现在，詹姆斯·迪林厄姆·杨夫妇俩各有一件特别引以为自豪的东西。一件是吉姆的金表，是他祖父传给父亲，父亲又传给他的传家宝；另一件则是德拉的秀发。如果示巴女王也住在天井对面的公寓里，总有一天德拉会把头发披散下来，露出窗外晾干，使那女王的珍珠宝贝黯然失色；如果地下室堆满金银财宝、所罗门王又是守门人的话，每当吉姆路过那儿，准会摸出金表，好让那所罗门王忌妒得吹胡子瞪眼睛。

这当儿，德拉美丽的头发披散在身上，像一股褐色的小瀑布，奔泻闪亮。头发一直垂到膝盖底下，仿佛给她铺成了一件衣裳。她又神经质地赶快把头发梳好。她踌躇了一会儿，静静地站着，有一两滴泪水溅落在破旧的红地毯上。

她穿上那件褐色的旧外衣，戴上褐色的旧帽子，眼睛里残留着晶莹的泪花，裙子一摆，便飘出房门，下楼来到街上。

她走到一块招牌前停下来，上写着："索弗罗妮夫人——专营各式头发"。德拉奔上楼梯，气喘吁吁地定了定神。那位夫人身躯肥大，过于苍白，冷若冰霜，同"索弗罗妮"的雅号简直牛头不对马嘴。

"你要买我的头发吗？"德拉问。

"我买头发，"夫人说，"揭掉帽子，让我看看发样。"

那褐色的瀑布泼洒了下来。

"二十美元。"夫人一边说，一边内行似的抓起头发。

"快给我钱。"德拉说。

呵，接着而至的两个小时犹如长了翅膀，愉快地飞掠而过。请不用理会这胡诌的比喻。她正在彻底搜寻各家店铺，为吉姆买礼物。

她终于找到了，那准是专为吉姆特制的，绝非为别人。她找遍了各家商店，哪儿也没有这样的东西，一条朴素的白金表链，镂刻着花纹。正如一切优质东西那样，它只以货色论长短，不以装潢来炫耀。而且它正配得上那只金表。她一见这条表链，就知道一定属于吉姆所有。它就像吉姆本人，文静而有价值——这一形容对两者都恰如其分。她花去二十一美元买下了，匆匆赶回家，只剩下八角七分钱。金表匹配这条链子，无论在任何场合，吉姆都可以毫无愧色地看时间了。

尽管这只表华丽珍贵，因为用的是旧皮带取代表链，他有时只偷偷地瞥上一眼。

德拉回家之后，她的狂喜有点儿变得审慎和理智了。她找出烫发铁钳，点燃煤气，着手修补因爱情加慷慨所造成的破坏，这永远是件极其艰巨的任务，亲爱的朋友们——简直是件了不起的任务呵。

不出四十分钟，她的头上布满了紧贴头皮的一绺绺小鬈发，使她活像个逃学的小男孩。她在镜子里老盯着自己瞧，小心地、苛刻地照来照去。

"假如吉姆看我一眼不把我宰掉的话，"她自言自语，"他定会说我像个科尼岛上合唱队的卖唱姑娘。但是我能怎么办呢——唉，只有一元八角七，我能干什么呢？"

七点钟，她煮好了咖啡，把煎锅置于热炉上，随时都可做肉排。

吉姆一贯准时回家。德拉将表链对叠握在手心，坐在离他一贯进门最近的桌子角上。接着，她听见下面楼梯上响起了他的脚步声，她紧张得脸色失去了一会儿血色。她习惯于为了最简单的日常事务而默默祈祷，此刻，她悄声道："求求上帝，让他觉得我还是漂亮的吧。"

门开了，吉姆步入，随手关上了门。他显得瘦削而又非常严肃。可怜的人儿，他才二十二岁，就挑起了家庭重担！他需要买件新大衣，连手套也没有呀。

吉姆站在屋里的门口边，纹丝不动地好像猎犬嗅到了鹌鹑的气味似的。他的两眼固定在德拉身上，其神情使她无法理解，令她毛骨悚然。既不是愤怒，也不是惊讶，又不是不满，更不是嫌恶，根本不是她所预料的任何一种神情。他仅仅是面带这种神情死死地盯着德拉。

德拉一扭腰，从桌上跳了下来，向他走过去。

"吉姆，亲爱的，"她喊道，"别那样盯着我。我把头发剪掉卖了，因为不送你一件礼物，我无法过圣诞节。头发会再长起来——你不会介意，是吗？我非这么做不可。我的头发长得快极了。说'恭贺圣诞'吧！吉姆，让我们快快乐乐的。你肯定猜不着我给你买了一件多么好的——多么美丽精致的礼物啊！"

"你已经把头发剪掉了？"吉姆吃力地问道，似乎他绞尽脑汁也没弄明白这明摆着的事实。

"剪掉卖了，"德拉说，"不管怎么说，你不也同样喜欢我吗？没了长发，我还是我嘛，对吗？"

吉姆古怪地四下望望这房间。

"你说你的头发没有了吗？"他差不多是白痴似的问道。

"别找啦，"德拉说，"告诉你，我已经卖了——卖掉了，没有啦。这是圣诞前夜，好人儿。好好待我，这是为了你呀。也许我的头发数得清，"突然她特别温柔地接下去，"可谁也数不清我对你的恩爱啊。我做肉排吗，吉姆？"

吉姆好像从恍惚之中醒来，把德拉紧紧地搂在怀里。现在，别着急，先让我们花个十秒钟从另一角度审慎地思索一下某些无关紧要的事。房租每周八美元，或者一百万美元——那有什么差别呢？数学家或才子会给你错误的答案。麦琪带来了宝贵的礼物，但就是缺少了那件东西。这句晦涩的话，下文将有所交代。

吉姆从大衣口袋里掏出一个小包，扔在桌上。

"别对我产生误会，德尔，"他说道，"无论剪发、修面，还是洗头，我以为世上没有什么东西能减低一点点对我妻子的爱情。不过，你只要打开那包东西，就会明白刚才为什么使我愣头愣脑了。"白皙的手指灵巧地解开绳子，打开纸包。紧接着是欣喜若狂的尖叫，哎呀！突然变成了女性神经质的泪水和哭泣，急需男主人千方百计的慰藉。

还是因为摆在桌上的梳子——全套梳子，包括两鬓用的，后面的，样样俱全。那是很久以前德拉在百老汇的一个橱窗里见过并美慕得要死的东西。这些美妙的发梳，纯玳瑁做的，边上镶着珠宝——其色彩正好同她失去的美发相匹配。她明白，这套梳子实在太昂贵，对此，她仅仅是美慕渴望，但从未想到过据为己有。现在，这一切居然属于她了，可惜那有资格佩戴这垂涎已久的装饰品的美丽长发已无影无踪了。

不过，她依然把发梳搂在胸前，过了好一阵子才抬起泪水迷蒙的双眼，微笑着说："我的头发长得飞快，吉姆！"

随后，德拉活像一只被烫伤的小猫跳了起来，叫道："喔！喔！"

吉姆还没有瞧见他的美丽的礼物哩。她急不可耐地把手掌摊开，伸到他面前，那没有知觉的贵重金属似乎闪现着她的欢快和热忱。

"漂亮吗，吉姆？我搜遍了全城才找到了它。现在，你每天可以看一百次时间了。把表给我，我要看看它配在表上的样子。"

吉姆非但不按她的吩咐行事，反而倒在睡椅上，两手枕在头下，微微发笑。

"德拉，"他说，"让我们把圣诞礼物放在一边，保存一会儿吧。它们实在太好了，目前尚不宜用。我卖掉金表，换钱为你买了发梳。现在，你做肉排吧。"

第二节　故事元素梳理及创作运用法则

一、六大故事元素

在故事创作过程中，创作者必须把握一篇故事的基本构成要素，有的放矢地抓重点，建立故事框架。故事的主要元素可概括提炼为六大方面，分别是：主题、题材、情境、动作、悬念、冲突。

二、故事元素在创作中的实际运用法则

1. 主题

主题是故事的主旨或叫作中心思想，是一篇故事的灵魂，起到统领全文、提纲挈领的作用。在进行故事创作时，切忌不要只顾及故事情节的发展，而忽视了主题的及时确立。有不少考生在编写故事时，总是一边叙述一边构思，试图等到故事结尾时再尝试赋予自己的故事一个主题，这种想法是十分错误的，因为这会导致故事的情节与主题很难做到有机地契合，最终呈现出的文章质量不佳，缺乏深刻的思想性和一定的故事价值。因此设置故事主题具有重要意义，不管是开门见山式主题，还是含蓄隐晦的主题，只有主题明确，故事才会有灵魂。

主题的呈现方式主要有两种：一是主题先行，在文章开始之前先确定主题，围绕着主题展开情节，并且主题必须无处不在，从整个故事的架构到主要人物的设定均要遵循。比如《霸王别姬》中作者想要表现对社会、历史、人生和人性的反思，所以主要讲述了两位京剧艺人跨越半个世纪的人生遭遇，并通过一桩桩事件来表现其爱恨情仇的纠葛。

二是叙事先行，作者在故事开始之前先拟定故事发展脉络，推敲每一处情节发展的合理性，而后精心雕琢人物的生活经历，形成一个极具逻辑并且故事本身就可以完成逻辑自洽的情节网，再由此表达出特定的主题。相当于等读者完全了解故事内容之后，自然而然地由故事产生严肃的价值感。阿加莎·克里斯蒂的众多推理故事即是叙事先行的代表，比如在她的著名作品《东方快车谋杀案》中，主要故事内容就是围绕发生在豪华列车"东方快车"上的一起谋杀案，讲述了大侦探波洛在杀机四伏的列车上拨开重重迷雾，最终在十二个嫌疑人中锁定真凶的故事。小说情节是层层推进、不断发展的，读者在阅读过程中一直跟随着故事线索不断深入，直到案件的完成。等阅读完全部故事后，读者会陷入思

考，探究故事的主题价值，反观故事中所演绎的在法治不健全的情况下私刑寻仇的行为，并思考人情正义与法理争议之间的重重矛盾，故事的主题也就凸显出来了。

在主题先行和叙事先行两种方式之外，还有另外一种方式，即作者完全不考虑主题，在创作过程中，只需要完成对一个故事的讲述任务。这种不去刻意地植入主题的写作方式，会给读者带来更多自由的体验和发挥空间，从而达到"一千个读者就有一千个哈姆雷特"的效果，同时也更能使故事主题摆脱束缚，获得更多的可能性呈现。但是，这种主题运用方式对于作者的写作功力要求较高，对于创作初学者来说难度太大，也不符合应试写作的要求，因此不建议考生使用。

总之，主题对故事的作用是纲领性的，体现着作者的思考和价值观，考生的写作必须围绕它展开。值得强调的是，主题是对客观状况的主观表达，必须具有完整观念和个人态度，比如"爱情"是无法作为主题的，它只是一个简单的母题，而"爱情不可信""爱情很珍贵"等带有态度的一句话就可以作为主题了。

常见主题参考如下：

超越世俗规范的爱情、难以割舍的骨肉亲情、同甘共苦的友情、患难见真情、生命尊严的重要性、不顾世俗眼光的追逐梦想、困境之中仍含希望、压迫环境下对自由的渴望……

2. 题材

故事题材就是写作材料，框定了故事范围，是构成完整故事的前提。广义的题材，泛指文学作品描绘的社会生活的领域；狭义的题材，是指在素材基础上提炼出来的，用以构成艺术形象、体现主题思想的一组完整的具体的生活材料。题材由客观社会生活的事物和作者对它的主观评价这两个不可分割的方面构成，是主客观的统一体。作者通常要对生活事件进行提炼和改编，运用到故事中，因为很多现实生活中发生的真实事件，具备了好故事的很多线索和内容，其实如果能够把题材选好，就能从根源上确保故事不落入俗套。在戏剧故事创作中，常见的题材类型有：家庭题材、校园题材、职场题材、社会题材、科幻题材、战争题材、悬疑题材、警匪题材、武侠题材、爱情题材、冒险题材、历史题材等，并且一个故事不一定只涉及一类题材。

对于题材的选择和积累最有效的方式是对现有的优秀作品进行分析总结，例如——

①《搜索》讲述都市白领叶蓝秋因为一件公车不让座的小事，而引发了蝴蝶效应般的网络暴力，以致最终被逼到生活的死角的故事。——社会题材

②《盗梦空间》讲述由莱昂纳多·迪卡普里奥扮演的造梦师，带领约瑟夫·高登-莱维特、艾伦·佩吉扮演的特工团队，进入他人梦境，从他人的潜意识中盗取机密，并重塑

他人梦境的故事。——科幻题材

③《放牛班的春天》讲述的是一位怀才不遇的音乐老师马修来到辅育院，面对的不是普通学生，而是一群被大人放弃的野男孩，马修改变了孩子以及他自己的命运的故事。——校园题材

④《无间道》讲述的是两个身份混乱的男人分别为警方和黑社会的卧底，经过一场激烈的角斗，他们决心要寻回自己的故事。——警匪题材

⑤《大话西游之大圣娶亲》讲述了至尊宝为了救白晶晶而穿越到五百年前，遇见紫霞仙子之后发生一段感情并最终成长为孙悟空的故事。——爱情题材

⑥《教父》讲述了以维托·唐·柯里昂为首的黑帮家族的发展过程以及柯里昂的小儿子迈克如何接任父亲成为黑帮首领的故事。——犯罪题材

⑦《当幸福来敲门》讲述了一位濒临破产、老婆离家的落魄业务员，如何刻苦耐劳地善尽单亲责任，奋发向上成为股市交易员，最后成为知名的金融投资家的励志故事。——职场题材、家庭题材

⑧《少年派的奇幻漂流》讲述了少年派遇到一次海难，家人全部丧生，他与一只孟加拉虎在救生小船上漂流了 227 天，人与虎建立起一种奇特的关系，并最终共同战胜困境获得重生的故事。——冒险题材

⑨《末代皇帝》讲述了中国最后一个皇帝爱新觉罗·溥仪从当上皇帝开始到最终成为一名普通公民之间横跨 60 年的跌宕起伏的一生。——历史题材

⑩《禁闭岛》讲述了联邦侦探泰德·丹尼尔受命到一座岛上调查一个杀人机构，却因此遭遇了重重危险最终揭开谜团的故事。——悬疑题材

秦牧在《拾贝·核心》中说："在丰富的生活之中，靠什么来摄取题材、提炼题材呢？靠思想。"面对丰富多彩的日常生活，考生要对好的生活素材有敏感的察觉力，在此基础上再提炼素材，用以构成艺术形象、提炼主题思想。在故事创作实践中，面对同一命题，可能会有多个不同的题材选择，以此对应不同的情节走向，这时应突破常规题材，另辟蹊径，选一条独特的路。

3. 情境

情境是抽象的戏剧概念，一般指戏剧情境，用以表现主题的情节和境况。"情"是主观感受，"境"是客观遭遇，结合起来，"情境"可看作是促使戏剧冲突爆发、发展的契机，是人物产生特定动作的条件。情境分为显性情境和隐性情境两种。在故事创作中，需要关注的是隐性情境，它由人物的家庭关系、身份地位等关系决定，包括人的情绪情感和对待事情的态度，对于增添作品活力具有重要意义。

在戏剧故事中，情境的重要性体现在以下几个方面：

①情境是一种客观的推动力，可以促使人物的心理活动凝结成具体的动机，并导致具体的行动，是人物行动的外因。比如哈姆雷特要做出复仇的举动，在此行动之前，必然有神示降临、鬼魂出现等产生意外和形成仇恨的情境做铺垫，不然人物缺乏实施动作的理由，情境的设定赋予人物行动以合理的逻辑。

②情境是戏剧冲突爆发与发展的基础和条件。所谓"基础"，指的是情境中包含的人物之间的矛盾关系；所谓"条件"，指的则是各种事件。戏剧故事需要一个个高潮点来推动情节进行，故事高潮一般是戏剧冲突的爆发，但戏剧冲突是需要铺垫的，要么是人物关系产生矛盾，要么是产生难以调和的事件，而情境是产生上述情形的催化剂，因此是否有良好的情境设置，直接影响着故事内容是否精彩。

③情境是戏剧情节的基础。事件与人物关系的相互作用推动人物的行动，从而构成情节的发展。一般来讲，可以将情境看作组成情节的更小单位，几个情境的交叉或连续构成情节，几个情节相互勾连即可构成故事。如果把故事创作看作盖楼房，那么情境就是一块块砖，通过情境的累积最终构成故事大厦。"千里之堤，溃于蚁穴。"如果不把每一个小情境处理好，最终的故事一定是千疮百孔，处处漏洞。

④情境是人物性格展现的条件。在戏剧作品中，展现人物性格的基本方式是：把人物投入具体的情境中，为人物提供足够的条件和刺激力，促使他（或她）通过行动进行性格的自我展现。人物的性格特点仅仅通过故事的文字语言是很难完全彰显的，必须把人物放到情境中，让人物体验事件发展而后获得反应，才能更为直观地彰显人物特点。

在艺考过程中，为了更好地彰显我们的故事创作能力，要尽可能地建立具有戏剧性的情境。所谓戏剧性，指的是那些从生活中提炼出来的有矛盾、有冲突、有意思的事情，比如误会、巧合、突转、尴尬、窘迫等等。在现实生活中，戏剧性情境会有很多，比如恩爱的情侣正在商场逛街，这时男生的初恋从他们身旁擦肩而过；或者一个女孩精心打扮正要出门赴约，这时突然发生的一件事情让她的计划泡汤。因此，人们常常说一件事有戏剧性，说的就是这些事有意思，我们的使命就是写有意思的情境。

4. 动作

不同的艺术形式都有其特有的表现手段，依靠这些手段来营造它们独特的艺术魅力，只有熟练运用这些手段才能使受众发生兴趣并产生感情反应。在戏剧故事中，这一特殊手段就是制造精彩的戏剧动作。故事中的戏剧动作是为了某个目标和任务而采取的行动，是戏剧中情节的发展和态势。动作性质是故事的根本，不好的故事只有行为而缺失动作，如果不给人物赋予动作性，那么人物就会变成行尸走肉。戏剧动作不是孤立的，它是戏剧情境的延续，只有基于一个特殊的情境，激发人物的反应，才能产生动作，并以此推进故事情节的进行。既然对故事发展有推进作用，那么戏剧动作必然不是以个体存在的，它们会接连起来，组成一条动作线，作为故事情节发展的轨迹，动作线的确立，会使故事更加具有悬念、逻辑和方向性。

动作线可以分为单线和多线。所谓单线就是故事中所有人物的动作都是围绕一人进行的，这种情况下，必须厘清动作层次，让读者清晰地识别出主要人物的动作轨迹，不能混混沌沌，而且为了保证故事的精彩性，人物动作不能过于顺利，要设置得跌宕曲折，节奏上有快有慢，使动作强度波浪式变化。所谓多线指的是多条动作线，在多线故事里，需要作者安排好主线和副线，副线围绕主线进行并为主线服务，主线和副线各自相互独立但又必须使其具有不可拆分的紧密联系，能够共同完成主要的戏剧任务。比如《东方快车谋杀案》中，主线动作就是大侦探波洛的探案过程，副线为十二个嫌疑人各自的状态和动作，主副线相互勾连，密不可分，最终完成故事的结局。

在戏剧影视导演专业的省级考试中，对于叙事性作品的写作要求是不少于1200字，而这个字数对于戏剧故事的创作而言体量较小，因此要求考生必须用最简略清晰的文字将故事表达出来。那么在设计动作时，就要注重动作的发展性，使戏剧动作就像水龙头中流出的水，接连不断，源源不绝，那些可有可无的无用动作都可以舍弃掉，以保证故事的精练简洁。

5. 悬念

说起"悬念"二字，最具发言权的恐怕就是被誉为"悬念大师"的美国著名导演希区柯克了，他曾给"悬念"下过一个著名的定义：假如你要表现一群人围着一张桌子玩牌，然后突然一声爆炸，那么你便只能拍到一个十分呆板的炸后一惊的场面。但从另外一个角度看，如果我们能够在打牌开始之前，先用镜头表现一下桌子下面的定时炸弹，再表现一群人围着一张桌子玩牌的场景，那么，你就成功营造了一种"悬念"，并时刻牵动着观众的心。由此可见，悬念其实是一种心理活动，是读者关切故事发展和人物命运的紧张心情。为了体现作品中的矛盾冲突，在处理情节结构时，我们可以用各种悬念手法引起观众或读者的紧张，以加强作品的思想性和艺术感染力。

那么在故事创作过程中，应该如何制造悬念呢？

①手段悬念：一是当人物面对困境时，将用什么手段克服？比如《肖申克的救赎》中，安迪将用什么方式逃出监狱，获得自由。二是人物为了达到某些目的，使用了什么手段。比如《楚门的世界》中，楚门使用什么方法试探出这个世界的异样。

②动机悬念：人物做出某一动作，他是出于什么动机。比如《闻香识女人》中，史法

兰盲开跑车，在街道上飞驰的原因。

③对象悬念：某一事件产生后，它的始作俑者是谁。这种情况常见于众多悬疑电影中，设置凶手是谁的悬念。

④结局悬念：事件的最终结局是怎么样的。结局悬念又可分为开放式结局和选项式结局，开放式结局是随着事件发展而自然发展的结局，选项式结局则是人物最后面临最终结局时的选择。比如在《完美的世界》中，罪犯布奇带着小菲利普逃亡，最后当众多警察在草坪上逼近布奇时，布奇该做何选择。

⑤转折预示：读者因一些暗示而知道接下来情节会发生转折，比如角色嘴角的邪魅一笑，或者一个黯淡的眼神中瞬间有了光。

⑥戏剧反讽：《看电影的艺术》一书中，详细阐述过这一概念。戏剧性讽刺是一种有趣的电影手法。它通过不知情和知情间的对比产生讽刺效果。比如影片通过提供给观众剧中人物不知道的信息，创造出不知情与知情间的对比，从而令知道真相的观众开始为角色担心。

"悬念"要做到让事件悬而未决，让读者念念不忘。在设置悬念时，作者还应当有意设置一些读者不知道的事，因为最好的戏剧张力来自"已知"与"未知"之间的平衡，但在设置好之后，还要适时地有意提醒读者，适当给予暗示，强调个人处境的危机，营造剧烈的紧张感，以此酝酿一种潜伏的恐怖预感，以达到悬念效果的最大化。

6. 冲突

戏剧冲突作为构成戏剧情境的基础，是主体与客体间的矛盾分裂，是展现人物性格、反映生活本质、揭示作品主题的重要手段。戏剧冲突在作品中的表现方式，是多种多样的。戏剧冲突的几种方式，有时各自单独展开，有时则交错在一起，相互作用，互为因果。

①冲突主要表现为某一人物与其他人物之间的冲突，这种方式称为"外部冲突"。在话剧《玩偶之家》中，观众可以看到娜拉和柯洛克斯泰、海尔茂和柯洛克斯泰、娜拉和海尔茂等角色之间的矛盾冲突，正是因为有了这些矛盾，所以才推动了戏剧情节的发展和人物性格的展现，所以也就有了娜拉的出走。

②冲突也可以表现为人物自身的内心冲突，有人把它称为"内部冲突"。哈姆雷特这一形象具有丰富的内心冲突，当他的父亲死亡、母亲又马上嫁给叔父克劳狄斯，再加上父亲的鬼魂告诉哈姆雷特是克劳狄斯害死了他时，在理想与现实之间，他陷入了深深的矛盾中；后来证实了自己的叔父的确是杀父仇人，但他却错误地杀死了自己心爱之人奥菲莉亚的父亲波罗涅斯，其内心充满了爱和负罪的冲突；到最后即使充满了复仇的怒火，他也不

滥用暴力，在正义与仇恨间摇摆。强烈的内心冲突贯穿故事始终。

③冲突还可能表现为人与自然环境或社会环境之间的冲突，这种冲突也需要戏剧化。就像《德伯家的苔丝》中，苔丝本是一位纯洁美丽又非常勤劳的农村姑娘，她向往人生的真和善，但又时时遭到伪和恶的打击，只得愤而举起了复仇的利刃，变成了一个杀人犯，最后不得不付出生命的代价，以悲惨结局了此一生。苔丝就是人与环境冲突的悲惨案例，她的悲剧命运反映了当时的时代背景，作者借苔丝悲剧的冲突有力地抨击了当时维多利亚时代的男权制社会。

对于冲突的实际表现，我们还可以参考曹禺的著名作品《雷雨》。

周朴园　（徐徐立起）哦，你，你，你是——

鲁侍萍　我是从前伺候过老爷的下人。

周朴园　哦，侍萍？（低声）是你？

鲁侍萍　你自然想不到，侍萍的相貌有一天也会老得连你都不认识了。

【周朴园不觉地望望柜上的相片，又望侍萍。半晌。

周朴园　（忽然严厉地）你来干什么？

鲁侍萍　不是我要来的。

周朴园　谁指使你来的？

鲁侍萍　（悲愤）命，不公平的命指使我来的！

周朴园　（冷冷地）三十年的工夫你还是找到这儿来了。

鲁侍萍　（怨愤）我没有找你，我没有找你，我以为你早死了。我今天没想到这儿来，这是天要我在这儿又碰见你。

周朴园　你可以冷静点。现在你我都是有子女的人。如果你觉得心里有委屈，这么大年纪，我们先可以不必哭哭啼啼的。

鲁侍萍　哼，我的眼泪早哭干了，我没有委屈，我有的是恨，是悔，是三十年一天一天我自己受的苦。你大概已经忘了你做的事了！三十年前，过年三十的晚上我生下你的第二个儿子才三天，你为了要赶紧娶那位有钱有门第的小姐，你们逼着我冒着大雪出去，要我离开你们周家的门。

周朴园　从前的旧恩怨，过了几十年，又何必再提呢？

鲁侍萍　那是因为周大少爷一帆风顺，现在也是社会上的好人物。可是自从我被你们家赶出来以后，我没有死成，我把我的母亲可给气死了，我亲生的两个孩子你们家里逼着我留在你们家里。

周朴园　你的第二个孩子你不是已经抱走了么？

鲁侍萍　那是你们老太太看着孩子快死了，才叫我带走的。（自语）哦，天哪，我觉
　　　　得我像在做梦。

周朴园　我看过去的事不必再提了吧。

鲁侍萍　我要提，我要提，我闷了三十年了！你结了婚，就搬了家，我以为这一辈子
　　　　再也见不着你了；谁知道我自己的孩子偏偏要跑到周家来，又做我从前在你
　　　　们家里做过的事。

周朴园　怪不得四凤这样像你。

鲁侍萍　我伺候你，我的孩子再伺候你生的少爷们。这是我的报应，我的报应。

以上只是《雷雨》宏大剧本篇幅中的一个小节选，作者曹禺非常擅长以现实主义的笔触，深入挖掘人物的内心世界，展示紧张、尖锐的戏剧冲突。《雷雨》写的是一个封建资产阶级大家庭的矛盾，这些矛盾随着剧情的展开不断酝酿和激化。节选片段主要描述了周朴园与鲁侍萍时隔三十年再次相见的场景，集中表现了两人之间的矛盾冲突，他们之间的冲突有两层，表面是旧日爱人间爱恨情仇的冲突，但根本上是以周朴园为代表的资本家与以鲁侍萍为代表的下层劳动人民之间根本利益的冲突。这一部分是生活情境的戏剧化表达，从中可以看出戏剧冲突比生活矛盾更强烈、更典型、更集中，也更富于戏剧性，我们的戏剧故事冲突设置，就是要以这样的戏剧性冲突为范本。

直白地说，冲突可以看作是事件发展状况与人物意愿相违背的事与愿违，且必须是有波折地一来二去，不能全篇只设计一个冲突。在故事创作中，要注意将重点放在有意义的冲突上，可以在合理范围内将冲突加剧，加强故事戏剧性，不要害怕扩大冲突会造成场面失控，相信每位故事的创作者都具有将故事圆回来的能力。

7. 情节、 结构、 语言

主题、题材、情境、动作、悬念、冲突六大故事元素是故事创作的基本要素，可以看作是主干躯体，但完整的个体只有主干是不够的，还需要用肌肉和血液填充起来，这部分就是故事的情境、结构和语言，虽然不是故事要素，但对于故事创作的完整性来说依然非常重要。

①情节：故事情节由一组或若干组具体的生活事件组成，在一条基本情节线索的统领下包括许许多多的细节。戏剧故事的内容必须有情节性，过去常说的开端、发展、高潮、结局就是指情节的发展。在设定故事情节时，要有三个 W，分别为：What，How，Why，即是何、如何、为何。一个戏剧故事中，"What" 代表对于故事发展的情况说明，故事少不了对事态发生现状的描述，这占据了情节的很大一部分；"How" 代表故事的前后变化，故事走向是如何变换的，此类情节描述了故事的波动；"Why" 代表故事发生变化的原因，

作者设定故事情节时必定有其意图，但故事是叙述体，作者不能对自己的意图进行解释，只能通过构置故事情节来完成这一环节，这就是俗话说的"把故事圆回来"。总的来说，故事情节是影响整体节奏的关键。情节不紧凑，就会让故事变得拖沓乏味，读者会因此丧失阅读兴趣，但若把情节设计得过于紧凑，故事的紧张感就会过重，读者在阅读时会产生心理负担，所以只有把控好故事情节的节奏感，才能更好地抓住读者的注意力。

②**结构**："结构是对人物生活故事中一系列事件的选择，这种选择将事件组合成一个具有战略意义的系列，以激发特定而具体的情感，并表达这一种特定而具体的人生观。"由此可见，故事的结构起到的作用是统筹性和战略性的，体现的是文章的整体观。考生在创作一个故事时，占据最大比例的应该是人物和事件，如果想设置故事的整体结构框架，必须考虑一个问题，人物和事件的关系设计得是否完善合理。我们不能只强调事件，而不突出人物，也不能只为了塑造人物，而忽略了情节。总的来说，想构建一个故事的整体结构，我们应该遵循以下原则，即主干突出、张弛有度、层次分明、整体和谐。想突出主干，就要先捋清楚什么是主干，因此，考生在提炼结构时必须要有清晰的故事发展线索；张弛有度指的是故事发展的弹力，若将故事拓展开来，就必须要具备将故事收回的能力，在这种大开大合的发展过程中，转折会更加凸显，结构也才能变得更具吸引力；层次分明，就是要做到厘清故事的主要线索和次要线索，并对他们进行有机的组织，使之相互穿插、相互勾连，丰富却又不能杂乱；整体和谐，就是要有全局观念，把握好整体与局部的协调感，打造故事有序的节奏韵律。结构是基于情节来组织的，我们日常所见到的故事大多都是三段式的结构，因为"三"能蕴含事物发展的一个相对完整的过程，一为开端，二为发展，三为结局。如果只有一，仅仅给事情开了个头，缺乏后续的发展过程，就会显得意犹未尽；后续有了二，虽然在开端的基础上有了发展，但是推进得还不够深入，总给人以话没说完之感；直到有了三，才能达到构成一个有头有尾的结构，营造出完整协调的局面。

③**语言**：语言是指故事的语言状态。在戏剧故事的创作中，我们要保证语言的口语化，尽量做到通俗易懂、朗朗上口，不使用那些文绉绉、晦涩难懂的书面语言，而且要用第三人称进行客观叙述。另外还要注意故事的语言是要具备流动性的，要尽可能地做到用视听语言的文字表达方式来结构故事，故事情节要随着事件的发展不断地变化。在故事语言上，只能着力于笔下的人物怎么做，而不是怎么说怎么想，尽量避免心理描写和大段的对话。心理描写主要用在小说和散文的写作中，对话则一般用在剧本中，所以戏剧故事应当注意语言表达方式，不能因为语言运用得不规范，引发文体的歧义。

第三节 故事写作的创意来源分析及素材借鉴方式

一、真实故事中找素材

首先，我们来看一则新闻——

菏泽市交警支队直属大队事故科民警徐传军介绍，2017 年 6 月 9 日 22 时 30 分许，交警部门接到群众报警称，在菏泽市牡丹区小留镇的 259 省道常刘庄村附近发生一起交通事故。

民警赶到现场后，走访调查得知被撞人员为常刘庄村村民杨某某，杨某某被撞入路边沟内，被送往医院后终因伤势过重医治无效死亡。事故现场留有一辆轿车和一辆三轮车，三轮车为杨某某骑乘，但轿车司机却不在现场。

然而此时，杨某某的家人却告知办案民警不要追查了。原来，蹊跷的背后另有隐情。民警经过调查得知，肇事司机竟是受害人杨某某的儿子杨某，依法传唤杨某后，杨某对肇事逃逸的事实供认不讳。

民警多方调查得知，事发当天晚上，杨某在外吃饭，杨某某见儿子深夜未归，骑着三轮车外出寻找未果后回家。此时的杨某也在驾车回家途中，从 259 省道拐入进村的道路后，因车速过快，撞上前方一辆三轮车。

杨某并不知道骑三轮车的正是自己的父亲，担心承担责任，杨某下车后弃车逃逸。而杨某的母亲在事发后回家途中，发现了儿子的车辆停在路上，当时并未在意，也没有意识到发生了车祸就回了家，发现丈夫没在家又返回寻找才知道丈夫被撞了。

次日，家人找到了在外躲藏的杨某，杨某这才知道自己肇事逃逸的受害人竟是自己的亲生父亲。(转自《今日青岛人》的公众号报道)

总结一下这个故事：一对父子在一起交通事故中恰巧成为肇事者和被伤害者，肇事者不知道被伤害者正是自己的父亲，事发后逃逸，最终造成自己的父亲不治身亡。

看完这篇故事，读者都会对这个事件唏嘘不已。如果不告知读者这是一则新闻，大家只会觉得这一定是人为杜撰的故事，因为整个事件太令人难以置信了，这样具有戏剧性的事情竟然真的发生在了现实生活中。

通过这个新闻故事，我们能够发现，其实很多现实生活中发生的真实事件，就已经具备了好故事的很多线索和内容，只是很少有人去关注这些事情，或者没有针对它进行深入的总结和提炼。众所周知，学艺术必须要有一双能够发现美的眼睛。同样，我们在故事创作过程中，也要学会捕捉具有戏剧性的生活事件，并把它转化为故事素材为己所用。从真实故事中汲取营养，能省去很多构思的烦恼。因此，从现实生活中拓展自己的素材来源，是构思好故事的有效途径。

如果我们已经积累了一些生活故事素材，应该怎样进行转换，并运用到考试创作中呢？

1. 借鉴故事情感

高中语文考试中经常会出现"表达作者……的思想感情"这一类型的题目，指的就是故事的核心情感。比如根据父母对儿女无私付出的故事，我们可以借鉴这种对亲情的表达；再比如根据一例恶性事件的报道，我们可以借鉴记者对犯罪者心理的剖析。

2. 借鉴人物关系

如果一个事件中交织着复杂的人物关系，我们可以抓住特殊的人物关系进行创作。警匪、父子、师生、兄弟姐妹……本身并不特殊，但处于特殊事件当中，普通的人物关系便会产生不一样的效果。比如电影《完美的世界》中，布奇与小菲利普是绑匪与人质的关系，常理中的敌对关系却在电影里展现出温情的一面，故事的独特性也由此产生。因此，从生活中寻找素材时的思路，跟分析电影创作的原理是一样的，要善于发现独特性，尤其是人物关系设定的独特性。

3. 生活素材改编

直接对真实生活进行改编，这对生活素材本身有较高的要求。经典影片《辛德勒的名单》就是以真实事件为蓝本进行改编的，当时在二战中死里逃生的波德克·菲佛伯格，为了报答辛德勒的救命之恩，决定倾尽一生去讲述辛德勒拯救犹太人的故事。斯皮尔伯格听说此事后，被辛德勒的故事震惊了，甚至对小说内容的真实性提出质疑，他想知道是什么驱使一个男人倾其所有去挽救那些无辜的生命，在听说波斯尼亚种族清洗行径和大屠杀否认者的无耻言论后，斯皮尔伯格终于决定亲自执导《辛德勒的名单》。辛德勒的故事得以改编成电影剧本进行拍摄，最重要的原因是事件本身具有强烈的独特性和故事性，并且具有不可替代的历史意义。我们的故事创作虽然难以接触到如此宏大别致的题材，但在进行生活素材的选取工作时，应当有这样的故事性意识。

总而言之，值得注意的是，在"第一节 故事的基本概念"中曾讲解过，"事"就是过去的、有针对性的时空现象。所以当我们从真实故事中寻找素材时，要注意选择有针对性的事件，并且尽量关注那些本身就具备戏剧性的事，因为如常的现象不算"事"，像太阳东升西落一定不会吸引读者兴趣，而一个"会飞的婴儿"本身就是精彩的，我们应当首选此类素材。

二、身边典型人物为原型

故事是对社会生活的提炼和表达，而人是社会生活的中心，可以说生活就是人物的活动，因此应当把人物作为创作故事的重点。人物塑造对于故事创作的初学者来说也不是一件轻松的事情，初学者很难在短时间内凭空捏造一个性格丰富、形象多面的人物，因此考生可以把身边典型人物当作故事原型，在创作时稍加改编便可直接使用。

首先，我们应该选取什么样的人物呢？选择人物原型的核心点是"特殊"。

1. 有特殊的外在

比如很多古装剧中样貌举世无双的翩翩公子、冷艳高贵的蛇蝎美人等，一出场就能自带闪光点，抓住观众的眼球。故事创作也是如此，有时候仅仅依靠简单的外观描写，就能达到让读者提起浓厚兴趣的效果。写一个四肢健全且身心健康的人追逐梦想，就远不如写一个身残志坚的励志故事更让人感动。就像《阿甘正传》中汤姆·克鲁斯扮演的一个先天智障的小镇男孩——福瑞斯特·甘，他始终自强不息，最终"傻人有傻福"地得到上天眷顾，在多个领域创造奇迹。阿甘这个人物初始设定的独特性就在于其特殊的外在，这是一个看起来呆呆傻傻，智商只有"75"的低能儿。在学校里为了躲避别的孩子的欺侮，阿甘听从一个朋友珍妮的话而开始"跑"，他跑着躲避别人的捉弄。后来也因为"跑"意外收获了很多。如果故事的主角阿甘是个身心健全的人，那么这个故事的情节发展和主题表达都将没有现在精彩，所以选取拥有特殊外在的人物，会使整个故事的创作事半功倍。

2. 有特殊的性格

每个人物的内在独特性就是其拥有迥异的性格，有人温润如水、有人雷厉风行，甚至每个星座都有自己的性格特征。现实生活中的人物原型经常是刻板的、常规的，但真正富含戏剧性、有"戏"可挖掘的，是反常的人物性格。比如说，天天在公司里唯唯诺诺、端茶倒水的实习生，在生活中却是性格张扬的富二代；在风月场所花天酒地的陪酒女，下班后却对街坊四邻礼貌谦让……其实就故事的创作而言，人物的特殊性格在更大程度上会形成一种能力，这种能力可以驱使人物形成水到渠成的动作，再于无形中给人物的动作"加码"。比如电影《完美的世界》中，附近监狱的两名罪犯越狱成功，劫持了小男孩菲利普作为人质，这两名罪犯具有不同的性格，也对应了后来不同的结局，其中一名罪犯鲁莽愚蠢，对着菲利普恶语相向，甚至起念杀人，完全符合观众对"罪犯"形象的恶性心理预判，但由凯文·科斯特纳所饰演的布奇却在凶悍的外表下藏着一颗善良的心，他发现同伙要伤害菲利普之后，果断地干掉了他，并且对小菲利普照顾有佳，两人产生了一种近似父子的不寻常感情。正是由于布奇这个角色拥有特殊性格才为后续的情节走向埋下伏笔，身为罪犯却细腻善良，加之后面情节中的警察作为传统意义上的好人却没有一点人道主义情怀，也与之形成了鲜明的性格对比，最终构建出"坏人的好比好人的好更感人"这一主题思想。

3. 有特殊的能力

这里指的特殊能力，主要是特定题材的人物设定。比如神算子，具备常人所无法拥有的能力，可以预知未来或识人断事，以此推动故事情节的发展或者为故事设置悬念。但在应试考试中，不建议考生进行过强的人物能力设定，因为超能力本身就是超现实的，应试故事应当基于现实主义题材，在有限的生活素材和人物原型中进行拾取与编排，以此发挥故事创作的能力，而不是当故事无法往下进行的时候，就给一个人物赋予超能力，用以解决问题，这种方式虽然直接又便捷，但容易给监考老师留下偷懒的印象，要尽量避免。

4. 有特殊的前史

这里的"前史"指的是人物前史，主要服务于人物形象设定。编剧将此类前史叫作人物小传，做好人物小传的铺垫工作能够为故事发展提供丰富的人物行为动机和故事土壤。在对人物原型的选取中，可以着重关注人物之前的经历。人物的过往经历是他在过去人生历程中的重要事件，很多现实生活中的人都或多或少有一些"童年阴影"，比如有的人因为在很小的时候曾被人抢走了心爱的玩具，此后就会对自己的物件有强烈的占用感；还有些人看上去可能有受虐倾向，追溯前史会发现在他们的童年，父母只有在他们生病的时候才会对他们态度好一点儿；还有的人成年以后还在喜欢洋娃娃，是因为小时候特别喜欢洋娃娃却始终得不到，等自己有能力了就疯狂购买以填补童年空缺。有句话曾说"年少不可得之物，终将困其一生"，特殊前史的作用也类似这个意思，因为有了特殊的人生经历，在之后对事情的处理上就会有私人性的不同，故事的独特性也就产生了。

那么，选好人物原型后，我们该如何将其运用到故事中呢？拉约什·埃格里在《编剧的艺术》中写道，每个人物有三个组成部分：生理因素、社会因素、心理因素。简单来说，生理因素就是人物的年龄、外貌特征、身材特征或者明显的生理缺陷等；社会因素是他现在所处的社会环境、曾经及现在的生活状况等；心理因素是人物的脾气秉性、优点缺点、独特嗜好、心理状态、目标状况等。这些因素整合在一起，才能在故事中建立起一个立体真实且立得住的典型人物形象。

三、借鉴优秀故事核

在学习这部分之前，考生先要明白"借鉴优秀故事核"中"借鉴"的意义。知识借鉴的是一种系统化的学习方法，通过寻求外部的知识，然后以全新的方式将获得的教益组合起来，但这绝不是抄袭和套用。故事核往往是叙事作品的核心，是一个故事的灵魂，所以一个好故事的故事核就是它的版权所在。抄袭和套用故事核在考场中是坚决不允许的，考生必须掌握故事创作的原理和技巧，并经过系统化的训练，建立起属于自己的故事核，才能在故事创作时游刃有余。

那么当我们试图建立自己的故事核时，应该做些什么？

第一，分析优秀作品的故事核供我们借鉴，即尝试取他人之长。比如爱情喜剧电影《排队上天堂》讲的是：马赛洛是小镇上知名的好好先生，可命运却待他不公，孩子去世之后，深爱的妻子也患上了不治之症。悲伤过后，马塞洛决定振作起来，他要完成妻子最后的心愿——死后能够葬在孩子的墓地旁边。可是土地珍贵，唯一的墓园只剩下三个空位，墓园主人怎么都不愿意扩建，那么如何保证妻子去世之后顺利安葬到墓园成为马塞洛目前所要面临的最大难题。在诸多可以选择的道路面前，老实的马塞洛选择了最艰难的一条，那就是避免小镇上的任何人赶在自己妻子之前去世。为了保证小镇居民的生命安全，马塞洛可谓用尽了十八般武艺，他就像救人于水火的超人，哪里有灾难，哪里就有他。捐血、指挥交通、保护儿童安全，总之不能让任何人比他妻子先去世。幸运的是，在帮助他人的同时，马塞洛也得到了属于他的救赎。我们提炼这部电影的故事核就是一位深爱妻子的丈夫为达成她临终的最后心愿，出于自私的目的却做出了最无私的举动，影响了周遭的人和事物，所以这个故事核的关键就在于目的与结果的反差。因此，考生要多总结优秀作品的故事核，吸纳好的可利用元素，为创作自己的故事核打下扎实的基础。

第二，将自己曾经写过的故事重新翻出来，总结提炼其中的故事核，将其与自己总结的优秀故事核进行对照，找出不足，然后对自己创作过的故事核进行修改补充，尽可能地优化完善。

第三，把自己提炼的众多故事核整理出来，烂熟于心，在此基础上再进行"故事完善"训练。比如，任意拿出一个故事核，根据不同的题目要求在这个故事核的基础上增添情节内容，使故事完善起来，最终做到手中的每一个故事核都能应对各种题材和主题的变化，那时再进行故事创作将是一件十分轻松的事情了。

四、读短篇小说、微型小说培养故事感

故事感与写作技巧不同，它是一种看不见摸不着的东西，就像称赞很多音乐演奏家的乐感好一样，指的是他对音乐具有灵敏的感知力，但这种感知力也是看不见摸不着的。比如，有灵敏丰富的乐感，当接触到美的音乐作品时，接受者心灵上将产生很大的反响；反之，耳闻仙乐却无动于衷。如果我们具备良好的故事感，观赏电影的时候所感到震撼的就

不仅仅局限于演员的演技和特效的绚丽，而是能够深入到电影故事中，既能宏观地把握故事构架的完整程度，又能仔细地品味每处情节的精心编排。因此，培养良好的故事感是一名戏剧影视学生的必修课。在故事写作中，故事感的作用主要体现在：

1. 形成正确的语言状态，找到自己喜欢且适合的叙事风格。

2. 拥有把控故事全局的能力，使整篇故事的前后因果契合。

3. 对故事发展有信心，故事情节能在合理范围内徐徐展开。

4. 提高故事鉴赏能力，对自己的故事推进能进行优劣判断。

想要快速培养故事感，最笨拙也是最有效的方式就是大量阅读。考生可以通过阅读短篇小说和微型小说搜集优秀的故事核，因为这两种类型的文体在篇幅上与考试要求的故事创作相近，情节量也相当，并且小说中故事的叙述方式与戏剧故事最为接近，只要考生在阅读过程中时刻注意分辨小说与故事的区别，不受小说体裁的影响，而只是从中汲取养分，慢慢培养写作故事感，那么考生的故事创作能力就会在潜移默化中得到很大提高。

第四节　故事写作的命题类型及实用得分技巧

一、命题故事写作

命题故事写作是艺考中最常见也是最简单的命题类型，其他命题类型都是由命题故事写作演变而来的，所以做好命题故事写作练习是故事创作的基础。命题故事写作在考查的时候，一般会给出一个固定的题目，例如以"车站"为题，编写故事；同时还会给出明确的规定或要求，例如"故事要主题明确，有思想内涵；情节要生动曲折，人物要形象鲜明；构思要新颖巧妙，故事结构要完整"等等。

考生面对命题故事的题型时，应该怎样修改自己已有的故事素材才能拿到高分呢？下面我们进行详细讲解。

首先，从题目入手。考生可以先从字面意思审题，找到题目的重点。比如"车站"是一个地点，这就确定了要么把车站作为故事发生地，要么把车站作为故事的隐性线索，将故事内容与车站建立紧密的关联，做到这些起码保证故事的创作不跑题。

第二，基于题目的字面意思进行拓展延伸。将"车站"作为故事发生地，这是绝大部分考生都会首先想到的方向，但是如果大家都按照这个思路去写，文章难免会落入俗套，所以考生需要在这个题目的基础上给它增加新的标签，进行深入拓展。比如，可以进一步分析，"车站"不仅仅是汽车站，还可以是公交车站、火车站等，选择不同的车站其所对应的故事质感和事件发生状态就是不同的，而且无论何种车站，它都是一个人员集散地，人多的地方就会有复杂的人物关系，所以考生就可以抓住这些特殊的人物关系做文章，乘客与乘客之间、乘客与乘务员之间的联系和恩怨就能徐徐展开。另外，考生还可以将"车站"作为故事的隐性线索，之所以是隐性的，就是说"车站"可以不直接出现在故事里，而是将它作为贯穿始终的一个念想，故事情节的发展都是为了到达车站，故事重点放在到达车站的阻碍上，由此产生故事的奔赴感。这种写法可以免于落入俗套，也会给阅卷老师一种思路清奇的新鲜感。但同时也要注意，这对考生对故事素材的掌控能力提出了更高的要求，因此建议考生一定要根据自己的能力量力选择，以稳为主。

第三，对题目再次延伸，增添故事感，深化故事的主题。经过前面两步的思考，考生对自己要写一个怎样的故事已经了然于胸，此时要做的就是将已有素材进行拔高。比如将"车站"作为故事发生地，选择乘客与乘客作为主要人物关系，接下来要继续丰富故事，就必须赋予乘客职业。根据戏剧冲突元素，为了使故事的戏剧性更强，可以选择对立的职业，比如人贩子和军人，此处还要注意保证主题的价值感，那么故事自然而然就变为了一个发生在车站，军人制服人贩子、宣扬公平正义的故事。

第四，根据已经确定的故事的基本结构和主题，进行情节的再丰富，建构故事大纲。此时故事可以变成这样的：老李是刚退伍的军人，参加完退伍仪式坐上列车，准备回到阔别已久的家乡。在嘈杂的车厢里，老李隐隐听到后座抱着孩子的两人，轻声讨论"到某某站点就把孩子交出去"的话语，并且孩子一路上没有任何啼哭，老李对他们始终心存疑虑。坐了几个小时的车，后座两人到了他们口中提到的站点，抱着孩子准备下车，此站虽然还不是老李的目的地，但老李的内心驱使他毅然决然地跟着中途下了车。他躲在车站一旁，全程目击了几人鬼鬼祟祟地交易，在他们自以为交易已经顺利完成，正数着钱准备离开时，老李带着工作人员突然围住了他们，成功救下了孩子。经警察证实，这群人确实是人贩子团伙。老李在车站完成了这一切，亲手把孩子交到了警方手里才终于放下心来。可是当天已经没有了回家的车次，他只能孤身一人在寒冷的候车厅里坐一整夜，但是，看着大厅里来来往往的孩子们跑跑跳跳，听着耳边的欢声笑语，他心里却获得了前所未有的踏实与幸福。

最后，故事的前期准备工作都已经完成，剩下的任务就是把故事工整地誊写在纸面上。一篇故事的精彩程度，一方面取决于故事情节本身，另一方面离不开生动的语言表达。故事是叙述体，要用口语化的语言，通俗易懂、形象生动，不能盲目追求文学性而用晦涩难懂的话，但也不能过于直白。在故事创作中，考生应在语言上找到一种既简洁易懂

又生动精彩的平衡。

二、关键词故事写作

关键词故事写作是艺考故事创作中较难的一种题型。在考试的时候，题目一般会给出多个无直接逻辑关系的词语，要求考生创作一个戏剧故事，给出的词语一般是3—5个，以名词为主，例如"单车、桥、纸飞机"。这样的题目由于给出的条件较多，为考生留出了更大的创作空间，有利于发挥大家的创作才能。但是越开放的题目，完成难度也就越大，所以考生必须把关键词写作练习作为备考故事创作的重点。从本质上讲，关键词故事写作也是以命题故事为基础的，所以归根结底，考生要做的任务就是讲好一个故事。

首先，拿到关键词，要先分析关键词的性质。以"单车、桥、纸飞机"为例。第一，这三个词都是名词，考生要先理解各个名词：单车是交通工具；桥是场景；纸飞机是玩具。第二，再针对这三个词进行进一步联想：①单车作为交通工具，为什么一定要用单车，而不是其他交通工具？单车与其他交通工具有何区别？在这里考生要做的就是，尽量找出"单车"的特性，然后继续推敲，因为单车的使用必须与人物建立联系，所以可以设想各种可能，例如男孩骑单车、老人骑单车、理发师骑单车、富豪骑单车……不同的人物设定代表着不同的故事走向。②桥作为一个场景，能够联想到什么画面呢？可能是小桥流水人家，也可能是具有恢宏气势的石拱桥，还有可能是老城区破旧不堪长满青苔的废桥，桥的种类和状态将会直接影响故事的风格和走向。③纸飞机明显是一个道具，一方面，道具可以作为一个线索，置于故事情境的关键环节，对情节发展起到重要的推动作用，另一方面，道具放在故事里通常会具有象征意义，作为一个象征物，可以体现某种抽象的、内在的深意，比如梅兰竹菊象征着君子的品格、高尔基的海燕象征着无畏的革命者……纸飞机可以在故事里象征童心，与小孩子建立联系。

第二，将已有的关键词建立联系，这是关键词写作最重要的一环。一般情况下，为了增加测试难度，考试题目所给的名词与名词之间是完全没有具体逻辑关系的，考生若能够创造出几个名词间良好的逻辑关系，那么故事的创作也就完成了一半。故事是依靠人物动作来发展的，所以组织故事最容易的也是从人物入手，那么在建立关键词联系时，可以先围绕人物展开，如人物骑自行车、人物在桥上、人物玩纸飞机等。通过第一步的前期工作，已经可以联想到很多，比如骑自行车的是残疾人，小男孩在桥上玩纸飞机，两人相遇了。通过上述步骤，词汇之间产生了最简单的勾连。

第三，同命题故事写作的方法一样，根据已经确定的故事的大致结构，给故事植入一个主题。第一步提到过，纸飞机应当是一个道具线索，具有象征意义，那我们可以让纸飞机承载着男孩的童真，象征着希望，那么故事主题就是男孩对希望的追寻。

第四，根据勾连关键词得出的结构和构置出的故事主题，可以得到这样一个故事：一个中年人因为车祸变成了残疾人，只有一条腿，平常出行全靠妻子推轮椅帮助他，但是妻子生病，男人为了照顾她，坚持要学会骑自行车，方便出去买菜办事，所以每天下午都去桥边的岸上练习骑自行车。他艰难地用一条腿支起自行车，再尝试着掌握平衡，屡屡摔倒却不曾放弃。不知什么时候起，桥的另一岸总是坐着一个小男孩，手里握着旧旧的纸飞机，每天都坐在同一个位置望着远处的天空发呆。有一天，两人依旧在桥的两岸做自己的事情，小男孩望着远方出了神，手里的纸飞机被风吹到男人的脚下，当小男孩缓过神来，紧张地跑到男人身边来捡，两人聊了起来。从男孩口中得知，他的纸飞机是爸爸给他叠的，爸爸会开飞机，所以他一直在这里等飞机来，如果飞机来了爸爸就能回家了。这让男人想到了前几天新闻报道上牺牲的英雄飞行员，明白了一切。说话的功夫，纸飞机顺着风飞得越来越远，男人让男孩坐在他的自行车后座，带他追赶纸飞机，这一刻，男人也学会了骑自行车。

最后，要把故事完善起来。这时要注意：①关键词必须要在故事主线上，在故事中承担"脊梁"的作用，更不能缺词少词。②题目给出的关键词要反复出现，让阅卷老师轻易地识别出来。③关键词在行文过程中要平均分布，不能某个词出现频率过高，某个词出现频率过低，更不能闪现。

例文：以"风衣、湖、油画"为关键词，编写一个故事。

紫色的风衣

[美国] 阿尔伯特·狄巴

毕业晚会结束时，米雪儿突然收到一张不知出处的字条："亲爱的米雪儿小姐，明天太阳初升的时候，你愿意走过球场外的林荫道来湖边一趟吗？如果你愿意，就请你务必穿着那件紫色的风衣，我会在湖边一直等你，直到看见你为止。"

米雪儿很纳闷，这个人会是谁呢？为什么要在这样的时候，用这样的方式和自己约会呢？为什么非要穿上紫色的风衣？米雪儿很茫然，但是她并不想把这件事告诉任何人，因为她担心这是一场恶作剧，所以整个晚上都在考虑"去"还是"不去"。

第二天，米雪儿一大早就起来了。想到马上就要和学校告别了，她毅然决然地决定去赴约会，这有可能是她大学四年的最后一次约会，虽然有可能只是恶作剧，没有任何人出现。

米雪儿从行李箱中找出那件紫色风衣，这件衣服大学期间她就穿过三次。一次是上学报到的时候，一次是年级野营的当天，最后一次是参加同学的一个生日舞会。现在穿上这件风衣不合时宜，但是既然有人这样要求，米雪儿决定委屈一下自己。她站在试衣镜前仔细打量了一番，先前还一直觉得这件衣服不好看，但是现在看来，这件风衣穿在自己身上感觉很不错。

球场边的林荫道宽敞幽深，大学四年的生活中，米雪儿无数次经过这里。此时此刻，朝阳在树梢上和着微风轻轻地晃动，使人觉得仿佛置身在18世纪的风景画中。斑驳的树影落在米雪儿紫色的风衣上，像一只只跳动的蝴蝶。她那金色的长发在肩头迎着晨风飞动，不禁让人心驰神往，浮想联翩。

米雪儿一边走一边朝两边看，她想，等自己的人一定就在路边石凳上或者过往的人当中，她注意观察每一个人的表情，可是没有发现什么特别的迹象。期间也有几个男孩子抬头打探她，但是米雪儿知道，那只是异性在漂亮女孩子面前自然流露的倾慕眼神而已。米雪儿一直走到湖边，她站在湖堤上四处张望，希望有个人突然在她背后叫一声"嘿"，从而揭开她一整夜的谜团。

可是半个小时过去了，太阳已经升得很高，却什么事情也没有发生。米雪儿再也没有耐心了，于是，她终于非常沮丧地又沿着林荫路回到了宿舍。米雪儿有点恼火又有点伤心，是那个人忘记时间失约了吗？还是故意开玩笑呢？不过一切都已经结束了，谁还会恶意对她呢？也许是哪一个调皮的同学想和她开玩笑吧？这样一想，她心中的阴影马上就烟消云散了。

那天晚上米雪儿突然收到一件从哥伦比亚邮寄来的包裹。她好奇地打开里面是用木质框架装帧的一幅油画，画的名字叫作《紫色的风衣》：一位美丽的金发女郎，身着一袭紫色的风衣，站在微风轻拂的湖边凝望远方。

米雪儿仔细端详这幅画，令她吃惊的是，画中的女主人公正是自己：有点上翘的鼻子，轮廓分明的嘴唇，深蓝色的眼睛，还有那件紫色的风衣……

画框的背后有一张折叠信纸，信上这样写着："米雪儿，自从你第一次穿着那件紫色的风衣从我的身边走过，四年过去了，当初的那种震撼和感动却一直烙印在我的心灵深处。很多次想和你约会，把自己的感觉告诉你，但是自卑和内向的性格使我没有半点勇气走近你，你是那样优秀，而我只是一个普普通通的男孩子，我知道自己根本没有资格你向表达什么，但是埋藏了四年的感情却是真实可信的。"

"在毕业晚会上，在将要长久离别的时候，我终于鼓起勇气向你提出了那个可能荒唐的要求。我没有开玩笑，我只是想再看你一眼你穿着紫色风衣的样子，让那美好的记忆永远存在我的心里。这幅油画是我用四年沉默的恋情和心血画成的，我的画技不好，而且很多细节也不精确，但我终于用这种方式告诉了你：我爱你。"

米雪儿顿时被这幅油画和这封没有署名的信深深打动，虽然她接受过很多男生别出心裁的表白，但是唯有这一次，使她陡然感到一种难言的疼痛和无法释怀的迷茫。她用那件紫色的风衣把油画包好，放进她的衣箱，希望这件珍贵的礼物作为一生永远相随的行装。

三、故事续写

故事续写是开放性的故事创作题型，分为两种形式，片段续写和全篇续写。在以往的传媒类艺考中，绝大多数时候考查的是"片段续写"，即题目给出文章开头，要求考生在此基础上续写成一篇完整的文章。例如："夏天傍晚，刚吃过晚饭，牌友鱼贯而入，和父亲打起了麻将。母亲看起一级不落的电视剧。小胡觉得喧闹无比，出门闲逛。走到附近的一个廉租房小区，在三楼楼梯拐角处，地上赫然躺着一个手提箱……"开头是不可动摇的，考生要做的是通过已知材料展开故事情节，凸显自己的故事编创能力。那应该怎样续写呢？

首先，材料的结局是故事的开头，所以读懂材料很重要。以上段中的考题为例："夏天傍晚，刚吃过晚饭"可知故事发生的时间；"牌友鱼贯而入，和父亲打起了麻将，母亲看起一级不落的电视剧"可知故事涉及的人物及人物的生活状态；"小胡觉得喧闹无比，出门闲逛"可知故事的主人公是小胡，并根据上面提到的称呼，可以确定出人物关系——小胡是他们的孩子；"走到附近的一个廉租房小区，在三楼楼梯拐角处"可知故事发生的地点；"地上赫然躺着一个手提箱"可知故事的道具。通过分析材料内容，已经锁定了很多重要的故事元素，这对设定后续故事情节的发展很有意义。

第二，在已知材料的基础上，挖掘值得关注的故事点。例如"地上赫然躺着一个手提箱……"这句话就是值得分析的，考生可以以提问的方式进行深入思考：①手提箱怎么在这里？可能是有人遗落在此，可能是有人故意放在这里；②手提箱里面装着什么？可能装着满满一箱现金，可能装了一些旧衣服，还可能装着小胡父亲的东西；③手提箱与小胡的关系？手提箱可能曾经是小胡丢失的，可能是小胡暗恋女生的，还可能是小胡几天前偷了别人的；④最关键的是，手提箱是谁的？可能是小胡的，可能是小胡父母的，可能是一个亿万富翁的，还可能是一个记者的。每个问题的每个可能都对应着故事不同的发展走向，所以必须在这一步展开充分的想象，既要合情合理，又要别致生动。这些问题都设定好后，故事的人物、结构、主题就都能确定了。

第三，当人物关系、故事脉络都捋顺清楚后，就可以展开写作了。在这里需要考生注意的是，续写文章关键在"续"，所以在创作中，对于主要人物（小胡）的性格特点、语言风格、行为方式等都要与原文保持一致，包括行文逻辑与语言状态都要与材料有很好的融合，使得前后融为一体，不能有刻意的痕迹。

除上述要求之外，续写故事还必须有整体观念，因为续写故事只有自行创作的那部分是由作者独立掌控的，在创作过程中，必须"瞻前顾后"，注意事情的前因后果，不能偏离材料的原本设定。

分析事例："小红走出校门，看见一辆豪车停在门口……"这是故事续写的一个经典的分析案例，按照上述的写作思路，读懂材料后，关键是挖掘值得关注的故事点，这个事例的故事点就是"豪车"。由此提出问题：

（1）豪车怎么在这里？

（2）豪车里面是谁？

（3）豪车与小红的关系？

（4）小红是谁？（根源问题）

①若小红是校长——开豪车的人可能是为孩子上学贿赂她的

②若小红是记者——可能刚结束校园霸凌的采访，施暴者的父亲在车里等她

③若小红是音乐生——豪车里的人可能是全国最有名的经纪人

④若小红是个戏子——豪车可能是个民国老爷车，日本军官接她去唱堂会

⑤若小红是个学生——她生性嫉妒，看到校花出门坐上了豪车

四、材料作文

材料作文的出题形式比较丰富，常见的有以下几种：

1. "李强晚上下班，开车回家的路上，一个提着行李箱的男子从路边冲出来，朝他挥手。"请以这段材料为结尾进行故事创作。

这种题目确定了故事的结尾，要求考生写出故事前期发展过程，此类故事创作方式可以参考故事续写，都是以已知条件推未知条件，不同的是思考方向相反，故事续写的逻辑发展更符合正常的思维方式，倒推故事更加考验考生的逻辑思维能力和故事整体意识。

2. "盛夏的午后，城中村，安静中似乎又蕴藏着什么，一群人追一个人，呼啸而过……"根据此情景，写一段追捕的过程，并展开合理想象，写一篇故事梗概。

规定情景可以在故事里转化成情境，整篇故事必须有材料所提到的内容，但不用完全照搬，给予了考生充分的想象空间，并且没有规定材料在文章中的位置，可以放在首尾，也可以穿插在中间。若考生选择将材料放在首尾，可以用故事续写的方式进行创作；若考生希望把材料穿插在故事中间，最容易的方式是依据材料提炼关键词，比如例题材料可提炼出"城中村""追捕"，然后以此进行关键词作文，可以保证与材料紧密的关联性。

3. "时间：傍晚；地点：火车站；人物：一男一女；天气：雨天。"根据以上信息，进行故事创作。

题目给出了几个故事元素，这个例题已知的是时间、地点、人物，此类材料作文是比较简单的，可以直接照搬关键词写作的方式，充分运用已知信息，然后进行勾连，完成故事的创作。

4. 根据下列三句话，自选角度，编写一个故事："他转身再次看到她""莉莉听见旁边的窃窃私语，内心冒火""如果时间停在那一年"。

此类题目的本质是关键词写作的扩大化，变为了关键句写作，要求考生在故事行文中将这几句话穿插在里面，这给故事创作赋予了较大的局限性。拿到此类题目，首先要分析材料，先将这几句材料分别进行提炼，"他转身再次看到她"可提炼为"重逢"，"莉莉听见旁边的窃窃私语，内心冒火"可提炼为"冲突"，"如果时间停在那一年"可提炼为"回忆"，然后再将提炼出的几个词构建一个自有的逻辑关系，最后丰富起整个故事。

第五节　故事写作的故事线要求及实施步骤细讲

在艺考故事创作的学习过程中，通过故事元素和故事理念的学习，考生对于"什么是故事""怎么写故事"已经能够做到心中有数，但当真正拿起笔面对题目开始实际的写作时，很多考生还是觉得创作难以开始，或者写了故事开端后难以往下进行。考生出现这些问题或觉得创作困难，究其原因，归根结底是很难厘清故事主线，不知故事应该如何展开。在戏剧故事写作中，最困难也是最重要的一个步骤就是拉出一条清晰的故事线。那么故事线应该如何展开？开端（环境、前史、人物关系）—发展（悬念、突发事件）—高潮（情感高潮/情节高潮）—结局（大团圆结尾/启发式结尾）又应该如何去——呈现呢？

一、开端

故事开端是一个故事的开场阶段，相当于是地基的存在，"好的开头就是成功的一半"，所以必须把地基打牢。故事开端一般介绍故事背景和主要人物，暗示后续发生的事件，这部分要尽可能以简洁的方式，准确地带出人物关系和其在故事中的处境。综上所述，开端的主要任务其实就是设置情境。情境是戏剧情节的基础，事件与人物关系的相互作用推动人物的行动，从而构成情节的发展。情境有三要素：环境、事件、人物关系。

（1）环境：环境可以分为自然环境和社会环境。

　　自然环境指的是对高山、草地、牧场、天气状况等的描绘，能够起到烘托气氛、奠定文章基调的作用，比如开端的自然环境描写是"阴森空旷的无人区，一辆汽车呼啸而过"，那么这样的故事开头给人的第一感觉就是恐怖的，文章题材可能涉及悬疑、冒险。相反，如果自然环境是"一栋庄园外的草坪上栽满了蔷薇和月季，随着微风阵阵，花香扑鼻而来"，与上面的恐怖气氛截然不同，给人以宁静闲适的感觉，故事风格一定也随之唯美许多。

　　考生在描绘自然环境时，也要掌握一些写作技巧。首先，要使用形象生动的语言来描写自然环境，例如用色彩、气味、声音等来描述，这样可以给读者以更加直观的感受。"花很艳"与"鲜花在阳光的照耀下娇艳欲滴"虽然表达同样的意思，但是后者因为加上了一些形象的语言，而显得更加生动直观。第二，适当运用一些修辞手法。常用的有比喻和象征，比喻手法可以增强自然环境的意境和感染力，让读者更加深入地理解自然环境；象征手法则起到符号作用，通常是选择某些象征物来隐喻某种抽象的、内在的深意。比如在《百年孤独》中，加西亚·马尔克斯重点描绘过马孔多家族的乌鸦树，以此表现了家族的命运和历史。在小说开头，加西亚·马尔克斯写道：许多年以前，一个冷漠的夜晚，布恩迪亚家族的祖先，何塞·阿卡西奥·布恩迪亚上校，站在他的庄园门口，面对着一大片乌鸦树。通过对乌鸦树的描写，加西亚·马尔克斯表现了马孔多家族的历史和命运。第三，注意节奏和句式。在描写自然环境时，要注意节奏和句式的变化，通过变化来表达自然环境的变化和气氛的转换。第四，注意细节和背景。在描写自然环境时，要注意细节和背景的塑造，包括天气、季节、地理环境等，这些都可以为自然环境描写增加更多的维度和深度。

　　准确地说，社会环境其实应该叫作社会时代背景，指的是在特定条件下的社会氛围和风尚。当考生进行社会环境描写时，重点应该放在对特定的时代背景及人物生活环境的描写上，它所描写的范围可大可小，大至整个社会、整个时代，小至一个家庭、一处住所，内容可以是室内陈设，也可以是当地的风土人情和时代气氛等，并且值得注意的是，社会环境的描写应当具有浓郁的地域风土特色，并使之处于故事开端的位置对后续故事发展产生推进作用。

　　描写时代背景的作用是框定故事题材。虽然戏剧影视导演专业的故事创作对题材没有严格限制，但是考生也要交代清楚背景以设定题材。比如故事开头写了战乱的状况，那么题材就会是战争类，由此考生要进一步联想到故事要么发生在和平年代的战乱地区，要么故事直接发生在战乱时代。在开头描写人物的生活环境，就可以对人物处境有大致的表现，从而对后续设计人物面对事物时的反应和人物动作的发展有着重要意义。

（2）事件：故事开端中的事件不是传统意义上的事件，主要指人物前史和事件前史。

故事前史可以跟主角有关，也可以跟整个事件的发展有关。前者主要服务于人物形象设定，故事写作的创意来源分析中也曾提到，编剧将此类前史叫作"人物小传"，做好人物小传的工作能够提供丰富的人物行为动机和故事土壤。在真正的编剧工作中，人物小传是独立于剧本故事之外的，编剧创作剧本前会设定好每个人物，但是在戏剧影视导演专业的省级考试中，考生的任务是完成戏剧故事创作，因此人物小传就必须出现在故事开端。考生只需要有选择地体现以下人物信息：人物经历、人物性格、人物家庭环境、人物社会角色、人物出场年龄等。由于这类内容置于故事的开端，因此人物经历、人物性格和人物关系是重点。人物经历是指某一人物在过去人生历程中的重要事件，人物经历往往会影响到人物性格的形成甚至会导致人物性格的突变。人物性格是鲜明独特的，或大胆泼辣，或雷厉风行，或豪爽正直，或胆小如鼠，考生要将故事中涉及的每个角色的性格区别开来。总体而言，人物关系最重要，这是故事发展的一个重要推动力，正是在特定的人物关系中，两个或多个性格反差大的人物在特定的戏剧情景下发生了离奇曲折的故事。

后者是事件前史，随着后续故事情节的展开，前期设计好的事件前史会产生一定的后果，人物作为事件主角则要面对这种后果，并在后续故事情节中面临和解决一系列问题。比如故事开端提到故事主人公是一个妙龄女孩，她貌美如花，很爱打扮自己，但从来不照镜子，原因可能是在她幼时曾目睹亲人用破碎的镜子割腕自杀，自此之后她便极为害怕照镜子。这就是一个事件前史，如果在后续的故事情节中涉及主人公不照镜子，就必须在故事开端把这一事件前史交代清楚。

（3）人物关系：人物关系一般分为三个层面，即社会关系、从属关系、情感关系。

社会关系是人们在共同的物质和精神活动过程中所结成的相互关系的总称，即人与人之间的一切关系。戏剧故事中的社会关系一般是个人与个人之间的关系以及个人与群体之间的关系，个人与个人之间的关系即老板与员工、老师与学生、父子关系等，个人与群体之间的关系即员工与公司、学生与学校的关系等。以《雷雨》中的社会关系为例进行分析，周朴园与繁漪是夫妻，周冲是他们的儿子，周朴园还与鲁侍萍有过一段恋情，周萍是他们的儿子，周冲和周萍是同父异母的兄弟，但繁漪还跟周萍存在恋人关系。《雷雨》中人物不多，人物间的社会关系却错综复杂，正因如此，故事情节才丰富曲折。

从属关系则一般分为三大类：A 支配 B、A 与 B 平等、A 被 B 支配。从属关系在故事中一般会暗含压迫感，正所谓有压迫的地方就会有反抗，如果故事开头设置从属关系的压迫，那么后续的情节发展中就会有主人公能动意识的反抗。

情感关系是人物间的情感状态，人物的情感关系应当在故事开头就有好坏的分辨，并且在后续故事发展中产生起伏变化，因为人物是推动情节发展的主体，人物关系不发生变化，故事就不会向前推进。另外，人物关系需要有阶段性，时好时坏才能激发冲突。比较巧妙的办法是不在开头位置设置人物情感矛盾，而是随着故事发展，让矛盾通过激烈事件显现出来。

故事开端设置人物关系范例：

①失散多年的孩子突然有了消息

②幼年的伙伴在成年后再次相遇

③上一代的恩怨在下一代重新提起

④本就有冲突的冤家被迫共事

⑤有人向身患重病之人伸出援助之手

⑥准备步入婚姻殿堂的人再遇初恋

⑦被曾经帮助过的人反咬一口

⑧得到机会洗刷曾经的冤屈

⑨人生的关键时刻家中破产

⑩翻看日记时发现自己之前误解了他人

⑪与重要的人擦肩而过而不知

二、发展

故事开端之后就是故事的进一步发展，可将发展部分拆分为两步：设置悬念和设置突发事件。

设置悬念：悬念如何设置，在故事元素部分已经详细讲过，但在故事线创作流程中回顾悬念元素，会更加有写作实感。悬念分为手段悬念、动机悬念、对象悬念、结局悬念、转折预示、戏剧反讽六种。

①手段悬念：一是当人物面临困境时，将采取什么手段克服，比如《肖申克的救赎》中，安迪将用什么方式逃出监狱，获得自由；二是当人物要达到某些目的时，使用了什么手段。比如《楚门的世界》中，楚门使用了何种方法试探出了这个世界的异样。

②动机悬念：人物做出某一动作，他是出于什么动机。比如《闻香识女人》中，弗兰克盲开跑车，在街道上飞驰的原因是什么。

③对象悬念：某一事件发生后，始作俑者是谁。这一类型常见于众多悬疑电影，编剧往往设置凶手是谁的悬念。

④结局悬念：事件的最终结局如何，又可分为开放式悬念和选项式悬念两种，前者是

随着事件发展而自然发展出的悬念，后者则是人物面临最终结局时的选择悬念。比如《完美的世界》中，罪犯布奇带着小菲利普逃亡，最后当众多警察在草坪上逼近布奇时，布奇该做何选择。

⑤转折预示：读者因一些暗示而知道接下来情节会发生转折，比如角色嘴角的邪魅一笑，或者一个黯淡的眼神中瞬间有了光。

⑥戏剧反讽：《看电影的艺术》一书中，详细阐述了这一概念。戏剧性讽刺是一种有趣的电影手法。它通过不知情和知情间的对比产生讽刺效果。比如影片通过提供给观众剧中人物不知道的信息，创造出不知情与知情间的对比，从而令知道真相的观众开始为角色担心。

按照上述设置悬念的方法，在故事开端之后，埋下一个故事悬念，引发读者对后续故事发展的兴趣。这里值得注意的是，我们在设置悬念时，要一直带着"留伏笔"的意识，因为埋下悬念之后，在后续故事环节中是需要揭开的，作者应当学会为后面转折提供一些线索，作为有理的证据。

设置突发事件：突发事件可以理解为故事发展中的一个波折，或者是故事小转折，当故事随着开端慢慢进行时，出现某一突发事件，使实际发展与读者所预想的产生偏差，就像当我们觉得王子和公主从此要过上幸福快乐的生活时，突然出现了骑士，把公主带走了。

突发事件产生后，首先会引起故事走向的变化。比如电影《海洋天堂》中，父亲与身患孤独症的儿子相依为命，生活虽然艰难却也能在彼此依靠中过着幸福的生活，这位父亲已经做好了照顾儿子一生的准备，但是突然某一天他被确诊为肝癌晚期，生命只剩下三四个月的时间，父亲不知自己死后带有天生缺陷的儿子该如何在这个世界上生存，于是他决定带儿子一起纵身跳入大海。还有《我不是药神》中，印度神油店老板程勇日子过得窝囊，店里没生意，老父病危，手术费筹不齐。前妻跟有钱人怀上了孩子，还要把他儿子的抚养权也拿走。程勇并没有什么野心，只是想赚点钱，留住孩子的抚养权，开好自己的神油店。但突然有一日，店里来了一个白血病患者，求他从印度带回一批仿制的特效药，好让买不起天价正版药的患者保住一线生机。程勇最初虽百般不愿但最终因走投无路而接纳这一建议，却因此意外翻身，他从印度带回的平价特效药救人无数，他也被病患封为"药神"，其生活轨迹也随之发生变化，对人生的追求也因此改变。无论是《海洋天堂》中的父亲被突然确诊为肝癌晚期，还是《我不是药神》中一个白血病患者偶然到店中求药，这些都是故事中的突发事件，也正是由于这些突发事件的设定，让故事的走向发生了明显改变。

突发事件的设置，还会产生人物关系的变化。我们展开故事线的写作时，在故事开端，已经做好了人物关系的铺垫，并且在开头位置没有给人物关系设置矛盾，而在故事发展阶段，则可以通过设置突发事件让矛盾显现。比如电影《这个杀手不太冷》中，莱昂住在纽约贫民区，是一名职业杀手，他过着单调的独身生活，小姑娘玛蒂尔达是他的邻居，两人没有任何交集。有一天，身为恶警史丹菲尔眼线的邻居家的主人，因贪污了一小包毒品而惨遭灭门之祸。玛蒂尔达敲开了莱昂的房门，要求在他这里暂避杀身之祸。从此两人互相照顾、相处融洽，人物关系也发生了巨大变化。还有《闻香识女人》中，弗兰克上校曾经是巴顿将军的副官，经历过战争和许多挫折，因一次意外事故而双目失明。自此他整天在家里无所事事，失去了生活下去的勇气和信心。他准备用尽最后的精力享受一次美好的生活。这时他聘请年轻的学生查理来到家中做周末兼职，他带着查理出游、吃佳肴、开飞车、跳探戈、住豪华酒店，然后想结束自己的生命。弗兰克的自杀举动就是一个突发事件，查理发现后竭力阻止了上校的错误行为并努力让弗兰克放弃了自杀的念头，经历此突发事件后，他们不再是简单的雇佣关系，而是萌生了如父子般的感情，产生了人物关系的变化。

经过突发事件，故事前期设置的悬念可以得到发展。从设定悬念到解开悬念，中间的故事发展都是要把悬念贯彻下来的，因此在故事发展阶段，悬念也需要经过一些发展。比如世界悬念大师希区柯克的作品《后窗》中，主人公杰弗瑞是一名摄影记者，由于一次意外摔断一条腿，经常周游世界的他如今不得不在轮椅上度过一段无聊的日子，出于职业习惯，他一直很喜欢观察别人的生活。时值纽约的盛夏，周围的邻居们日夜都敞开窗户，闲来无事的杰弗瑞总是喜欢透过窗户观察邻居们的生活。其中他能窥见二楼推销商苏先生的妻子久病卧床，两人之间还时不时发生口角。有一天，推销商夫妇又一次发生了争执，当晚杰弗瑞发现苏先生三次冒雨拿着大皮箱走出家门。第二天，杰弗瑞发现苏先生正在包裹刀和锯条，苏太太也从她卧病很久的床上消失了，小狗在楼下花坛不停地刨着什么，一切都令杰弗瑞不安。杰弗瑞的恋人莉莎也注意到苏先生正在准备一个大箱子，还从太太的手包里拿出首饰，两个人由此得出苏先生杀人分尸的结论。剧情发展到这里，故事已经埋下了一个大大的悬念——苏先生是否杀了他的妻子。于是，故事继续发展，杰弗瑞找来当警察的老友调查此事，警察的调查结果是苏太太到外地疗养，老友也对杰弗瑞等人的紧张不无嘲讽。此时，故事悬念得到了发展，加重了观众对于悬念结构的期待。

总而言之，发展部分的突发事件与前期设置的悬念是紧密相连、相互承接的，突发事件为后面悬念结果的揭开作了暗示。

三、高潮

故事线的高潮就是起承转合的"转"，即故事转折，这是整篇故事中最精彩的地方。精彩就代表着具有戏剧性，所以这部分必定是整个故事中最具紧张感的时刻，是矛盾冲突发展到最紧张、最尖锐的阶段，并且伴随着的一定是人物命运到了最关键的处境。

故事高潮一般分为两种：情感高潮和情节高潮。

情感高潮：情感高潮重视读者在阅读故事时的情感体验，侧重心理感知，这是读者情绪最高涨、最强烈的部分。比如《战狼Ⅱ》中，面临非洲国家的叛乱，因为国家之间政治立场的关系，中国军队无法在非洲实行武装行动撤离华侨，而身为退伍老兵的冷锋无法忘记曾经作为军人的使命，本来可以安全撤离的他毅然决然地回到了沦陷区，孤身一人带领身陷屠杀中的同胞和难民，展开生死逃亡。当冷锋站在车上，以自己的胳膊为旗杆，举起五星红旗的时候，观众热血沸腾，在此刻故事也达到了情感高潮。还有詹姆斯·卡梅隆导演的《泰坦尼克号》中，美丽活泼的罗丝与英俊开朗的杰克在泰坦尼克号上相遇，杰克与罗丝在船上朝夕相处、一起玩乐，杰克带她参加下等舱的舞会，为她画像，二人的感情逐渐升温。然而在4月14日的夜晚，泰坦尼克号撞上了冰山，号称"永不沉没的"泰坦尼克号面临着沉船的命运，罗丝和杰克刚萌芽的爱情也将经历生死的考验，两人齐齐落入冰冷的海水中，靠一块木板支撑着身体漂浮在水面上，但木板无法一直支撑他们两人，杰克费尽全力把罗丝拖上木板，自己则沉入了海底。在这个故事中，虽然没有激烈的矛盾冲突，但主人公的一个小举动就将整部电影的情感推向了高潮。

情节高潮：情节高潮主要体现在故事节奏上，在高潮处一定情节紧张、矛盾尖锐。仍以《后窗》为例，在故事发展阶段的悬念推进环节中，杰弗瑞怀疑苏先生杀了苏太太，于是找来当警察的老友调查此事，警察的调查结果是苏太太到外地疗养，杰弗瑞的猜想是错误的。但是随着事件继续发展，杰弗瑞发现不停在楼下花坛刨着什么的小狗被杀了，这让杰弗瑞、莉莎和护工斯泰拉再度紧张起来，为了找到真凭实据，莉莎和斯泰拉两位女士决定亲自前往苏先生家中寻找证据。故事发展到这里，已经到了高潮阶段，观众的心被紧紧揪了起来，心里对很多问题都有疑问：苏先生和苏太太去哪里了？苏先生真的杀了苏太太吗？如果是真的，警察为何调查不出来？莉莎和斯泰拉去苏先生家中寻找证据会有危险吗？由此可见，悬念的设置和推进都是在不断地提出问题，而高潮部分的使命则是解决问题，在解决问题的同时还要保证情节精彩。在《后窗》中是怎么解决问题的呢？莉莎在苏先生家寻找证据时被苏先生堵在屋子里，杰弗瑞及时报警才使她免遭毒手，她向杰弗瑞示意自己已经找到证据，苏先生才知道自己正在被人监视。苏先生很快找到杰弗瑞，行动不便的杰弗瑞只能在黑暗中用闪光灯保护自己，拖延时间。两人扭打的时候，老友带着莉莎和警察赶到，但杰弗瑞还是从楼上摔了下去。到这里就是整个故事的高潮部分，带有强烈的冲突感和紧张感。

四、结局

在应试考试中，考生对于结尾的处理不必有太大压力，因为我们在开端、发展、高潮部分做的工作已经足够，结尾只需要顺着写作的线索进行就可以了，最终事件的发展都能合辙押韵地指向结尾，做到全文完整而又连贯。

结局的类型有很多，包括大团圆结尾、开放式结尾、启发式结尾、缺失型结尾等。大团圆结尾，顾名思义就是故事中的重点人物都能获得圆满和幸福，一切按照理想的愿望回归正轨；开放式结尾通常在文章最后留下"……"，许多考生对此种结尾方式存在认知误区，认为这样的结局深沉又文艺，但其实在实际阅卷过程中，老师们并不觉得这是高级的结尾方式，反而会认为这样的处理虎头蛇尾，故事的叙事使命没有完成，因此考生应当避免使用；启发式结尾会在故事结束之时隐藏一些哲理，给读者留下回味和思考的余地，文章整体闪烁着一种哲理思辨之光，这种类型的故事会产生寓言感，拥有较深的底蕴，但若处理不好会有班门弄斧之嫌，所以考生应当量力而行；缺失型结尾一般在故事面临结局时戛然而止，不给问题以确定的答案，而将各种可能性抛给读者，让读者基于故事情节进行联想、产生讨论，这种结尾类型与开放式结尾存在相类似的问题，即故事最本源的叙事功能未能完成，不能称之为一个合格的戏剧故事，因此也应当避免使用。

综上所述，考生在给故事赋予结局时，必须使其符合故事发展的逻辑，尽量选择大团圆结尾和启发式结尾的方式，要么给读者情感上的圆满回应，要么让他们通过阅读你的文章对人生有所感悟。

从开端，到发展，再到高潮，最后结局，一个故事的主线就此形成了，每一个环节都紧密相连、环环相扣、缺一不可。如果考生每一步都能按照以上要求仔细推敲、步步推进，戏剧故事的创作就会变得轻松起来。考生在平时的学习中，一定要多积累素材，勤于练习，熟练掌握故事写作的步骤，相信假以时日，自己在创作故事时一定会如鱼得水、胸有成竹。

第六节　故事写作优秀例文及例文解析

最后一枝红玫瑰

陈笑梅

2 月 14 日是情人节，这天王洁特地起了个大早，赶到鲜花市场批发了百余枝红玫瑰，把几个塑料桶插得满满的。她明白，每年的这一天，红玫瑰都会卖个好价钱。

王洁是一个苦命人，嫁给丈夫十多年了，可没过上几天舒服日子，更要命的是，丈夫因一场意外的车祸至今还瘫痪在床，要不是女儿小玲子，她肯定支撑不下去了。幸好，今天的红玫瑰卖得快，还不到下班时间，红玫瑰就卖得所剩无几。这时候女儿小玲子也放了学，跑过来准备接妈妈回家。小玲子眼睛尖，见妈妈面前的塑料桶里还有少许红玫瑰，就伸手从中挑出最鲜艳的一枝，紧紧地握在手里。

王洁把剩下的玫瑰一枝枝捡出来，集中放在一个塑料桶里，摆在最显眼的位置。不一会儿，又过来几对情侣挑去好几枝。看着街市上来来往往，胳膊挽着胳膊的一对对有情人，再想想自己，她不禁悲从中来，感慨不已。这时，她忽然涌起一个念头，从剩下的几枝红玫瑰里挑出一枝红花绿叶的玫瑰，趁女儿不留意，悄悄放进车肚下面的一个围兜里……

很快，王洁的红玫瑰全部售完，就连有几枝落了花瓣的也卖了出去，正要收摊时，一位捧了一束红玫瑰的年轻人一个大跨步，迈到王洁的花摊前，竖起一个指头问道："大姐，能卖给我一枝玫瑰吗？"

王洁有些歉意地一笑，说："对不起，我的玫瑰刚刚卖完呢。"年轻人一脸焦虑，又问："大姐，你能想点办法帮我弄到一枝红玫瑰吗？"王洁顿了顿说："你手里不是有红玫瑰吗？还要一枝干啥？"

"不，大姐，今天刚好是我女友二十一岁生日，而我已跑了好几处花摊，好不容易买到二十枝……"看着只剩下残枝败叶的几个花桶，年轻人的脸上立即浮现出失望和懊恼，掉转头正要走开，忽然看见站在一旁的小玲子手里竟拿着一枝娇嫩艳丽的红玫瑰，不觉眼睛一亮，赶紧问："小朋友，这枝玫瑰卖吗？"

小玲子嘴巴一噘："不卖，我要送人的！"语气坚毅而透着一种神秘。

"卖的卖的，四元一枝。"王洁这时才想起女儿手里还拿有一枝红玫瑰，忙对年轻人赔着笑脸。她一边说着话，一边就要去夺女儿手里的那枝红玫瑰，可小玲子不肯，一反手将红玫瑰藏在背后。

"这枝红玫瑰我愿付十六元!"

"不卖不卖……"

"瞎闹!"王洁把脸沉了下来,敲了一下小玲子的额头,接着从她手里抽出那枝红玫瑰递给年轻人。

小玲子泪光闪闪地望着妈妈,生气地问道:"妈妈,您的车兜里不是还有一枝红玫瑰吗,为什么不卖掉?"

王洁摸了摸女儿的头:"小玲子,你太小,不懂得妈妈的心事。"说完,她的双眼也潮湿了。

"妈妈,刚才的那一枝红玫瑰,女儿是想留着给您的!"小玲子双手蒙着脸嘤嘤地哭着跑开了……

王洁收拾干净塑料桶蹬上三轮车准备返家时,突然有人叫住她:"请问,你是王洁女士吗?"王洁看见面前站着一位打扮入时的女孩,手里还提着一大束鲜艳的红玫瑰,不认识,就有些不知所措。时髦女孩微笑着说:"我是送花公司的,这是一位先生给您电话预定的红玫瑰,请收下!"

给自己送玫瑰?是不是送花公司的小姐搞错对象了?这束红玫瑰一定是要送给一个与自己同名同姓的女孩……王洁数了数,那一束红玫瑰共有十三枝。唉,自己与丈夫从相识到今天也正好是十三年啊!想着家里的丈夫早该饿了,她来不及往深处想,就把车子朝住宅小区蹬去。

到了住宅小区,王洁把那束红玫瑰插在一个塑料桶里,连同三轮车一起放进楼下的储藏室,然后从车兜里取出她早已挑好的那一枝红玫瑰。

可是,当王洁打开防盗门踏进客厅时,只闻见一股刺鼻的血腥味,王洁心跳加快,疾步向卧室走去。眼前的一幕让她傻了眼,手里的一枝红玫瑰也无声地滑落下来:床上全是鲜血,丈夫已割腕自杀……

床边飘落了一张送花公司开出的收款收据。

(本文选自《聆听花开的声音——感动大学生的 100 个故事》九州出版社 2005 年版)

点评:

(1) 一家三口用"红玫瑰"展现了彼此在意、彼此惦念的亲情,每一个家庭成员都想送给自己珍重的人红玫瑰,可是送花的对象总是与自己的原本意愿发生冲突,故事的波澜也由此显现。在故事末尾,作者笔锋一转,给了一个出人意料的结局,丈夫割腕自杀,床上满是鲜血，鲜血的红与红玫瑰的红相映衬，更加突显了彼此的真情，而浓浓的亲情下散发出来的却是王洁对丈夫离世的伤心和惋惜。这篇文章很好地做到了情景交融。

（2）这篇故事是按时间发展推进的叙事方式，从早到晚叙述了一整天内所发生的事情，叙事清晰，层层递进，有波折、有起伏，又在文章最后深化了主题，是一个很好的戏剧故事范例。

（3）在故事元素的运用上，这篇故事突出了"悬念"的构思价值，结合前面悬念部分的学习，可以见得此故事设计的是"对象悬念"：一家三口各自留下一支红玫瑰是为了送给谁？给读者埋下好奇的种子。随着故事逐步推进，等悬念揭开时，这个家庭成员彼此间的惦念与温情就会深深地感动读者，实现故事的情感价值。

（4）值得注意的是，这篇故事的对话较多，这是很多戏剧故事的通病，过多的对话会影响文章的叙事节奏，所以应当尽量把对话转换为陈述语言，比如小玲子说"不卖不卖……"，可以替换为"小玲子紧紧攥住这支玫瑰，拒绝了他"。

飘舞的碎布

宁瓦

他是一名货运司机，年前的一个月，准备跑完这最后一趟车就回家过年。6岁的儿子闹着要和他一起去南方，他答应了。

他开了三天两夜的车，终于到了南方的城市，带着儿子去买了一身衣服和一些年货，然后驱车往家走。新闻广播不停地说，南方的很多城市遭遇了罕见的暴雪。他的心担忧起来。

他的车刚入安徽，就被从高速公路上赶了下来。安徽下起暴雪，暴雪和冻雨封住了高速路。他连忙拐进国道，但国道也被积雪封住了。他在国道上堵了一夜后，清晨的积雪更多了。他开始后悔带儿子出来，儿子也哭闹起来："爸爸，我要回家！这里太冷了！"儿子的脸被冻得有些发白，车上空调早就坏了。他用大棉袄裹住儿子，心想必须离开这里，不能把儿子冻坏。他问了好多路上的司机，终于打听到附近的深山有一条老山路，可以走出这个冰天雪地的地方。于是，他出发了。那是一个漆黑的夜，雪越来越大，他完全凭着多年的驾驶经验往前开，开得极慢极慢……

"砰……"车猛地一震，陷入了一个塌方的深坑里。他下意识地掏出手机看，天啊！居然没有信号。他想，这里的电网一定也断了。天下着鹅毛大雪，他却像热锅上的蚂蚁。整整一夜，他在车前的道路上徘徊着。

天亮后，他到周围去探路，希望能看到一个村庄或者一户人家。可是，四周全是白茫茫的山，他踩着厚厚的雪，精神恍惚，不留神摔了一跤，把脚扭伤了。他回到车里，忍着疼安慰恐慌的儿子，然后默默地祈祷。整整一天，都没有一辆车从这里经过。又是一个无眠夜，他决定走出去，找到人来救自己和儿子，干粮被儿子吃得只剩一点点。而他，已经一天多没有吃东西了。

早上，他决定独自上路，他要儿子待在车里，乖乖地等他回来。他沿着一条岔路一瘸一拐地往外走，才走了两步，便回头去看，儿子正趴在车窗前张望。他扭头继续前行，再也没有回头，他怕自己涌出的眼泪被儿子看见。他走过一个弯道，开始脱下自己的外套，拿出刀子，将一只袖子割下来，撕成几条碎布，然后抽出一条挂在路旁大树的枝头。他深深地明白，自己不知道走到哪里，才能让人找到，而那时，是否还有力气回去救儿子。他必须留下标记，哪怕自己倒下了，或许还能给别人指明一条寻找儿子的路。每走过一段路，他便将一条碎布挂在枝头做标记。身上的衣服一件一件被他脱下，然后一刀刀划开，一块一块被撕下来。先是外衣的另一只袖子，之后从夹层剖开，一块块撕下来。再后来，就是羊毛衫。他拖着受伤的脚，不知道走了多远，越往前走越绝望，绝望到连眼泪都没有了。他穿着最后一件贴身的内衣，冻得浑身发麻；他饥肠辘辘，头昏眼花，脑子里一片空白。但是，当他再走了一段路之后，却坚定地脱下内衣，将袖子撕开。他感觉几乎没有力气了，但是却告诉自己不能倒下。当他又一次攀上一个山头时，猛然听到那熟悉的汽车喇叭声。他不顾一切地向山下走去，不断地用干涸的喉咙喊叫，那钻心的脚痛也感觉不到了……

当正在疏通公路的武警战士发现，一个浑身只穿着一条短裤的男人出现在面前时，他们都惊呆了。还没来得及扶住这个男人，他就倒下了。战士们用军袄裹住他，然后把他放上担架抬着往回走，沿着路上的标记，每看到一条飘舞的碎布，年轻的战士眼中就有泪光在闪动。当他们顺利地找到他泪水涟涟的儿子时，他猛地从担架上跳了下来，紧紧地抱住了儿子。儿子不哭了，摇着他的肩膀问他："爸爸，你的衣服怎么不见了？"他笑着回答说："撕掉了，过年了，爸爸也想穿新衣服了！"他的话音刚落，山野里回荡起一阵笑声，只是所有人的眼中都盈满了泪花。

（本文选自《青年文摘》2008 年版）

点评：

（1）这篇文章给人的第一印象就是作者具有扎实的文字功底，全文行文脉络清晰，情节环环相扣，从开头就能一下抓住读者的眼球，越往下品读越有滋味，整篇故事具有极强的感染力。

（2）文章中段，父亲一边走一边撕下身上的衣服扯成布条，直到身上只剩下一条短裤，这一举动将故事推向了高潮。以"他必须留下标记，哪怕自己倒下了，或许还能给别人指明一条寻找儿子的路"，点明了其心理动机，表现出了父亲对儿子超越生命的伟大的爱，殷殷舐犊之情流淌于字里行间。

（3）文章末尾设计了两句对话，很好地示范了故事运用对话的作用，父亲回答儿子问题时用了一个善意的谎言，将如此伟大的一件事轻描淡写一句话带过，反而更加凸显出了其伟岸的形象。

（4）在前面故事线梳理的学习中，强调了故事"高潮"部分的重要性，点明"高潮"部分是整篇故事中人物命运的关键之处。这篇故事的"高潮"就是父亲在冰天雪地中将衣服撕成一条条做标记的过程，创作的难得之处是实现了情节高潮和情感高潮的融合。在情节上，撕布条的标记方式别出心裁；在情感上，为了营救儿子在冰天雪地中赤身裸体的父亲形象让人感动。所以把高潮设计得别致，故事的原创性就能体现出来。

（5）值得考生注意的是，在文章开端尽量不要使用第三人称，最好先交代人物、背景等，再用代称展开后面的叙述。

纵火者

［美国］ 杰克逊

弗里大厦高达十层，以前这里面是一间间漂亮的办公室，如今已经人去楼空。游手好闲者用石块砸烂了玻璃，四周的墙壁也被涂得乱七八糟。两年来大厦的主人弗里先生一直想把它卖掉，但却无人问津。

后来在一次聚会上，弗里先生相识了希拉小姐。过了一周，他们两个在弗里先生的办公室里相约见面，谈话很投机。

"纵火可是个危险的差事，弗里先生。"希拉告诉弗里先生纵火这种本事是他从书上学不来的。弗里先生紧张地咽了一口唾沫："的确如此，我明白。"希拉小姐手指轻轻扣着自己的皮夹试问他："还有，这活的价码可是很高的？"弗里先生将一只公文包从桌面上推到她面前："这是我们成交的数目，你打算什么时候动手？"希拉小姐数着手里的钱："就在今晚，够快了吧？"弗里先生很满意，因为事情越早解决，他就能越早拿到保险金。

当晚11点，希拉沿着狭窄的道路潜入弗里大厦。她顺着通往地下室的楼梯一路下来，借助手电筒发出的微光，找到了下手的最佳地点。她将炸弹深埋在距离保险丝盒不远的垃圾堆中，一旦爆炸，垃圾堆就会首先着火。火灾调查员会认为是供电线路出了故障，引起的火灾。

希拉调节好定时器，就离开了大厦。她知道炸弹将在十分钟后爆炸。绝大多数纵火者在这个时候会溜之大吉，然而高手希拉不会这样。她喜欢待在事故现场，亲自见证自己的成功。在希拉看来，这样做花不了很长时间，不过几分钟而已，只要能证明钱已经进了自己的腰包就行。

希拉不紧不慢地走过街道，钻进汽车，假装在等人。电影散场了，一大群人沿着马路走过来。但是没有谁会注意到这个坐在汽车里的年轻小姐。

希拉听见了低沉的爆炸声，她不希望这种声音会引起任何人的注意。仅仅几分钟，大厦前门的下方开始有浓烟冒出来，火势迅速蔓延，很短的时间，大厦二楼和三楼的窗口已经黑烟弥漫。此时警报声骤起，很快就有四辆消防车来到大厦前。火势越来越猛，黑烟也越来越浓，消防员无法接近大厦。很多人开始蜂拥着向希拉的车旁集结，有几个看热闹的人，也许是逃亡的人干脆坐在了她的汽车引擎盖上。

"对不起女士，您需要把车开走。"一名消防员从街道对面走过来对希拉说，"还有很多辆消防车在赶来的路上呢，我们要用这个地方停车。"他转过身，紧接着对身后的消防员又发了一通命令。很快，滚滚的浓烟就把整幢大楼吞没了，也包括慌慌张张的人群。

希拉认为看到这些就够了，她启动车子，从这个地方慢慢开走。在转弯的地方，通过后视镜，她又满意地看了火灾现场最后一眼。消防车把街道弄得拥挤不堪，远处刺耳的警报声此起彼伏，夹杂着哭喊声、求助声。希拉的脸上露出了一丝微笑。然后打开车载音乐，身体附和着音乐节拍晃动着回家了。

"五万美元该怎么花？"希拉认真地思索着，"也许可以去度个长假，这个季节的夏威夷不错，哦呜，夏威夷的确是个不错的去处。"

快到家附近时，希拉感觉不对劲。

透过车窗，希拉看见人们站在大街上比画着不知道在说些什么。她把车速放慢，顺着街道凝神望去，不远处火光把一切照得如同白昼。希拉把车子开到路边停了下来，跳下车后，她才发现被大火覆盖的正是自己家的房子。她能够清清楚楚地听到屋顶焚毁时木梁发出的噼里啪啦的声音。此时此刻，希拉的邻居正抓着一根浇花用的软管子，在院子里忙得不可开交。但是水流太细了，浇到大火中根本无济于事。"真抱歉，希拉。"他说，"我一直在扑火呢，可是你看，火越来越大了，这根水管子在大火面前一点儿用处都没有呀。"

全部家具和衣物都要化为灰烬，希拉更为揪心的事情是弗里先生付给她的那笔钱就在屋子里，五万美元正给在屋顶肆虐的大火增加燃料。

"消防车哪里去了？"希拉气急败坏地喊道，"难道就没有一个人报火警吗？"

"我报了警，"卢卡斯先生答道，"可所有的消防车都到布拉迪大街灭火去了。你还不知道吧，弗里大厦失火了！"

点评：

（1）故事主人公是希拉小姐，文章开头却先言他人，而后写希拉，这是以次要人物引出主要人物的方式，为读者设置悬念。设置"悬念"是故事元素运用中多快好省的创作手法，作者在故事前段埋下伏笔并不困难，却能很好地增强故事的可看性和精彩程度。并且故事首尾呼应，以"火灾"这一主要事件贯穿全文，以策划大厦纵火开始，以消防员因救大厦火灾而未能顾及希拉家火灾结束，作者巧妙地将两起火灾联系起来，结局突兀而又自然，令人深思。

（2）文章对人物形象的塑造也值得考生学习，作者巧妙地通过侧面事件来展现人物性格，就像弗里大厦人去楼空，被人恣意破坏，一直卖不出去，更有弗里先生靠策划纵火案来牟取私利，这暗示了他是一个唯利是图、阴险狡诈、不得人缘的人，人物形象鲜明，刻画自然。

（3）故事以希拉家火灾收尾，作者巧妙地使故事的发展既出人意料，又在情理之中，希拉对纵火一事信心满满，但没有想到自家也失火了，作者采用欲扬先抑的手法，表达了善恶有报的观点。

人眼看狗

尘世伊语

林老头在机关大院看大门几十年了，一直勤勤恳恳，认真负责。今年，孙子小豆子放寒假了没人带，林老头就把他接来，十几平方的门卫传达室，爷孙俩吃住都在里面。

周一这天早上，保卫部的刘勇军刚进单位大门就叫了起来："林老头，我们大院里怎么跑进来一只野狗，你是怎么看大门的？"

林老头心里暗叫不好，这机关大院墙高门严，连个狗洞都没有，怎么会冒出条狗？会不会是小豆子出来进去的时候没注意，把街上的野狗放了进来？

林老头赶紧跑到院子里一看，一只毛色黑白相间的大狗正悠闲地趴在地上晒太阳呢。他赶紧拿起扫帚去赶，那狗很机警，飞快地跑开了。机关大院里有三座办公楼，狗像是摸清了地形，东窜西躲，林老头追得气喘吁吁，也没赶上它。

刘勇军见了说道："这是谁放进来的，叫谁负责。"别看刘勇军只是个保卫股长，平时说话官腔十足，拿腔拿调的。林老头仔细想了半天，说道："昨天是周末没人来，我记得就王副主席来过，他进来时还跟我打了声招呼。"

刘勇军眼珠子一转，说道："原来是王副主席，他是区爱狗协会的副主席，这狗是不是他故意放进来的？不急，你先别赶，等他开会回来我问问。"

林老头放下扫帚，扶着腰，回到传达室，问小豆子："你昨天有没有把一只狗放进大院里？"小豆子的脑袋摇得像拨浪鼓，林老头这才放心。这时刘勇军来了，把手中的塑料袋往桌上一丢，说道："这是我早上买的早点，你拿去把狗喂一下，学习王副主席有爱心，我贡献两个包子。"

林老头赶紧点头，他看见小豆子望着两个热热乎乎的肉包子一动不动，他明白孙子的心，就说："过两天爷爷带你上街，给你买肉包子吃。"小豆子眼睛里冒光，欢快地说道："太好了，谢谢爷爷！"

林老头让小豆子拿着肉包子去喂狗，肉包子油光光的，散发着一股香味，馋得林老头肚子"咕咕"直叫，他这才想起自己还没吃早饭呢，忙在电饭锅里煮上白菜泡饭。

小豆子拿着肉包子去喂狗，不一会儿就蹦蹦跳跳地回来了。他开心地对林老头说："那狗可喜欢我了，还在我手里吃了肉包子。"

林老头叮嘱道："你跟狗不熟，小心它会咬人。"

小豆子说："不会的，我们村里的狗都跟我是好朋友。"

林老头从电饭锅里盛起泡饭，正准备跟小豆子吃，可还没吃进嘴，刘勇军就气势汹汹地进来了，他满脸通红，像受了极大的委屈般叫道："王副主席说他没有带狗进大院，这狗要是在大院里咬人可不得了，你赶紧的，不管用什么办法都要把它赶出去！"

林老头点点头，放下碗就往院子里走。小豆子拦着他，说道："爷爷，你可别打它。"林老头哄道："爷爷只是把它赶出去，不会打它的，它在哪吃的包子？"

小豆子往花坛的方向指了指，果然，那条大狗还在花坛边，它一见林老头拿着扫帚，马上机灵地跑开了，林老头跟在后面追了几圈，也没撵上它。刘勇军见了，也拿起一把铁锹来帮忙，两个人对一条狗围追堵截，大院里像演大戏般热闹，大家都围了过来。

秘书小周穿着职业套装，捧着玫瑰花茶，亭亭玉立地站在窗边看了一会儿，突然说道："这狗我看着眼熟，好像是、好像是郝局长家的边牧。"

刚停下来歇口气的刘勇军一听，惊得从凳子上跳了起来，叫道："你看清楚了？这不是只野狗吗，咋成郝局长家的了？"

小周对着刘勇军翻了个白眼，说："你自己傻，边牧和野狗分不清，我跟你一样啊？"

刘勇军赶紧上网一查，果然，边牧的图片跟眼前这条黑白毛色的大狗一模一样，是名贵的犬种，价格不菲。

刘勇军早就听人说郝局长家养了条大边牧，局长夫人可宝贝了。小周说道："郝局长的夫人出国了，局长这个星期又出差，这狗没地方放，是不是他放到咱们大院里来，让大家帮忙照看一下？"

郝局长去省城参加一个重要会议了，这时候打电话怕是会影响领导。刘勇军仔细看看这狗灵巧的身姿、发亮的皮毛，确实不像野狗，应该就是郝局长家的边牧了。

小周继续说："听说边牧是狗中智商最高的，我记得郝局长说过他家的狗可记仇了，别人对它有一点不好，它就会告状。"

这话把刘勇军吓得一哆嗦："一条狗，它、它难道还会说话？"

小周轻蔑地说道："这你就不懂了吧，我上次在杂志上看到，一条狗过了八年还把当初打它的一个小男孩认出来给咬了呢。"

刘勇军听得脸色发白，赶紧把手里的铁锹扔了，冲着林老头大叫："快把院门关好，郝局长出差三天，他的狗可不能丢了！"

接着，刘勇军去外面买来面包、火腿肠、茶叶蛋……看得小豆子口水直咽。刘勇军拿着吃的去喂狗，那条大狗见他来了就跑得老远，怎么都不过来。刘勇军心里暗暗骂自己，连条狗的马屁都拍不上，他没好气地站起身来，把东西往林老头面前一丢，说道："你去把它喂了，在郝局长回来之前，可不能让它瘦了。"

小豆子仰着头眼巴巴地望着林老头，没等他说话，就说："爷爷，我知道别人的东西不能吃，爷爷会给我买的，这些我都拿去喂狗。"说完，他乖巧地拿着东西出去了，林老头的眼圈红了又红。

还别说，小豆子一出现，那条大狗就跑上前，围着小豆子亲昵地摇尾巴，大口地在他手上吃着东西。见狗吃东西了，刘勇军这才放心。

三天后，郝局长回来了，刘勇军赶紧汇报道："局长，您家的狗在我们大院里养得可好了，我专门给它买了许多好吃的……"

郝局长打断他的话，说："什么？我家的狗？我出差前就把我家乐乐放到宠物店去寄养了，它怎么可能在大院里？真是可笑。"

刘勇军一听这话，脸涨得通红，呆在原地半天说不出一句话来。

这时刚好林老头过来问刘勇军："今天要给狗吃点什么？昨天买的东西已经吃完了。"

刘勇军气呼呼地说："吃什么吃？哪里来的狗，在这白吃白喝了这么多天，你赶紧给我搞清楚。"

事情终于搞清楚了，林老头在大院的下水道出口附近找到一个不大不小的洞，那里有几块砖松了。

堵好了洞，怎么把这条狗捉住呢？刘勇军想，要是在大院里搞得鸡飞狗跳的，领导看到了，自己又得挨批。一不做二不休，反正是条没主的狗，干脆买点老鼠药把它毒死，找个地方一埋就干净了。

刘勇军买了两个肉包子，放上药，往林老头的传达室一丢，吩咐道："再给它喂一次食。"

刘勇军回到办公室，正哼着小曲喝茶，郝局长一把推门跑了进来，把刘勇军吓了一跳，忙站起来说道："郝局长，您有事给我打个电话就行了，怎么亲自来了？"

郝局长胖，跑得气喘吁吁，说道："我刚回来，宠物店的人跟我说，狗跑了，你说大院里有只狗，它在哪？一定是我的乐乐，我带它来过大院，它是来找我的。"

刘勇军脑子里轰的一响，顿时觉得天旋地转，他赶紧往传达室跑，边跑边叫："林老头，你等等……"

等刘勇军冲到传达室时，看见林老头正抱着小豆子号啕大哭，小豆子口吐白沫，奄奄一息地说："狗、狗不肯吃，我就吃了……"

（本文选自《故事会》2018 年版）

点评：

（1）这篇文章最大的优点在于它的寓言性，选择了社会的常见问题来写故事，以"人眼看狗"为题，讲的却是"狗眼看人低"的事，选题、选材都十分巧妙。作者通过写一条狗跑进院子，刘勇军摸清其来历的过程，揭示了官场上趋炎附势的不良风气，又通过善良的林老头、小豆子来侧面衬托，以刘勇军为代表的阿谀奉承之人的形象跃然纸上。

（2）文章结尾，小豆子口吐白沫的描写，虽没有点明，但也能让读者看懂是小豆子偷吃了包子，与前面小豆子说的"爷爷，我知道别人的东西不能吃，爷爷会给我买的，这些我都拿去喂狗"相呼应，全文完整连贯，前面事件的铺排都合辙押韵地指向了结尾。

（3）文章的不足之处仍然在于对话太多，这个问题在这篇故事里体现得尤为明显，故事发展依靠对话来推进，这样会减弱故事的情节性和叙事性，考生应当注意。

绳子的故事（有删减）

［法国］ 莫泊桑

这是个赶集的日子。戈德维尔的集市广场上，人群和牲畜混在一起，黑压压一片。整个集市都带着牛栏、牛奶、牛粪、干草和汗臭的味道，散发着种田人所特有的那种难闻的人和牲畜的酸臭气。

布雷奥戴村奥士高纳大爷正在向集市广场走来。突然他发现地下有一小段绳子，奥士高纳大爷具有诺曼底人的勤俭精神，他弯下身去，从地上捡起了那段细绳子，并准备绕绕好收起来。这时他发现自己的冤家对头马具商马朗丹大爷在自家门口瞅着他，颇感丢脸。他立即将绳头藏进罩衫，接着又藏入裤子口袋，并又装模作样地在地上寻找什么，但没有找到的样子，然后便消失在赶集的人群中去了。

教堂敲响了午祷的钟声，集市的人群渐渐散去。朱尔丹掌柜的店堂里，坐满了顾客。突然，客店前面的大院里响起了一阵鼓声，传达通知的乡丁拉开嗓门背诵起来："今天早晨，九、十点钟之间，有人在勃兹维尔大路上遗失黑皮夹子一只。内装法郎五百，单据若干。请拾到者立即交到乡政府，或者曼纳维尔村乌勒布雷克大爷家。送还者得酬金法郎二十。"

午饭已经用毕，这时，宪兵大队长突然出现在店堂门口。他问道："布雷奥戴村奥士高纳大爷在这儿吗？"坐在餐桌尽头的奥士高纳大爷回答说："在。"于是宪兵大队长又说："奥士高纳大爷，请跟我到乡政府走一趟。乡长有话要对您说。"

乡长坐在扶手椅里等着他。"奥士高纳大爷，"他说，"有人看见您今早捡到了曼纳维尔村乌勒布雷克大爷遗失的皮夹子。马朗丹先生，马具商，他看见您捡到啦。"

这时老人想起来了，明白了，气得满脸通红。"啊！这个乡巴佬！他看见我捡起的是这根绳子，您瞧！"他在口袋里摸了摸，掏出了那一小段绳子。但是乡长摇摇脑袋，不肯相信。

他和马朗丹先生当面对了质，后者再次一口咬定他是亲眼看见的。根据奥士高纳大爷的请求，大家抄了他的身，但什么也没抄着。最后，乡长不知如何处理，便叫他先回去，同时告诉奥士高纳大爷，他将报告检察院，并请求指示。

消息传开了。老人一走出乡政府就有人围拢来问长问短，于是老人讲起绳子的故事来。他讲的，大家听了不信，一味地笑。他走着走着，凡是碰着的人都拦住他问，他也拦住熟人，不厌其烦地重复他的故事，把只只口袋都翻转来给大家看。他生气，着急，由于别人不相信他而恼火，痛苦，不知怎么办，总是向别人重复绳子的故事。

第二天，午后一时左右，依莫维尔村的农民布列东大爷的长工马利于斯·博迈勒，把皮夹子和里面的钞票、单据一并送还给了曼纳维尔村的乌勒布雷克大爷。这位长工声称确是在路上捡着了皮夹子，但他不识字，所以就带回家去交给了东家。

消息传到了四乡。奥士高纳大爷得到消息后立即四处游说，叙述起他那有了结局的故事来。他整天讲他的遭遇，在路上向过路的人讲，在酒馆里向喝酒的人讲，星期天在教堂门口讲。不相识的人，他也拦住讲给人家听。现在他心里坦然了，不过，他觉得有某种东西使他感到不自在。人家在听他讲故事时，脸上带着嘲弄的神气，看来人家并不信服。他好像觉得别人在他背后指指戳戳。

下一个星期二，他纯粹出于讲自己遭遇的欲望，又到戈德维尔来赶集。他朝克里格多村的一位庄稼汉走过去。这位老农民没有让他把话说完，在他胸口推了一把，冲着他大声说："老滑头，滚开！"然后扭转身就走。奥士高纳大爷目瞪口呆，越来越感到不安。他终于明白了，人家指责他是叫一个同伙，一个同谋，把皮夹子送回去的。

他想抗议。满座的人都笑了起来，他午饭没能吃完便在一片嘲笑声中走了。他回到家里，又羞又恼。愤怒和羞耻使他痛苦到了极点。他遭到无端的怀疑，因而伤透了心。于是，他重新向人讲述自己的遭遇，故事每天都长出一点来，每天都加进些新的理由，更加有力的抗议，更加庄严的发誓。他的辩解越是复杂，理由越是多，人家越不相信他。

他眼看着消瘦下去。将近年底时候，他卧病不起。年初，他含冤死去。临终昏迷时，他还在证明自己是清白无辜的，一再说："一根细绳……乡长先生，您瞧，绳子在这儿。"

点评：

(1) 这篇小说用词准确、细致入微，作者往往选取最富有特征性的词语，精雕细刻，以此来表现人物的形象。如主人公奥士高纳大爷出场时，就"捡"一小段绳子这一动作，莫泊桑运用了一连串富有特征的词语来表示：突然他"发现地下有一小段绳子""弯下身去""从地上捡起""准备绕绕好收起来""立即将绳头藏进罩衫""又藏入裤子口袋"，然后"又装模作样"地在地上"寻找什么"，但"没有找到"，便"消失在赶集的人群中去了"。这段描写细致入微，每一个被分解出的动作都反映了奥士高纳大爷微妙的内心变化，充分显示了一个农村老头细致、谨慎、胆怯又多心多疑的性格特征。

(2) 莫泊桑擅长从平凡琐屑的事物中截取富有典型意义的片段，以小见大地概括出生活的真实，并且他的短篇小说侧重摹写人情世态。奥士高纳大爷不厌其烦地讲他的事，越讲人们越不相信，因而他的苦闷愈积愈多，以致忧虑而死。作者把奥士高纳大爷这个诚实的老农民被诬告受冤、四处诉说、无人相信、最终含冤死去的这一形象塑造得逼真、生动，并通过这一鲜明的人物形象，深刻地揭露了19世纪后期法国是非颠倒、黑白不分的这一道德败坏的社会现象，同时也反映了社会下层小人物的命运，升华了主题。

角落里的垃圾车

锦绣

有个老人每天都会花两个小时，从家里走到街心花园，再从街心花园走回家。半路上，老人会在距离超市不远处的公交车站休息十分钟，在那里，他看到了超市店外的垃圾车。最初，老人只是静静地看着超市的工作人员处理垃圾。后来，他试探着走过去，将垃圾车推到远处的垃圾箱边，处理完垃圾，再将车推回来。老人的表情怯生生的，似乎他不是为超市做一件好事情，而是在跟超市的工作人员讨要一把青菜或者一斤水果。一连几天都是如此。只不过，老人的表情愈来愈轻松。有时候，将垃圾车推回来的途中，老人甚至会哼起快乐的小曲。

超市里的工作人员终于发现了老人的举动。他们向老人表示感谢，又委婉地告诉老人，这些事由他们来做就行。以老人这般年纪，他们哪敢让老人做这样的事情呢？

老人说："我没事，身体硬朗着呢。"但是再硬朗，他毕竟是一位七十多岁的老人。工作人员将他的举动告诉了新近调来的店长。店长听罢，连连摇头。他决定同老人好好谈一谈。

可老人回答说："反正我也没什么事情，帮你们一点忙，真的算不了什么。""可是，超市的规矩……"老人说："我会帮你们好好检查一遍。如果发现有用的东西，我会交还给你们。"店长终于决定向老人摊牌："可是，大爷，万一您扭了腰或折了腿，我是说万一，算谁的呢？您知道，现在的医院花费很高的。一个月以前有位大娘在超市滑倒，超市为她花掉一大笔治疗费。当然我不是说您不对，我们真的很感激您，我说的只是万一。这点活，我们空的时候，五分钟就能完成。"

老人的表情，愈来愈黯淡。甚至有那么一瞬间店长几乎从他的眼睛里看到泪水。老人握着手，不再说话。他坐了很长时间，站起来，往回走。他走得很慢，身体佝偻，脚步蹒跚。

第二天，老人没有去。他甚至没有坚持每天两个小时的步行。那条马路上，没有了老人的身影。第三天，第四天，老人仍然没有去。店长有些内疚，他想也许自己真的有些过分了呢。老人不过想帮他们一点儿忙却被他残忍地拒绝。之后过了整整半年，老人一直没有出现。突然有一天，一位中年人找到店长，说："半个月以前，我父亲去世了。"中年人告诉店长，老人去世的时候，他刚从监狱里出来。自从他被判了刑，老人感觉没脸见人，每天都要步行两小时到离家很远的地方，说是锻炼，其实只为躲避小区里那些熟识的邻居。他看到停放在角落里的垃圾车，觉得自己可以为你们做些事情。因为这些事情，他很快乐。所以，当你们拒绝他以后，他每天把自己关在屋子里。母亲死得早他独自一人，还好他撑到我回来。他没有对我说这些事情，可是几天前，我突然发现他锁在抽屉里的日记，他将这件事情写在日记里，今天我来，只为感谢你们。

年轻人拿出一张日历。店长看到，那上面用钢笔圈画出一串日子。年轻人指着日历说："我不在父亲身边的这几年，只有这些日子，能够让父亲快乐和踏实。"那些便是老人为超市处理垃圾的日子。

"可是他为什么一定要帮助我们呢？"店长说，"这条马路上，并非只有我们一家超市……"

年轻人紧咬嘴唇，哽咽地说："他想替我赎罪，因为五年前的一个深夜，我曾偷偷潜入到你们店里。"

（本文选自《百度文库》2017 年感动好文）

点评：

（1）这篇故事看似写的是一位老人的善举，实则将主题落脚于父子亲情上，因为考生生活阅历少，故事素材很难逃出亲情和友情的话题，所以在考试时，很多文章的题材就会有很大的相似性，这是考生在备考时需要注意和避免的。同样是写亲情，这篇故事就给考生提供了很好的范例，"顾左右而言他"在故事创作中反而是聪明的。

（2）这篇故事的独特之处在于不刻意的悬念设计，故事前部分并未埋下明显的伏笔，也不让读者揪心，只有在读完全文之后，才能真正了解故事的主题和作者的意图，这种平实的叙事风格真诚感人，没有花哨的创作技巧，却更能俘获人心。

（3）但这篇故事也存在一些问题，通读全文后会发现，故事悬念全都依靠结尾儿子的讲述和解释来解开，这使故事的情节性和发展性受到了一定影响。

最后一片叶子

[美国] 欧·亨利

在华盛顿广场西边的一个小区里，街道都横七竖八地伸展开去，又分裂成一小条一小条的"胡同"。这些"胡同"稀奇古怪地拐着弯子。一条街有时自己本身就交叉了不止一次。有一回一个画家发现这条街有一种优越性：要是有个收账的跑到这条街上，来催要颜料、纸张和画布的钱，他就会突然发现自己两手空空，原路返回，一文钱的账也没有要到！

所以，不久之后不少画家就摸索到这个古色古香的老格林尼治村来，寻求朝北的窗户、18 世纪的尖顶山墙、荷兰式的阁楼，以及低廉的房租。然后，他们又从第六街买来一些蜡酒杯和一两只火锅，这里便成了"艺术区"。

苏和琼西的画室设在一所又宽又矮的三层楼砖房的顶楼上。"琼西"是琼娜的爱称。她俩一个来自缅因州，一个是加利福尼亚州人。她们是在第八街的"台尔蒙尼歌之家"吃份饭时碰到的，她们发现彼此对艺术、生菜色拉和时装的爱好非常一致，便合租了那间画室。

那是 5 月里的事。到了 11 月，一个冷酷的、肉眼看不见的、医生们叫作"肺炎"的不速之客，在艺术区里悄悄地游荡，用他冰冷的手指头这里碰一下那里碰一下。在广场东头，这个破坏者明目张胆地踏着大步，一下子就击倒几十个受害者，可是在迷宫一样、狭窄而铺满青苔的"胡同"里，他的步伐就慢了下来。

肺炎先生不是一个你们心目中行侠仗义的老绅士。一个身子单薄，被加利福尼亚州的西风刮得没有血色的弱女子，本来不应该是这个有着红拳头的、呼吸急促的老家伙打击的对象。然而，琼西却遭到了打击；她躺在一张油漆过的铁床上，一动也不动，凝望着小小的荷兰式玻璃窗外对面砖房的空墙。

一天早晨，那个忙碌的医生扬了扬他那毛茸茸的灰白色眉毛，把苏叫到外边的走廊上。

"我看，她的病只有十分之一的恢复希望，"他一面把体温表里的水银柱甩下去，一面说，"这一分希望就是她想要活下去的念头。有些人好像不愿意活下去，喜欢照顾殡仪馆的生意，简直让整个医药界都无能为力。你的朋友断定自己是不会痊愈的了。她是不是有什么心事呢？"

"她——她希望有一天能够去画那不勒斯的海湾。"苏说。

"画画？——真是瞎扯！她脑子里有没有什么值得她想了又想的事——比如说，一个男人？"

"男人？"苏像吹口琴似的扯着嗓子说，"男人难道值得——不，医生，没有这样的事。"

"能达到的全部力量去治疗她。可要是我的病人开始算计会有多少辆马车送她出丧，我就得把治疗的效果减掉百分之五十。只要你能想法让她对冬季大衣袖子的时新式样感到兴趣而提出一两个问题，那我可以向你保证把医好她的机会从十分之一提高到五分之一。"

医生走后，苏走进工作室里，把一条日本餐巾哭成一团湿。后来她手里拿着画板，装作精神抖擞的样子走进琼西的屋子，嘴里吹着爵士音乐调子。

琼西躺着，脸朝着窗口，被子底下的身体纹丝不动。苏以为她睡着了，赶忙停止吹口哨。

她架好画板，开始给杂志里的故事画一张钢笔插图。年轻的画家为了铺平通向艺术的道路，不得不给杂志里的故事画插图，而这些故事又是年轻的作家为了铺平通向文学的道路而不得不写的。

苏正在给故事主人公，一个爱达荷州牧人的身上，画上一条马匹展览会穿的时髦马裤和一片单眼镜时，忽然听到一个重复了几次的低微的声音。她快步走到床边。

琼西的眼睛睁得很大。她望着窗外，数着……倒过来数。

"12，"她数道，歇了一会儿又说，"11。"然后是"10"和"9"，接着几乎同时数着"8"和"7"。

苏关切地看了看窗外。那儿有什么可数的呢？只见一个空荡阴暗的院子，20英尺以外还有一所砖房的空墙。一棵老极了的常春藤，枯萎的根纠结在一块，枝干攀在砖墙的半腰上。秋天的寒风把藤上的叶子差不多全都吹掉了，几乎只有光秃的枝条还缠附在剥落的砖块上。

"什么呀，亲爱的？"苏问道。

"六，"琼西几乎用耳语低声说道，"它们现在越落越快了。三天前还有差不多一百片。我数得头都疼了。但是现在好数了。又掉了一片。只剩下五片了。"

"五片什么呀，亲爱的？告诉你的苏娣吧。"

"叶子。常春藤上的。等到最后一片叶子掉下来，我也就该去了。这件事我三天前就知道了。难道医生没有告诉你？"

"哼，我从来没听过这种傻话，"苏十分不以为然地说，"那些破常春藤叶子和你的病好不好有什么关系？你以前不是很喜欢这棵树吗？你这个淘气孩子。不要说傻话了。瞧，医生今天早晨还告诉我，说你迅速痊愈的机会是，让我一字不改地照他的话说吧——他说有九成把握。噢，那简直和我们在纽约坐电车或者走过一座新楼房的把握一样大。喝点汤吧，让苏娣去画她的画，好把它卖给编辑先生，换了钱来给她的病孩子买点红葡萄酒，再给她自己买点猪排解解馋。"

"你不用买酒了，"琼西的眼睛直盯着窗外说道，"又落了一片。不，我不想喝汤。只剩下四片了。我想在天黑以前等着看那最后一片叶子掉下去。然后我也要去了。"

"琼西，亲爱的，"苏俯着身子对她说，"你答应我闭上眼睛，不要瞧窗外，等我画完，行吗？明天我非得交出这些插图。我需要光线，否则我就拉下窗帘了。"

"你不能到那间屋子里去画吗？"琼西冷冷地问道。

"我愿意待在你跟前，"苏说，"再说，我也不想让你老看着那些讨厌的常春藤叶子。"

"你一画完就叫我，"琼西说着，便闭上了眼睛。她脸色苍白，一动不动地躺在床上，就像是座横倒在地上的雕像。"因为我想看那最后一片叶子掉下来，我等得不耐烦了，也想得不耐烦了。我想摆脱一切，飘下去，飘下去，像一片可怜的疲倦了的叶子那样。"

"你睡一会儿吧，"苏说道，"我得下楼把贝尔门叫上来，给我当那个隐居的老矿工的模特儿。我一会儿就回来的。不要动，等我回来。"

老贝尔门是住在她们这座楼房底层的一个画家。他年过六十，有一把像米开朗琪罗的摩西雕像那样的大胡子，这胡子长在一个像半人半兽的森林之神的头颅上，又鬈曲地飘拂在小鬼似的身躯上。贝尔门是个失败的画家。他操了40年的画笔，还远没有摸着艺术女神的衣裙。他老是说就要画他的那幅杰作了，可是直到现在他还没有动笔。几年来，他除了偶尔画点商业广告之类的玩意儿以外，什么也没有画过。他给艺术区里穷得雇不起职业模特儿的年轻画家们当模特儿，挣一点儿钱。他喝酒毫无节制，还时常提起他要画的那幅杰作。除此以外，他是一个火气十足的小老头子，十分瞧不起别人的温情，却认为自己是专门保护楼上画室里那两个年轻女画家的一只看家狗。

苏在楼下他那间光线黯淡的斗室里找到了嘴里酒气扑鼻的贝尔门。一幅空白的画布绷在个画架上，摆在屋角里，等待那幅杰作已经25年了，可是连一根线条还没等着。苏把琼西的胡思乱想告诉了他，还说她害怕琼西自个儿瘦小柔弱得像一片叶子一样，对这个世界的留恋越来越微弱，恐怕真会离世飘走了。

老贝尔门两只发红的眼睛显然在迎风流泪，他十分轻蔑地嗤笑这种傻呆的胡思乱想。

"什么，"他喊道，"世界上真会有人蠢到因为那些该死的常春藤叶子落掉就想死？我从来没有听说过这种怪事。不，我才不给你那隐居的矿工糊涂虫当模特儿呢。你干吗让她胡思乱想？唉，可怜的琼西小姐。"

"她病得很厉害很虚弱，"苏说，"发高烧发得她神经昏乱，满脑子都是古怪想法。好，贝尔门先生，你不愿意给我当模特儿，就拉倒，我看你是个讨厌的老——老啰唆鬼。"

"你简直太婆婆妈妈了！"贝尔门喊道，"谁说我不愿意当模特儿？走，我和你一块儿去。我不是讲了半天愿意给你当模特儿吗？老天爷，琼西小姐这么好的姑娘真不应该躺在这种地方生病。总有一天我要画一幅杰作，我们就可以都搬出去了。一定的！"

他们上楼以后，琼西正睡着觉。苏把窗帘拉下，一直遮住窗台，做手势叫贝尔门到隔壁屋子里去。他们在那里提心吊胆地瞅着窗外那棵常春藤。后来他们默默无言，彼此对望了一会儿。寒冷的雨夹杂着雪花不停地下着。贝尔门穿着他的旧的蓝衬衣，坐在一把翻过来充当岩石的铁壶上，扮作隐居的矿工。

第二天早晨，苏只睡了一个小时的觉，醒来了，她看见琼西无神的眼睛睁得大大地注视拉下的绿窗帘。

"把窗帘拉起来，我要看看。"她低声地命令道。

苏疲倦地照办了。

然而，看呀！经过了漫长一夜的风吹雨打，在砖墙上还挂着一片藤叶。它是常春藤上最后的一片叶子了。靠近茎部仍然是深绿色，可是锯齿形的叶子边缘已经枯萎发黄，它傲然挂在一根离地二十多英尺的藤枝上。

"这是最后一片叶子。"琼西说道，"我以为它昨晚一定会落掉的。我听见风声的。今天它一定会落掉，我也会死的。"

"哎呀，哎呀，"苏把疲乏的脸庞挨近枕头边上对她说，"你不肯为自己着想，也得为我想想啊。我可怎么办呢？"

可是琼西不回答。当一个灵魂正在准备走上那神秘的、遥远的死亡之途时，她是世界上最寂寞的人了。那些把她和友谊极大地联结起来的关系逐渐消失以后，她那个狂想越来越强烈了。

白天总算过去了，甚至在暮色中她们还能看见那片孤零零的藤叶仍紧紧地依附在靠墙的枝上。后来，夜的到临带来了呼啸的北风，雨点不停地拍打着窗子，雨水从低垂的荷兰式屋檐上流泻下来。

天刚蒙蒙亮，琼西就毫不留情地吩咐拉起窗帘来。

那片藤叶仍然在那里。

琼西躺着对它看了许久。然后她招呼正在煤气炉上给她煮鸡汤的苏。

"我是一个坏女孩子，苏娣，"琼西说，"天意让那片最后的藤叶留在那里，证明我是多么坏。想死是有罪过的。你现在就给我拿点鸡汤来，再拿点掺葡萄酒的牛奶来，再——不，先给我一面小镜子，再把枕头垫垫高，我要坐起来看你做饭。"

过了一个钟头，她说道："苏娣，我希望有一天能去画那不勒斯的海湾。"

下午医生来了，他走的时候，苏找了个借口跑到走廊上。

"有五成希望。"医生一面说，一面把苏细瘦的颤抖的手握在自己的手里，"好好护理你会成功的。现在我得去看楼下另一个病人。他的名字叫贝尔门——听说也是个画家。也是肺炎。他年纪太大，身体又弱，病势很重。他是治不好的了；今天要把他送到医院里，让他更舒服一点儿。"

第二天，医生对苏说："她已经脱离危险，你成功了。现在只剩下营养和护理了。"

下午苏跑到琼西的床前，琼西正躺着，安详地编织着一条毫无用处的深蓝色毛线披肩。苏用一只胳臂连枕头带人一把抱住了她。

"我有件事要告诉你，小家伙，"她说，"贝尔门先生今天在医院里患肺炎去世了。他只病了两天。头一天早晨，门房发现他在楼下自己那间房里痛得动弹不了。他的鞋子和衣服全都湿透了，冰凉冰凉的。他们搞不清楚在那个凄风苦雨的夜晚，他究竟到哪里去了。后来他们发现了一只没有熄灭的灯笼，一把挪动过地方的梯子，几支扔得满地的画笔，还有一块调色板，上面涂抹着绿色和黄色的颜料，还有——亲爱的，瞧瞧窗子外面，瞧瞧墙上那最后一片藤叶。难道你没有想过，为什么风刮得那样厉害，它却从来不摇一摇、动一动呢？唉，亲爱的，这片叶子才是贝尔门的杰作——就是在最后一片叶子掉下来的晚上，他把它画在那里的。"

点评：

（1）《最后一片叶子》是一篇充满人性之美的故事，琼西和苏的友谊、贝尔门的牺牲精神以及最后一片叶子所蕴含的深远意义，无一不在提醒人们尽管生活艰辛，但始终有一种力量在支撑着我们不断向前、改变现状并追求美好的明天，这种力量就是人性的真、善、美，这一切共同构成了积极向上的故事主题。

（2）题目就是整篇故事的核心意象，文章从题目开始就自带悬念，为故事的展开埋下伏笔，吸引读者的阅读兴趣，文章前两段用语简洁，寥寥几笔概述出故事发生的人物、背景和处境，为后文情节的突转做足了准备和铺垫。

（3）值得考生学习的还有这篇故事的结尾方式，大家多称之为"欧·亨利式的结尾"，是"突转"的方式。突转是指剧情向相反方向的突然变化，一般是指由逆境转入顺境，或由顺境转入逆境。即作品由于新的因素的注入，从而使人物的思想、行为发生了强烈的转向，让情节突然转变，使读者感到意外并产生强烈的兴趣。由此可见，在注重情节安排、讲求情节效应的故事中，"突转"是重要一环，没有"突转"这一环节，高潮便无法形成。很多故事情节"突转"之处便是情节的高潮所在。本篇故事中的女画家原本丧失了求生欲望，当她望着窗外永不凋谢的落叶时，"奇迹"出现了，她鼓起了面对生活的勇气，而老画家却离开了人间……作品结尾处让主人公的命运、愿望在不同的处境中，朝着相反的方向急剧转变，即是"突转"手法的具体表现。在写作应试的戏剧故事时，考生也可以学习"突转"的手法并将之运用到故事中。

全家福

张淑琴

陈沉大学毕业后分配在海南工作，后来在那儿安了家，留下父母二老在济南。他们已经五年没回家了，只是偶尔打个电话。

农历八月十三上午陈沉打电话回家问及父母的健康状况，他们都说还好。电话里陈沉告诉二老今年中秋节他工作太忙不能回家了。晚上，母亲突然打来电话，电话那头泣不成声地告诉他，他父亲病重快不行了，让他带上老婆孩子回家见父亲最后一面。陈沉很吃惊，就问母亲上午打电话时还好好的，怎么突然病重了，母亲才吞吞吐吐地回答道："你……你爸心……心脏病突发，快不行了，晚一步，就看……看不见他了。"末了还叮嘱陈沉一定要带上老婆孩子。

陈沉和老婆第二天上午就请好假，带着儿子乘飞机回到了济南。

一进门，他们愣住了。客厅里的餐桌上满满的，有他爱吃的红烧肉、德州扒鸡、鱼香肉丝……还有他最爱喝的青岛啤酒。而二老则端坐在桌旁微笑着。陈沉冲到父亲跟前问："爸，你咋了？妈不是说你病重了吗？怎么还……"

"没事啊！我很好啊！你一回来我什么病都好了。"父亲拍拍自己的身子骨。

"没事儿啊？那你……那我们还是赶紧回去吧！"陈沉正欲往外走，母亲赶紧站起来拉住了他。儿媳妇却没有好气地说："妈，你都这么一把岁数了，也老不安分，说谎骗人！"母亲放下手，涨红了脸说："我们只想向陈沉农村的姑姑家一样逢年过节的全家人凑在一起，吃个团圆饭，照张全家福！"

陈沉一听急了，一把拉住正在吃饭的儿子和生气的老婆，让他们站在二老旁，"咔"的一声拍了张全家福，然后急匆匆往外走，说是赶末班机。

父亲生气了，告诉他只要他踏出这个门就永远别再回来了。母亲也在一旁小声说还是吃了饭再走吧，再说明天就是中秋节了。

"中秋，中秋，为了过中秋就让我扣掉 500 块工资！"陈沉拉着儿子往外走。父亲气坏了，拿起桌子上的酒瓶子朝陈沉砸去，说是要打死这个只认钱不认爹娘的畜生。可他还未砸下去，手就抖了起来，晕倒了。陈沉接着把父亲送到医院，医生说是心脏病突发。

陈沉走出病房门，这才想起刚才老妈说过他们是撒谎骗自己回来吃团圆饭的。医生又是父亲的老同学，他们会不会也串通骗自己呢？于是他就偷偷在门口听医生和父亲的谈话："我说老陈啊，你啊！就改改你那脾气吧！这次是心脏病初犯，儿子孝顺又回家陪你，你才能捡回条命，要不……"陈沉听后鼻子一酸。

一周后父亲出院。陈沉辞掉在海南的高薪工作，带着老婆孩子一起回到了二老身边。他们住一栋楼，吃一桌饭，一起看电视，一起逛公园，还经常性地拿出相机来拍张全家福。楼房的墙壁上，全家福换了一张又一张，但八月十四那天拍的那张始终挂在房中最显眼的位置。

点评：

（1）这是一篇关于亲情的故事，虽有矛盾冲突，但故事最后洋溢着满满的幸福感，这篇故事真正让读者动容的也是结尾，主人公由于父亲生病而觉醒，坚决辞掉高薪工作，回到父母身边，一家人过上了团圆美满的生活。

（2）文章篇幅不长，却将整个故事的发展过程叙述得十分清晰，语言朴实自然，但是总的来说，作者对对话的依赖性还是太强，很多语言可以转化成叙述的口吻，增强文章的叙事性。

（3）故事的矛盾冲突有些单调，反转力度不足，前半部分的反转在于陈沉受母亲欺骗回家，以为父亲病重，到家却发现父亲并没有生病，后续情节的纠葛也是在父亲的病上，这让故事本身显得寡淡，不够精彩，很难在众多优秀作品中脱颖而出。

（4）"全家福"很好地贯穿了整篇文章，故事线清晰明了，开端展开话题，发展、高潮激发话题，结局强化话题，甚至直接命名为《全家福》。故事开始母亲骗他们回家也是为了聚在一起拍全家福，故事末尾点题，全家福换了又换，但唯独那独特的一张始终挂在显眼的位置，可以看到文章的脉络十分清晰，故事情节和段落比例也十分得当。

聘 任

［英国］埃克斯雷

西奥·霍迪尔先生身材修长，面庞消瘦，两鬓斑白。他生性温和，平日寡言。研究学术问题，他精力充沛，记忆力惊人，而对日常生活的琐碎小事，却不甚了。

坎福特大学需要聘请一名工作人员，上百人申请该空缺位置，西奥也递上了申请书。最后，只有西奥等十五人获得面试的机会。

坎福特大学地处一个小镇上，周围仅有一家旅店，由于住客骤增，单人房间只好两个人同住了。跟西奥同住的是一位年轻人，叫亚当斯，足足比西奥年轻二十岁。亚当斯自信心甚强，且有一副洪亮的嗓音，旅店里时常可以听到他朗朗的笑声。这是一个聪明伶俐的人，这一点是显而易见的。

校长及评选小组对所有的候选人进行了一次面试，筛选后只剩下西奥和亚当斯两人了。小组对聘请谁仍犹豫不决，只好让他俩在大学礼堂进行一次公开的演讲后，再行决定。演讲题目定为《古代苏门人的文明史》，三天后开讲。

在这三天工夫，西奥寸步不离房间，废寝忘餐，日夜赶写讲稿。而亚当斯却不见有任何动静——酒吧间里依旧传出他的笑声。每天他很晚才回来，一边问西奥的讲稿进展情况，一边叙述自己在弹子房、剧院和音乐厅的开心事。

到了演讲的那天，大家来到礼堂，西奥和亚当斯分别在台上就座。直到此时，西奥才惊恐万状地发现，自己用打字机打好的讲稿不知什么时候不翼而飞了。

校长宣布说，演讲按姓名字母排列先后进行。亚当斯首当其冲。情绪颓丧的西奥抬头注视着亚当斯——只见他神情自若地从口袋里掏出窃来的讲稿，对着在座的教授们口若悬河、振振有词地讲开了。连西奥也暗自承认他确有超人的口才。亚当斯演讲完毕，场内爆发出雷鸣般的掌声。亚当斯鞠了一个躬，脸上露出微笑，回到座位上去。

轮到西奥了，他的一切东西都写在稿子上面。由于心情不好，要另开思路是不可能的了。他觉得脸上火辣辣的，唯有用低沉而疲乏的声音逐句重复亚当斯刚才振振有词的演讲内容。等他讲完坐下来时，会场上只有零零落落的几下掌声。

校长及全体评选小组成员退出会场，去讨论该聘任哪位候选人。礼堂内的人仿佛对决定的结果早已有了数。

亚当斯向西奥探过身来，用手拍了拍他的背，微笑着说道："厄运呀，老兄。没办法，两者只选其一。"

这时，校长及小组成员回来了。"诸位先生，"校长说，"我们做出了选择——聘请西奥·霍迪尔先生！"

所有的听众都惊呆了。

校长继续说："让我把讨论的情况向诸位披露吧。亚当斯先生口才过人，知识渊博，我们大家都深感钦佩，我本人也为之感动。但是，请不要忘了，亚当斯先生是拿着稿子去做演讲的。而霍迪尔先生呢，却凭着记忆力，把前者的演讲内容一字不漏地重复了一遍。当然啰，在这以前，他不可能看过那份讲稿的一字一句。我们缺的那项工作，正需要有这样天赋的人！"

大家陆续走出会场。校长走到西奥面前，见西奥面上仍然挂着那副惊喜交集、不知所措的表情，便握着他的手，说道："祝贺你，霍迪尔先生。不过我得提醒你一句，日后在咱们这儿工作，可要留神点，别把重要的材料到处乱放呀！"

（选自《读者文摘》1983 年第 9 期）

点评：

（1）这篇故事的人物塑造非常成功，刻画了应聘者西奥、亚当斯和招聘主持人校长这三个人的形象，各个性格鲜明。作品一开始，就对西奥进行了肖像描写和概括介绍，十分有画面感，人物形象跃然纸上，使读者对他有了一个总的印象；接着，又通过对主要竞争对手亚当斯的对照描写，使读者对他的印象得到了进一步加深；然后，随着情节的不断发展，西奥在开端概括介绍时被提及的性格，又一一得到了印证，整个故事对于人物的塑造过程是精雕细琢、逻辑严密的。

（2）这篇故事的特点在于将悬念倒置，不同于常规的先设置悬念、埋下伏笔、最后再解开悬念的写作手法，而是在文章一开始就给出了故事结局，然后随着情节的发展，突出了故事元素中的"动作"，用动作推进故事，让读者跟随作者去验证，即是开头对西奥的描述，在后续的一件件事情中得到了佐证，"动作"的使命与"悬念"的价值相融合，相得益彰。

（3）故事情节的安排详略得当，擅用巧合。西奥经历了三轮竞争，作者并没有详细地展开对前两轮的描写，而是将笔墨着重放在精彩的最后一轮。并且故事中上百名应聘者云集一处，作者偏偏设计让西奥和亚当斯合住一室，给故事增加了几分巧合的意趣，也有助于后续情节的再发展。

遍野荆花

厉周吉

在怪石嶙峋的山坡上，王亮小心翼翼地攀爬着。爬累了，就坐到山石上挠一阵头。遇上难以解决的事，王亮有挠头的习惯，挠来挠去，头发越来越少。这不，今天又把本就稀疏的头发挠掉了无数根。

崮崖是个小山村，全村500多口人，只有不到300亩山岭地，却有6000多亩山场。可这么多山场有什么用？这是水源缺乏、土壤贫瘠、几乎连一棵大树都长不起来的山岭呀！凭自己的本事，让老百姓靠这些山岭富起来，那真是痴人说梦！

可即便是梦也必须做呀，谁叫自己是县里派到这个村的第一书记呢！带领这个村快速脱贫是自己义不容辞的责任。爬到山腰，王亮已经累得气喘吁吁了。站在这里放眼四望，山野怪石遍布，植被稀疏。多数植被是一种叫荆棵的低矮灌木，偶有几棵针叶松、刺槐之类的，也长得歪歪扭扭，一副苦大仇深的架势。他的心里更加迷茫了。

再往上爬，山坡更陡了，王亮虽然累得浑身冒汗，但还是硬撑着继续往上爬，他在心里暗暗鼓劲，一定要爬上山顶！

快到山顶时，他脚下一滑，多亏拽住手边的一株荆棵才没摔倒，当他站稳身子时，发现已经几乎将那株荆棵拔出来了。

他仔细一看，这棵荆棵植株虽小，根部却遒劲有型，像极了奔跑的骆驼，非常好看。他把荆棵拍照后发到微信朋友圈，竟有好几个人争着买，争来争去，把价格抬高到100多元。一棵100元并不多，可是几百万棵呢！这里的6000多亩山场几乎全部长满了荆棵呀！如果把这些荆棵加工成盆景，即便每棵卖三五十，也是一笔很可观的财富呀！

回到村里，王亮很快就拟好了脱贫方案。这夜，他兴奋得几乎一夜未眠。第二天是村里的议事日，等大家到齐，王亮就匆忙宣读了脱贫方案。他们听完，面面相觑了许久，最后又把目光汇聚到王亮身上，王亮顿时被他们看得心里发虚。

"这办法真好！我们以前怎么就想不到呢？"直到村主任张凯带头说好，大家才纷纷跟着称赞起来。王亮做事干脆，再加上第二天他要去县城参加一个培训，就当场把任务安排了下去，有负责挖荆棵的，有负责整理定型的，有负责网上宣传的……

等半个月的培训结束，王亮兴冲冲地回到村里，才知道工作几乎没有一点进展。王亮气得随手拿起一块山石，奋力扔出去，山石落地时惊得一只正在打盹的瘦狗落荒而逃。

"我算是知道你们受穷的原因了，思想跟不上，行动也跟不上！你们不知道在经济飞速发展的今天，半个月的时间有多么重要……"王亮把村主任张凯一顿好训，"你必须给我解释清楚，你们在这件事上，为什么迟迟没有行动！"张凯沉默了许久，才解释说："那天您事先没和我们交流就宣读了脱贫方案，因为您是上级刚派来的，大家都没好意思直接提反对意见，其实荆棵值钱的事村里人早就知道，不过以前谁也没想把荆棵刨出来卖钱。这地方自然条件差，即便一株很不起眼的荆棵也可能是经过几十年甚至几百年才好不容易长成的，如果把这些荆棵刨掉了，环境就更差了。这些日子，我们讨论来讨论去，最后还是形成一致意见——宁愿继续受穷，也不发这样的财。"

张凯说完，王亮觉得脸上火辣辣的，比被人当众打了几耳光还难受。

转眼间，荆花遍野的夏天来临了。这天，王亮和张凯爬上村东的一个山头，站在山顶放眼四望，整个山野到处是淡紫色的荆花，微风徐来，荆条轻摆，花间蝶飞蜂舞，鸟鸣啁啾，空气里弥漫着淡淡的清香。

他们禁不住相视而笑。

原来，王亮的脱贫方案被否决后，经过集思广益，崮崖村终于找到了一条适宜的脱贫之路，那就是利用这遍野荆花，大量养蜂并生产纯正的荆花蜜。

崮崖村生产的荆花蜜，色如纯净琥珀，入口留香绵长，投放市场后供不应求。从此，这遍野荆花成为村里永不枯竭的财富之源……

点评：

（1）这篇文章显然不是规范的戏剧故事范本，没有紧凑的情节和激烈的冲突，更像是对一个事件的发展过程进行了记叙，但值得考生注意的是，没有任何一篇文章是毫无波澜的，就像是文中写王亮绞尽脑汁帮村民找到致富办法，村民却"宁愿继续受穷，也不发这样的财"，这样的安排一波三折，增加了情节冲突，虽然不激烈，但是有阻碍，这是故事创作的必须要素。

（2）荆棵是文章的线索，也是故事的主要情节，一切事件都围绕荆棵展开，荆棵也推动了故事情节的发展，结尾对荆棵花开的描写照应了题目，整篇文章结构完整、脉络清晰。

（3）作者很擅长挖掘优质的故事主题，这篇文章写荆棵，用荆棵象征着乡民和扶贫干部不畏艰难、百折不挠、勇于解决问题的精神。文章主题积极向上、呼应时代，很适合用于考场的故事创作。

第七节 故事写作的历年经典真题汇总

一、省级统考经典真题

1. 请根据下面给出的情境,按照要求编写一个故事。

飞驰的高铁上,他(她)凭窗远眺,眼睛里流露出无限喜悦……

要求:

(1) 主题明确,有思想内涵;情节生动曲折,人物形象鲜明;构思新颖巧妙,故事结构完整。

(2) 自拟题目,不少于800字。

【2022年山东省普通高校文学编导类专业招生统考试题】

2. 续写故事。

一辆车在快速行驶中,突然一架无人机出现在正前面……

要求:

(1) 主题明确,题材适合公开传播。

(2) 内容具有原创性。能够合理设置人物和情节,具有较强的故事性。结构完整,层次清楚。

(3) 语言通顺。叙事流畅,卷面整洁。

(4) 全文不少于800字。

【2022年广东省普通高校广播电视编导术科招生统考试题】

3. 故事续写。

时羽揉了揉眼睛,发现教室里的布局没有什么变化,这一切并不是幻觉。她(他)看了看黑板上她写的半句诗,转头望去,面对眼前的一幕,不知道该怎么解释……

要求:全文不少于800字。

【2022年河南省普通高校编导制作类专业招生统考试题】

4. 运用下列三个词语编写一个故事。

眼镜 木偶 芭蕾舞

要求:

(1) 在编写的故事中,三个词语都必须出现,且至少有两个是故事的关键词。

（2）不少于 1000 字。

【2022 年湖南省普通高校广播电视编导专业招生联考试题】

5. 故事续写。

疫情期间，医生李东被困在山村里，他想跟市里的医院取得联系，但由于暴风雪太大把信号切断了，怎么都联系不上……

要求：故事逻辑清晰，有戏剧冲突，内容积极向上，不少于 1200 字。

【2022 年重庆市普通高校广播电视编导专业招生联考试题】

6. 故事续写。

李强晚上下班，开车回家的路上，一个提着行李箱的男子从路边冲出来，朝他挥手。

要求：请以上面这段材料为结尾进行故事创作，不少于 600 字。

【2022 年福建省普通高校编导类专业招生统考试题】

7. 根据以下情节编写故事。

屋子里黑漆漆的，他瘫坐在沙发上，脚边放着一个破旧的包。他记得下午提着包急切地走出车站时，看到迎来的身影，迟疑了……

要求：

（1）以上的话必须出现在文章中，并使用横线标出。

（2）题目自拟。

（3）不少于 600 字。

【2022 年江西省普通高校戏剧影视文学（广播电视编导）专业招生统考试题】

8. 故事续写。

《送你一朵小红花》的音乐主旋律在他（她）的耳边敲击着他（她）的心房，他（她）拿出手机拨通了那个电话。

要求：主题明确，情节合理，想象丰富，语言生动；不要套作，不得抄袭，不少于 800 字。

【2022 年安徽省普通高校编导类专业招生统考试题】

9. 请根据下面给出的关键词，按照要求编写一个故事。

单车　桥　纸飞机

要求：

（1）主题明确，有思想内涵，情节生动曲折，人物形象鲜明；构思新颖巧妙，故事结构完整。

（2）故事必须包含所有关键词。

（3）自拟题目，不少于 800 字。

【2021年山东省普通高校文学编导类专业招生统考试题】

10. 续写故事。

熙熙攘攘的闹市区。一如既往，老板冷川一身衬衫马甲，头发梳得油亮，端坐店里，闭目养神。冬日午后，阳光照进店里，这个小店已经一年没有人光顾了。突然门开了，一个陌生的身影闪了进来……

要求：全文不少于 800 字。

【2021年河南省普通高校编导制作类专业招生统考试题】

11. 续写故事。

他（她）最担心的事情终于发生了……

要求：

（1）主题明确，题材适合公开传播。

（2）内容具有原创性。能够合理设置人物和情节，具有较强的故事性。结构完整，层次清楚。

（3）语言通顺。叙事流畅，卷面整洁。

（4）全文不少于 800 字。

【2021年广东省普通高校广播电视编导术科招生统考试题】

12. 根据"不翼而飞的纸"为核心元素进行故事创作。

要求：主题明确，情节合理，想象丰富，语言生动，题目自拟；不要套作，不得抄袭，不少于 800 字。

【2021年安徽省普通高校编导类专业招生统考试题】

13. 运用下列三个词语编写一个故事。

假发、手表、烽火台

要求：

（1）在编写的故事中，三个词语都必须出现，且至少有两个是故事的关键词。

（2）不少于 1000 字。

【2021年湖南省普通高校广播电视编导专业招生联考试题】

14. 根据以下情节编写故事。

苏七开着车穿过街道，金黄的银杏叶在疾驰的车轮下翻滚，飞起又落下。

苏七专注地看着手中寻人启事上的照片——一个笑容甜美的女孩。

要求：

（1）以上的话必须出现在文章中，并使用横线标出。

（2）题目自拟。

（3）不少于600字。

【2021年江西省普通高校戏剧影视文学（广播电视编导）专业招生统考试题】

15. 故事续写。

明天是儿子五岁的生日，刘林今天起了个大早，准备去为儿子买他一直惦记的变形金刚，然后顺路去机场接妻子。昨天跟妻子开视频时，她答应回来给儿子过生日，妻子两年前随医疗队援外去了坦桑尼亚。刘林穿上外套，准备出门，这时电话却突然响了……

要求：故事逻辑清晰，有戏剧冲突，内容积极向上，不少于1200字。

【2021年重庆市普通高校广播电视编导专业招生联考试题】

16. 以"苹果的故事"为题，编写故事。

要求：

（1）主题明确，有思想内涵，情节生动曲折，人物形象鲜明；构思新颖巧妙，故事结构完整。

（2）不少于800字。

【2020年山东省普通高校文学编导类专业招生统考试题】

17. 续写故事。

天色渐晚，面前的书本也变得模糊起来，张新杰站起身把书收起放进背包，拿起身边的一摞广告单，向19路车站走去。突然，背后响起一阵急促的奔跑声，他扭头看去，惊讶地张大了嘴巴……

要求：全文不少于800字。

【2020年河南省普通高校编导制作类专业招生统考试题】

18. 续写故事。

就在打开U盘的瞬间，他（她）愣住了……

要求：

（1）主题明确，题材适合公开传播。

（2）内容具有原创性。能够合理设置人物和情节，具有较强的故事性。结构完整，层次清楚。

（3）语言通顺。叙事流畅，卷面整洁。

（4）全文不少于 800 字。

【2020 年广东省普通高校广播电视编导术科招生统考试题】

19. 在你的生命中有很多重要的人，比如亲人、朋友、爱人，但是他们不能一直陪伴你。

请以"离我越来越远的人"为主题，编写一篇 1000—1500 字的故事，题目自拟。

【2020 年浙江省普通高校编导摄制类专业招生统考试题】

20. 故事续写。

电视上，背景画面山峦起伏，一个谢了顶穿着旧衣裳的中年教师正在接受采访："什么是幸福？得天下之英才而教之才是我的幸福。"看到这江川一怔，不禁坐直了身体……

根据以上这段文字续写故事。

要求：故事情节合理，矛盾冲突突出。字迹清晰，不得套作、抄袭，不少于 600 字。

【2020 年江西省普通高校戏剧影视文学（广播电视编导）专业招生统考试题】

21. 以"车站"为题，编写故事。

要求：

（1）主题明确，有思想内涵，情节生动曲折，人物形象鲜明；构思新颖巧妙，故事结构完整。

（2）不少于 800 字。

【2019 年山东省普通高校文学编导类专业招生统考试题】

22. 以"雨中，父亲望着他的背影渐渐远去"为结尾，写一篇 800 字左右的故事。

【2019 年江苏省普通高校广播电视编导专业招生联考试题】

23. 续写故事。

钟希看了一眼突然出现的钟玉琛，困扰他好几天的难题终于能解决了。他心想这次一定要跟他好好谈谈，可是他看到抱起琵琶一脸轻松的玉琛，不禁自责和怅然起来……

要求：全文不少于 800 字。

【2019 年河南省普通高校编导制作类专业招生统考试题】

二、院校校考经典真题

1. 续写故事。

江长生住在一个偏僻的小山村，今天他和往常一样五点钟就起床了，拿上红薯饭和咸菜去离家十多里的学校上学。在崎岖的山路上，他正艰难地走着。忽然，凄厉的寒风中飘来一阵微弱的啼哭声，在一棵大树下，江长生发现了一个蓝布包，打开一看，他惊呆了……

　　要求：

　　（1）根据以上提示续写一个完整的故事，在规定的故事情境内可以大胆地想象。

　　（2）故事标题自拟。

　　（3）可以增添一两个人物有利于情节的展开。

　　（4）不少于1000字。

　　（5）卷面整洁，字迹清楚，标点符号规范。

　　（6）情节发展符合逻辑，人物形象鲜明。

【重庆文理学院广播电视编导专业招生考试编写故事试题】

　　2. 根据下面给出的开头续写故事。

　　近几天来，狂风肆虐，吹遍了整个城市的每个角落……

【南阳师范学院广播电视编导专业招生考试编写故事试题】

　　3. 根据以下词语，编写600字左右的故事。

　　沙发　海报　难过

【黄山学院广播电视编导专业招生考试编写故事试题】

　　4. 根据下列所给词语创作一个具有逻辑性的故事，字数不限。

　　墨　痛苦　冰柜　酒　妇人

【吉林动画学院广播电视编导专业招生考试编写故事试题】

　　5. 编写故事。

　　以"仙人掌、毛巾、失踪"为关键词，编写一则1200字的故事。

【山东艺术学院广播电视编导专业招生考试编写故事试题】

　　6. 命题故事写作。

　　题目：被误解之后

　　要求：

　　（1）注重立意与构思。

　　（2）要有人物，注重人物性格刻画。

　　（3）故事情节完整。

　　（4）不少于800字。

【山东师范大学戏剧影视文学专业招生考试编写故事试题】

　　7. 编写故事。

　　题目：偶遇

要求：

（1）紧扣题目，编写一个有一定思想内涵而又生动有趣的故事。

（2）构思新颖、巧妙，故事情节相对完整。

（3）有矛盾冲突且富有戏剧性，不少于800字。

【山东财经大学文化产业管理专业招生考试编写故事试题】

8. 用以下关键词编写故事。

乌叔、泰囧、肯德基、期末考试、盲人

【枣庄学院广播电视编导专业招生考试编写故事试题】

9. 材料作文。

关键词：沙漠、咖啡、和平、奔跑、原谅

用上面的关键词编写一个故事，要求主题积极向上，情节相对完整，不少于1200字。

【浙江传媒学院媒体创意专业（兰州考点）招生考试编写故事试题】

10. 材料作文。

关键词：日落、地痞、禁飞、面包、回形针

请根据以上关键词编写一个故事，要求不少于1000字。

【浙江传媒学院媒体创意专业（南京考点）招生考试编写故事试题】

11. 故事创作。

以"囚禁、手套、相片、傀儡、鸽子"为关键词写一篇故事，词语顺序可以打乱，要求不少于900字，情节设置合理，主题突出。

【浙江传媒学院广播电视编导（媒体创意）专业（山东考点）招生考试编写故事试题】

12. 材料作文。

以下面这则材料为依据编写一个故事。

①一对中年夫妇在起床后正常洗漱、吃饭、上班。

②他们只有一辆代步车作为交通工具，平常上班都是丈夫开车，先送妻子上班，然后自己开车再去上班。

③这一天早晨，他们因为日常的生活琐碎小事闹得不愉快，虽然双方都试图解释并原谅对方，可是事与愿违，使矛盾进一步激化，争吵更加强烈，冲突达到顶点，其中一人中途下车，愤然离去。

要求：

（1）要把故事开端、发展、高潮、结局完整叙述出来。

（2）虽然矛盾达到白热化阶段，但矛盾发展不能一直直线上升，要张弛有度。

（3）要符合生活常理，不能天马行空，胡乱编造。叙事故事情节完整，逻辑性强，语言流畅，字迹清晰。

（4）不少于800字。

【重庆师范大学戏剧影视文学专业（山东考点）招生考试编写故事试题】

13. 故事创作。

这是一张彩色的全家福，看着照片里的人，赫然发现那天应该出现但却没有出现的是……

请根据给定的开头续写故事。

要求：

（1）充分展开想象，故事必须原创。

（2）主题积极明确，语言生动流畅。

（3）故事思路清晰，人物形象鲜明。

（4）题目要有新意，并便于传播。

（5）1200字左右。

【重庆师范大学广播电视编导专业招生考试编写故事试题】

14. 故事创作。

以"致命快递"为题目创作一则故事。

要求：

（1）逻辑合理，内容真实。

（2）有矛盾冲突，情节相对完整。

（3）不少于1200字。

【重庆师范大学广播电视编导专业（广西考点）招生考试编写故事试题】

15. 故事续写。

家长会上，班主任笑盈盈地对家长们说："下面有请本学期考第一名的王丽华同学给大家谈谈学习体会。"话音刚落，只见一位男同学走向了讲台，班主任心里"咯噔"一下，怎么是李华东？几乎每次都是考倒数第一，他想做什么？……

要求：

（1）请根据给出的情境，发挥合理想象，把原文的思路和背景交代清楚，把省略内容补充完整。

（2）构思巧妙自然，情节发展合乎逻辑。

（3）标题自拟，700字左右（不计原文字数）；请注意控制字数，不得添卷。

【西南大学广播电视编导专业（郑州考点）招生考试编写故事试题】

16. 故事续写。

今天阳光明媚，小吴准备外出旅行，一打开旅行箱，傻眼了……

请根据上述情节进行故事续写，不少于700字，要求情节设置合理，主题积极向上。

【西南大学广播电视编导专业（山东考点）招生考试编写故事试题】

17. 故事续写。

他从书架上把书拿下来，突然发现书架上有一个奇怪的标记……

根据以上内容进行故事续写，题目自拟，1200—1500字。

【南京艺术学院广播电视编导专业（成都考点）招生考试编写故事试题】

18. 编写故事。

以"走在暗黑的夜空下的黄明终于看到了远方的亮灯"这句话为结尾，编写一个故事。

要求：不少于1200字。

【四川音乐学院广播电视编导专业（郑州考点）招生考试编写故事试题】

19. 命题故事创作。

以"榜上有名"为题目编写一篇故事。

要求：

（1）要有一定的人物描写。

（2）能从故事中提取出信息来阐述所包含的含义或意义。（100字以内）

（3）所编写的故事要求不少于1000字。

【广西艺术学院广播电视编导专业（重庆考点）招生考试编写故事试题】

20. 命题故事写作。

以"奇迹"为题目，编写一篇故事，要求不少于1000字。

【广西艺术学院戏剧影视文学专业（湖北考点）招生考试编写故事试题】

21. 请根据所给的题目，完成一篇故事小品写作。

题目：一件难忘的事

要求：紧扣主题，逻辑清晰，层次分明，重点突出，不少于1000字。

【广西艺术学院广播电视编导专业（山东考点）招生考试编写故事试题】

22. 故事写作。

以"我的同桌"为题目编写一篇故事。

要求：

（1）紧扣题目，编写一个有一定思想内涵而又生动有趣的故事。

（2）构思新颖、巧妙，情节相对完整。

（3）有矛盾冲突，富有戏剧性，不少于 1200 字。

【广西艺术学院广播电视编导专业（湖北考点）招生考试编写故事试题】

23. 编写故事。

要求：

根据所提供的新闻素材编写一个完整的故事，故事不需要与新闻完全吻合。考生可以对素材进行发散性理解、联想和虚构。故事题目自拟。故事编写分为两部分，第一部分为主题阐释，第二部分为故事编写。

（1）主题阐释

简要概括故事的主题，说明自己进行故事创作的目的。

（2）故事编写

①有完整的情节、人物形象。

②描写尽量突出人物的动作细节。

③不少于 1000 字。

新闻材料：

"从我记事起，爸爸妈妈就在外地打工，我一直是和奶奶一起生活的，现在我很想念我的爸爸妈妈。"某市留守儿童赵文涛告诉记者。9 日，省妇儿基金会爱心妈妈带着 20 名贫困留守儿童来到了某大学森林博物馆和工大机器人研究所。这些平时很少出来玩儿的孩子们对博物馆里的所有东西都感觉很新奇。和奶奶一起来的小文静一边拉着奶奶的手一边说："要是爸爸妈妈能陪我一起来该多好啊。"

【西南石油大学广播电视编导专业（山东考点）招生考试编写故事】

24. 故事续写。

黄昏，微雨。晓歌刚走出家门，一辆豪车停在她的身旁……

根据以上内容进行故事续写。要求主题积极向上，情节设置合理，人物突出。不少于 1200 字。

【暨南大学戏剧影视文学专业（长沙考点）招生考试编写故事试题】

25. 故事编写。

请用三个关键词"出租车 微信 阵痛"串联编写一则故事。

要求：

（1）800 至 1000 字。

（2）自选角度，自拟题目。

（3）人物鲜明，场景典型，情节紧凑，叙事凝练。

【山东师范大学广播电视编导专业（山西考点）招生考试编写故事试题】

26. 编写故事。

根据以下关键词进行故事编写，关键词的顺序可以进行更改，要求不少于 800 字，故事情节设置合理，主题积极向上。

关键词：厨师、照片、棉球

【湖南师范大学广播电视编导专业（山东考点）招生考试编写故事试题】

27. 根据下面的关键词编写故事。

关键词：岳阳楼、嫦娥、雾霾

要求：800 至 1000 字。

【湖南师范大学广播电视编导专业（河南考点）招生考试编写故事试题】

28. 根据下面的关键词编写故事。

关键词：尼姑、口琴、猫

【湖南师范大学广播电视编导专业（山西考点）招生考试编写故事试题】

29. 故事编写。

具体要求：

（1）编写一篇故事，题目自拟，不少于 1200 字。

（2）要求故事情节设置合理，主题积极向上，画面感强。

（3）故事中要有下面所提供的三句话，并用"＿＿＿"标出。三句话的顺序可以进行调整。

①到处是香烟萦绕。

②他是一个见了酒就不要命的人。

③这似乎是职业的"后遗症"。

【天津工业大学广播电视编导专业（山东考点）招生考试编写故事试题】

30. 以"早餐"为题目编写一篇故事。

要求：故事情节设置合理，主题积极向上，画面感强。不少于 1200 字。

【东北师范大学广播电视编导专业（山东考点）招生考试编写故事试题】

第八节 故事写作考前模拟训练及应试策略

一、故事写作考前模拟训练60题

1. 以《诀窍》为题目编写一篇故事。要求紧扣题目，构思巧妙，情节相对完整，有矛盾冲突，富有戏剧性，不少于1200字。

2. 以《底牌》为题目编写一篇故事。要求紧扣主题、逻辑清晰、层次分明、重点突出，不少于1200字。

3. 以《没有地址的来信》为题目编写一篇故事。要求情节发展符合逻辑，人物形象鲜明，不少于1200字。

4. 以《误会》为题目编写一篇故事。要求有完整的情节、人物形象，描写尽量突出人物的动作细节，不少于1200字。

5. 以《毫无防备》为题目编写一篇故事。要求紧扣主题、逻辑清晰、层次分明、重点突出，不少于1200字。

6. 以《末日黄昏》为题目编写一篇故事。要求故事情节设置合理，主题积极向上，画面感强，不少于1200字。

7. 以《为你摘一颗星星》为题目编写一篇故事。要求紧扣题目，构思巧妙，情节相对完整，有矛盾冲突，富有戏剧性，不少于1200字。

8. 以《迟来的真相》为题目编写一篇故事。要求紧扣主题、逻辑清晰、层次分明、重点突出，不少于1200字。

9. 以《最佳推销员》为题目编写一篇故事。要求有完整的情节、人物形象，描写尽量突出人物的动作细节，不少于1200字。

10. 以《红色高跟鞋》为题目编写一篇故事。要求故事情节设置合理，主题积极向上，画面感强，不少于1200字。

11. 以《伪君子》为题目编写一篇故事。要求紧扣题目，构思巧妙，情节相对完整，有矛盾冲突，富有戏剧性，不少于1200字。

12. 以《泪湿沾巾》为题目编写一篇故事。要求人物鲜明、场景典型、情节紧凑、叙事凝练，不少于1200字。

13. 以《夜车》为题目编写一篇故事。要求紧扣主题、逻辑清晰、层次分明、重点突出，不少于 1200 字。

14. 以《隐瞒》为题目编写一篇故事。要求有完整的情节、人物形象，描写尽量突出人物的动作细节，不少于 1200 字。

15. 以《人间冷暖》为题目编写一篇故事。要求紧扣题目，构思巧妙，情节相对完整，有矛盾冲突，富有戏剧性，不少于 1200 字。

16. 以《不失的尊严》为题目编写一篇故事。要求人物鲜明、场景典型、情节紧凑、叙事凝练，不少于 1200 字。

17. 以《不能说的秘密》为题目编写一篇故事。要求紧扣主题、逻辑清晰、层次分明、重点突出，不少于 1200 字。

18. 以《遗憾》为题目编写一篇故事。要求有完整的情节、人物形象，描写尽量突出人物的动作细节，不少于 1200 字。

19. 以《不完美的完美》为题目编写一篇故事。要求故事情节设置合理，主题积极向上，画面感强，不少于 1200 字。

20. 以《最佳人选》为题目编写一篇故事。要求紧扣题目，构思巧妙，情节相对完整，有矛盾冲突，富有戏剧性，不少于 1200 字。

21. 以《迟来的拳头》为题目编写一篇故事。要求紧扣题目，构思巧妙，情节相对完整，有矛盾冲突，富有戏剧性，不少于 1200 字。

22. 以《特殊的送信员》为题目编写一篇故事。要求人物鲜明、场景典型、情节紧凑、叙事凝练，不少于 1200 字。

23. 大桥、耳机、聋哑人

用上面的关键词编写一个故事，要求主题积极向上，情节相对完整。不少于 1200 字。

24. 信封、火车、风筝

用上面的关键词编写一个故事，要求主题积极向上，情节相对完整。不少于 1200 字。

25. 遗书、扑克牌、鲜花

用上面的关键词编写一个故事，要求主题积极向上，情节相对完整。不少于 1200 字。

26. 包子、眼镜、钢琴

用上面的关键词编写一个故事，要求主题积极向上，情节相对完整。不少于 1200 字。

27. 飞机票、交响曲、室友

用上面的关键词编写一个故事，要求主题积极向上，情节相对完整。不少于 1200 字。

28. 假笑、手机、路边摊

用上面的关键词编写一个故事，要求主题积极向上，情节相对完整。不少于 1200 字。

29. 狮子、机器、烧烤

用上面的关键词编写一个故事，要求主题积极向上，情节相对完整。不少于 1200 字。

30. 洁癖、校园、风景

用上面的关键词编写一个故事，要求主题积极向上，情节相对完整。不少于 1200 字。

31. 悬崖、鲜花、相机

用上面的关键词编写一个故事，要求主题积极向上，情节相对完整。不少于 1200 字。

32. 高考、护士、雨季

用上面的关键词编写一个故事，要求主题积极向上，情节相对完整。不少于 1200 字。

33. 陷阱、香槟、茶农

用上面的关键词编写一个故事，要求主题积极向上，情节相对完整。不少于 1200 字。

34. 百灵鸟、画家、音乐

用上面的关键词编写一个故事，要求主题积极向上，情节相对完整。不少于 1200 字。

35. 果汁、车站、钟表

用上面的关键词编写一个故事，要求主题积极向上，情节相对完整。不少于 1200 字。

36. 自行车、按摩器、窗户

用上面的关键词编写一个故事，要求主题积极向上，情节相对完整。不少于 1200 字。

37. 斑马线、小猫、日历

用上面的关键词编写一个故事，要求主题积极向上，情节相对完整。不少于 1200 字。

38. 电脑、光碟、门铃

用上面的关键词编写一个故事，要求主题积极向上，情节相对完整。不少于 1200 字。

39. 梯子、木偶、戏曲

用上面的关键词编写一个故事，要求主题积极向上，情节相对完整。不少于 1200 字。

40. 包裹、出租屋、背包

用上面的关键词编写一个故事，要求主题积极向上，情节相对完整。不少于 1200 字。

41. 勋章、午餐、零点

用上面的关键词编写一个故事，要求主题积极向上，情节相对完整。不少于 1200 字。

42. 候车厅、陌生号码、少年

用上面的关键词编写一个故事，要求主题积极向上，情节相对完整。不少于 1200 字。

43. 一百元、篮球鞋、轮椅

用上面的关键词编写一个故事，要求主题积极向上，情节相对完整。不少于 1200 字。

44. 蜡烛、背影、眼泪

用上面的关键词编写一个故事，要求主题积极向上，情节相对完整。不少于 1200 字。

45. 镜子、餐桌、皮鞋

用上面的关键词编写一个故事，要求主题积极向上，情节相对完整。不少于 1200 字。

46. 聚会、老照片、披肩

用上面的关键词编写一个故事，要求主题积极向上，情节相对完整。不少于 1200 字。

47. 谎言、捷径、留言

用上面的关键词编写一个故事，要求主题积极向上，情节相对完整。不少于 1200 字。

48. 红日、松林、饺子

用上面的关键词编写一个故事，要求主题积极向上，情节相对完整。不少于 1200 字。

49. 拆开一个旧纸箱……

根据以上内容进行故事续写。要求主题积极向上，情节设置合理，人物突出。不少于 1200 字。

50. 一颗石子打破了池塘的宁静……

根据以上内容进行故事续写。要求主题积极向上，情节设置合理，人物突出。不少于 1200 字。

51. 在人来人往的马路上，一个中年人穿过人群快步跑向小女孩，马路另一侧正有两名警察巡逻……

根据以上内容进行故事续写。要求主题积极向上，情节设置合理，人物突出。不少于 1200 字。

52. 男孩跌坐在地，茫然失措……

根据以上内容进行故事续写。要求主题积极向上，情节设置合理，人物突出。不少于 1200 字。

53. 按揭明天就要下来了，我们就要做房奴了……

根据以上内容进行故事续写。要求主题积极向上，情节设置合理，人物突出。不少于 1200 字。

54. 小李有个幸福美满的家庭，父母对他十分疼爱，直到他某天偷听到了……

根据以上内容进行故事续写。要求主题积极向上，情节设置合理，人物突出。不少于 1200 字。

55. 文文在学校里一直默默无闻，但在一次歌唱比赛前，老师从人群中唯独选中了她……

根据以上内容进行故事续写。要求主题积极向上，情节设置合理，人物突出。不少于

1200 字。

56. 这天，张老汉的家里遇到一件天大的喜事……

根据以上内容进行故事续写。要求主题积极向上，情节设置合理，人物突出。不少于 1200 字。

57. 结束了颠沛流离的生活后……

根据以上内容进行故事续写。要求主题积极向上，情节设置合理，人物突出。不少于 1200 字。

58. 其实那天月亮很圆……

根据以上内容进行故事续写。要求主题积极向上，情节设置合理，人物突出。不少于 1200 字。

59. 他摸着包里鼓鼓的钞票，踏上回家的路……

根据以上内容进行故事续写。要求主题积极向上，情节设置合理，人物突出。不少于 1200 字。

60. 爷爷慢慢打开了话匣子……

根据以上内容进行故事续写。要求主题积极向上，情节设置合理，人物突出。不少于 1200 字。

二、故事写作的实用应试策略

- 故事的构思过程：搜集材料—建立态度—调整材料—完善态度。
- 考试之前至少自备 3 篇成熟可套用的故事。
- 考场一般是千字故事，大致体量是 1—3 个人物、1—2 个场景。
- 故事中的人物不要召之即来、挥之即去，只要存在了就要贯穿到底。
- 故事中每个人物的形象都尽量具有多面性。
- 故事语言要用第三人称叙述，尽量不用或少用对话。
- 应试故事尽量不偏离现实主义题材。
- 故事核就是故事的"扣"，要有"卤水点豆腐"的效果。
- 故事写作的使命是要么表达主题，要么表现人物命运。
- 考生要在日常阅读和考前练习中积累别致的创意，合理穿插在考场故事中。
- 故事构思进行不下去时的处理方法：增设人物/增设人物关系/重新思考主题。

第三章　叙事散文写作

　　叙事散文写作是戏剧影视导演专业统考中"叙事性作品写作"这一考试科目的四大考查文体之一，其他三类考查文体分别是戏剧故事、微小说和微剧本，我们在本书的其他章节中已经对这三者进行了详细讲解，本章节主要讲解的是叙事散文的写作方法与技巧。叙事散文写作对考生的文字功底和情感把握要求较高，对于学习戏剧影视导演专业的考生而言，提升叙事散文写作水平尤为重要。

第一节　叙事散文与戏剧影视导演专业的关联性

　　大多数考生第一次接触叙事散文应该都是从小学、中学的语文课本里，或者是各种类型的文学杂志中，但叙事散文写作对许多人而言却几乎是个完全陌生的领域，因为在平时的作文考试训练中从未出现过它的身影。那么，叙事散文到底是一种什么样的文体呢？它为何会成为艺考改革后戏剧影视导演专业统考中"叙事性作品写作"考试的一部分？

　　带着这样的问题，让我们先来了解一下散文的历史。

一、散文的产生及发展

　　如果说诗歌是"文学之父"（即诗歌为一切文学体裁的开端），小说是"文学之王"（即小说具有包罗万象的特性），那么散文就好比是文学的"情人"，它虽然不像前两者那么熠熠生辉，但是在文学史上也具有举足轻重的地位。散文历史悠久，在中国古代文学中，散文与韵文、骈文相对，不追求押韵和句式的工整。从这个角度讲，可以说我们在中学课本里所学习到的大多数文言文，均属于古体散文的范畴，例如范仲淹的《岳阳楼记》、柳宗元的《小石潭记》等。到了近现代，随着白话文运动的兴起，再加上西方文学思想的引入，在这种兼容并蓄、与时俱进的文化融合下，古体散文逐渐淡出了历史舞台，现代散文的概念正式形成。

民国时期，作为中国现代文学史上的"黄金年代"，不仅诞生了大量大家耳熟能详的小说、戏剧、诗歌作品，也产出了许多散文作品。大批优秀的散文家如鲁迅、朱自清、郁达夫、梁实秋等纷纷涌现，甚至可以说大多数凭小说、戏剧、诗歌成名的民国文豪也都是极其优秀的散文作者。

其实放眼国内外，许多优秀作家都会通过散文来保持写作状态，或闲聊生活小品、或回忆过去喜悲、或展露闲情雅致、或褒贬时事政治，散文凭借其特有的"自由"意志传承着文学的价值。

二、戏导专业考查叙事散文的原因

通过以上分析可知，散文是一种自由度很高的文学体裁，它是作者对于生命和生活的最初体验，也能够反映出作者塑造画面感的水平，而这两点则恰恰是学习戏剧影视导演专业的考生们所应该具备的重要能力。

当我们翻看很多成名导演的履历时，几乎都会发现这样一个共同点，那便是这些优秀导演几乎都拥有着一般人所不曾经历的独特体验，这些"体验"往往会跨越时空，藏在作品中细碎的某个角落里，成为他们人生中汲取不尽的创作养分。之于贾樟柯，便是汾阳街头的市井影像；之于杨德昌，便是台北社会的千奇百态；之于王小帅，便是"三线建设"大背景下的工业哀歌。作者电影的背后，最初的起点也许都是一篇看似不起眼的寄托情感的文字，只是导演们最终用光影的方式，呈现出了多样化的表达。

戏剧影视导演专业所培养的艺术人才，绝对不是高高在上、不食人间烟火的"怪才"，而是一个个见闻广博、情感细腻，擅于从小人物身上发现"大气质"的"杂家俗人"。因此，导演们不应该吝啬于展现个人那些小众的、独特的爱好与经历，因为这些看似繁杂琐碎、微不足道的"人生段落"，最终会演变出各种样式的形态呈现于大众面前，或科幻、或猎奇、或哀叹、或欣喜……令人五味杂陈。而这一切在被拍摄为电影之前，首先应该是碎片的灵感结成的文字，而散文恰恰是这些随性文字最好的承载容器。

因此，导演专业需要考查叙事散文写作。而对于考生而言，也不要把叙事散文创作看成是一道难以逾越的鸿沟，或许你还在踌躇于不知道如何动笔，但其实你人生中的第一篇日记就已经是最标准的散文了。那时的你对一切都充满好奇，也敢于以真诚面对这个世界，但是应试教育的压力、数码产品的诱惑、成长的烦恼却在不知不觉中把我们和"缓慢"的文学隔离开来，使我们变成了看似充实实则孤独的个体。然而，我们本就会写散文，不是吗？

因此，如果我们坚定地选择了戏剧影视导演专业，并希望以后能够成为一名优秀的导演，那么，从现在起就一定要勇敢地尝试重新拿起笔，找回自己对文学的兴趣和热爱，去深入理解导演创作的起源。在接下来的章节中，编者会全面而详细地为大家讲解叙事散文的创作方法与应试技巧，只要考生找回初心、认真学习、勤于练笔，就一定能写出优秀的叙事散文。

第二节　叙事散文的基本概念与语言表述特征

一、叙事散文的定义

关于散文大家并不陌生，在中学的时候大家都读过王蒙的抒情散文《热爱生命》以及朱自清先生饱含深情的散文《背影》，后者通过回忆与父亲有关的一些事件，表现了朱自清先生对父亲深深的怀念以及爱意。朱自清先生的这篇《背影》就是标准的叙事散文。

《辞海》中是这样定义散文的：通过对一些片段的生活事件的描述，表达作者的思想感情，并揭示其社会意义。其特点是"形散而神不散"。由此可见，散文是一种形式自由灵活，可以抒发自身见闻和感受的文学体裁，与诗歌、小说、戏剧并列，要求用词凝练、生动，语言优美，以真人真事来抒发真感情。

散文一般分为抒情散文（也叫美文）、叙事散文、议论散文和报告文学。在此我们主要来讲叙事散文，叙事散文就是以写人记事为主要内容，以塑造人物和表达情感为主要目的的散文。叙事散文偏重对事件的叙述，文中之"事"可以是一个有头有尾的故事，如许地山的《落花生》；可以是几个片段的剪辑，如鲁迅的《从百草园到三味书屋》；也可以是一个典型的细节化的生活片段，如朱自清的《背影》。

说得狭义一些，大家都看过电视剧，也都喜欢戏剧性强的、镜头感十足的影视剧，比如正午阳光出品的《父母爱情》和《乔家的儿女》。我们不难看出，叙事散文就好比是镜头感（可以理解为视觉性）强的、有意思的或者感人的故事或故事组。散文的最大特点是"形散而神不散"。打个比方，叙事散文犹如一篇热情洋溢或者感人肺腑的情书，表白者总会带着浓浓的爱意，回忆自己怎样爱对方或者对方如何给自己爱的暗示（比如滂沱大雨中男孩子递上一把伞；十字路口，女孩子羞涩地伸出求助的手；摇曳的灯光下，女孩子无意中的一个眼神）。但是不管表白者列举出一个还是多个事件来证明，都有一个目的，就是表达自己对对方的喜爱，希望对方接受自己，而这个目的就是叙事散文中的"神"，那些被表白者用来表达爱意的"证据"就是叙事散文的"形"。

二、叙事散文的文体特征

叙事散文是以展示事件过程和情景为中心，以事件的发生、发展为线索组织行文的散文。其特点为：

①有相对完整的事件和事件发生、发展的过程，可取舍、删减、组合，可有意安排叙述信息的详略、疏密，可在叙事的同时直抒作者的感情，进行评说褒贬。

叙事散文的目的是作者通过所记事件来表现自己的意图，抒发自己的思想情感。

②叙事散文所取之事可大可小，可新可旧，可记一件事，可记多件事。

像茅盾的《脱险杂记》、杨绛的《干校六记》那样，写得随意、灵巧。

③侧重叙事，以事件发展为依据，以事表现人、表现文章题旨、表达作者的感情。

比如冯亦代的《向日葵》。

实际上，叙事散文中写人和叙事往往是相依相存的，人靠事来体现，事是人所为，在文章中这两者是难以截然分开的，只是谁主谁副罢了，并且都是为文章的主旨而服务。

作为一种文学体裁，在影视类艺术专业考试中，叙事散文在具备散文共性特点的前提下与一般散文、小说和记叙文不同，有着自己的特点。

1. 与一般散文的区别

叙事散文和一般散文一样，形式上要求自由灵活，形散神不散，但是在内容上，叙事散文要求通过对具体故事的描述来表达自己的感受。广义上的散文表达的不一定是作者对具体事件的感受，也可以是对某一景物的感受。

叙事散文长于运用综合表达，以记叙为主，间以议论、抒情，在运用议论手法时往往揭示出所记叙的事件本身所包含的深刻意义，要言不烦，画龙点睛，以加深读者的理解。在运用抒情手法时，有时是就所记的事件抒发自己的感受，有时是作者把自己的感情渗透在字里行间，情随事发，使事、理、情熔于一炉。

2. 与小说的区别

从考试的要求中可以看出，叙事散文以写人记事为主，以写自己的亲身经历或者见闻感受为基础，情贵真，尽量不虚构，要有感而发，可以写一个完整的故事，也可以摘取最能体现人物性格的一个片面、一个故事片段、与表达情感有关的一组故事，故事不要求完整，情节不要求复杂，只要能表达作者的感受即可。

作为一种随意性较强的文体，叙事散文的写作相对而言比较自由，它不像小说那样需要有较强的逻辑关系，而是比较灵活、随意。叙事散文中可以叙述也可以议论，具有较大的想象和塑造空间。叙事散文虽然也有情节和场面，但不必像小说那样有完整的情节和复杂多变的场面，它往往只截取一些生活片段。

叙事散文一般以真人真事为主，作品中的"我"往往是作者本人，因而笔锋常带感情，爱憎分明。"写实"占主要地位，某些细节的"虚构"必须以现实生活为依据，要合乎情理，它应是作者的所见所闻，但不受真人真事的限制，可以在此基础上有所变化。小说同样以写人记事为主，但是情节可以虚构，并且必须复杂，要求人物性格完整和逻辑完整，必须具备起承转合，以塑造人物形象为中心。

3. 与记叙文的区别

记叙文侧重于讲述一件事情发展的过程，事情结束了，文章就结束了，不是很重视对于情感的表达。

叙事散文与此不同，文章中描绘的人生、事件、景物等，都是从自身感悟出发，是作者对事物特殊意义和美的发现。这种发现，是知觉、思维、感觉的综合思维结果，体现着作者的深思妙悟，是散文的情、理、意、味。由此可见，叙事散文不仅对事实进行描述，还在此基础上挖掘事件的本质，尽可能地把事件往深处写，以达到揭示主题、表达人物情感的目的。

4. 与故事（仅限原编导专业考试类别）的区别

从内容上看，叙事散文是典型的非虚构类写作，考生的创作必须以真实的情感与事件为前提，而故事则是考生为了应对各类考试题目，在合理的前提下，运用各种技巧，以戏剧性为核心元素而进行的虚构类写作，即使戏剧故事中有真实事件的影子存在，也大多是创作者在此基础上所进行的二次包装和加工。

从写法上看，叙事散文虽然是以叙事为主，但是在语言表述上，也可以使用描写性语言、抒情性语言等；而故事创作，从原则上讲则只能相对单一地使用叙述性语言。

三、叙事散文的语言表述特征

如果我们把所有的语言按照类型划分，可大致总结出以下七种类型：

1. 叙述性语言

叙述性语言是把人物的经历和事物发展变化的过程表达出来的一种语言。它是写作中最基本、最常见、也是最主要的表达方式，动作类动词是叙述性语言中最常出现的词类。

【范例】

走到一个湖边，父亲停下来，迷惘地看着那片湖，转过头问，我们回得了家吗？母亲已经疼痛到有点虚脱了，她勉强笑了笑：再走几步看看，老天爷总会给路的。

——蔡崇达《母亲的房子》（节选自《皮囊》）

2. 描写性语言

也可称为"描述性语言"，是对人物的外貌、动作，事物的性质、形态和景物的状貌、变化所作的具体刻画和生动描摹。

描写性语言可与叙述性语言组成复合句式，也可运用大量的修辞手法，给文字增加复杂多变的魅力。

【范例】

青油油的稻海中，有成千上百的白鹭鸶，随着禾浪的起伏，载浮载沉，如同一匹舒展不尽的绿绸缎上，缀满了朵朵雪白的睡莲花。

——白先勇《台北 Pastoral》（节选自《树犹如此》）

3. 评议性语言

也可称为"评论/议论性语言"，是一种对人、事、物发表看法、见解、思考的表达方式。总体来看，评议性语言在散文中的使用频率并不高（杂文除外）。

【范例】

然而各种刊物，无论措辞怎样不同，都有一个共通之点，就是：有些朦胧。这朦胧的发祥地，由我看来——虽然是冯乃超的所谓"醉眼陶然"——，也还在那有人爱，也有人憎的官僚和军阀。

——鲁迅《"醉眼"中的朦胧》

4. 说明性语言

也可称为"介绍性语言"，是一种客观、准确地介绍事物特点的表达方式。

【范例】

北京爆肚涮肉，大多用白水清汤涮熟，蘸酱来吃，虽说老北京也有人用肉皮冻、卤鸡冻来做火锅的，毕竟不脱北方刚健质朴之气。广东、重庆火锅，对汤都重视得很，千香百辣不在酱料，都融在汤里了。

——张佳玮《游食四方》（节选自《无非求碗热汤喝》）

5. 哲理性语言

哲理性语言指的是将自己感悟到的某种人生哲理表述出来的语言。在真实事件和情感的底蕴下，恰如其分的哲理语言是一篇文章的点睛之笔。

【范例】

生活是那么的强大，它时常在悲伤里剪辑出欢乐来。

——余华《爸爸出差时》

6. 抒情性语言

抒情性语言是作者通过人物直接或间接表达主观感受，倾吐心中情感的文字。值得一提的是，无论是叙事散文还是抒情散文，都要避免过度使用抒情性语言，因为这很容易给人一种"过犹不及"的感觉。

【范例】

灵魂尚在幼年，而春天，生命力已如洪水般暴涨；那是幼小的灵魂被强大的躯体所胁迫的时节，是简陋的灵魂被豪华的躯体所蒙蔽的时节，是喑哑的灵魂被喧腾的躯体所埋没的时节。

——史铁生《比如摇滚与写作》

7. 对话性语言

对话性语言是将两人或两人以上的对话内容呈现出来的语言表达方式，在剧本创作中使用最多，在小说、故事、记叙文、散文中则使用得相对较少，而散文中出现的对话也不是以推动叙事为第一要务，其主要是从侧面体现人物、增加生活实感、增强情感张力。

【范例】

或有人在皮匠街蓦然间遇见水手，对水手发问："弄船的，'肥水不落外人田'，家里有的你让别人用，用别人的你还得花钱，这上算吗？"

那水手一定会拍着腰间麂皮抱兜，笑眯眯地回答说："大爷，'羊毛出在羊身上'，这钱不是我桃源人的钱，上算的。"

——沈从文《湘行散记》

通过以上讲解，考生应该对语言的使用具有了一定的了解和初步的认知，我们可以根据前文中所列出的语言类型的比例来快速地识别各类文体，例如：

■叙事散文：50%叙述性语言＋30%描写性语言＋20%其他语言

■抒情散文：50%描写性语言＋30%叙述性语言＋20%其他语言

■故事：60%叙述性语言＋20%描写性语言＋20%其他语言

虽然根据"成分表"来判断文学类型并不十分恰当，但这确实是新手考生在写作叙事散文时进行自我纠错的好办法。尤其是那些初次尝试写作叙事散文并对各类文体依旧不甚明了的考生，既可以按照上述的语言表述类型对自己的文章进行"复查"，又可以按照这个比例"成分表"为自己树立较为明确的写作规范。

第三节 叙事散文写作的评判标准

一、五大常规评判标准

按照叙事散文的特点和过去十年来校考中出现过的散文评卷参考，再根据相关元素呈现的难易程度，可将叙事散文写作的评判标准分为五大类：

1. 文字功底与词句积累

这一项是写作类考试中最为基础的评判标准，主要考查的是考生基本的遣词造句能力，进阶考查的是考生对各种修辞手法的运用能力。考生要想在这一点上达到较高的水平，从小学阶段到高中阶段的文字积累就显得尤为重要。如果这项工作做不好，文章中就极易出现语病、错字等问题，从而影响到最后的评分。

而考生语言文字功底不足的另一种表现则是写作速度缓慢，这在向来时间局促的统考笔试中一定会成为巨大的隐患，如果再加上卷面字迹潦草，那基本上就已经可以宣判该考生与高分甚至是平均分无缘了。因此，如果考生从小语文成绩差或者作文没拿过高分，就更应该主动培养自己形成良好的写作习惯并增加练习量。

2. 基本叙事能力

这一项主要考查的是考生用文字叙述事件的能力，即考生如何生动、准确地讲述生活事件，控制文字的节奏，并能够根据内容的"轻重缓急"对情节元素做出合理的取舍与选择。

散文在形式上虽"散"，但其核心一定要做到"神聚"，这是一篇优秀叙事散文的关键所在。考生若想做到这一点，在动笔写作前，一定要将清思路、拟好提纲、规划好讲述的脉络，切忌漫无目的的随写随想、自由发挥。话说：从来都没有无聊的故事，只有无聊的讲述者。因此，身处考场时，作为"讲述者"的考生们一定要想好，叙事散文中的这件"事"要如何讲才能激发出考官内心深处的"情"，从而斩获高分。在以往的考试中，已经有无数次的教训证明，考生笔下的叙事散文一定不能写成"流水账"式的叙述，不能平铺直叙、没有重点详略，这样的文章放到考场上，可能评卷人看几段就草草给分了。

3. 生活观察力与领悟力

这一项评判标准指的是通过文章的内容与题材，考查考生对生活经历的记忆力、对周围事物的观察力、对周遭变化的感知力、对人生阶段的领悟力等。事实证明，在戏剧影视导演专业的考试中，新颖且扣题的选材最能够从各类文章中脱颖而出，吸引评卷人的目光并获得高分。

事实上，每个人从生活中提炼出的素材基本上都是大同小异的，比如我们上学时经常走的路、我们最喜欢吃的一家饭店、我们被无意间打动的一句话、我们常听的一首歌、曾经住过的房子、刻在脑海里难以忘怀的风景等。这些素材虽然看起来稀松平常，但是如果我们能够尝试换一个视角、换一种心情、换一种眼光去看待这些平常的事物的话，往往就会激发出别样的写作灵感。因此，考生永远不要担心没有事件可写，也不要因自身经历的匮乏而妄自菲薄，只要肯用心观察，就会发现生活中存在很多动人的细节。

一般情况下，在考试中，如果考生自己创作的叙事散文能达到以上三个标准，就已经具备高分竞争力了。

4. 情感驾驭能力与画面感塑造

这一项评判标准主要考查考生能否做到含蓄、内敛地表达自己深厚的情感，展现自己的共情能力，并能够用多种视听语言构建起自己文章的画面感。

作为一名艺术工作者，"感性"当然是第一位的，这个职业的从业人员理应比其他职业的工作者具备更强的感受力，并能够将这种感受随时随地传递给其他人。但是，任何行为又都是"过犹不及"的，而在叙事散文创作中，过度的情感则往往意味着文字的"失控"。在以往的考试中，很多考生把握不好"情"与"事"二者之间的比例，往往会出现"事微情重"的问题，整篇文章叙事凌乱不堪，感情却肆意泛滥，很显然作者已经失去了对叙事散文的把控。

另外，考生在写作叙事散文时，还要注意画面感的营造。画面感主要表现为考生可以娴熟地运用多种视听语言、叙事技巧、描写方式等将文字构建成读者可观可感的画面，更加立体深度地辅助文章的情感表达。

5. 文学素养与风格化

这一项评判标准对考生能力要求颇高，要求考生在自己的文字创作中体现出独特的个人风格，抑或是呈现出像我们在文学中常见的如"乡土文学""伤痕文学"等一样的创作母题，这也是散文写作中最难达到的标准。

考生应该如何培养自己形成特有的写作风格呢？大量的阅读自然是十分必要的，但是在阅读之余，更为重要的是，考生一定要有意识地去选择自己喜欢的题材、风格、作者等，并加以细致的分析拆解，探寻作家写作的"风格奥秘"，再融合个人的生活积累，从而慢慢提升自己的文学素养，找到自己写作的"舒适圈"和"擅长范围"，久而久之，考生写作叙事散文时便会呈现出一种潜在的风格化了。

二、统考新增评判标准：家国情怀

艺考改革后，戏剧影视导演专业被正式纳入省级统一考试，最新的《考试大纲》显示，分值最高的"叙事性作品分析"考试科目的评分标准中，对于考生的第一项重要要求就是：作品主题要积极健康，能够体现考生的开阔视野和家国情怀。"主题健康""视野开阔"等可以说对于绝大多数考生而言都不陌生，至于"家国情怀"，虽然在学校的爱国教育课上或是电视新闻节目里也有所接触，但若想做到真正理解其内在含义并通过各种角度体现在文章写作中，对于广大 00 后考生而言，还是有一定困难的。

那么，什么是"家国情怀"呢？作为一名戏剧影视导演专业的考生，我们又该如何在叙事散文写作中合理且巧妙地体现出浓浓的家国情怀？下面我们对此进行详细讲解。

首先，家国情怀是中华民族优秀传统文化的基本内涵之一，是一种对国家、对民族的高度认同感和归属感。它表现为对国家、对民族的热爱和关注，将个人的价值与国家、民族的发展紧密相连，将个人的梦想与中华民族的伟大复兴紧密相连。家国情怀是当代中国青少年应该具备的重要品质之一，它鼓励年轻人关注国家大事，积极投身于国家和民族的发展中，为实现中华民族伟大复兴的中国梦贡献力量。

其次，考生在创作叙事散文时，可以通过以下几个方面来体现家国情怀：

1. 选择与国家、民族相关的主题

叙事散文通常是通过讲述故事、描绘情境来表达作者的思想感情。考生在选择主题时，可以通过讲述爱国事迹、赞美祖国的壮丽河山、关注国家大事等方式，表达对祖国的热爱和敬仰之情，比如描写中华民族的传统文化、中国革命历史发展、民族团结的美好事迹等，将个人的经历、体验与国家、民族的发展紧密相连，从而体现家国情怀。

2. 挖掘历史背景和时代意义

叙事散文通常有一定的历史背景和时代背景，考生在写作时可以深入挖掘这些背景，了解所处的社会环境和历史阶段，从而更加深刻地认识故事或情境的内涵和意义，进而表达出对国家、民族的认同感和归属感。例如，可以通过讲述民族英雄的故事或者分析传统文化的影响等方式来呈现家国情怀。

3. 刻画鲜明的人物形象

考生在写作时可以通过刻画一些具有家国情怀的人物形象来表达自己的思想感情。比如，可以描绘一些为国家和民族做出贡献的英雄人物，或者刻画出普通百姓在面对国家和民族危机时的勇敢和担当，从而展现家国情怀的魅力和力量。

4. 运用丰富的细节和生动的描绘

考生在写作时可以通过运用丰富的细节和生动的描绘来营造出浓郁的情感氛围，让读者更加深入地感受到家国情怀的深刻内涵。比如，可以通过描绘一些具有代表性的建筑、文化符号、自然景观等，来表达对国家和民族的热爱和认同。

5. 表达对国家和民族未来的期许和愿景

考生在写作时可以通过表达对国家和民族未来的期许和愿景，来展现家国情怀中积极向上的一面。比如，可以描绘一些自己对于中华民族伟大复兴的梦想和期望，以及为实现这一梦想而努力奋斗的决心和信心，以此来传递家国情怀的正能量和美好愿景。

6. 挖掘家乡文化，关注社会热点

考生也可以从自己的家乡入手，挖掘家乡的历史、文化、风俗等，讲述家乡的文化传承和独特的文化魅力，表达对家乡文化的自豪感和归属感。同时，文章中也可以体现出社会热点，可以通过对一些社会热点问题的关注和思考，展现出对国家、对民族的关注和责任感，例如环境保护、文化传承、教育问题等等。

7. 挖掘个人经历与家国情怀的联系

考生还可以从自己的个人经历、家庭背景等方面入手，挖掘自己与家国情怀之间的联系，表达对祖国的热爱和关注。考生在写作过程中，要尽可能地表达自己的真情实感，让读者感受到我们的真诚和热情，从而更好地展现家国情怀。

第四节　叙事散文写作的思路梳理

一、题目破解

题目是文章的眼睛，拿到一篇命题散文，考生一定要对题目进行仔细的揣摩。在准确理解，或者说是解构题目后再运笔行文。这里提到的对题目的解构是指弄清题目的字面结构、内在含义、相关要求和限制条件。

1. 时间型

遇到这一类型的题目，考生要注意看清题目的要求，是以写人物为主，还是以写事件为主。弄清楚后，考生就要思考这一时间限制下事件发生的可能性。如果是八月十五，中国的大部分地区就不可能出现鹅毛大雪，如果是星期天就暗含着有休假和值班的区别。

2. 地点型

同样，这一类型的题目也要求考生仔细审题，先看清要求是主要写人物还是主要写事件。再考虑这一地点下，事件发生的可能性。如果在操场，多数情况下，就把人物进行了框定：老师，学生，或者学校的其他工作人员。如果是厨房，就要想想文章里出现床、肥皂合适不合适。当然这也不是绝对的，还是要以文章的需要而定。

3. 人物型

这一类型的题目往往是以写人物为主，但是考生也要仔细审题，因为考试要求通过一件事情展示一个人物也是可以成立的。如"我的……""班主任"等。遇到这一类型的题目时，考生可以通过一件或者几件事情表现人物的性格，表达自己对该人的爱好憎恶。

人物型叙事散文偏重于记人。有的抓住人物的性格特征进行粗线条勾勒，偏重表现人物的基本气质、性格与精神面貌，如鲁迅的《藤野先生》；有的从横向角度，剪辑若干的精彩片段，表现人物的精神、性格和气质，如杨振宁的《邓稼先》；有的注重对人物生活片段的记叙，如鲁迅的《阿长与〈山海经〉》；有的着重突出人物群像的描绘，如莫泊桑的《福楼拜家的星期天》等。

4. 人物关系型

人与人之间往往通过事件产生交流，考生要仔细考虑发生于两者之间的事情的合理性。如"师生之间"可以写学生对老师的感激之情，也可以写学生与老师之间产生了误会等。

5. 诗化型

这一类型的题目要求考生仔细考虑题目暗含的寓意。如"春去春又回"表面上是指自然界的季节轮回，实际上可能是指一个人意志的恢复、道德缺失后的找回等；"凝固的记忆"就要仔细考虑"凝固"的含义。

6. 概念型

这类题目要求考生"大题小做"。即题目是一类事物，要求考生通过一些小事件揭示这个大主题并给出合理的阐释。题目字数虽少，但往往含义丰富，这就对考生的审题造成了一定难度。例如："亲情"是个看似很宽泛的题目，其实暗含着很多限制条件。其一，在考生的素材库中，由于经历的有限性，往往亲情、友情、单纯的爱情所占的比例较大。考生有可能在创作时将三者混杂。第二，平时大家提到的亲情都是广义上的，但是作为考试的题目，很明显是要"大题小做"，用平常的小事件揭示"亲情"这一大主题。其实题中给出的范围很宽泛。例如考生要在大脑中搜索是要写父子情还是母女情，是要写兄妹情还是姐弟情，是写喜欢还是憎恶等，一道看似很简单的题目，学生却要在脑海中广泛地搜罗素材，设置人物关系等，于是就造成了时间的浪费。这里提个建议，遇到概念型的题目，考生先给这个题目下个属于自己的定义，这一定义既要能自圆其说，还要符合社会生活逻辑。其次，在素材库中搜索印象最深刻的事件时，考生可以这样练习：拿到这样的题目，给出自己的定义后，闭上眼睛想想过去的事情，然后写想到的第一件事情即可。

7. 事件型

如"冬天的故事""相见时难"等，像这样的题目一定要注意事件的典型性，注意细节。

通过分析以上考试中经常遇到的几个题目类型，我们可以了解到，解构题目就是通过分析题目的动宾搭配、词性和特殊含义，挖掘其中的限制条件，缩小写作的选题范围，使文章的选材更有针对性，行文写作扣题准确。平时训练，考生可以进行有意识的练习，形成好的思维习惯，以便减少考场上的审题时间，使行文时更加游刃有余。下面给出三个审题思路供考生参考。

【范例1】诗化型题目：《美丽的错误》

首先，分析题目的动宾搭配。"美丽的"是定语，"错误"是中心语，定语的存在必须为中心语服务，由此可以看出，这篇文章最好写成以记事为主的散文，并且让主人公和里面的主要人物犯错误。

其次，诗化型的题目要注意结尾不能画蛇添足，避免硬生生地直抒胸臆、强调题目，如"啊，这是多么美丽的错误！"

最后，不能直说题目中的"错误"是错误，也不能直说它是美丽的，这个错误要想让大众认可，便应该是违反常理的，并且它的美丽要让读者感受到，而不单单是作者的个人感受。例如，好心做坏事。一个小女孩用假钞买无花果，可是她的目的是在母亲节那一天给辛辛苦苦劳作的妈妈一个惊喜。

【范例2】人物关系型题目：《心灵之约》

这个题目其实暗含了很多信息和写作要求。既然是"约"，至少要出现两个人物。既然是"心灵"，就不是简单的口头的或者电话的约定，而是心照不宣达成的共鸣，是暗暗地下决定。

在这个题目中，考生容易犯以下这两个方面的错误：一个是没有约，另一个就是读者不知道是谁和谁的约。

【范例3】概念型题目：《理解》

这类题目中考生容易犯三个错误。

第一，不扣题，题目是"理解"，考生往往写成"信任"等其他含义相似的名词。

第二，题目不能融入文中，文章中没有"理解"的含义，只有"理解"两个字。

第三，文章的故事没有结尾。"理解"既然是一个动词，在这篇文章中就暗示考生要写一个从不理解到理解的过程，因此无论文章中选取多少事件，每一个事件都必须有完整的结尾。

写作技巧点拨：

写从"不理解"到"理解"；

"理解"的内容可以是父母的良苦用心或者诗人的愁苦等。

二、选材技巧

叙事散文多是对现实生活中某些片段或生活事件的描述，借此表达作者的观点、感情，并揭示其社会意义，它可以在真人真事的基础上进行加工创造；不一定具有完整的叙事情节和人物形象，而是着重于表现作者对生活的感受。

叙事散文选材较为自由，考生平时要注意观察生活，要有特别敏锐的眼光和洞察力，能看到和发现别人所没有看到的事物。在繁杂纷呈的生活素材中，哪些可以成为我们的素材呢？其实，无一物不可以入文字，那些小中见大，意蕴深邃，并能认识生活本质的材料，应该是我们进行创作的着力点。高尔基说："采取微小而具有特征的事物，制成巨大的典型事物——这就是文学的任务。"我们选取的素材，应该首先是自己情感深处的亮点，只有找到写作的"焦点"，把握那些自己有兴趣而且能把握的事件、人物、情感，才能将文字写得具体、有个性，才能避免空泛和概念化，就像一滴水可以折射太阳的光芒一样。

平时写日记，一定要养成尽量详细叙述的习惯。所谓详细叙述，就是把具体事件、具体事物记录得越周全、越细致越好。要做到这一点，平时的观察、感受就一定要细致全面，这样下笔时，选取材料才有可能游刃有余。如果平时日记总是只求心里明白，而只写个大概，就总也学不会生动地叙述事情，也就没有丰富的材料可剪裁。同时，我们应当不断充实自己的心灵世界，丰富自己的精神底蕴，如此才能有所发现，写出具有神韵的叙事散文。

"形散神不散"是散文的基本特征。在这里我们把叙事散文的取材叫"形"，把作者的感悟叫"神"。在材料选取上，一般需要运用联想手法，把能够表现作者相同感悟的点点滴滴聚集在一起，然后从中选取典型事件。

下面就叙事散文的选材问题提出以下要求：

1. 要写自己熟悉的事情

虽然叙事散文作为一种艺术形式，也可以有虚构的地方，但是一定要经过艺术加工，做到来源于生活并高于生活。

2. 要写自己感受最深的事情（闭上眼睛就能回想起来的），一定要典型

有的同学觉得生活平平淡淡，没啥可写，那是因为自己观察不细，没有形成独特的感受，没有认真细致地叙述出来。生活中可写的东西太多了，一草一木，日月风雨，每天的课堂、宿舍、食堂，我们的生活其实并不雷同，并不单调，只要坚持观察与记录，慢慢我们就能学会从生活中积累材料、发现题材、概括材料，比如"宿舍风波""一堂历史课""一元钱的故事""教室窗前的丁香"等题材虽小但内容充实的习作就这样一篇接一篇地写出来了。

3. 要抓住社会问题

事件最好能够小中见大、小而精彩。

4. 要写有价值、有意义的东西

不需要写什么惊天动地的大事，但应是自己情感深处的亮点，只有找到这种亮点，才能成竹在胸。

三、立意

"凡文以意为主。"叙事散文的"意"存在于深厚的生活土壤和浩瀚的生活海洋中。要想获得它，必须依靠我们对生活的深入观察、感受、理解。因此，散文立意只要从生活实际出发，凭着鲜明的感受、敏锐的观察能力、同时代共同跳动的脉搏、深厚的感情、丰富的想象、深沉的思索，就能感受到我们生活中洋溢着的激情。这激情，就是使我们的心灵受到触动的东西，使我们的眼前豁然开朗的东西，使我们的思想突然升华的东西，使我们的感情更为纯洁的东西。我们要善于捕捉它，因为这里面蕴含着心灵的颤动、思想的闪光。刘白羽曾说："哪怕是微弱的闪耀也比没有闪耀要好，这才不是一般的照相，这才是文学。"

立意是文章的灵魂，也就是文章的中心思想。审题完毕，考生要慎重考虑选取的写作角度，妥善确定文章所要表现的思想内容。因为叙事散文的主要目的在于表达作者自己的感受，所以一篇好的散文，就要求考生的立意一定要独特新颖、力求深刻，并且做到准确鲜明，这样才能在众多试卷中抓住阅卷老师的眼球，获得高分。

叙事散文的立意其实就是作者的感悟，有感悟才有叙事散文的写作。可是普通寻常的感悟是不得人心的，看见黄河想起母亲，看见太阳就想起党…… 这些"感悟"已经不再有任何美感。散文要求立意独特，就是说文章中的感悟是作者自己特有的感悟，是他人所不能产生的精神产物。

另外，考生文章的立意一定要有现实性和时代性，具有生活气息和时代精神；要做到

"旧瓶新装"，从司空见惯的事物中表达自己新的看法和认识。

譬如，一个作家去看茶花，品种繁多、美不胜收的茶花引起了他的思索："茶花是美啊。凡是生活中美的事物都是劳动创造的。是谁白天黑夜、积年累月，拿自己的汗水浇着花，像抚育自己儿女一样抚育着花秧，终于培养出这样绝色的好花？应该感谢那为我们美化生活的人。"这就是思想的闪耀，作家十分看重它，并及时把这些思索记录下来。

后来，他听一位花匠介绍一种茶花说："这叫童子面，花期迟，刚打开骨朵，开起来颜色深红，倒是最好看的。"虽然只是普通的介绍，并没有引起思索，但作家还是记下了这种茶花的名称。过了一会儿，恰巧一群小孩也来看茶花，这事引起了作家的注意，他看见孩子们一个个仰着鲜红的小脸，甜蜜蜜地笑着，叽叽喳喳叫个不休，心灵猛然一颤，不禁脱口说出："童子面茶花开了。"花匠听了这话醒悟道："真的呢，再没有比这种童子面更好看的茶花了。"这话使得一个念头突然跳到他的脑海，他说："我得到一幅画的构思。如果用最浓最艳的朱红画一大朵含露乍开的童子面茶花，岂不正可以象征着祖国的面貌？"于是，作家就把看茶花引发的感受、思索写成一篇文情并茂的散文《茶花赋》。这个作家就是杨朔。而读者通过阅读就可以悟出作家创作此文的立意：歌颂如花的祖国，歌颂美化祖国的劳动人民。

叙事散文以感悟为目的，因此感悟的内容要在文章中说明白。如同记叙文的主题一样，感悟要明白清楚地出现在文章中，让人觉得可信，引起阅卷老师的共鸣。如朱自清的《背影》就详细具体地表达了对父亲的思念和热爱之情。

有一篇写"重逢"的文章，选取的是学生吸毒的敏感话题。阔别多年再次相见，同学吸毒，但是"我"期待新的重逢，于是帮助同学戒掉了毒瘾，再次相见"我"找回了以前阳光帅气的男孩。故事的主人公是一对高中生男女，一般这类文章多半写凄美的恋情，但是作者一改旧的写作理念，赋予主人公全新的视角，表达了"我"对生活的珍视，表达了社会的美好，使得文章焕然一新，这样的文章就很抓阅卷老师的眼睛。

四、谋篇布局

叙事散文一般篇幅不大，往往通过生活中偶发的、片断的事情，去反映其复杂的背景和深广的内涵，做到"一粒沙里见世界，半瓣花上说人情"。要达到这种境界，构思是关键。

构思，是创作者对生活素材进行去粗取精、去伪存真、由此及彼、由表及里的加工、提炼的过程。我们要在构思中为叙事散文的思想内容寻找尽量完美的艺术形式，使思想性与艺术性达到和谐的统一。这是一种复杂的、艰辛的、严肃的精神活动，是对创作者人格、修养和写作功力的考验。

叙事散文中选取的生活事件之间的关系安排，必须经过考生有条不紊地组织，然后才可能构成情节，因此，情节的安排也属于作品的结构方面的问题。

关于叙事散文的谋篇布局，考生可以做到以下几点：

1. 叙事散文写作如同厨师做菜，要提前配好料，即为构思。

叙事散文结构自由，但是决不能写成流水账，这种错误在游记类的文章中容易出现，考生一定要多加注意。

2. 以形象动人的情节取胜，不能无休止地议论抒情、描写说明。

3. 叙事散文也可以有戏剧性的场景，也可以运用悬念、发现与突转等技巧。

五、叙述方式

在叙事散文的写作中会有多种叙述方法，每个考生也会形成自己擅长的叙述方式，这里介绍几种叙述方式仅供考生参考。

1. 倒叙式

倒叙是把事件的结局或事件中最突出的片段提到文章的开头来叙述，然后再按事件的发展顺序进行叙述。倒叙并不是把整个事件都倒过来叙述，而是提前叙述某个部分，其他部分仍然采用顺叙。

采用倒叙的情况一般有三种：

①为了表现文章中心思想的需要，把最能表现中心思想的部分提到前面，加以突出。开篇的情节要能带动全篇，推动全局的发展。

②为了使文章结构富于变化，避免平铺直叙。

③为了表现效果的需要，使文章曲折有致，造成悬念，引人入胜。

倒叙时要交代清楚起点。倒叙与顺叙的转换处，要有明显的界限，还要有必要的文字过渡，做到自然衔接。特别应当注意，不能无目的地颠来倒去、反反复复，这样会使文章的眉目不清。

2. 聚集式

此种叙述方式的套路为：交代文章主旨→引发主旨的几个事件。就好像一根线绳穿起几个珠子，该叙述方法要求开头有个引子，引出话头，然后从几个不同的角度叙述几件事。这几件事都能反映人物的品质、作者的感悟，或者反映开头点明的文旨，但是唯一的要求是包含的作者情感必须一致，也就是表达的思想必须一致。

3. 悬念式

此种叙述方式的套路一般为：设置悬念→探求原因→解疑释惑。戏剧故事常用这种方式，跌宕起伏的叙事结构很容易引起阅卷老师的兴趣，也可以通过该叙述方式更加深刻地表现人物，从而引发读者感悟。

关于悬念的具体介绍可以查看前文的故事写作部分。

4. 对比式

该种叙述方式多用于以"人物"为主的叙事散文中：甲的高大——乙的渺小，如《一件小事》；甲的美丽——乙的丑恶；一个人内心和行动的对比；一个人的行为在不同时期的对比，如《变色龙》；一个人外貌的丑陋和心灵的高尚对比，如《巴黎圣母院》里的卡西莫多。

六、文风把握

言为心声，文如其人。写文章必须有感而发，情真意切，蕴含丰富哲理，闪现真知灼见，让读者在情感上产生共鸣，从而达到心灵震撼的效果。好的文风要保持新鲜活泼的语言风格，有气则有势，有识则有度，有情则有韵，有趣则有味。

鉴于叙事散文选材的真实性和表达情感的需要，叙事散文要求文风质朴干净，不必大量堆砌华丽的辞藻，也不必采用太过粉饰的文笔。

考生还要注意，叙事散文作为考试文章，要尽可能避免写新概念式的、残酷青春文学式的校园文学和网络文学等。

第五节　叙述散文写作的要素分析

一、事件

事件是叙事散文的载体，事件选取得当，就能够令整篇文章生动起来，吸引阅卷老师的注意；事件选取不当，整篇文章就会黯然失色。由于选取的事件多数是考生日常生活的所见所闻，因此考查的是考生将生活的场景转化成文字的能力以及对生活的敏感度。

就事件的练习考生可以做到以下几点：

1. 叙事散文可以写完整的一件事，也可以截取相关的生活片段。叙事散文中事件的选取不同于记叙文，叙事散文在时间上可以有跨越性，不一定是某一个时段正在发生的完整的故事。但是不管哪一种，都要包括时间、地点、人物以及情感。

2. 叙事散文要求挖掘某一事件的本质，把这一事件写得深刻，不能仅叙述事件的发展过程，必须表达作者特有的感受。

3. 叙事散文可以把主角的点点滴滴串联起来，组成一个故事组，就像"滚雪球"一样，叙事散文起初的感受只是一点点，如一片小雪花。随着事件的增加、体会的深入、联想的展开，那感觉一步步膨胀起来，就像滚雪球一样。但是绝不能是相同事件的简单重复，在行文中，文章蕴含的情绪一定要是不断上升的。

4. 选择几个事件进行叙事散文写作的考生，在叙事的时候一定要选择一个中心事件，在这个中心事件中可以穿插小事件，围绕该事件把几个能表现相同主题的事件串联起来。

5. 在要求以叙事为主的考试中，考生要特别注意事件的选取，更加注意事件的典型性、新颖性、独特性。在描述事件时一定注意细节的描写，并且着重介绍一两个场景。当然，编者建议考生在行文时选取多个事件进行叙述。

二、人物

1. 叙事散文的最终目的是表达人物的情感，所以文章在行文中一定要注意人物情感的表达。

①要描述人物真实的生活状态。

作为社会中的一员，每个人都有自己的符号，有自己的身份地位，有自己的生活状态。只有让老师感觉到这个人物的存在是真实的，这个人物是有个性的，老师才会认为文章有可信度。如果考生写现代社会存在王母娘娘，那么整篇文章就会失真，就没有了叙事散文的影子，阅卷老师也就没有了阅读的必要性。

②要描绘人物真实的心理反应。

人物的真实反应是符合大多数人思维逻辑的，容易引起大家的共鸣，才会引起阅卷老师的兴趣。

③要表达人物的真实情感。

凡事贵在真，只有真实的情感才能触动人心，才会引起阅卷老师的情感共鸣。

2. 生活中的人形形色色，考生应该选取什么样的人物作为自己文章的主人公呢？

①考生可以选取身边熟悉的人。

生活中虽然会接触很多人，但是只有那些熟悉的人，我们才会对他们的事件记得清楚，才可能了解他们的性格，理解他们的真情实感，这样写出的文章才会感动阅卷老师。例如朱自清先生《背影》中的"我"的父亲。

②考生也可以以自己为中心，侧面烘托其他的对象。

与前者相比，这是一种更直接更具体的方式，更利于情感的表达。

3. 关于人物的刻画方法有以下几种：正面描写（外貌描写、心理描写、行动描写、语言描写、细节描写）和侧面描写（间接描写）。

①外貌描写

也称肖像描写。即是对人物的外貌特征（包括人物的容貌、衣着、神情、体型、姿态等等）进行描写，以揭示人物的思想性格，表达作者的爱憎，加深读者对人物的印象。

进行外貌描写一般使用：①简笔勾勒特征；②运用修辞手法；③寄托作者爱憎；④借助他人眼睛；⑤相关人物对比；⑥结合其他方法。

外貌描写的要求在于：根据需要，抓住特征，绘形传神，刻画性格，显示灵魂。其关键在于：

第一，进行肖像描写，要根据情节发展的需要去写，不能每写到人就必写人的肖像。有的考生不懂得这个道理，因而他笔下的肖像描写有时是不必要的。写肖像，不能眉毛胡子一把抓。鲁迅告诉我们，要"画眼睛"。"画眼睛"是写人物肖像的关键。鲁迅是很善于"画眼睛"的。他在《祝福》中 14 次写到祥林嫂的眼睛，而每一次眼神的变化，都透露出人物当时心理和性格的变化。需要着重指出的是："画眼睛"是比喻的说法，并不意味着描写人物外貌非得画眼睛不可。

鲁迅所说的"画眼睛"的意思是：善于细致精确地描绘人物外貌中最富特征的部分，舍弃同表现人物性格和精神面貌无关的其他东西。鲁迅写祥林嫂是"画眼睛"，但也写了祥林嫂"花白的头发"；写阿 Q 则着重写他头上的癞疮疤，却比写眼睛更能表现出他的"精神胜利法"；写闰土，在写眼睛的同时，也写到闰土的手："那手也不是我所记得的红活圆实的手，却又粗又笨而且开裂，像是松树皮了。"反映了闰土生活的艰辛和痛苦；写孔乙己没有写眼睛，而是写他那件"又旧又破的长衫"。

写肖像的高要求是刻画性格、显示灵魂。鲁迅先生曾立志画出中国国民的"活的灵魂"。列夫·托尔斯泰为了写出玛丝洛娃的灵魂，勾勒出玛丝洛娃在牢中的内心世界，曾对玛丝洛娃的外貌描写修改了 20 次。

第二，外貌描写切忌公式化、脸谱化。一般情况下，"人如其面"，然而人的内心与外貌并不总是一致的，外表漂亮不一定心灵美。同时，"知人知面不知心"。优秀作品中的好人不一定都是漂亮、英俊的，坏人也并不一定都是麻子、盲人、跛脚。如《牛虻》中的中年牛虻就是瘸腿，面部丑陋，有刀伤痕；法捷耶夫的《毁灭》中的英雄莱奋生为人矮小且背脊稍微弯曲。这都表明，作家即使描写心爱的人物也不是"脸谱化"地一味美化人物，而是严格地尊重生活的真实。在写批判人物时，有时常常以外形美来反衬人物心灵的丑恶，如《毁灭》中的反面人物美谛克，他风度翩翩，却动摇变节；《红楼梦》中的王熙凤美丽俊俏，却心毒手狠。

②行动描写

通过语言文字表现人物自身在矛盾斗争中的行动，来展示人物的性格特征和精神面貌的描写。行动能推动整个故事情节的发展，能反映出人物的心理。

人物行动描写是塑造人物的主要手段。施耐庵要塑造武松的性格，就安排了一回"景阳冈武松打虎"，文中全是写武松怎样"打"，从行动上描写出武松的英雄本色和武艺的高强。书中写他采取先防御、后进攻的策略，又显示出他的谋略与机智。作者正是通过对武松打虎的全过程的生动细致描写，表现了他多方面的性格特征。因此，茅盾说："人物的性格必须通过行动来表现。"又说："既然人物的行动（作品的情节）是表现人物性格的主要手段，那么，人物性格是不是典型的，也就要取决于这些行动有没有典型性。作者支使人物行动的时候，就要尽量剔除那些虽然生动、有趣，但并不能表现典型性格的情节。"

因此，行动描写应掌握以下三个原则：

第一，人物性格应当从他自己的行动里流露出来。

第二，人物的行动应当经过选择，足以表现人物的性格。因此描写人物行动的目的就应十分明确。

第三，要注意人物行动的生动性和典型性。所谓生动性，是指作者不仅要写出人物在做什么，而且要写出他怎样做。所谓典型性，则是指作者要写出人物为什么这样做，而不那样做。

③心理描写

心理描写是通过语言文字对人物的内心世界、思想道德品质、性格特征所进行的描写。叙事散文中多数是"我"的心理描写，因为其他人的内心感受作为文章主人公的"我"是不能真正体会到的。心理描写容易使读者体会作者的思想，使文章有灵魂，增加叙事散文的细腻度和可信度，考生在运用心理描写的时候，需要多加注意。

进行心理描写应注意掌握以下三个原则：

第一，写人物的心理活动，应写特定的人物在特定的环境中必然产生的心理活动，而不能为心理描写而进行心理描写。如大雪寒天里，一般人想的是驱寒取暖，快出太阳，这是人本能的常态的要求。可是特定的人物在特定的环境中，就不一定如此想。

第二，写心理活动，要防止左一个心理活动，右一个心理活动。只有在关键的情节、动作、表情出现时，才进行心理描写。

第三，写心理活动，要努力写人物细微的感情波澜和复杂的心理变化过程。例如高尔基的《母亲》最后一章所写尼洛夫娜发现暗探时一刹那的动摇、害怕，以及内心冲突，直到坚定、沉着，心理历程完整。

④语言描写

文采，不在于文字的花哨和刻意雕饰，而在于表情达意、朴实真挚。如果堆砌辞藻，就像爱美而又不善于打扮的女人一样，以为涂脂抹粉，越浓越好，花花绿绿，越艳越好，其实俗不可耐，令人见了皱眉。

人物的语言一定要有自己的个性特征，要符合人物的身份、职业、性别、年龄等。

有位作家说过："散文的语言，似乎比小说多几分浓密和雕饰，而又比诗歌多几分清淡和自然。它简洁而又潇洒，朴素而又优美，自然中透着情韵。可以说，它的美，恰恰就在这浓与淡、雕饰与自然之间。"叙事散文的语言在考试中相当重要，对作者情感的表达起到至关重要的作用，在考试中要求考生做到以下几点：

第一，要以口语为基础，书面语为点缀。

叙事散文作为一种文学体裁，要具备一定的文学意识。但是既然是写自己的亲身经历，表达自己的感受，故而一定要做到语言朴实，叙述语言和描写语言一定要给人一种一步到位的感觉，做到文字意境优美、准确简练，给人一种真实感。另外，叙事散文可以讲究一些语言技法，营造音乐节奏的氛围，如句式长短相间，借物抒情，借景赋情，多用修辞特别是比喻，力求做到讲究音调、节奏、旋律的音乐美等。

第二，语言朴实，文字意境优美、准确简练。

叙事散文语言虽追求朴素美，但并不排斥华丽美，两者是相对成立的。在散文作品里，我们往往看到朴素和华丽两种笔墨并用。该浓墨重彩的地方，尽意渲染，如天边锦缎般的晚霞；该朴素的地方，轻描淡写，似清澈小溪涓涓流淌。朴素有如美女"淡扫蛾眉"，华丽也不是丽词艳句的堆砌，而是精巧的艺术加工，不着斧凿的痕迹。但不论是朴素还是华丽，若不附属于真挚的感情和崇高的思想，就容易像无根的浮萍，变得苍白无力，流于玩弄技巧的文字游戏。比如一位盲人乞讨时说："自幼失明，生活悲惨。"结果所获无几。雪莱教他将话语改为："春天来了，可是我看不见。"顿时施舍者如云。

像生活的海洋一样，语言的海洋也是辽阔无边的。行文潇洒，不拘一格，鲜活的文气，新颖的语言，巧妙的比喻，迷人的情韵，精彩的叠句，智慧的警语，优美的排比，隽永的格言，风趣的谚语，机智的幽默，含蓄的寓意，多种多样艺术技巧的自如运用，使得散文创作越发清新隽永、光彩照人。

⑤细节描写

所谓细节描写是指抓住生活中细微而又具体的典型情节，加以生动细致的描绘，它具体渗透在对人物、景物或场面的描写之中。正确运用细节描写，对表现人物、记叙事件、再现环境有着极其重要的作用。

考生写叙事散文时最大的问题是他们不会细节描写，像这样的文章的档次很难上去。从近几年考试中的情况来看，大多数好的叙事散文仅仅停留在语言优美、意象尚可这一层面，只有极少数的叙事散文才有细节描写。因此，在一定程度上看，细节描写的好坏是评判叙事散文是否完美的关键之一！

文贵在细，文章写得详尽，就增加了可信度，容易引起读者的共鸣。考生可以从细小的方面入笔，做到以少胜多、以小见大。实际上，生活中的每一件小事，如小朋友扶老人过马路，大自然中的一片树叶、一粒沙土……只要写得详尽都可体现出大的主题。选取细节时一定要避免使用那些老生常谈的陈旧的素材。比如写老师就是灯下批改作业，带病讲课；写父母就是风雨夜背"我"上医院等等。虽然事件本身很感人，但出现次数太多，就如同众人嘴里嚼剩的甘蔗的残渣，没有味道。

叙事散文要以典型的细节描写引发视觉的冲击力、情感的震撼力。这就要求我们写细节一定要把握好两个关键：一是要精细，如写人物的一句话、一个动作时，要注意人物的神情、心理，甚至周围人的反应等；二是要融入情感，学会选择感动过自己的、具有浓郁情感含量的生活细节入文，因为，只有先感动自己，才能感动别人。

叙事散文的细节魅力主要彰显在人物塑造上。叙事散文要求人物形象一定要生动，能产生一定的视觉效果，能够以小见大，尤其以写人物为中心的叙事散文不能过多地描述客观环境、展现人物，而是要把人物的外貌、行动、语言、内在心理等细节化。也就是要求考生通过对人物形象的详细的描述更加深入地表达自己的情感。比如有这样一段描述吃饭的场景：

我心急如火，"妈！"我拉着她的衣角，两只脚悬空踢蹬着，手里的勺子捏到了尽头，却怎么也够不到。挡在前面的大叔回过头来得意地瞟了我一眼。被挤压出的汁液和着手上的泥灰，一道道灰绿的痕迹顺着他的胳膊肘流下来，滴到桌上。

这样的细节描写不是简单描述吃饭的场景，而是通过"我"的详细的观察表现了对大叔的不满。"灰绿"一词的细节运用甚至把"我"对大叔的不满上升到讨厌。

因此，细节描写是把发生的事情形象地展示给人看，而不是要告诉别人你的观点，应当把自己的观点和评价蕴涵于对细节的描写中。

⑥侧面描写

在研究了正面描写之后，我们来看什么是侧面描写。所谓侧面描写是指不从正面去描写人物，而是通过对其他人物、事件的叙述和描写渲染气氛、烘托人物的一种描写方法。

倘若读过朱自清先生的散文《绿》，定会对下面这段文字印象深刻：

我曾见过北京什刹海拂地的绿杨，脱不出鹅黄的底子，似乎太淡了。我又曾见过杭州虎跑寺近旁高峻而深密的"绿壁"，丛叠着无穷的草与绿叶，那似乎又太浓了。其余呢，西湖的波太明了，秦淮河的又太暗了。

作者要表现的是梅雨潭水特有的令人惊诧的"绿"，这种抽象的事物难以用直接描写来表现。作者就通过对大家所熟知的其他色彩的描写，烘托出梅雨潭的绿明暗适度、浓淡相宜，绿得恰到好处，读后使人觉得汪汪一碧的梅雨潭就在眼前。这段文字之所以能取得如此好的表达效果，跟作者选择的表达角度是分不开的。在这里侧面描写起了十分重要的作用。

由此，我们也可以看出，文学作品的表现力中侧面描写具有不可小视的作用。

在文学作品中，侧面描写主要有以下几种：

第一，正面与侧面描写相结合，以侧面烘托为辅。

这是使用最广泛的一种侧面描写。正面描摹时，或以人物映衬，或用环境烘托，或通过事物加以点染。比如鲁迅的小说《孔乙己》，全文详细地从正面描写了孔乙己第一次出场和最后一次出场的情景，但文中有关孔乙己被丁举人毒打的事是通过顾客交代的，属于侧面描写，这种侧面描写推动了故事情节的发展，使文章过渡非常自然、巧妙。又如白居易的《琵琶行》，在正面描写琵琶女的精彩弹奏后，用"东船西舫悄无言，唯见江心秋月白"从外部环境上加以烘托，侧面表现琵琶女弹奏的魅力。

第二，不宜正面描写的，用侧面描写加以渲染。

侧面描写不仅能填补正面描写难以言说的空白，还能淋漓尽致地呈现描写对象难为人知之妙点、美点。鲁迅先生的小说《药》中对夏瑜的描写，主要是通过刽子手和茶客的谈论完成的。我想一方面固然是鲁迅先生很难从正面去描写夏瑜，因为鲁迅先生笔下的夏瑜形象，是以革命者秋瑾为原型的，鲁迅对当时革命者情况的了解也很有限，正面描写可能有一定难度，而且即使写成也很难在当时的环境中发表；另一方面，更重要的是鲁迅通过刽子手和茶客的谈论，表现了群众对革命的不解。又如鲁迅《祝福》中介绍祥林嫂改嫁后的事，正面叙述有很大难度。鲁迅巧妙地利用卫老婆子来鲁四老爷家拜年，很自然地谈到祥林嫂，引出祥林嫂改嫁后的情况，为下文祥林嫂再到鲁镇埋下伏笔。

第三，侧面描写完全超出或取代了正面描写。

优秀的汉乐府民歌《陌上桑》，塑造了一位美丽出众、机智善斗的农家姑娘秦罗敷的形象。"头上倭堕髻，耳中明月珠。缃绮为下裙，紫绮为上襦。"直接铺写了罗敷的穿着打扮，正面描写了她那光彩照人的动人形象。但实际上作者并没有直接描写秦罗敷的发、脸、身材等，诗中最具表现力的却是侧面描写。"行者见罗敷，下担捋髭须。少年见罗敷，脱帽著帩头。耕者忘其犁，锄者忘其锄。来归相怨怒，但坐观罗敷。"诗中通过长者、少年、耕者、锄者的不同动作、神态、表情，烘托出了罗敷的美丽。真可谓是"不着一字，尽得风流"，收到了正面描写达不到的艺术效果。

在具体描写人物时，考生应根据主题需要，按照情节发展的具体情况，考虑是用正面描写还是用侧面描写，抑或是兼用正面描写和侧面描写。

三、情感

叙事散文作为散文的一个分类，既不能像议论散文那样无休止地议论，只是谈论是非；也不能像抒情散文那样无休止地抒情，只是空谈体会，更不能长篇描述环境、场景，但是这并不意味着叙事散文就没有议论和抒情。在叙事散文中可以有议论和抒情，这是作者表达本人思想的需要，但是一定要注意方式。

情感是文章通篇表现出来的一种基调，只有不断上升的情感，才能使得文章更有深度，情感表达更加丰厚，考生在行文的时候一定注意情感整体性的循序上升。

叙事散文与抒情散文、议论散文不同的一个重要特点，就是作者所要抒发的情感，常常不是直接传递出来的，往往是通过散文中的叙事来间接表达的。这就是所谓的"因事缘情"。作者的记人和叙事，浸透着浓郁的情感色彩，作者的情感常常曲折地隐含于委婉跌宕的叙事之中。因此，善于从叙事中去描写丰富和复杂的情感底蕴，是叙事散文写作的关键。

四、环境

环境描写是指对人物所处的具体的社会环境和自然环境的描写。

自然环境描写包括：人物活动的时间、地点、季节、气候以及景物等，对表现人物身份、地位、行动，表达人物心情，渲染气氛等都具有重要作用。

社会环境描写，指的是对特定的时代背景及人物生活环境的描写。它所描写的范围可大可小，大至整个社会、整个时代，小至一个家庭、一处住所。描写的内容可以是室内陈设、当地的风土人情和时代气氛等。社会环境的描写应具有浓郁的地域风土特色。

环境描写的作用一般有以下几点：

1. 交代事情发生的地点或背景，增加事情的真实性

例如："车窗外是茫茫的大戈壁，没有山，没有水，也没有人烟……"《白杨》首段便交代了地点，使人初步感受到大戈壁的荒凉与贫瘠，为下文爸爸的沉思做了铺垫。另外如《孔乙己》中开头对鲁镇酒店的格局的描写也是如此，确定了故事的背景。

2. 渲染气氛

例如"天灰蒙蒙的，又阴又冷，长安街两旁的人行道上挤满了男女老少。"《十里长街送总理》一文中的环境描写，渲染了悲哀的气氛，衬托出人们悼念周总理时极其沉痛的心情。另外如《故乡》中对故乡景象的描写，渲染了一种悲凉的气氛。而鲁迅《药》一文结尾一段：时令虽已是清明，然而天气仍"分外寒冷"，"歪歪斜斜"的路旁是"层层叠叠"的丛冢；这里没有生机，只有"支支直立"的枯草发出"一丝发抖的声音"；这里没有啼鸣的黄莺，只有预兆不祥的乌鸦，而且"缩着头，铁铸一般站着"。这里借助环境描写渲染了坟场阴冷、悲凉的气氛。

3. 烘托人物的心情

例如《心愿》一文，在点明"我"在一个假日去巴黎的一座街道公园看书之后，交代了"我"周围的环境以及"我"由花丛联想到北京一事，表达了作者思念祖国的心情。

4. 反映人物的性格或品质

例如《一夜的工作》一文写周总理工作的环境："这是高大的宫殿式的房子，室内陈设极其简单……"可以看出，总理生活得多么简朴。又如《穷人》一文中写道："屋外寒风呼啸，汹涌澎湃的海浪……这间渔家的小屋却温暖而舒适。"由此可知，桑娜为人十分勤劳。另外如《驿路梨花》中对小茅屋的描写，则刻画出了人们的热心与善良。

5. 推动情节的发展

例如：《曹操煮酒论英雄》中"酒至半酣，忽阴云漠漠，骤雨将至。从人遥指天外龙挂"一句，因为天气的变化，引出了对"龙"的评论，从而推动了情节的发展。

另外如《边城》中写道："天已快夜，别的雀子似乎都休息了，只杜鹃叫个不息。石头泥土为白日晒了一整天，草木为白日晒了一整天，到这时节各放散出一种热气。空气中有泥土气味，有草木气味还有各种甲虫类气味。翠翠看着天上的红云，听着渡口飘来生意人的杂乱声音，心中有些儿薄薄的凄凉。"情窦初开的翠翠"在成熟中的生命，觉得好像缺少了什么"，"好像眼见到这个日子过去了，想要在一件新的人事上攀住它，但不成"。翠翠渴望爱情而还没有着落，有孤单失落之感。这时祖父在渡船上忙个不息，顾不上她，杜鹃叫个不息，泥土、草木、各种甲虫类气味，生意人的杂乱声音，更增添了翠翠内心的纷乱和孤独之感，因此她"心中有些薄薄的凄凉"。这里的环境描写成为人物心理活动的契机并映衬着人物的心情，还有推动故事情节发展的作用。

6. 深化作品主题

分析叙事散文的主题，离不开对人物和情节的细致分析，也离不开对环境的认真考察。如老舍的《骆驼祥子》中，为了刻画人力车夫祥子的辛苦，揭示旧社会劳动人民的悲惨处境，作者极力刻画了日烈雨暴的情景。当日烈到人不能忍受的程度，祥子还不得不拉车挣钱；当雨暴到人不能行走的程度，祥子还不得不在雨中挣命。通过这样的环境描写，展现了祥子吃苦耐劳的勤劳本性，从而揭示了旧社会劳动人民生活的疾苦和悲惨的主题。

总之，运用环境描写要做到：

目的明确——为表达中心思想服务。

具体生动——给人以身临其境之感。

抓住特征——写出独具特色的景物。

第六节 叙事散文写作的提分技巧及注意事项

一、叙事散文写作的提分技巧：视听思维

叙事散文虽然是一种利用文字通过"叙事"来表达情感的文学体裁，但是，对于学习戏剧影视导演专业的考生而言，要想在考试中获得高分，顺利通过这一专业的统考考试，就一定要在自己的叙事散文写作中运用视听思维。

视听语言一直都是影视专业学生入门的必修课和基本功。作为用画面和声音来形成影视作品叙事方式的语言，有很多值得我们戏剧影视导演专业的考生来借鉴和使用的技巧。考生一定要学会在叙事散文写作中运用视听思维结构自己的语言文字，这会使得文章产生令人记忆深刻的画面感，让读者仿佛身临其境，极易引发阅卷老师深深的共鸣，从而轻松获得高分。

因此，当我们在考场上进行叙事散文创作时，若想传达给阅卷者一个生动形象的画面，就需要在视觉和听觉的细节上多下功夫，可以考虑运用以下方法来融入视听思维，让文章更具有画面感：

1. 描述细节

在写作中，考生要尽可能细致入微地描写人物、环境、气味、光线、声音等细节，让读者仿佛能够看到和感受到这些元素的存在。例如，你可以描述一个破旧的小屋，一个疲

惫不堪的人，或者是一个嘈杂的街头环境。这些细节可以让读者更好地理解人物的情感和心理状态，以及故事发生的背景和情境。

【范例】

夜晚的街道上，灯光昏暗而微弱，仿佛是一个个漂浮的灵魂在游荡。路边的垃圾桶散发出酸臭的味道，旁边是一只缩成一团的流浪猫，它身上的毛脏兮兮的，像被岁月侵蚀了一样。

2. 使用比喻和拟人化的修辞手法

考生通过使用比喻和拟人化的修辞手法，可以将抽象的概念具象化，让读者更容易理解。例如，我们可以用比喻的修辞手法来描述一个人物的外貌，比如说他的眼睛像两颗闪亮的宝石；或者用拟人化的修辞手法来描述风的声音，比如说风在耳边轻语。这些形象化的描述都可以让读者更好地理解人物的性格和情感状态，同时也能够增加文章的生动性和趣味性。

【范例一】

雨滴敲打着窗户，仿佛是在为这个城市哭泣。街角的路灯散发着柔和的光芒，像是一位温柔的伴侣在守护着这个寂静的夜晚。路边的花坛里，一朵朵花儿像是跃动的音符，在演奏着生活的乐章。（比喻）

【范例二】

窗外的树叶在微风中轻轻摇曳，仿佛是在跳着欢快的舞蹈。夜色中的建筑群沉默而肃穆，就像是一群默默守望的巨人。（拟人化）

3. 使用生动的动词和形容词

选择使用生动有力的动词和形容词，可以让读者感受到人物的行动和情感变化。例如，我们可以用动词来描述一个人物的行为，比如说他缓缓地走向窗前；或者用形容词来描述一个场景的氛围，比如说房间静谧而沉闷。这些生动的表述都可以让读者更好地感受到人物的内心世界和感情变化，同时也能够增加文章的动态感，使读者易于产生情感共鸣。

【范例一】

她的手指轻轻划过琴弦，像是在抚摸着自己的心灵。琴声悠扬而温暖，像是夏日里的一缕清风，让人感到舒心惬意。（生动的动词）

【范例二】

他紧紧地握住拳头，怒气冲冲地盯着对方。他的心跳加速，像是有一只无形的手在不断地推着他向前。（生动的形容词）

4. 运用意象和象征手法

通过对意象和象征手法的使用，可以将抽象的概念具体化，让读者更容易理解。例如，你可以用意象来表达一个人物的情感状态，比如说他的心中充满了阴霾；或者用象征来表达一种理念或价值观，比如说用彩虹象征希望和幸福。这些象征和意象都可以让读者更好地融入文章中，感受作者情感的流动，同时也能够增加文章的文化内涵和思想深度。

【范例一】

雨后的街道上散落着许多落叶，它们静静地躺在地上，像是岁月的痕迹，诉说着生命的无常和更迭。而新生的嫩叶正从枝头探出头来，象征着新生命的诞生和希望。（意象）

【范例二】

她走在沙漠中，烈日当空，她感到自己就像是被太阳烤炙着的蚂蚁，毫无尊严地承受着苦难。而远方的绿洲就像是生命中的目标和希望，激励着她不断地前行。（象征）

5. 运用声音和音乐

考生在写作中合理运用声音和音乐元素，会让读者感受到声音的节奏和音乐的情感。例如，我们可以用声音来描述一个人物的语言或行动，比如说他的声音低沉而坚定；或者用音乐来表达一种情感或思想状态，比如说用悠扬的旋律来表达一种悲伤的情绪。这些声音和音乐的运用都可以让读者更好地与文中人物产生情感共鸣，也会使得我们的文章更加活泼和灵动。

【范例一】

舞台上，乐手们齐刷刷地挥舞着乐器，奏出一曲激昂的音乐。歌声高亢而充满力量，像是海浪般汹涌澎湃。这曲子就像是心灵的烈酒，让人陶醉其中。（声音）

【范例二】

夜晚的街头传来一阵阵悠扬的歌声，它穿过窗户飘散在夜色中，伴随着微风的吹拂，歌曲的旋律在空中飘荡，仿佛在为寂静的夜晚增添一份生气。（音乐）

二、叙事散文写作的注意事项

在叙事散文写作中，考生要注意以下这些问题：

1. 一定要用第一人称"我"来写。

叙事散文要求作者在散文中的形象比较明显，个性鲜明，正像巴金所说"我的任何散文里都有我自己"，如此可以说是表现自我，这就需要大胆无忌。又如刘半农说，散文要"赤裸裸地表达"。所以说，写真实的"我"是叙事散文的核心特征和生命所在。

2. 文中不能出现真实的学校名和姓名。

文章中一旦出现这些信息一律要用＊＊代替。这样的目的是躲开作弊嫌疑。

3. 要有生动、曲折、有意思的故事。

一定要有细节描写，不能泛泛而谈、概括叙述，而没有具体的事件。

4. 最好写考生生活中经历的事情，不要写将来的事情。

虽然是第一人称，但是很多考生也选取了不可能在他们这个年龄段发生的事情。例如自己在大学里竞选班长，例如"我"的孩子上学问题，这样的事情在考生所处的年龄阶段是不可能发生的，考生虽然用第一人称来写，但是故事的真实性大打折扣，因此考生最好不要选择这样的素材。

5. 叙事散文表达的是"我"的真实情感，因此在事件选取上尽量不要选择科幻、梦境、动物（寓言）等偏离主观情绪的素材。

第七节 叙事散文写作优秀范文集锦

一、经典叙事散文

散 步

莫怀戚

我们在田野上散步：我，我的母亲，我的妻子和儿子。

母亲本不愿出来的。她老了，身体不好，走远一点儿就觉得很累。我说，正因为如此，才应该多走走。母亲信服地点点头，便去拿外套。她现在很听我的话，就像我小时候很听她的话一样。

天气很好。今年的春天来得太迟，太迟了，有一些老人挺不住，在清明将到的时候死去了。但是春天总算来了。我的母亲又熬过了一个严冬。

这南方初春的田野！大块儿小块儿的新绿随意地铺着，有的浓，有的淡；树上的嫩芽儿也密了；田野里的冬水也咕咕地起着水泡……这一切都使人想着一样东西——生命。

我和母亲走在前面，我的妻子和儿子走在后面。小家伙突然叫起来："前面也是妈妈和儿子，后面也是妈妈和儿子。"我们都笑了。

后来发生了分歧：我的母亲要走大路，大路平顺；我的儿子要走小路，小路有意思。不过，一切都取决于我。我的母亲老了，她早已习惯听从她强壮的儿子；我的儿子还小，他还习惯听从他高大的父亲；妻子呢，在外边，她总是听我的。一霎时，我感到了责任的重大，就像民族领袖在严重关头时那样。我想找一个两全的办法，找不出；我想拆散一家人，分成两路，各得其所，终不愿意。我决定委屈儿子了，因为我伴同他的时日还长，我伴同母亲的时日已短。我说："走大路。"

但是母亲摸摸孙儿的小脑瓜，变了主意："还是走小路吧。"她的眼睛顺小路望去：那里有金色的菜花，两行整齐的桑树，尽头一口水波粼粼的鱼塘。"我走不过去的地方，你就背着我。"母亲说。

这样，我们就在阳光下，向着那菜花、桑树和鱼塘走去了。到了一处，我蹲下来，背起了我的母亲，妻子也蹲下来，背起了我们的儿子。我的母亲虽然高大，然而很瘦，自然不算重；儿子虽然很胖，毕竟幼小，自然也很轻。但我和妻子都是慢慢地，稳稳地，走得很仔细，好像我背上的同她背上的加起来，就是整个世界。

珍珠鸟

冯骥才

真好！朋友送我一对珍珠鸟，放在一个简易的竹条编的笼子里，笼内还有一卷干草，那是小鸟舒适又温暖的巢。

我听别人说，这是一种怕人的鸟。

我把它挂在窗前。那儿还有一盆异常茂盛的法国吊兰。我便用吊兰长长的、串生着小绿叶的垂蔓蒙盖在鸟笼上，它们就像躲进幽深的丛林一样安全；从中传出的笛子般又细又亮的叫声，也就格外轻松自在了。

阳光从窗外射入，透过这里，吊兰那些无数指甲状小叶，一半成了黑影，一半被照透，如同碧玉，斑斑驳驳，生意葱茏。小鸟的影子就在这中间隐约闪动，看不完整，有时连笼子也看不出，却见它们可爱的鲜红小嘴儿从绿叶中伸出来。

我很少扒开叶蔓瞧它们，它们便渐渐敢伸出小脑袋瞅瞅我。我们就这样一点点熟悉了。

三个月后，那一团愈发繁茂的绿蔓里边，发出一种尖细又娇嫩的叫声。我猜到，是它们有雏儿了。我呢？决不掀开叶片往里看，连添食加水时也不睁大好奇的眼睛去惊动它们。过不多久，忽然有一个小脑袋从叶间探出来。哟，雏儿！正是这小家伙！

它很小，就能轻易地由笼子里钻出身。瞧！多么像它的父母：红嘴红脚，灰蓝色的毛，只是后背还没有生出珍珠似的圆圆的白点；它好肥，整个身子好像一个蓬松的球儿。

起先，这小家伙只在笼子四周活动，随后就在屋里飞来飞去，一会儿落在柜顶上；一会儿神气十足地站在书架上，啄着书背上那些大文豪的名字；一会儿把灯绳撞得来回摇动，跟着又跳到画框上去了。只要大鸟在笼子里叫一声，它立即飞回笼里去。

我不管它。这样久了，打开窗子，它最多只在窗框上站一会儿，决不飞出去，可乖了！

渐渐地它胆子大了，就落在我的书桌上。

它先是离我较远，见我不去伤害它，便一点点挨近，然后蹦到我的杯子上，俯下头来喝茶，再偏过脸瞧瞧我的反应。我只是微微一笑，依旧写东西，它就放开胆子跑到稿纸上，绕着我的笔尖蹦来蹦去，跳动的小红爪子在纸上发出嚓嚓的响声。

我不动声色地写，默默享受着这小家伙亲近的情意。这样，它完全放心了。索性用那涂了蜡似的小红嘴，"嗒嗒"啄着我颤动的笔尖。我用手抚一抚它那细腻的绒毛，它也不怕，反而很友好地啄两下我的手指。

白天，它这样淘气地陪伴我；天色入暮，它就在父母的再三呼唤声中，飞向笼子，扭动滚圆的身子，挤开那些绿叶钻进去。

有一天，我伏案写作时，它居然落到我的肩上。我手中的笔不觉停了，生怕惊跑它。待一会儿，扭头看，这小家伙竟趴在我的肩头睡着了，银灰色的眼睑盖住了眸子，小红脚刚好给胸脯上长长的绒毛盖住。我轻轻一抬肩，它没醒，睡得好熟！还呷呷嘴，难道在做梦？

我笔尖一动，流泻下一时的感受：信赖，往往创造出美好的境界。

母 亲

肖复兴

那一年，我的生母突然去世，我不到 8 岁，弟弟才 3 岁多一点儿，我俩朝爸爸哭着闹着要妈妈。爸爸办完丧事，自己回了一趟老家。他回来的时候，给我们带回来了她，后面还跟着一个不大的小姑娘，爸爸指着她，对我和弟弟说："快，叫妈妈！"弟弟吓得躲在我身后，我噘着小嘴，任爸爸怎么说，就是不吭声。"不叫就不叫吧！"她说着，伸出手要摸摸我的头，我拧着脖子闪开，说就是不让她摸。

望着这陌生的娘俩儿，我首先想起了那无数人唱过的凄凉小调："小白菜呀，地里黄呀，两三岁呀，没有娘呀……"我不知道那时是一种什么心绪，总是用忐忑不安的眼光偷偷看她和她的女儿。

在以后的日子里，我从来不喊她妈妈，学校开家长会，我硬愣是把她堵在门口，对同学说："这不是我妈。"有一天，我把妈妈生前的照片翻出来挂在家里最醒目的地方，以此向后娘示威，怪了，她不但不生气，而且常常踩着凳子上去擦照片上的灰尘。有一次，她正擦着，我突然地向她大声喊着，"你别碰我的妈妈"。好几次夜里，我听见爸爸在和她商量："把照片取下来吧?"而她总是说："不碍事儿，挂着吧!"头一次我对她产生了一种说不出的好感，但我还是不愿叫她妈妈。

孩子没有一盏是省油的灯，大人的心操不完。我们大院有块平坦、宽敞的水泥空场，那是我们孩子的乐园，我们没事便到那儿踢球、跳皮筋，或者漫无目的地疯跑。一天上午，我被一辆突如其来的自行车撞倒，我重重地摔在了水泥地上，立刻晕了过去。等我醒来的时候，已经躺在医院里了，大夫告诉我："多亏了你妈呀!她一直背着你跑来的，生怕你留下后遗症，长大可得好好孝顺呀……"

她站在一边不说话，看我醒过来伏下身摸摸我的后脑勺，又摸摸我的脸。我不知怎么搞的，我第一次在她面前流泪了。

"还疼?"她立刻紧张地问我。

我摇摇头，眼泪却止不住。

"不疼就好，没事就好!"

回家的时候，天早已经全黑了。从医院到家的路很长，还要穿过一条漆黑的小胡同，我一直伏在她的背上。我知道刚才她就是这样背着我，跑了这么长的路往医院赶的。

以后的许多天里，她不管见爸爸还是见邻居，总是一个劲埋怨自己，"都赖我，没看好孩子!千万别落下病根呀……"好像一切过错不在那硬邦邦的水泥地，不在我那样调皮，而全在于她。一直到我活蹦乱跳一点儿没事了，她才舒了一口气。

没过几年，三年自然灾害就来了。只是为了省出家里一口人吃饭，她把自己的亲生闺女，那个老实、听话，像她一样善良的小姐姐嫁到了内蒙，那年小姐姐才18岁。我记得特别清楚，那一天，天气很冷，爸爸看小姐姐穿得太单薄了，就把家里唯一一件粗线毛大衣给小姐姐穿上。她看见了，一把给扯了下来："别，还是留给她弟弟吧。啊?"车站上，她一句话也没说，是在火车开动的时候，她向女儿挥了挥手。寒风中，我看见她那像枯枝一样的手臂在抖动。回来的路上，她一边走一边叨叨："好啊，好啊，闺女大了，早点寻个人家好啊，好。"我实在是不知道人生的滋味儿，不知道她一路上叨叨的这几句话是在安抚她自己那流血的心，她也是母亲，她送走自己的亲生闺女，为的是两个并非亲生的孩子，世上竟有这样的后母?

望着她那日趋隆起的背影，我的眼泪一个劲往上涌，"妈妈!"我第一次这样称呼了她，她站住了，回过头，愣愣地看着我不敢相信这是真的。我又叫了一声"妈妈"，她竟"呜"的一声哭了，哭得像个孩子。多少年的酸甜苦辣，多少年的委屈，全都在这一声

"妈妈"中融解了。

母亲啊，您对孩子的要求就是这么少……

这一年，爸爸有病去世了。妈妈她先是帮人家看孩子，以后又在家里弹棉花，搅线头，妈妈就是用弹棉花搅线头挣来的钱供我和弟弟上学。望着妈妈每天满身、满脸、满头的棉花毛毛，我常想亲娘又怎么样?! 从那以后的许多年里，我们家的日子虽然过得很清苦，但是，有妈妈在，我们仍然觉得很甜美。无论多晚回家，那小屋里的灯总是亮的，橘黄色的火里是妈妈跳跃的心脏，只要妈在，那小屋便充满温暖，充满了爱。

我总觉得妈妈的心脏会永远地跳跃着，却从来没想到，我们刚大学毕业的时候，妈妈却突然地倒下了，而且再也没有起来。

妈妈，请您在天之灵能原谅我们，原谅我们儿时的不懂事，而我却永远也不能原谅自己。我知道在这个世界上，我什么都可以忘记，却永远不能忘记您给予我们的一切……

世上有一部书是永远写不完的，那便是母亲。

我的老师

魏巍

最使我难忘的，是我小学时候的女教师蔡芸芝先生。

现在回想起来，她那时有十八九岁。右嘴角边有榆钱大小一块黑痣。在我的记忆里，她是一个温柔和美丽的人。

她从来不打骂我们。仅仅有一次，她的教鞭好像要落下来，我用石板一迎，教鞭轻轻地敲在石板边上，大伙笑了，她也笑了。我用儿童的狡猾的眼光察觉，她爱我们，并没有存心要打的意思。孩子们是多么善于观察这一点啊。在课外的时候，她教我们跳舞，我现在还记得她把我扮成女孩子表演跳舞的情景。

在假日里，她把我们带到家里和女朋友家里。在她的女朋友的园子里，她还让我们观察蜜蜂，也是在那时候，我认识了蜂王，并且平生第一次吃了蜂蜜。

她爱诗，并且爱用歌唱的音调教我们读诗。直到现在我还记得她读诗的音调，还能背诵她教我们的诗：

圆天盖着大海，

黑水托着孤舟，

远看不见山，

那天边只有云头，

也看不见树，

那水上只有海鸥……

今天想来，她对我的接近文学和爱好文学，是有着多么有益的影响！

像这样的教师我们怎么会不喜欢她？怎么会不愿意和她亲近呢？我们见了她不由地就围上去。即使她写字的时候，我们也默默地看着她，连她握铅笔的姿势都急于模仿。

有一件小事，我不知道还值不值得提它，但回想起来，在那时却占据过我的心灵。

我父亲那时候在军阀部队里，好几年没有回来，我和母亲非常牵挂他，不知道他的死活。我的母亲常常站在一张褪了色的神像面前焚起香来，把两个有象征记号的字条卷着埋在香炉里，然后磕了头，抽出一个来卜问吉凶。我虽不像母亲那样，也略略懂了些事。可是，在孩子群中，我的那些小"反对派"们，常常在我的耳边猛喊：

"哎哟哟，你爹回不来了哟，他吃了炮子儿啰！"那时的我，真好像死了父亲似的那么悲伤。这时候蔡老师安慰了我，批评了我的"反对派"们，还写了一封信鼓励我，说我是"心清如水的学生"。

一个老师排除孩子世界里的一件小小的纠纷，是多么平常，可是回想起来，那时候我却觉得是给了我莫大的支持！在一个孩子的眼里，他的老师是多么慈爱，多么公平，多么伟大的人啊。

每逢放假的时候，我们就更不愿意离开她。

我还记得，放假前，我默默地站在她的身边，看她收拾这样那样东西的情景。蔡老师！我不知道你当时是不是觉察，一个孩子站在那里，对你是那么依恋！至于暑假，对于一个喜欢他的老师的孩子来说，又是多么漫长！记得在一个夏季的夜里，席子铺在当屋，旁边燃着蚊香，我睡熟了。不知道睡了多久，也不知道是夜里的什么时候，我忽然爬起来，迷迷糊糊地往外就走。

母亲喊住我："你要去干什么？"

"找蔡老师……"我模模糊糊地回答。

"不是放暑假了么？"

哦，我才醒了。看看那块席子，我已经走出六七尺远。母亲把我拉回来，劝说了一会，我才睡熟了。我是多么想念我的蔡老师啊！至今回想起来，我还觉得这是我记忆中的珍宝之一。一个孩子纯真的心，就是那些热恋中的人们也难比啊！什么时候，我能再见一见我的蔡老师呢？可惜我没有上完初小，就转到县立五小上学去了。从此，我就和蔡老师分别了。

吾家有女初长成

程乃珊

从来不在文章中写自己的女儿，不为别的，只觉得她既非才华出众，也不属天生丽质，甚至连大学都没上——一句话，典型性不够。

曾几何时，女儿在报上竟也发表了几篇文章，这倒出乎我的意料。我是在女儿寄给我剪报时才发现她发表文章的。

"你怎么不早告诉我。"我问她。

"早告诉你，你一定要拿去修改，早晚会被你弄得面目全非，就不再是我的文章了。"她说。女儿的文章其实很稚拙。如果一定说有什么长处，那就是本色，如同她的为人。因为年轻，尚不懂作假。坦白地说，我一度对女儿很失望。

理想中的女儿应该是个淑女，懂音乐、爱好文学、弹得一手好钢琴……而我的女儿，给她买来全套《安徒生童话》，她只翻了几页就不要看。还大言不惭地说："我只记得一句烂布片。"直把我气得半死。她8岁开始上钢琴课，却终因每次练琴她哭我吼而放弃。最令我七窍生烟的是，有次她的作文竟然不及格。她却振振有词："又是《一件难忘的事》，这篇作文我从小学三年级作到高中三年级，少说也有三四次。我总共才多大，有多少难忘的事？"

女儿经受不起闲话："人若犯我，我必犯人。"不懂得包涵。

"你怎么一点不像我！"我不由得抱怨。

"那当然啦，你是你，我是我。"她回答着。

她看我写的《女儿经》，看完了把嘴一嘟，说："没劲。要我来写这部《女儿经》，保证那三个女儿将家里搞得天花板都掀了，把妈妈弄得发神经病为止。"说着，她就绘声绘色地开始把构思讲给我听。

"去去……"不等她讲下去，我就把她支开了。现在想想，可能这也是她的《女儿经》呢。当然，我们母女俩也有"心有灵犀一点通"之时。有一次在一个圣诞派对上，在场有个五六十岁左右、极富魅力的先生，高歌一曲英文歌，声情并茂，十分动人。当然，我俩都没出声。好一阵时日，一次偶与友人谈起男人，我不禁以赞赏的口吻谈起那位先生。话音未落，女儿即在一边插嘴表示赞同。我倒没想到，在对男人的审美上，我们母女俩倒没有代沟。在我去港的三四年间，觉得女儿一下长大了。首先，我十分爱读她的信，生动有形，宛如她自己在我眼前说笑一般。其次，我又发现，她已能在琴键上奏出很好的曲子。原来，她已深深爱上了钢琴。我问她：早知今日，当初每次练琴都像要上断头台般？她倒也答得爽快："小时候你们根本没有征求过我的意见，就逼我上钢琴课。现在是我自己喜欢。"她还为自己找了个亦师亦友的钢琴老师呢。人说士别三日当刮目相看，今日女儿读书面之广竟超过我。一本台湾出版的关于汉奸梁鸿志的传记，她竟看得娴熟，且还能与一位九十多岁的、当年也曾有经济汉奸之嫌的老先生交谈，有条不紊地陈述出她对此历史人物的独特想法和评价，令老先生十分惊讶。我问她从哪看的这本书，她说："就在你的书架里，一个台湾朋友送你的，你自己翻都不翻。"她爱读《围城》，几乎背得出其中好多她认为的精彩之句；她也爱读《洗澡》，但她仍拒绝《安徒生童话》，也不喜欢我的偶像——张爱玲的小说。不知不觉间，女儿成了我的朋友。我们一起谈电影，谈男明星——对当代影坛歌坛的明星，她永远比我娴熟，但凡港地的《亚洲周刊》要我来访如成龙、王靖雯这些明星，女儿还是我的背景材料的最佳资讯呢。有时我还会做一下希望女儿成为小美人的白日梦："要是你再高5公分，眼睛再大一点……"女儿则手一挥："那就不是我严洁了!"女儿的生活，平淡又忙碌：每天8时半去一外资机构上班，晚上还在夜大"充电"，还要写文章弹琴说笑聊天吃东西。她最不肯委屈自己的口福，时常发感慨："人要有两张嘴就好了!"最近，向她约稿的报刊也有一些，她似乎更忙了。她还未受到生活的污染，她不会永远是这样，但这不是我能左右的。

生命，是无法定制和预先设计的，只要生命是健康又向上的，就是美的；可怜天下父母心，为何要像做盆景般来设计你子女的形象呢？

生命的节日

季栋梁

那个七月已经远去了。然而，它已经成为我生命的节日。

七月为我们设了一个赌场。

关于七月，我们有多种称呼，有叫鲤鱼跳龙门的，有叫黑色节日的，有叫赌徒之约的……总之，对于莘莘学子来说，七月，意义重大，是人生一个非常重要的坐标。许多人因为这样一个坐标，将彻底改变自己人生的轨迹。尤其是我们，生活在西海固这片贫瘠的土地上，七月真正是一个鲤鱼跳龙门的日子。

一进入七月，一种真正的赌徒的感觉袭击了我。我就如同一个把所有赌资都押上的赌徒，等待着开牌。那种痛苦的折磨就像一朵含苞待放的花蕾渴望着太阳的照耀和雨水的滋润，尤其像我这样的赌已经不止一次在七月输到山穷水尽的地步。更让我感到痛苦与恐惧的是在我所有的七月中，父亲也经历着同样的甚至更为深刻的痛苦的折磨。

一年一度揭晓输赢的日子如约而来。和许多父亲一样，我的父亲在一大早将我叫起来。他没有言语，只是用那种目光笼罩着我。这目光凝滞而沉重，仿佛将我置于一潭黏稠的汁液中，使我喘不过气来。父亲从他贴胸的衣袋里摸出 10 元钱来，在他递给我钱的时候，有些迟钝，手有些颤抖。而我接过那带着父亲体温与汗香的 10 元钱时，手颤抖得更加厉害，我努力想表现得自信一点，结果越是要表现得自信，手就越发地颤抖，像深秋里的树叶一样，以至连我的身体也抖起来。我是逃也似的离开了那双眼睛。虽然我知道那双眼睛是善良的仁慈的宽厚的，但我内心无法排除对这双眼睛的恐惧——我再也输不起了。

我一步一步走向学校，内心的恐惧正在加剧。经过村庙的时候，我不由得走来走去，跪在了那泥像前，我想没有人比我更加虔诚，没有人比我头叩得更响。

第一年的七月，好容易挨到了"开牌"的日子，父亲递给我 10 元钱对我说如果中了，就打 10 元钱的酒回来，没有中，别糟蹋钱。父亲的话总是这样的直接。可因为仅仅差了 2 分我没有给父亲打上酒，我带着家人渴望花掉的 10 元钱回来了。父亲没有责备我，然而他越是不责备我，我内心的痛苦就越沉重。到了新学期开学的时候，父亲对我说再去念吧，差 2 分一年咋都弄够了，我那时候在生产队哪一年不比别人多挣个三五百工分？我无法对父亲讲学习和劳动的不同。我只有努力学习。

第二年七月的"开牌"，我又输了 12 分。当我再次把钱放在父亲面前的时候，父亲火了，他对着我吼道："给我回来干活，没有钱供你享福。"是的，在家乡那样艰苦的地方，谁不认为读书就是享受呢？我想对父亲说如果读书真正可以叫作享受的话，那么我宁愿受苦。

可是我说不出那样的话来。父亲一辈子好强，他是多么希望家里能养出个读书人啊。然而我们弟兄们硬是一个个不争气。大哥二哥相继种了田，希望便寄托在我的身上，可我偏如此的不出息。我期待着新学期的开学，可是又怕这个日子的到来。然而日子并不因为我内心矛盾而推迟。开学了，父亲说："读！"父亲依然没有多余的话。可那个"读"字像石头一样，把地能砸出个坑来。他亲自送我到 40 余里以外的乡里上学。父亲走在我的前面，拉着驴，驮着我的铺盖。他的步履显得有些疲劳，甚至是麻木，那已经驼了的背越发弓得厉害，仿佛背负的东西越来越多了非要这样将背弓起来似的。他已经是年过花甲之人，应该是歇息享福的年龄了。

看着父亲的背影，我忽然失去了赌的欲望，我为什么要继续赌下去呢？怎样不是活一辈子呢？我的朋友、我的同学不都输了个精光回来了吗？我鼓足勇气说："爹，算了，我不念了。"父亲回过头来看看我，他的目光里不再有那种凝重，反而凶恶起来，仿佛被激怒的老虎，一甩手，鞭子狠狠地抽在我的脸上。之后便默默无言，继续走自己的路了。我的脸火辣辣地疼痛，可是我心里却踏实了，我想至少父亲对我发怒了。

第三年的七月，不争气的我又输了，我捏着那 10 元钱在一个山梁上坐了许久，最后我一狠心走进了供销社，打了 10 元钱的酒。当我看着那晶莹的液体带着醇烈的芳香汩汩地流进瓶子，我的眼泪却来了。我顺着小路往回走，22 岁的身体却感到了从未有过的沉重与疲惫。在与村子相对的山梁上，我远远地就看见父亲像一只老鹰，蹲在大门口，他手里长长的烟锅不停地喷出烟来，像一列钻出隧道的火车。父亲站了起来，他伸了一个非常舒展的懒腰，身体像蜷缩了一个春天的花朵尽情地舒展开来，两只长长的胳膊伸了伸，还上下起伏了几下，那是一种飞翔的姿势呀！父亲真像一只要飞起来的老鹰。我想我手中的酒瓶在夕阳的余晖里一定放射出耀眼的光芒，这光芒一定照亮了父亲的眼睛，父亲一定闻到了代表着喜庆与快乐的酒香。

在父亲的注视下走完一段上坡下坡的路，我感到浑身的不自在，两条腿仿佛让什么绊着一般，不足一里路，我却走了十几分钟，走出一身大汗来。刚刚走到大门口，父亲就对着院子喊，"红红，快把凉水给你哥哥端出来。端上两大碗！"

我再也忍不住郁结的悲伤，放声就哭了出来，两腿再也支撑不住，扑通一声坐在了地上。

我说我没考上！

父亲一扬手里的长烟锅，打在那瓶酒上，酒瓶碎得十分彻底，酒像月光一样洒了一地，醇烈的酒香弥漫开来。

妹妹正端着水出来，由于惊吓，碗掉在地上碎了。

父亲一转身走向了山顶。夕阳将父亲的身影扯得很长。我默默地跟在父亲的身后，我想父亲会转过身来给我一烟锅、两烟锅……甚至更多，我渴望这样，然而，父亲没有。到了山顶，父亲又装了一锅烟，吸了一锅又一锅，最后父亲说做官中状元都是出在祖坟里，咱坟里没埋下。

我对父亲说："爹，你再给我一年时间！"

父亲抬起头看看没说什么，他只是抽着烟凝望着天空。

开学了，父亲再次拉着毛驴驮着铺盖送我上学，路上我们没有说一句话，可是我却听到了更多的语言无法表达的话语。父亲走在我的前面，他的背驼得越发厉害了，让我想起门台上那棵旱了多年的弯脖榆树来。我的泪一直流到了学校。

后来，我终于用那 10 元钱打回酒来了，那是一种非常廉价的散酒，用黑缸盛着，有一斤的勺子，有半斤的勺子。因此买那种酒叫"打"。可是即使再廉价它也是酒啊。它代表着喜庆与欢乐，它就是节日。除非过年婚娶能喝到酒外，平时是很难喝到酒的。用家乡人的话说酒是有闲钱的人喝的。家乡人没有闲钱。家乡人的钱比家乡人还忙。

父亲醉了，把我也弄得醉意朦胧。他拉着我的手直叫我兄弟。这让我想起他拉着我家的那头老牛叫兄弟的情景。我想我不是个好儿子，我让他跟着我受了 4 年的折磨，如果我第一年就考上，我的父亲或许不会醉成这个样子，更不会喊我兄弟的。父亲要为我举办村子里最丰盛的宴席，我说算了，这几年把家里拖累的。可父亲说这是啥事，这事能轻易让过去！这是咱祖祖辈辈最大的节日，砸锅卖铁也得过大了。

从考上大学到毕业，我一直奔波于尘世之中，往来于凡俗之间，忙着娶妻生子，忙着房子、儿子、票子以及人情往来，几乎挤不出什么闲钱来买名贵的酒。后来我终于挤出点闲钱来买了上好的酒，送回乡下。可是当父亲听说这酒一瓶就 400 多元时，说酒没有贵贱，只是心情有贵贱。我点点头，父亲没有文化，更不是哲人，可是他说出的话常常让我要思考许久、许久……

那瓶酒至今还放在家里的枣木老柜中，因为父亲自己喝觉得没意思，拿出来招待人却又觉得太奢侈。

二、考生优秀习作

遗失的美好

张晨光

独自一人漫步于楼下的小花园中，低矮的灌木丛，绿得没有一点儿杂色，其间点缀着几朵雪白的小花儿，轻轻用手抚摸那青翠，一阵柔软从指间划过，如沐春风。那种感觉，似曾相识，似曾经历，却逐渐褪色，消散。

炙热的太阳烘烤着大地，和着蝉鸣侵扰着人们的情绪，甚至连刚从水龙头里喷涌而出的水流都散发着热气，弥漫，飘散，一种难熬的暑气充斥在整个院落之中。

炎夏的燥热比蚊虫更加令我无法午休，轰鸣、蝉声一下子如赶集般全部涌入我的耳畔，汗水粘腻着衣裳，那种感觉就像一不留神掉进一个泥滩当中一样，无法自拔，无法逃脱。我起身向院子走去，可谁曾想那恶毒的炎日好似捉住了"敌人"一般，将刺眼的阳光纷纷朝我射来，让我无法睁眼。那时我还想，是不是只有这些村子的农家小院里才会这么热，这种执念致使我只想到楼房里去住，开着空调，吃着冰棍，那叫一个享受。

可思想盛开的花朵依旧逗不住残酷的现实，终究还要回到炙热的世界。没办法，院子里满是太阳光的领地，我们只好疾步出门，寻得一棵繁茂的大树，坐在树下的石头上，享受这片刻的清凉，摇着竹扇，驱散这挥之不去的躁动。极度无聊的我蹲到地上，捡起路边冰棍的小棒，在土上乱画着，偶然瞥见拉帮结派的蚁群，心里一阵窃喜，听说：蚂蚁结群要下雨。我依旧安慰着自己。

天依旧那么蓝，用万里无云形容再恰当不过了，时间久了，叶子也经受不住阳光的折磨，开始老朽，一副无精打采的模样。

我都忘记是何时，一个老大爷拉着载满西瓜的小木车出现在我的视野中，满车的西瓜，入眼即是新绿，仅是看就给予我许久的清爽感。老大爷可能是由于腿脚不方便的缘故吧，走得很慢，平整的土路他活像是在爬坡，那载满绿色的小木车也随同大爷一起，缓慢地行进着，这对我来说，实为一种煎熬，一句名句浮现脑海：可远观而不可亵玩焉。为了克制我自己的情绪，我刻意背转身去，继续完成我的泥土沙画。

蝉鸣依旧如初。

一声巨响出现在我身后，一种不好的感觉冲着我的内心。

我回头望去，刚才满眼的绿色转眼间尽成红色，流淌在地上，渗入泥土之中。满车的西瓜顿时破碎分离，大部分已跌落在地，咧开了嘴巴，幸存者所剩无几，横七竖八地躺在木车上。车子停在原地，支撑车体与轮子的木柱断了，老大爷坐在地上，奋力起身，他望着满地的鲜红，差点没落下泪来。

我赶紧跑了过去，帮老大爷搬起摔在地上的瓜，个个完整的西瓜瞬时变得面目全非，别说大爷，我瞅着都心疼。

一阵发动机的轰鸣，一个年轻男人跃下车来，向我们跑了过来，与我们一同开始拾瓜。

过了一阵，算是将伤员全部都运回了总部，老大爷连忙向我们道谢。

"大爷，把这瓜给我们解解渴吧！"青年拍了拍车上已裂缝的西瓜说道。

我却有些不开心，皱起了眉头。老大爷连声答应，那青年也丝毫不客气，掰开就一顿吃，没一会儿，就干掉了多半个西瓜，他边吃边向我递来了一块。

我厌恶地摇了摇头，可他又开口了。

"大爷，让我把这俩也带走吧！"说着指指车上两个垂死挣扎的西瓜。

"行！反正也卖不出去了，去解解暑吧！"老大爷依旧满脸温和。

当时我真想上前去数落他一番。那青年将两个面目全非的西瓜装进了袋子里，随手给了老大爷五十块钱，便跃上了摩托，向后方驶去。

"我家就在坡下面，有空来玩啊，小兄弟。大爷，走了啊！"说罢，挥了挥手。

我望向远处，直到一个伟岸的身影消失。

离开村子已有些时日了，那些屹立在山头山坡的小平房已不见踪影，取而代之的是一片平整无瑕的柏油路。我不知道，那个青年搬到了哪里，我再也没见过他。

田老二

郝一

我坐在我家"霸道车"的副驾驶上，父亲叼着烟，手握方向盘缓缓地把车从车库里开出来，只见田老二摇摇晃晃地快跑到大门口去开门。

"'赫（郝）哥'……再给俺点钱哇……""不是前两天刚给了？""狗这个月要吃肉……"只见清脆的耳光声响起："我看你就像条狗！"说罢父亲便从口袋里掏出一叠钱来，抽出一张"红钞票"，又把夹在里面的纸钞零钱和钢镚丢给他；随后又顺手摸出三张递给我："去了前面，想吃啥就买点……"

田老二身材矮胖、浮肿，从小就因为中风导致脊柱严重变形，一直是一个"大罗锅"。记得我小时候因为瘦小导致驼背，我的父亲就指着田老二说："你要是不挺起腰来，长大后就跟田老二一样了！"吓得我再也不敢驼背了；每次见他，他都是那一身打扮——胡子拉碴的从来不理，总是穿着我爸退下来的一件羊毛衫，上面已经全是结块的油渍。

我记不清田老二原本的名字了，之所以这么叫他而不在后面加"伯伯"或者"叔叔"，并不是因为故意不敬，完全是因为打我记事起，周围的人都这么称呼他。

老二和我爸是同村，是家中的第二个男孩，出生没多久，老二的哥哥就因为染上"霍乱"去世，大姐和二姐也因为工厂事故相继离世，仅剩的三姐也早早地和他断绝了联系。在当时农村浓厚的封建迷信氛围里，父母认定是他克死了自己的兄弟，也剥夺了他上学的权利；只有我父亲那一帮人年轻时还带着他玩，也正是这个原因，操着一口浓重吕梁话的他，直到现在也总是管我爸叫"赫哥"，虽然他比我爸还大两岁。

用当时流行的话来说，父亲在街头打架斗殴的时候，他总是抢着一根没有头的墩布棍儿，第一个冲上去挨揍；后来父亲开始做照相馆，他就负责扛着机器跟着到处跑；父亲开加油站，他是那个加油工；钢铁厂里他是负责看院子和喂藏獒的，算是一个从年轻跟到老的"马仔"了，随着生意越做越大，他也显得越发多余，现在只能在我家别墅的后院里喂狗了。

在我小时候每当我去别墅后院，总能看到他半躺在床上，嘴上叼着一根"猴王"在那里偷懒，一个人挤在一间不足10平米的小屋里，每次被父亲发现，总是要赏他两个耳光。

"老二、老二！"儿时的我在后院里没有朋友，只有老二能够陪我耍一耍，"我们再来玩一把'争上游'吧！"每当我去找他，他都乐呵呵地咧开嘴巴，跟我到前院去，坐在石头椅子上，顺带把大门紧锁，打开藏獒笼子，让狗在院子里溜达，我就像一个"小少爷"一般，神气极了；我熟练地拿出扑克牌，每次打牌我都能赢，当我每次把最后一张牌出完，得意地看着他时，他也坐在那里傻笑着，丝毫不在意这些，还喜欢伸出手摸一摸我的头；记得有一次，我居然没有赢，老二把最后一张牌出完后却没有得意，甚至没有笑，相反他还特别害怕我哭，一边摸着我的头一边急促地说道："小留子（小子）不敢吼（哭）啊，这把我赢了……"其实那时的我也毫不在乎，相反，他突然胜利也让我觉得有意思。

老二这个人没什么文化，但是他居然还会说英文，我的父亲每次见他的时候都会说一句"喝楼（Hello）"，他还会特别神气地回一句"喝楼（Hello）"，我的父亲就像逗狗一样总是逗他，每当我父亲举起手假装要打他时，他就立刻捂住自己的头，还透过胳膊缝里偷瞄我父亲是不是真的要打他。

年纪稍微大一点后，有天我再一次去后院溜达，想要找他骑摩托带我去县里的网吧，只见我推门进去后，竟意外地看到：他站在屋子里，穿上了一条破旧的西裤，这裤子还非常长，一看就知道不是他的，他神气地将皮带扣上，穿上了一件那种五六十岁的老男人才穿的格子线衣，没有剃须刀的他拿着一把大铁剪子，一点点地修着他的胡子，照着面前一个巴掌大放在窗台上的镜子，格外神气。他骑摩托车带我到县里后便仓促地回去了。

待我玩完回来后，还没走进后院，就已经听到了我父亲骂骂咧咧的声音，伴随着耳光响声，我赶忙跑去，看到我父亲气冲冲的，眼睛瞪得溜圆，"你他妈的还不长点记性？又跑到隔壁的女人家去玩？"并不知道发生了什么事情的我还试图去阻止我的父亲，阻止他揍一个对我来说是我在家里唯一玩伴的人，但是并没有什么用，父亲将我的手一把甩开，"人家的男人都在后厂里打着工呢，回来知道了看他们打不死你！"田老二像一个犯了错的孩子一样，蹲在角落里。

"当年田老二老娘死的时候，老子给他上了七百块钱的礼钱，八十年代的七百块呀！后来这笔钱就被媒人说媳妇，全都给他骗上走了！"父亲拍了拍手指着他，"当年他还傻憨憨地杵在那里，不知道给骗了！"

时过境迁，我父亲在老家的生意也渐渐没落，厂子关门，以前的别墅也卖掉了，田老二终于没了容身之地。临走前，家人们都坐在霸道车上，行李塞满整个车子，唯有老二还依依不舍地站在院子里，父亲呵斥了他一声，他又立刻反应过来去开大门——这可能是最后一次为父亲开大门，汽车驶出来后，老二两眼泪汪汪地站在车门前，看着我们，父亲也没多犹豫，熟练地从内兜里掏出一叠钱来，点了点："这五万块钱你拿上，找点别的干的……"老二拿着钱，沉默了许久刚准备开口："赫哥……"我的父亲就一脚油门踩了出去，消失在路上，留下他一个人拿着钱呆呆地站在那里。

许多年后，我和我的父亲再一次回到老家，在路边突然看到一个体态臃肿，驼着一个大罗锅的人，我本以为是田老二，但是当汽车驶过时——的确不是他。我便在车上和我的父亲谈起田老二来，听说他现在在火葬场里打工，给打扫打扫和干点杂活。问起他死后会怎样："他？等死后被人用席子裹上，随便找一个地方埋了，旧时候被称为'席葬'，连口棺材都没有!"

车里静极了。

花 火

张紫涵

"东方红,太阳升,中国出了个毛泽东!"

工人们伴着广播音乐走进车间上班,"哟,树华,喇叭裤口够大啊!不愧是咱车间大哥啊!"年轻小伙跟树华打趣着,树华没理会,揪揪胡子,大步踏入车间,环视车间一圈,咳咳两声说:"大伙儿今儿干完手里活跟我去趟一中,哥看上一女孩儿""吁——"起哄声一片,树华戴上"海鸥"厂徽,咧着嘴到自己工位。他高中没上完就被家里安排进厂了,他说:"戴上手套,转动锯床开关,拿起钢片,对准冲压机放入,钢片拿出再放入夹具,最后切割,海鸥牌锯条就制造完成,这可是亚洲第一锯条的商业机密。"

厂里的工人们每天重复着一样的流程,一样的动作,就这样大半辈子过去了。

等下班,树华和一帮厂友们到云娥学校门口堵着,"跟我走,我罩着你!"她捂脸直想跑,被一把拽回,"太行锯条厂老大追你,你还不同意?"树华就这样堵了她几个月,姥姥后来跟我说:"要不是他死缠烂打,我早就嫁给领导家儿子啦!"

想不到,我姥爷年轻时这么嚣张跋扈。

工作几年的经验让树华当时觉得工厂的机器如同他手里的玩物,所以在唐山大地震当晚他还在车间加班。他一手操作机器,一手拿钢条,突如其来的震波牵连至锯条厂,锯床花火飞溅,华子右手不幸被卷入锯床。

地震震碎了无数中国人的心,也熄灭了一个年轻小伙子内心嚣张的花火。受伤后,树华辗转多地看病,万幸只有一根手指没保住。在家休息的一年里,有无数工友来家里看望他,当然,他趁遛弯的功夫也曾无数次偷偷跑去车间围墙下驻足。

是锯床磨出的花火和磨锯条的声响又重新拼凑回完整的他。

20 世纪 70 年代工厂的待遇足以让树华休息一年,拿着残疾证的树华升职返厂。"这老大一归队,往办公室一坐,不带我们玩咯!"他拍拍厂友,"去你的,小弟永远和老大心连心,大家好好干活,下班我请客!"

太行锯条厂生意一直很好,工人们没闲过,就连坐办公室的树华也经常被叫去搭把手。工友们经常在加班后去喝酒,云娥每次在深夜找到喝醉的他都万分后悔当初嫁给他,还为这事大吵大闹了好几年。

好景不长,随着金融危机,改革开放,许多国营大厂受到冲击,树华身边很多朋友一天之内失去了奋斗半辈子的岗位。锯条厂还好，只是生意淡了几分，树华也不用去搭把手了。工人们还有活干，有饭吃。

连着几个月云娥没和树华大吵过，因为他最近省心的很，晚上没有再宿醉，甚至按时回家吃饭。但是云娥心里隐隐地疼，晚上借厨房晃晃的光，常常会窥到树华一个人喝闷酒，云娥试着和他聊聊天，可惜他对厂里的事只字不提。

锯条厂是最后一簇被熄灭的花火。

树华请工友们吃的最后一顿饭是他们每次加班后吃的烧烤。看着不同往日玩闹的他们，他说："别一个个垂头丧气，不都多少有点活干吗？"工友们点点头，拿起酒瓶，不约而同地碰杯，"我因为受过工伤，厂里让我回总公司，以后有什么事，吱声"，树华垂眸道。工厂铁门拖地的声响刺耳，机器装车的声响刺耳。

"现在干什么行啊？""锯条厂都不行了，还有什么干的！"烧烤老板和客人闲聊着，树华觉得刺耳，闷了一口酒，眼球被烧烤炉中的花火熔化。

时隔多年以后，我和姥姥云娥、姥爷树华回到了他们生活了四十多年的太行锯条厂，工作区早已搬迁，只剩下人烟寥寥的生活区。

长治郊区的夏天很凉快，柳树垂叶，投下斑驳树影，姥爷穿过阴影，是相得益彰的画中人。我和姥爷走进锯条厂旧址，漫步在厂里坑坑洼洼的大道上，路过一个个车间，抬眼看到生锈的锯标和颜料所剩无几的"海鸥"，旧址还保留着原来工作区的一些设施，生锈的锯床，毫无光泽的模具。

走出厂子，看到路边的烧烤摊，我跟姥爷说："走！趁姥姥不在，咱爷孙放肆一把！"那一瞬间，姥爷浑浊的眼里仿佛如流星般闪过一丝微光。我们围炉而坐，烧烤上桌，烤炉中那噼里啪啦燃烧的花火，映得姥爷的脸格外苍老。

俄罗斯方块
薛文娟

父亲与母亲小声嘀咕着，不知讨论着什么。黄色的灯光将两人照得更加异常。平常这个时候，他们定会盯着电视，指责这个特务批判那个汉奸，可是今天，实在是安静了些。只见母亲的眼睛逐渐泛红，父亲抽着烟脸上没有太多的表情，只是烟灰缸里的烟头让我感到不安。哥哥表现得很正常：手里握着游戏机玩着俄罗斯方块。突然，母亲和我说："快睡觉去吧，明天还上课呢。"

我起身回房间却看到母亲眼角的泪水，没有多问。回到房间躺在床上，不知怎的，那一晚，我睡得格外舒服。

　　父亲和母亲在沙发上讨论着老李家媳妇儿跑了，老王家姑娘考上大学了，母亲会时不时地羡慕感叹几句，继而便会数落父亲的不是，父亲也不说话就只是淡淡地笑着听着母亲的唠叨，母亲唠叨累了便总会说凑合着过吧，可是脸上的笑容却难以掩盖。哥哥根本无视他们的存在，只是偶尔会调侃他们几句：都一把年纪的人了，学什么年轻人啊！可是眼睛从始至终都没有离开过电视。母亲只会轻轻地打哥哥的脑袋，而父亲则是什么都不说什么也不做，就静静地看着。只听哥哥埋怨道：差一点就成功了，又让你给打没了。

　　第二天醒来不见父亲母亲，只有哥哥在收拾书包，"哪，给你2元早饭钱，父亲母亲回老家去了，晚上回来。中午饭我回来做。""哦。"接过钱我便背起书包往学校走去，路上突然想起母亲昨日奇怪的神情，心中充满了疑惑，却还是摇摇头加快了去学校的步伐。中午回到家哥哥已经把饭菜做好了，可是他不吃，好像是在与母亲打电话，脸上的表情凝重了不少。挂了电话便督促我赶紧吃饭，我悻悻地问道："哥，怎么了吗？"哥哥迅速逃过我的眼神，慌慌张张地说："没事啊，母亲说回来给你买好吃的。"我怀疑地点了点头，一下午的课都上得心神不宁，晚上回到家只见母亲不见父亲，问母亲，母亲也只是说出车去了。哥哥今天没有再玩俄罗斯方块，乖乖地做着作业。

　　直到后来我才知道，父亲母亲关系不和回老家找爷爷奶奶姥姥姥爷协商，说来也巧，我的爷爷奶奶姥姥姥爷的家只有一墙之隔。至于结果，便是我所知道的那样——父亲只是出车而已。或许是他们故意在隐瞒些什么吧。

　　父亲的这一趟车出了两年之久，这两年里我升了初中，哥哥去了北京，他的游戏机没有拿走，就在那里放着，我也不玩，俄罗斯方块似乎永远都搭不好，总有那么一块让人胆战心惊，我讨厌甚至厌恶那种感觉，所以我从来不碰它，它就像被尘封了一般。这两年里变化最大的是母亲，她的记性大不如前。有一次我和她说我要上课，估计得晚上九点才能回来，她说好，可是等我晚上回家的时候，却在路上碰到了母亲，我问她怎么在这儿，她说："见你九点了还不回来，你一个女孩子多危险。"我无奈地摇摇头将她带回家，即便如此，母亲总是记得提醒哥哥多穿衣服，照顾好自己。有时候，我就会在想母亲是怎么想的，她的记性着实让我难以忍受，可是有时候又会觉得她真可爱。

　　我本来以为我们会一直这样生活下去，可是不久之后父亲回来了，没有太多的问候更多一层的是可笑甚至是荒唐。母亲慢慢接受了父亲，两人的关系渐渐好转，这个好转让所有人都很开心，他们每天都会打电话，直到那次不再开心，甚至是绝望。我在房间里听到母亲的哭泣声，跑过去一看：母亲躺在床上用力地扯着床单，放声大哭，我问她怎么了，她只说"活得好憋屈啊"。我试图抓她的手，可是她的手僵硬的根本握不住我的手，我用力地将她抱在怀里，给她活动活动麻木的手指，她只在那里哭，我说着没大没小的话，发短信让哥哥给母亲打个电话，哥哥打过电话母亲挂了，哥哥又给我发短信说要回来，然后母亲便睡过去了。或许是从那时候起，我变得更加乐观，而哥哥变得更加沉默。

没过几天父亲因为腰伤回家，在家静养了几天，两个人也不说话，就那么待着，死一般的沉寂，让人窒息。最后还是我说学校的事他们才肯理对方。有一天放学，父亲熟睡着，我打开家门看着父亲因为身体的缘故别扭地侧躺着，头发有些花白，眼睛里瞬间不知道有什么东西滑了下来。那些恨呢？或许早就没了吧，突然想起之前和母亲说不想认他的想法，现在觉得还真是滑稽！

我最见不得三样东西：父亲佝偻的背影，母亲那双因为干活而日益操劳的手，还有哥哥被染发剂染红了的指甲。那些东西，太刺眼。

刺眼的东西往往能够刺痛人的心灵，而我所一直期盼的是父亲、母亲能够看看彼此之间这些刺眼的东西，也许是贪得太多，也许是做得太少，心里总是有一份愧疚，不知是基于父亲母亲还是对于哥哥。

现在离哥哥回来的日子越来越近，父亲母亲的关系也在走上正轨，我等待着哥哥带给我新纪元，说实话，哥哥不在的这段时间里，父亲母亲就像是一根弦绷在我的心里，不能太紧也不能太松。

其实，我一直想问哥哥，像俄罗斯方块这种凸显不了他智商的游戏他为什么爱玩。我做过无数次的猜想，终于在今天有了觉得可靠的答案：俄罗斯方块就像是在造房子，一砖一瓦不可多不可少，唯有贡献自己才能发挥它所具有的价值，只有每一块砖配合好，把根基打好才有可能把房子盖好盖稳。尽管哥哥在那个过程中失败了，但我觉得他会把俄罗斯方块搭好，我幻想着那个场景：哥哥手里拿着游戏机玩着俄罗斯方块，待完整无误地搭好之后，能说一句：Yes。

只是不知道，哥哥还玩俄罗斯方块吗？

心　魔
朱蕊蕾

做梦的最佳时间：午夜。做噩梦的频繁时间：午夜。

可是偏偏，我不寻常。我夜间从来不会做噩梦，可那不代表着我从来没有做过，我的噩梦常常会在中午午休那段小小的闲隙来悄悄光顾我，致使我心神不安，难以平静。

噩梦……噩梦……我直挺挺地躺在棺木中，那里除了我，只有死亡般的寂静和无法言语的黑暗与压抑，能感知到有那么一种无形的力量在不断地牵扯着我的灵魂，从我的身躯里。我的意识尚且存在，"不能死啊！"心中默念，努力想要睁开眼睛，凭借着坚定的信念，终于看到了现实的光芒，放下了悬着的心，擦拭着脑门上的冷汗。再躺下时，便已无心入睡，也不敢再睡。

之所以如此，追溯其根源，在于我的出生就是失败。偶然的一次机缘，让我从一位老者口中得知。原来，在一九九七年我出生的那天，恰好村子里有位老人死去，父亲在帮人家办丧事的时候被邻里告知我已出生，这才赶忙借了辆大篷车，赶了几里路，奔到医院。现在的社会，这种事也是见怪不怪的，每天有生，每天有死，大家也不会那般迷信，七嘴八舌地把这当成事。不凑巧的是，我所居住的村庄偏偏在这几十年间被时代遗忘，或许是老了，跟不上解放的步伐了，传统的思想已经很难从村民的认知中剔除，也因此，在错误时期错生的我，成为人们茶余饭后所讨论的迷事。妇女们围在一起时谈论的是我，老人们围在一起时谈论的还是我，一段时间里，谣言四起，有人说那位老人的亡魂附着在我身上，也有人说我是恶魔是克星，会克死人。村民们不寒而栗，家人也无奈，在老一辈的怂恿下，找了个先生，替我占卜了一褂。先生装模作样地做了法，又说了一堆好话，拿了钱，便匆匆走了，围在家中里三层外三层的人这才散去，谣言也就此消失。现如今想想，也是可笑，只不过是古老的村庄有着古板的一面，既然无法逆转，也只好顺从了。

说起来令我惭愧的是自己从小就对黑暗与死亡有着极大的恐惧和高度的敏感。爷爷奶奶或者亲戚朋友逝世时，我从来不敢靠近，也就从来没有见过死人的面孔，并且从来就厌恶别人再谈起这些人的过去，这似乎说明着他们还在。还有，黑暗，这个可怕的名词，这个困扰着我，缠绕着我的无法摆脱的魔鬼，在我幼年的心中作祟。不能忘记的是对小学校园旁那支粗大的排水管的想象，难道说是因为看奥特曼打小怪兽看多了？当年的我在每个阴沉起大风的天气都会远远地朝那里观望，试想着村庄已经被那只魔兽控制，然后怯怯地跑回家里将这一可怕的消息一本正经地告诉正在做饭的母亲，却引得捧腹大笑，之后失落地离开，心想没有人懂我。那年冬季，我担负起小班长的责任接受了老师的重大指令：每天开校门。在清晨五点，天还黑，人未醒的时候壮了壮胆，一个人背着书包去那座破烂空荡的校区。借着月光和阵阵阴风，开了校门的锁，走进。树叶的婆娑声响在我耳边回荡，望着这黑暗的、空无一人的破旧教室，忽然想起校区角落里的那间教室，所记不差的话，那里是杂物间，更重要的是那里有具人体模型。不可控制的，飞快地跑进我们的教室，紧闭着门，蜷缩在角落，头埋在膝盖上，直到天微亮，有个同学进了教室，才释然地吁了口气，回到座位。自此，身上的黑色因素只增不减，在每个回家的夜晚，带给我恐惧。

大一点的时候，因为贪玩而逃学、厌学。这一行为举动彻底惹怒了母亲。父亲为了生计外出打工，从小到大，我们见面的机会并不多，所以严格意义上讲，是母亲一手拉扯我长大的。面对着我顽劣成性的样子，母亲似乎是下了血本，准备大干一场。只要顽皮做了坏事，定要遭一顿拳脚相加，皮带、扫帚是我最常见的，那件储粮食的小黑屋也是已经习惯了的。后来虽然秉性收回不少，但对我而言，那段时光堪比人生中世纪，活得昏天黑地。只因为没有父亲，或许他在就会不一样呢。

造化弄人，在不久之后，我如愿以偿地全家团聚，以为会阖家欢乐的，可是事与愿违。天知道这是怎样的搭配，无意间得知父亲是属虎的，可是，我知道母亲属龙。悄悄拿出被母亲藏在箱底的那本书，翻开书页泛黄的纸张。"周易"二字赫然醒目，不管三七二十一，找到属相搭配，便得知二相相冲，这也就明白被包办婚姻的二人为何在这段时间频频争吵，脸顿时绿了，扔了那本破书，一如既往地面对父母。岩浆在地底猛烈地涌动着，空气中残留着不安分的因素，那如火如焰的炽热一触即发。火山，喷发了。母亲因为一件小事点燃怒点，父亲正对枪口，争吵愈演愈烈，转为动手，我尽力地夹挤在中间阻拦着他们，却一而再再而三被推开。我嘶吼着痛哭着，用所有的方式去拉开他们，却不起丝毫作用。他们相互扯拽着出了门，叫我在家待着不要跟出去，我哽咽着趴在窗上看他们在黑夜中消失，周围的空气似乎已经凝滞，一边抽泣着，也不知道度过了多长时间。他们终于回来了，母亲头发凌乱，嘴角有着未抹尽的血迹，父亲也伤得不轻。那天晚上，父亲揽抱着我，亲了亲我的额头，说了几句安慰的谎言，在我睡着后便走了。我看着母亲显得不知所措，无论如何也不能忍受分离所带来的痛苦。还好，他们同时让步。但是我依然畏惧着这时不时的家庭纷争，它像石刻般雕刻在内心深处，也如同小时候所害怕的鬼魅身影，摆脱不得。

毛主席曾说过封建迷信要不得，孔子也提出对鬼神敬而远之的说法。我自以为作为一个新生代的年轻人，理应是唯物主义分子，但是为什么我的内心却摆脱不了唯心的成分?!

我不能忘记有段时间，父亲不在，我与母亲在家睡，梦酣时听到母亲惊呼"鬼，鬼!"汗毛顿时都竖起来了，我直直地盯着四周的黑暗，才明白母亲在说梦话。推醒她后，母亲淡淡地说了一句："你爸在我心中就是鬼。"我愣住了，不再说些什么又去睡觉，但脑中思绪万千。

如今我已成年，父母也已变老，很少吵架了，然而在与母亲的交流中依然有着对父亲的埋怨与憎恨，也许是岁月打磨了母亲尖锐的脾气，现在的她不同以前。年轻时她是一把烈火，脾气大；年老时她是一支白烛，默默地燃烧着。我也曾问过母亲："为什么我小时候对我那么凶，长大却对我这么好呢?""因为我掉了一颗牙，一颗虎牙。""就这么简单?""就这么简单。"我不敢告诉父母我中午的那些噩梦，我也知道没有一个朋友能够明白我梦的真切含义。我常常看到梦中的父母在吵架，我却无能为力。梦醒时，泪湿枕。

很多时候，我无法抑制地去想这些事，可是时间久了，也没有心思再去顾及这些了，慢慢地让它们埋藏在心底，然后落上一层又一层时间的灰尘，年份久了，也不再开启……

第四章 微小说写作

第一节 微小说的基本概念和文体特征

一、"微小说"的定义

微小说与中、长、短篇小说并称"小说四人家族"，也称"小小说""袖珍小说""一分钟小说""超短篇小说"和"微型小说"等，是一种篇幅短小、情节单纯、以小见大的叙事文体。

二、"微小说"的文体特征

微小说一开始是依附于短篇小说而产生的，20世纪80年代它逐渐从短篇小说中独立出来，并区别于其他文体，开始具备自己的审美特征。其实这种文体在古代就有，魏晋时期的志怪小说、志人小说就初具微小说之雏形，最典型的如《世说新语》《聊斋志异》等。

微小说篇幅短小，一般从百字到千字不等，因此其在情节设置和表现手法方面有一定限制，如同工艺匠人需要在方寸间雕琢一般，微小说的创作者必须在短小的篇幅中精心构造出小说三要素，即人物形象、故事情节、典型环境（自然环境和社会环境），这三者缺一不可。微小说通常情节简单、场景固定，作者多选取一个生活切口，用一件小事、一个小片段来刻画一两个人物的形象和性格，而且要在这样简单的笔致中表现出深刻的内涵，传达出较大的信息量和丰富的情感，从而呈现出"以小见大"的特点。

当前比较流行的微小说如下所示：

【范例一】

地球上的最后一个人

［美国］弗里蒂克·布朗

地球上最后一个人独自坐在房间里，这时忽然响起了敲门声……

【范例二】

丈夫支出账单中的一页

［美国］马克·吐温

招聘女打字员的广告费……（支出金额）

提前一星期预付给女打字员的薪水……（支出金额）

购买送给女打字员的花束……（支出金额）

同她共进的一顿晚餐……（支出金额）

给夫人买衣服……（一大笔开支）

给岳母买大衣……（一大笔开支）

招聘中年女打字员的广告费……（支出金额）

【范例三】

在柏林

［美国］奥莱尔

一列火车缓慢地驶出柏林，车厢里尽是妇女和孩子，几乎看不到一个健壮的男子。在一节车厢里，坐着一个头发灰白的战时后备役老兵，坐在他身旁的是个身体虚弱而多病的老妇人。显然她在独自沉思，旅客们听到她在数"一、二、三……"，声音盖过了车轮的"咔嚓咔嚓"声。停顿了一会儿，她又不时重复数起来。两个小姑娘看到这种奇特的举动，指手画脚，不假思索地笑起来。一个老头狠狠地扫了她们一眼，随即车厢里平静了。

"一、二、三……"，神志不清的老妇人重复数着。两个小姑娘再次偷笑起来。这时，那个灰白头发的战时后备役老兵挺了挺身板，开口了。"小姐，"他说，"当我告诉你们这位可怜夫人就是我的妻子时，你们大概不会再笑了。我们刚刚失去了三个儿子，他们是在战争中死去的。现在轮到我自己上前线了。在我走之前，我总得把他们的母亲送到疯人院啊。"

车厢里一片寂静，静得可怕。

通过以上范例我们可以看出，微小说这一文体，通常具备以下特征：

1. 篇幅短小

《地球上的最后一个人》全文 25 字；《丈夫支出账单中的一页》全文仅百字；《在柏林》全文 300 多字。当然一般情况下，微小说的篇幅多集中在几百字到上千字之间，只要不超过 2000 字，都可以称之为微小说。在戏剧影视导演专业省级统考的叙事性作品写作考试中，对微小说的字数要求是"不少于 1200 字"，所以考生在写作过程中一定要注意篇幅的取舍，字数既不能过少，但也不要太多，建议保持在 1200—1500 字之间最为合适。

2. 情节简单

《丈夫支出账单中的一页》仅仅列出了七条费用支出，并没有进行详细描写，其他的情节全凭读者想象和推测，充分的留白艺术让人产生无穷回味。不过在真正的考试中，并不建议考生采用这种"过分留白"的故事结构，这种做法比较冒险，万一遇到保守的考官会认为考生对人物形象的刻画不够生动，且故事架构也较为模糊，不会给以高分。建议考生参考"范例三：《在柏林》"，这篇微小说的叙述模式和故事构思更加适合考试。

3. 人物集中

微小说的人物数量通常很少，主要人物只有一两个，次要人物更是基本不出现，人物关系简单。对人物的描写主要是白描，细节略写，甚至没有。微小说是通过简单的语言、动作、心理来表现故事的一种文体。例如《地球上的最后一个人》中的人物只有一个地球人，《在柏林》中主要人物只有两人。

4. 以小见大

"小"是指微小说所选取的素材非常小，往往是截取生活中的一个小切面，比如一件小事、一个地点、一点感受、一种情绪、人物内心的一点触动等；"大"是指有丰富的意蕴，能够引发读者无数的可能性想象。例如《丈夫支出账单中的一页》这篇微小说，作者对于文中每一项支出都没有解释原因，但是每一条支出的背后却都能够引发小说情节的展开和读者的无限想象。再如《在柏林》这篇微小说，整个小说描写的环境仅局限于火车的一个车厢内，事件描写的过程也只是一个瞬间，全篇只有对于老夫人和老兵的几句语言描写，但仅仅是这简单的几句话却能够有力地控诉战争给人民带来的痛苦，表现战争的罪恶。这篇微小说以小见大，从紧凑短小的尺幅中表达了文章的深刻主题意蕴。微小说这种以小见大的特点具有一种精神指向，即能够引发人们对于生活的思考、对于世界的认识，在阅读结束后还能够引发读者更深入的思考，使之或叹息、或扼腕、或淡然一笑。

三、"微小说"与其他文体的区别

1. 微小说区别于寓言

虽然微小说和寓言都有着"见微知著"的特点，但是所谓"寓言"，重点在于"言"，其中的情节和人物不过是最后所要阐述的道理的手段或载体，而微小说中的人物和情节则是重要的构成部分，是表现的重点之一。

2. 微小说区别于叙事散文

叙事散文强调所发生的事件与作者本人的关系，所讲故事大多是作者本人亲身经历或者与自己有关的，具有强烈的主观性。而微小说则既可以是本人亲历，也可以是他人或者完全虚构的事件。微小说需要具备小说三要素即人物、情节、环境，而叙事散文则不需要完整地表现出这三者，它只需拾取一些片段"印象"进行叙述即可，叙事散文重要的是表现作者自我的情感。同时，微小说不是仅仅叙事或抒情，它需要呈现一个确定的、自成一体的现实事件，其中有虚有实。

3. 微小说区别于故事

故事具有画面感，有着很强的戏剧性，属于激变的艺术，而小说则是渐变的艺术。微小说的"以小见大"是缓慢甚至静止的，让读者去品味这一定格画面；而故事的重点在于表现事件的发展过程，是动态的。但其实二者并不能完全分开，因为微小说往往需要制造悬念，并且结尾有出人意料的效果，这一点和故事的曲折复杂又非常相似。

4. 微小说区别于短篇小说

微小说和短篇小说的边界比较模糊，可从小说三要素的细节来对二者进行区分。首先是人物，微小说一般只突出一个人物或者人物的某一性格，在表现人物时，捕捉人物最主要的性格特征或某一侧面，而短篇小说的人物则不会如此单一，人物的性格也会具有复杂性；其次是情节，二者的主要区别在于数量，微小说基本是由一个具体的事件构成，而短篇小说则至少由两个事件来演绎，也称为"复杂事件"；最后是环境，微小说别名"镜头小说"，是一种瞬间艺术，短篇小说则是通过不同时空来展示人物的不同性格特质从而塑造出复杂的人物形象。

第二节　微小说的写作原则和谋篇布局

一、微小说的写作原则

在上一节中我们已经讲解了微小说的文体特征：篇幅短小、情节简单、人物集中、以小见大。正是这些特征使得微小说成为一种独立的文体而存在，它的文章结构也和其他的文学样式有了显著的区别。微小说往往能够从一个画面、一组对比、一声赞叹、一瞬事件之中，捕捉到生活，表现出一种新鲜的思想。微小说虽然短小，但"麻雀虽小，五脏俱全"，其小小篇幅中往往蕴含的意义重大。因此，考生在创作微小说的时候应当把握住其小、新、巧、奇的特点，在短小的篇幅中努力做到尺幅兴波。由于微小说的艺术时空有限，所以考生一定要把握住以下几个写作原则：

1. 曲与变

由于微小说的文章篇幅短小，情节受限，因此考生要想写得出彩就要在文章的结构上下功夫，切忌写得太直白，让人一看开头就能猜到后面事件发展的方向和结尾。为了使单一的情节引人入胜，考生在写作构思时首先要把握的一条原则就是"尺水兴波澜，波折妙趣生"，即微小说的情节安排要巧妙，使之波澜起伏，逶迤婉转，曲折生动，引人入胜，概括成一个字就是"变"。

情节曲折是文学作品共同的艺术美学追求，但是对于微小说而言，能不能做到这一点直接影响一篇作品的成功与否。只有情节足够曲折，读者的心情才能随情节跌宕起伏，产生好的阅读体验，回味无穷。因此，微小说创作者都会使用各种技巧使得简单的情节不断变而又变，虽出其不意但是仔细回想又合乎情理，言尽意余。

微型小说篇幅短小，因此其结构布局并不容易。但如果抓住"变"这一原则，其结构不仅不会因为小而受限，反而能够产生一种精巧、变化的美感。考生在构思微小说的结构变化时，要注意以下两点：一是变而有序，即变化合乎次序，不要让情节变得混乱；二是变而真实，即变化合情合理，不要虚构不符合逻辑的假象。

①变而有序

微小说中任何的变化都是建立在情节简单的基础之上，考生要在原本单一的情节上生出变化，不可旁逸斜出形成另一条情节，这样会使原本的情节变得复杂，导致文章杂乱无章，结构难以统一。在以往的练习中，不少考生因一味追求"变"而把复杂的事件写入微小说，可是较短的篇幅又无法将这些复杂事件讲述清楚，从而导致其微小说变成了简单的故事梗概。

刘熙载在《艺概》中说："一波未平，一波已作，出入变化，不可纪极而法度不可乱。"这恰是对微小说结构的要求，微小说讲究"变"，但要变而有序。

②变而真实

微小说的"变"还要真实，这里的真实并不是说要完全和现实一样，而是指要符合生活的逻辑，就像歌德所言："通过幻觉，产生一个更高真实的假象。"虽然微小说的创作大多数都是虚构的，但是不能虚无，否则不但不会产生艺术的美，反而读来让人无法理解。考生切莫为了求"变"而胡编乱造，前言不搭后语，从而让读者失去进一步阅读的兴趣。

2. 藏与露

微小说有限的体量内包含了大的韵味，考生在讲述故事的时候不必面面俱到，可以采取以点带面的手法，通过展现冰山一角让读者联想到整座水下冰山。因此微小说写作在结构上就非常讲究艺术的"藏"与"露"，注意隐显得当。

中国的水墨画讲究留白的艺术，虚实相生方能韵味无穷。在微小说创作中，作者可隐去那些非必要的部分，而把浓重的笔墨留给关键的情节，通过"露"来描写，通过"藏"来引发读者的想象。"藏"和"露"两者一定要结合得当，如此方能达到不写却显的效果，而且结合之妙浑然一体，所"藏"部分能够成为"露"的部分的补充和引申。这样，考生既能省去多余的篇幅笔墨，又能够充分调动读者参与文本的再创作。

【范例】

永远的蝴蝶

陈启佑

随着一阵拔尖的刹车声，樱子的一生轻轻地飞了起来，缓缓地，飘落在湿冷的街面上，好像一只夜晚的蝴蝶。

虽然是春天，好像已是深秋了。

她只是过马路去帮我寄信。这简单的动作，却要叫我终生难忘了。我缓缓睁开眼，茫然站在骑楼下，眼里裹着滚烫的泪水。世上所有的车子都停了下来，人潮涌向马路中央。没有人知道那躺在街面的，就是我的蝴蝶。这时她只离我五公尺，竟是那么遥远。更大的雨点溅在我的眼镜上，溅到我的生命里来。

作者并没有描写女友樱子出车祸的悲惨状况，而是着墨于渲染悲凉的气氛，将主人公复杂的感情和朦胧雨色中的女友之死融为一体，在情景交融中无限拉伸了情感的内涵和想象的空间。

除了留白以外，微型小说的含蓄结构也可以通过省略、重复、跳跃等手法实现。在下一节中，我们将具体阐述这些情节的设置方式。优秀的微型小说作家懂得运用"藏"与"露"的写作原则，恰如其分地留出空间，让读者发挥想象，填充所留下的空白，领略作者所未曾描述的内容，意味深远。

3. 聚与缩

微小说的精巧特征决定了文章的结构必然高度集中，"聚时间于一瞬，缩空间于一隅"的高度凝聚性就是微小说结构的典型原则。所谓的"聚"与"缩"就是凝聚和凝滞，这并不是简单的片段截取，而是提纯。微小说不是故事，而是从故事中提纯一个最精彩、最闪光、最具表现力的瞬间，于方寸之间藏古今，细微之处见乾坤。

微小说本就是"螺蛳壳里做道场"，必须通过某一闪光点、某一精彩瞬间一下子展现生活的全部底蕴，最终实现"刹那见终古"的艺术效果。微小说的时空并不能像中长篇小说那样宏大，即便是短篇小说，还可以通过缩短时间的纵向延伸获得空间的横向扩展，或扩大时间的纵向延伸，缩小空间的横向扩展。在微小说中，空间是凝滞在一个场景画面中的，时间线的延伸也是非常有限的。微小说是时间性最短、空间性最小的小说艺术，成功的微小说作品无不呈现着时空的高度凝聚性。长中短篇小说带给读者的感染作用、审美作用，是渐进的，是跟随时间线的延长而逐渐产生的。微小说则不同，它是在狭小的空间中、于顷刻之间爆发出美感，具有很强的爆发力，微小说凭借爆发力才能击倒读者的感情屏障。

也有一些微小说作者为了扩大小说的容量，别出心裁地将时间纵向延伸，作品在长时段中抓住几个纵向历程的关键时间点，从而做出概括式叙述，如蔡楠的《生死回眸》、尹全生的《学童》、陈亭初的《提升报告》等。还有一些创意作品，作者将空间横向扩展，采用蒙太奇手法，进行画面的组接，如王青伟的《！——?》、沈乔生的《蛋糕的奇遇》等。

以上主要为考生详细阐述了微小说的写作原则，但是，仅仅掌握这些原则是远远不够的。众所周知，我们在创作文章之前需要先构思，"构思"是写作前和开始写作的承接环节，对文章起着决定性的作用，就是古人所谓的"神思"。就像是带兵打仗的时候，士兵集结完毕后，点兵点将，安排谁任大将统帅、谁负责中军、谁来负责粮草等。那么，微小说的构思需要考生思考哪些方面的内容呢？换句话说，考生应如何对自己将要创作的微小说进行谋篇布局呢？

二、微小说的谋篇布局

1. 开头：　设置悬念，　虚化背景

微小说的篇幅短小，千把字的文章不能任由考生把故事娓娓道来，考生需要用凝练的情节和典型的人物来表达自己的思想理念，切忌随意生发。因此，文章一开头就要力求抓住读者，通常的方法是设置悬念，这个悬念必须与主题相关，考生要将其作为推动情节发展的关键点。

具体说来，就是考生要在文章开头掀起万丈巨浪，将最反常的神态、最奇怪的动作、最令人迷惑的现象、最惹人关心的话题，以最引人注目的方式呈现出来，以期引起读者对文中人物命运的牵挂、对矛盾冲突结果的关注、对故事情节发展的期待，进而促使读者产生不断猜测并迫切希望知道后事如何以验证自己猜测的强烈愿望。

【范例一】

永远的蝴蝶

陈启佑

那时候刚好下着雨，柏油路面湿冷冷的，还闪烁着青、黄、红颜色的灯火。我们就在骑楼下躲雨，看绿色的邮筒孤独地站在街的对面。我白色风衣的大口袋里有一封要寄给在南部的母亲的信。

文章开篇仅寥寥数笔，便勾画出一个阴冷孤寂的世界，奠定了全文悲剧性的情感基调。阴雨天气、路面湿冷，渲染悲凉气氛，街道对面孤独的邮筒、一封寄给外地的母亲的信……既是起因，又是伏笔，更是悬念，一下子将读者带进了作者所设置的特定氛围当中，同时自然引出下文对故事发展、高潮的叙述。

【范例二】

窃　贼

［法］阿·康帕尼尔

"是的，我是个窃贼。"老头伤心地说，"可我一辈子只偷过一次。那是一次最奇特的扒窃。我偷了一个装满钱的钱包。"

"这没有什么稀奇的。"我打断他道。

"请让我说下去。当我把偷到的钱包打开装进自己的衣兜时，我身上的钱并没有增加一个子儿。"

"那钱包是空的？""恰恰相反，里面装满了钞票。"

　　文章开篇点题，"是个窃贼"。但是这个窃贼说自己一生只偷过一次，那是一个装满钞票的钱包他却没有获得更多的钱。这样互相矛盾的对话所引出的不符合常理的开头，让读者产生强烈的好奇心，巧设悬念，引人入胜。

　　除此之外，考生在写作微小说时，难免会遇到一些必须要交代的信息，那么，怎样才能将这些信息巧妙地传达给读者但是又不会太直白呢？我们可以将这些信息在情节推进的过程中插入文中。微小说通常不会详细交代故事背景，不会采用"从盘古开天辟地"式的引入，不会用很多文字和笔墨来描述历史发展的过程，不会像其他文体那样既讲究起承转合又细致介绍故事情节的缘起、过程、高潮和结局，还要推出主要事件、人物等。可以说，微小说并不是线性思维的产物，而是"钻探式"思维的结晶。它的文体呈现出一种"标本"或"切片"式的样态。虽然微小说也可能有历史背景、源起、往事等元素，但这些通常都隐含在文本的深层结构中，有时是没有表层信息显现的潜在因素。

　　【范例】

刀马旦

周海亮

　　刀马旦腰身舞动，婀娜可人。花枪抖开了，啪啪啪，耍得人眼花缭乱，看着过瘾，透着舒坦。

　　刀马旦半年前调到省城，很快成了剧团名角儿。舞台上刀马旦魅力四射，舞台下，却是沉默寡言。她不主动找人说话，你问她话，也是爱理不理，心不在焉。这让常和她演对手戏的那个武生，心痒得很。

　　下了班，武生对她说，回家？她说，回家。武生说，一起喝茶？她说，谢谢。武生说，只是喝杯茶。去还是不去？她说，不了，谢谢。人已经飘出很远。武生盯着她的背影，恨得牙根直痒。第十三次碰壁，窝囊。

　　武生不是那种蛮不讲理的人。舞台下，他是一位绅士。他恰到好处地掩饰着自己的感情，除了请她喝茶，他不给她施加任何压力。他知道刀马旦的婚姻并不幸福。他听别人讲过。他还知道刀马旦的丈夫曾经试图结束他们的婚姻。他只知道这些。他不知道为什么。没有人告诉他。甚至，没有人认识刀马旦的丈夫。

　　武生三十二岁。他认为，他终于找到了自己的爱情。他可以等。哪怕很久。

　　有几次，武生感觉舞台上的刀马旦，非常疲惫。他把大刀劈下去，刀马旦拿枪一迎，却并不到位。有一次，武生的大刀，险些劈中刀马旦的脑袋。

　　武生问她，没事吧？她说，没事。武生说，一起喝杯茶？她说，谢谢，以后吧。人已经飘出很远。武生摇摇头。下次？那是什么时候？

剧团去外地演出，晚上，住在一个乡村旅店。累了一天，所有人睡得都香。夜里武生被一股浓重的焦煳味呛醒，他发现到处都是火光。武生和其他人拥挤着往外逃，场面混乱不堪。武生数着逃出来的人，突然大叫一声，再次冲向火海。他摸到刀马旦软绵绵的身子。他把她扛在肩上。他的头发上着了火。他摇摇晃晃地往外跑。他一边跑一边哭。人们头一次看见武生哭。人们惊叹一个男人，竟会有如此多的眼泪。

　　武生和刀马旦坐在茶馆喝茶。刀马旦说对不起。武生摸着自己被烧伤的脸，什么对不起？刀马旦说其实我什么都知道，可是不可能。武生说我可以等。刀马旦说等也不可能。武生说我抱抱你吧。刀马旦说好。武生就抱了她。武生说我吻吻你吧。刀马旦说不要。武生说我真的可以等。刀马旦说真的吗？武生说真的。刀马旦说，好。星期天，你来我家。

　　武生敲刀马旦家的门。只敲一下，门就开了，像是等待很久。刀马旦披挂整齐，完全是演出时的行头。正愣着，刀马旦拉他进屋。于是武生看到一个男人。一个瘦骨嶙峋的男人，正躺在床上，歪了头，对着他笑。男人说原谅我不能给你倒茶，让玲儿帮你倒吧！刀马旦就给他倒一杯茶。男人指指自己，动不了，这狗屁身子！男人抱歉地笑，不能去捧玲儿的场，只好在家里看她演，可苦了玲儿了。男人的脸红了，有了腼腆害羞的样子，与瘦长的满是胡茬的轮廓，很不协调。

　　刀马旦开始舞动腰身，碎步迈得飘忽和稳当。花枪抖开了，啪啪啪，耍得眼花缭乱。录音机里传出锣鼓齐鸣的声音，小小的客厅，便仿佛涌进千军万马。刀马旦一个人指东打西，很快，那施着淡妆的脸，有了细小的汗。

　　武生两个空翻过去，和刀马旦并肩作战，试图击退并不存在的敌人。刀马旦朝他笑笑，不等了？武生说，不等了。刀马旦说，真的不等了？武生说，不等了。

　　男人鼓起掌来。那是他们最成功的一次演出。

　　"刀马旦"是京剧中饰演巾帼英雄，提刀骑马、武艺高强的女性，身份大多是元帅或大将，例如樊梨花、穆桂英等。周海亮的这篇微小说《刀马旦》开头仅两句话便将这位"刀马旦"美丽动人的身姿描写得跃然纸上。对于刀马旦的其他情况仅仅交代了是半年前调来省城的，其他全然不做介绍，这个刀马旦虽然在台上英姿飒爽，在台下却少言寡语，接着作者直接点出剧团里的"武生"对她心生爱慕，这样便完成了悬念的设置——刀马旦为什么会少言寡语？她和这位武生又会擦出什么样的火花？结局会怎样？

　　接下来"武生"多次主动与她接触，知道了刀马旦不幸的婚姻，还冒死在一次下乡演出时发生的火灾中救了她。两人在喝茶时候的对话，看似即将互生情愫，刀马旦还主动邀请武生到家里做客。当刀马旦把家门打开的一瞬间，武生惊愕地看到刀马旦全身披挂穿戴整齐，俨然一副正式演出的架势。这才知道，刀马旦的丈夫长期卧床不起，没有机会一睹妻子的舞台风采，刀马旦这次是特意邀请武生前来家中助演，同时也通过这样的方式让他看到自己真实的生活。刀马旦对丈夫的忠贞不渝撼动了武生的心，于是他心甘情愿地放弃了"等多久都等"的想法。

《刀马旦》这篇小说篇幅短小，对人物的刻画主要是通过情节的推动逐步深化，文字表层的信息很单纯，但是整篇作品情感张力极强。《刀马旦》做到了虚化甚至简化背景因素，有故事却并没有什么曲折的情节，笔力集中在人物情感的集聚和释放上。刀马旦的丈夫作为她的背景之一，并没有在一开始就被交待出来，而是作为一个悬念放置在文章的最后才点出，这也是一种非常值得学习的写作方法：当背景是具备多重信息的时候，其中一个与主题关联最强的信息就可以设置为文章的悬念和伏笔，对应地放在文章的中间或者结尾，以此虚化背景强化主题。

2. 中间： 精于裁剪， 不蔓不枝

微小说的篇幅有限，没有足够的"空间"来让考生自由"挥霍"，亦不能像中长篇小说的写作那样可以让作者一泻千里，汪洋恣肆，这就要求考生在创作时对文章的情节进行精心裁剪，尽量压缩那些漫出的"闲笔"，丰富文章的内涵，做到详略得当、重点突出。米兰·昆德拉在《不朽》中谈论小说艺术时说过："简练的艺术对我来说是一种必须。它要求的是：永远直接地走向事件的中心。"微小说的创作亦是如此。这里的"中心"应该是作家所要传达给读者的核心意涵，并不是说要在文章的一开头就直奔主题，而是要摒弃那些废话连篇、"言不及义"的内容。

微小说写作所遵循的原则是在有限的篇幅中集中描写小人物、小环境、小事件，并且"小人物，小环境，小事件，要展现出大时代的大的精神风貌"。所以在写作微小说的主体内容时最好一点多余的材料都不要有，所有的语句都为推动情节、塑造人物、表现中心主题服务，要注意不蔓不枝，剪裁得当。考生在创作微小说时，需要注意避免两种现象：一是简单地记录生活中的大小事情，像流水账一样无节制地逐一写下；二是任意联想、胡言乱语，完全没有章法，想到哪里就写到哪里。这样的写作方式容易导致情节混乱和偏离主题。创作者应该记住，微小说情节的发展应该与主题相符，不能随心所欲。优秀的微小说情节要紧凑有序，详略得当，不可一味堆砌细节，而忽略了主要情节。

3. 结尾： 临门一脚、 弦外之音

微小说的结尾几乎是全篇的眼睛，一个漂亮的结尾不仅具有画龙点睛的作用，而且耐人寻味，令人百读不厌。微小说结尾最讲究"临床一刀""临门一脚"，一个"爆炸式"的响亮的结尾既出人意料带给读者新奇的感受，同时也发人深省，给读者留下思考、回味的空间。因此，一篇微小说从某种意义上说必须要有精彩的结尾，有了精彩的结尾往往就

决定了作品的成功率，因为作品的成功率是由作家、作品、读者共同完成的。大量的微小说篇章揭示了一个"规则"：结尾检验作家的写作才华和超然的智慧，结尾几乎决定作品的全部思想蕴涵，结尾决定能否吸引读者阅读兴趣和激发读者反复阅读的热情。微小说的结尾不仅要有爆炸效应，还应该在有限的文字中留给读者无限的想象余地，不要"一马平川""一览无余"，要有"嚼头"，有弦外之音。

编筐织篓，重在收口。微小说的结尾好坏直接影响到作品的整体水平。微小说的结尾大致上有这三种：①画龙点睛，首尾呼应；②戛然而止，含蓄隽永；③出人意料，扣人心弦。其中，最典型的是最后一种，即所谓的"欧·亨利式结尾"，这是世界著名小说作家欧·亨利常用的结尾手段，结局在最后一瞬间打破常规发展，使得平淡的故事陡生涟漪，让读者瞠目结舌，但是根据前文的伏笔和铺垫来看又合乎逻辑，相互照应，既出人意料，又在情理之中，从而更好地深化和突出了主题。

【范例】

客厅里的爆炸

白小易

主人沏好茶，把茶碗放在客人面前的小几上，盖上盖儿。当然还带着那甜脆的碰击声。接着，主人又想起了什么，随手把暖水瓶往地上搁。他匆匆进了里屋。而且马上传出开柜门和翻东西的声响。

做客的父女俩待在客厅里。十岁的女儿站在窗户那儿看花。父亲的手指刚刚触到茶碗那细细的把儿——忽然，啪的一声，跟着是绝望的碎裂声——地板上的暖瓶倒了。女孩也吓了一跳，猛地回过头来。

事情尽管极简单，但这近乎是一个奇迹：父女俩一点也没碰它。的的确确没碰它。而主人把它放在那儿时，虽然有点摇晃，可是并没能马上就倒哇。

暖瓶的爆炸声把主人从里屋揪了出来。他的手里攥着一盒方糖。一进客厅，主人下意识地瞅着热气腾腾的地板，脱口说了声："没关系！没关系！"

那父亲似乎马上要做出什么表示，但他控制住了。

"太对不起了！"他说。"我把它碰了。"

"没关系。"主人又一次表示这无所谓。

从主人家出来，女儿问："爸，是你碰的吗？"

"……我离得最近。"爸爸说。

"可你没碰！那会儿我刚巧在瞧你玻璃上的影儿。你一动也没动。"

爸爸笑了。"那你说怎么办？"

　　"暖瓶是自己倒的！地板不平，李叔叔放下时就晃，晃来晃去就倒下了。爸，你为啥说是你……"

　　"这，你李叔叔怎么看见？"

　　"可以告诉他呀。"

　　"不行啊，孩子。"爸爸说，"还是说我碰的，听起来更顺溜些。有时候，你简直不明白是怎么回事，你说得越是真的，却越像假的，越让人不能相信。"

　　女儿沉默了许久。"只能这样吗？"

　　"只好这样。"

　　文章在一句"只好这样"上戛然而止，十分耐人寻味。父亲带女儿去朋友家做客，主人进屋准备待客物品时，客厅的暖水瓶突然爆炸了。父亲主动说是自己碰炸的，并表示歉意；主人并不见怪，宾主关系融洽。父亲的言下之意是现实的错场已经出现且真相令人难以置信，那就勇敢地把责任承担下来。若把真实情况直白地说出来，等于向人家辩驳，主人心中也未必信。

　　再比如欧·亨利的经典之作《麦琪的礼物》。小说以男女主人公为主线，围绕着互相赠送节日礼物的情节展开。美国圣诞节这一天，一对恩爱夫妇准备互赠礼物，并都想买件使对方意想不到的东西。妻子看到丈夫有个祖传的金表，但没有表链，就剪掉自己最珍爱的金色长发，拿去卖了，并用卖金发的钱去买表链。丈夫呢？看到妻子有一头美丽的金发，但缺少一套适用的名贵梳子，就卖掉自己祖传的、一直伴随在身边的、也是自己格外珍爱的表，用卖表的钱买了一套美丽华贵的梳子。结果两人一碰面，丈夫拿着妻子送的新表链，表没有了；妻子拿着丈夫送的新梳子，长长的金发没有了！夫妻俩只好凄然相对而笑。在这里，尽管有对故事主人公与读者的"出其不意"，但统统在情理之中。因为他们夫妻恩爱，超过了对"金发""表链"的感情。而在"金钱第一"的资本主义世界，对下层的小人物而言，也只能是这样辛辣的结局。这种出乎意料的结局将小说的爱情主题展现得淋漓尽致，同时也更容易打动读者，让人们记住这对夫妻之间温暖的爱情。

　　类似这样的小说还有莫泊桑的《项链》、邵宝健的《永远的门》等优秀作品，读者在欣赏这些优秀作品的过程中产生强烈的共鸣与感受，同时为作者巧妙的结尾喝彩。像许多文学样式一样，微型小说的结尾是整篇文章情感的凝聚点，主题的高潮。

　　微小说的出人意料，往往是在明处平缓的叙述中暗地里布局，犹如河流突然转弯，使作品体现出与前文截然不同的特色，展示深刻的主题内涵。因此，微小说的结尾比开头更为重要，因为出人意料是其灵魂所在，如画龙点睛、围棋做眼般至关重要。这种结尾的特点在于"巧"字。作者将小说所要表达的"文外之意"隐秘潜藏，并且以一个巧妙的布局呈现出来，让读者误以为情节的发展会按照东方的方向进行。最后，在结尾处作者翻转妙笔，将情节的发展方向转向西方，揭露出真相，使读者既感到措手不及，细细想来却又在情理之中。

第三节 微小说的结构设置和写作技巧

微小说篇幅短小这一特点，于考生而言，与其说是一种限制，倒不如说是一种写作动力。如何在1200—1500字的篇幅中把故事讲得曲折生动、引人入胜，需要考生下一番苦功夫去钻研琢磨。通常情况下，中、短篇小说所使用的情节结构在微小说中也适用，如双线结构、蒙太奇结构、意识流等，有些结构还可以结合使用，达到出其不意的效果。

从小说写作的三要素来看，环境、情节、人物都是缺一不可的，微小说即使篇幅短小，环境描写也是不可缺少的。至于人物和情节，鉴于微小说的字数限制，考生虽不能对其进行深入描述，但是落笔必须精准，只有这样才能一击即中，打动读者。因此，微小说的情节设置既要出彩，又不能过于炫技，考生必须把握好这中间的平衡尺度。

微小说的结构类型可以根据小说三要素在结构中所占比重来进行区分。如果人物、情节、环境三要素中有任何一种要素超出了其他两种要素所占比重，就会形成主导地位，根据这种情形，我们可以把微小说的结构基本分为三种类型：情节型结构（以情节为中心）、性格型结构（以人物性格为中心）、心理型结构（以环境或心理状态为结构中心）。

一、情节型结构

这种结构类型的微小说以精心安排情节为重点，开头、发展、高潮、结尾都十分出彩。情节型结构是微小说最常用的结构类型。为了使微小说情节紧凑紧张又对读者具有吸引力，情节型结构往往对微小说的因果关系、逻辑、线索要求都比较高，它要求作者综合运用各种艺术手法在咫尺天地中创造出高效的"速率审美刺激"，以生动、新颖、刺激的情节吸引读者，这也是微小说独特的艺术价值。可以说，情节型结构是创作微小说最好的选择。

微小说的情节型结构大致分为以下几种："悬念式""误会式""巧合式""对比式""重复式"等。其中"悬念式""误会式"和"巧合式"三种微小说的结构类型运用最为广泛，最能激发读者的阅读兴趣，具有很强的艺术优势。

1. 悬念

所谓"悬念"指的是，通过对剧情做悬而未决和结局难料的安排，以引起观众、读者对故事情节发展和人物命运很想知道又无从推知的关切和期待心理。

悬念是作者精心设置的一个谜团，它让故事的发展和人物的命运处于一种悬着的状态，从而使读者产生紧张和期待的心情，激活读者的阅读兴致。在中国戏曲理论著作中，虽无悬念一词，但所谓的"结扣子""卖关子"，以及李渔在《闲情偶寄》词曲部"格局"一章中提出的有关"收煞"的要求如暂摄情形，略收锣鼓……令人揣摩下文，不知此事如何结果，其内涵与悬念基本相似。

"悬念式"结构就是在文章中设置出一个能够贯穿全文的总悬念，使之不断推动情节发展，从而掌控情节发展的节奏。一般来说，微小说篇幅有限，因此它的悬念也是单一的，不能像其他小说一样设置一系列的悬念。

【范例一】

池塘灯影

薛媛媛

人是要竞争的。有了竞争，便有了勇气和力量；便有了成功的希望。我的第一个竞争对手是在一个严冬的深夜结识的——

这夜，天透骨奇寒，我坐在被窝里读《古代汉语》，也许因为没有同伴在一起比赛似的啃书，我终于耐不住寒夜的冷清，耐不住睡意的纠缠，打着盹，伏在书上睡着了。忽然"啪"的一声，一扇未插牢销子的窗子被刮开，顿时，屋外电线的"呜呜"声，枯树枝与草茎的"嘶嘶"声，屋顶飞舞的瓦片的"噼啪"声……随着寒气卷进来，把我吓醒。我翻身起床去关窗，无意朝外瞥了一眼，惊异地发现，在这黑暗混沌统治的窗外天地里，池塘里竟有一线光亮在，这光亮像荡着秋千一样，在浪中摇曳。同时，它又像带着对黑暗的蔑视，顽强地闪烁着不变的光芒——那是塘对面五层楼上中间那窗户射出来的。

那灯下是谁？是一位老干部，翻着泛黄的笔记，回忆硝烟中的岁月？是一位"陆文婷"，等家里人熟睡后，在她的技术领域驰骋？也许是一位青年为第一封情书咬笔头，或和我一样攻读大学课程？……我胡乱猜着，勾勒着灯光下那人的形象，似觉心头涌进一股热流，赶紧拿起那本难啃的"之乎者也"，认真地看起来……

我开始注意那盏灯了——既望池塘，也望窗口，发现它：每到入夜，最先亮起，每到夜深，其他房里合上夜的眼睛后，唯独它还睁大着眼——不知疲倦的眼。渐渐地，我产生了一种竞争心理：看谁熬夜熬得久。但每次我都熬不住瞌睡，先躺倒了——不过，这竞争倒帮了我一个大忙，我顺利地通过了几门课程的结业考试。

冬去春来，转眼夏天了。夏夜是姑娘们谈情说爱的最好时期，花前月下，到处可见穿着漂亮裙衫的姑娘挽着个英俊的小伙儿，而我这二十好几的姑娘却得没日没夜关在蒸笼般的小屋里赶写毕业论文，真没办法！

酷热，终于把我撵出了房。踱到塘边，只见那些披着长发般的垂柳下，坐着、躺着好些人，在蒲扇声中，谈着日间一些见闻，埋怨着烦人的闷热……在塘边走，虽有一丝微风，但脑子里回旋着那毕业论文的内容，想着即将对付的毕业答辩，依然分外烦躁、憋闷。然而我不敢进屋——那是蒸笼，那是火炉，我怕把我蒸熟烤干……

望望塘里，突然发现一个奇特的景象：塘中五层楼的灯光都是绿荧荧的，唯有一点白光被圈围在中央，那白光在水的涟漪里，还示威地向我眨着眼呢！

真的不如他么？我恼了，赌着一口气，"蹬、蹬、蹬"地跑回房，看一眼书，望一眼那灯；看一眼书，又望一眼那灯。渐渐地，心静了，有了一种凉意，人也走进论文的结构里……

三年之后，学有所成，我以优异成绩大学毕业，毕业晚会上大家逼我谈体会，我讲了池塘的那盏灯。晚会结束回家时，路过池塘边，又瞥见了那盏灯，心底里忽然萌生一个念头，把我成功的喜悦与他分享。

——如果是老年人、中年人，我就送一句祝福；如果是一位风华正茂的青年，我就……哎哎，你别笑，我当时确实有那种莫名其妙的心理。

登上一级，又登上一级，气喘吁吁登到五楼，望到那扇门时，我的脚步慢了，沉了，真的就这么敲一个陌生人的门？心跳了一阵，脸红了一阵，终于大着胆子推开门——

啊！那是公共洗脸间的一盏灯！

【范例二】

醉酒人

田地

1987 年 5 月 20 日晚八时许，几乎所有的街道都断了人迹，就连我们这平素热闹非凡的饭馆街也冷清了起来，像是刚刚遭了一场劫难。当然，这是我的故弄玄虚，至少有十之八九的人知道，今晚中国足球队和香港足球队有一场鏖战；而且由于两年前那个令人不愉快的"5.19事件"，使今晚的球赛越发引人瞩目。

作为一个女孩子，我不喜欢足球运动，它过于野蛮；我虽然喜欢雄健的男子或男子气概，可这和野蛮是两回事。作为一个受雇于人的酒馆招待，我讨厌酒鬼，那也是一种野蛮。今晚，野蛮的足球把野蛮的酒鬼都勾了去，酒馆里一个顾客都没有，姑娘们都聚到后面看足球赛的现场直播去了，就留下我一个在前面守摊。我很高兴这样。我找了一个舒适的位置，坐下来读《好莱坞明星生活》，只一会儿，里面的性描写就把我带进一个神秘而又新奇的世界。

突然，我被一个声音打断。

"有白酒吗?"

怎么还是有酒鬼来? 我很不情愿地抬起头，是一个我所喜欢的那种雄健的男子。

没等我回答，里面的厨师接上了："哥儿们! 你就是一年没喝酒了也不能找这个时候来呀!"

"我就是要这时候喝!"他很焦躁。

"你不看球?"厨师还是不甘心。

"少废话!"火了。真是莫名其妙。

老板出来了，看了一眼这个奇怪的顾客，对我和厨师说："好好招待。"

他要了四盘菜，一瓶白酒。菜还没上桌就起开瓶子，一扬脖，像喝凉水似的灌了半瓶。酒鬼! 我心里骂道。

奇怪的是他似乎消受不了这许多的白酒，放下酒瓶便一声接一声地咳嗽起来，脸也涨红了，何苦呢，这么作践自己，要么心里有事? 比如说失恋了什么的。这么雄健的男子……我很想去劝解几句，不过那太唐突了。我的心给他搅乱了。比起《好莱坞明星生活》里的性描写真是太没劲了。

给他上菜时我发现他在抖。他并没吃几口菜，只是不断地喝酒。他是自己想醉呀!

后面看电视的时常发一两声呐喊或是顿足叹息。偶尔门开了还能传出说球的大喊大叫—"太棒了"! "太可惜了!" "好球! 10号马林……8号唐尧东……射门! 球打在球门上又弹回来，再射! ……"

我不知道那个"再射"是否成功了，房门被我那个气急败坏的顾客"当"地一脚踢上了。看来他也不想听什么足球，这倒很合我意。可他越发焦躁起来，坐也不是站也不是。一扬脖，酒瓶就见了底。又是一阵咳嗽。

"再来一瓶!"

他舌头已经硬了。我知道他醉得很厉害，便不想让他再喝。我没动。

"再来……"他话没说完就睡过去了。

人为什么要喝酒呢? 那和死有什么两样? 看样子他至少要睡到十一点，我不知道拿他如何是好。

不知过了多久，突然，"当"的一声那些看球的从屋里涌了出来。

"娟娟，赢了!"

我很木然。

这会儿，外面已经噼噼啪啪地响起了祝捷的鞭炮声。肯定是那些疯狂的球迷们又上街游行去了。

厨师一把揪起那顾客："喂，醉鬼！中国队赢了！你是不是还得喝一瓶？"

他像是触了电，呼地站起来，泪流如雨！他想说什么，可没说出来，刚一迈步就摔倒了，并哇哇吐起来。

老板吩咐道："把他送回家。"

我提醒道："他还没给钱呢。"

"不收他的钱了。"

"你们是朋友？"不知为什么我很想知道那人的底细。

老板摇摇头，说："他是个球迷。"

我愕然了，球迷怎么会在这么重要的球赛时喝醉自己呢？

"前年'5·19'他气疯了，推翻了一辆出租车，被拘留了半个月。今年，他不愿看了，我知道，他怕再……他无法控制自己……"

我哭了。

（《芒种》1987年第8期）

"悬念式"结构分为三个部分：设置悬念、强化悬念（又称"那辗"）、释消悬念。

(1) 设置悬念

在《池塘灯影》一文中，恰逢考试的"我"偶然发现了对面楼房里一盏深夜不熄的灯光，于是"我"产生了竞争心理，看谁熬到更晚。这种竞争心理使得"我"努力复习，顺利通过了考试。这时读者就会产生疑问：那盏灯的主人是谁？是个什么样的人？是老干部还是年轻人？是男的还是女的？为什么那么晚还不关灯？在文章的开头，作者为读者设置了这样的悬念，使得读者迫不及待地想要读下去。

同样，在《醉酒人》这篇微小说中，一个有球赛的夜晚所有人都看球赛去了，空荡荡的酒馆走进来一个年轻男子，"我"很纳闷为什么这个人不看球却来喝酒。这就为文章设置了一个悬念，那位顾客为什么在这样的时刻来喝酒？

微小说设置悬念的原则是单一、集中，因为它没有中长篇小说那样的篇幅可以任由作者洋洋洒洒地铺写。因此微小说的悬念设置相对简单，关键在于如何让这种悬念充满曲折，从而不让读者在阅读开头后就能猜到结局。所以设置悬念之后紧接着就要强化悬念，把所设置的悬念进行夸大，或者让它尽可能曲折，从而达到在单一中实现丰富，在集中里体现曲折，拓展微小说的艺术内涵。

(2) 强化悬念

强化悬念有两种基本方式，一是相似细节的重复（同形同质的细节单元重复使得某单一悬念得以强化），二是不同细节的叠加（异形同质的细节单元加强悬念）。

①相似细节的重复

在《池塘灯影》中，"我"偶然发现对面楼上有一盏不熄灭的灯，在酷夏的夜晚与那盏灯展开了较劲，在第二个细节单元中，"我"由于和这灯的主人较劲，在酷暑中赶论文，最终战胜酷暑完成论文并通过了论文答辩，顺利毕业。这一细节与文章开头准备考试相似，没有本质上的不同。在这种重复之下，读者的好奇心更加强烈，到底是什么样的人能够这样长年累月的熬夜。

同样在《醉酒人》中，伴随着远处球迷们的喊叫，那位顾客不断地喝酒，从开始的"来一瓶酒"，到后来重复着"再来一瓶"，也基本是相似的细节。这种相似细节的重复使得文章悬念不断加强，读者在这种悬念的刺激下，对这个人为什么与其他人不同、为什么不看球、为什么不断喝酒产生疑问，对结局的探求欲更加强烈，这就为作者在文章末尾释消悬念做好了铺垫。

相似细节的悬念重复一方面使得单一的悬念更加集中，更加富有吸引力；另一方面，使读者受到反复的刺激因而更加急切想要知道结果，这就激发了读者对悬念的探求兴趣。

②不同细节的叠加

相似细节重复使用比较广泛，也容易掌握，但是重复过多也很容易造成单调乏味。而异形同质的细节单元是一种表面否定实则强化的手法，可以在单一中实现变化。同形同质细节单元是直接重复强化悬念，异形同质的细节单元是转弯后曲折地强化悬念。

在浩歌的《鞭炮声声》中，作者描写了刘大娘盼望儿子、儿媳回家过年的情景，而究竟是什么原因使得儿子、儿媳不回家过年呢？接下来，儿子、儿媳回来了，刘大娘的心情也由悲转喜。在这里悬念似乎得到了消解，读者追问儿子不回家过年的欲望得到了缓解。可是这样简单的情节是不能称其为小说的。因此，作者笔锋一转，儿子、儿媳在看完母亲以后又执意要走，并且两人吞吞吐吐，说不清是什么原因，这令刘大娘十分生气，也令读者的阅读欲望又一次高涨。

在这篇文章中，作者没有设置两个相似的细节，而是在一个细节的基础上，又添加了另一个不同的细节，让悬念更加强化。刘大娘的心情由悲到喜，又从喜到愤，中间（第二个细节单元）对开头的悬念进行假释，实际上对悬念起到了反向强化的效果。大年三十为何母亲不能够和自己的儿子、儿媳团聚？第二个细节单元表面上看和第一个细节单元完全不同，导致了悬念假释而中断，实则本质是一样的，这种表面否定实则进一步肯定的手法，能够在曲折变化中强化悬念。

（3）释消悬念

悬念的解释方式也有很多种，解悬一定要遵循"既在情理之中，又在意料之外"的原则。所谓"在情理之中"要求符合基本的生活逻辑，不能单纯为了"出乎意料"而求奇求新违背逻辑。小说是写人的艺术，必须符合人物性格发展的必然，不能把偶然、巧合当成释消悬念的依据，优秀的小说既要体现出作者的匠心和创造性思维，又要让读者在读完后回味无穷。

①速解

速解，指的是在文章结尾，用简单的语言或细节交代结局，不做较多的停留和反复，通过一句话点破或推出一个细节，在一刹那间迅速完成整个解悬的过程。

比如《池塘灯影》的结尾："我"推开了门，看到的是公共洗脸间的一盏长明灯。再如田地的《醉酒人》，作者一而再，再而三渲染那个顾客在足球大赛的关键时刻喝酒，拼命灌醉自己，以至连比赛的声音都不想听见的反常行为，结局时通过老板之口轻轻一点：他是曾经因"5.19事件"而肇事的球迷。这一句话正像一把铲子掀开了神秘事物外壳，里面内核的秘密一刹那全都暴露出来，读者对这个醉酒人所有反常行为的疑惑也瞬间都找到了答案——他怕中国队今年再输了，无法控制自己，这醉酒人内心深处的那些看不见的灵魂搏斗也在这一瞬曝光了。这种解悬方式能把所有的谜底在一瞬间全部揭开，对读者形成巨大的艺术冲击力。

②逆解

逆解，指的是结局本该朝着读者期待的方向发展，但是作者却反其道而行之，使文章结局与读者的预想正好相反，没有顺从读者已形成的思路，令读者既感到惊讶又点头称是。

浩歌的《鞭炮声声》，除夕夜儿子、儿媳在刘大娘的期盼中仍不归家，到了家也只是和母亲寒暄下又要走。很多读者已经朝"娶了媳妇忘了娘"这个方向解释小说情节。但结局恰恰与读者的这种预料相反。原来他们是要去探望一位已经牺牲了的战友的母亲，得知这一情况，深明大义的母亲反而催促他们拿上厚礼快走。

悬念所导引的方向与文章结局恰恰相反，逆解这种解悬方式用反向思维得出合乎事理的结论，使解悬前的情节发展与解悬后的结果发生貌似不和谐的撞击，出乎读者意料，充满出奇制胜的艺术魅力。

③智解

智解其实就是讲究"出奇制胜"，这种解悬方式极具创新性，往往呈现出一种非逻辑性、求异性和独创性的特点，有时甚至靠灵感求解，但读者对结论又不得不信服。

如大家熟知的《草船借箭》，周瑜故意提出苛刻要求（限十天内造十万支箭），机智的诸葛亮一眼识破这是一条害人之计，却淡定表示"只需要三天"。诸葛亮能否于三天之内造好十万支箭以自救这一悬念令读者揪心。照常理，造箭要原材料、铸器、工匠，但周瑜供给的原材料不足，又藏起铸器和工匠，三日内造十万支箭是不大可能的事情。只见诸葛亮接连两天不见动静，到了第三天，却请鲁肃上船取箭。箭从何来？说是取箭，反而促舟前往曹营，船近曹营水寨又令军士播鼓呐喊……诸葛亮利用曹操多疑的性格，又调来二十条草船诱敌，终于"借"到了十万余支箭。大悬念中套小悬念直到"草船借箭"的奇计实现，读完这篇文章读者不得不叹服作者的神思妙想和对人物性格的准确把握。

④多解

多解是指运用辐射思维，以多种途径解悬，在"悬"与"解"的多次反复中制造矛盾冲突，使情节迂回曲折，从而更好地升华作品的思想内容。

【范例】

警察与赞美诗

［美］欧·亨利

每当雁群在夜空引吭高鸣，每当苏比躺在街心公园长凳上辗转反侧，这时候，你就知道冬天迫在眉睫了。一张枯叶飘落在苏比的膝头。这是杰克·弗洛斯特（霜冻）的名片。杰克对麦迪逊广场的老住户很客气，每年光临之前，总要先打个招呼。他在十字街头把名片递给"露天公寓"的门公佬"北风"，好让房客们有所准备。

苏比明白，为了抵御寒冬，由他亲自出马组织一个单人财务委员会的时候到了。为此，他在长凳上辗转反侧，不能入寐。苏比的冬居计划并不过奢，他衷心企求的仅仅是去岛上度过三个月。多年来，好客的布莱克威尔岛监狱一直是他的冬季寓所。正如福气比他好的纽约人每年冬天要买票去棕榈滩和里维埃拉一样，苏比也不免要为一年一度的"冬狩"做些最必要的安排。现在，时候到了。（设置悬念，苏比要怎么进入监狱？）

他瞧不起慈善事业名下对地方上穷人所作的布施。在苏比眼里，法律比救济仁慈得多。对苏比这样一个灵魂高傲的人来说，施舍的办法是行不通的。从慈善机构手里每得到一点点好处，钱固然不必花，却得付出精神上的屈辱来回报。要睡慈善单位的床铺，先得让人押去洗上一个澡。要吃他一块面包，还得先一五一十交代清个人历史。因此，还是当法律的客人来得强。法律虽然铁面无私，照章办事，至少没那么不知趣，会去干涉一位大爷的私事。

既然已经打定主意去岛上，苏比立刻准备实现自己的计划。在六马路拐角上有一家铺子，灯光通明，陈设别致，大玻璃橱窗很惹眼。**苏比捡起块鹅卵石往大玻璃上砸去。**巡警从拐角跑来。苏比站定了不动，两手插在口袋里，对着黄铜纽扣（警察制服上的扣子是铜的）直笑。"肇事的家伙在哪儿?"警察气急败坏地问。"你难道看不出我也许跟这事有点牵连吗?"苏比说,口气虽然带点嘲讽,却很友善,仿佛好运在等着他。在警察的脑子里苏比连个旁证都算不上。砸橱窗的人没有谁会留下来和法律的差役打交道。他们总是一溜烟似的跑掉。(**解法一:砸玻璃,失败。**)

街对面有家不怎么起眼的饭馆,苏比在桌子旁坐下来,消受了一块牛排、一份煎饼、一份油炸糖圈,以及一份馅儿饼。吃完后他向侍者坦白:**他无缘结识钱大爷,钱大爷也与他素昧平生。**"手脚麻利些,去请个警察来,"苏比说,"别让大爷久等。""用不着惊动警察老爷",两个侍者干净利落地把苏比往外一叉,正好让他左耳贴地摔在铁硬的人行道上。(**解法二:吃霸王餐,失败。**)

他一节一节地撑了起来,像木匠在打开一把折尺,然后又掸去衣服上的尘土。被捕仿佛只是一个绯色的梦,那个岛远在天边。一个风姿绰约的年轻女子站在橱窗前,而离店两码远,就有一位彪形大汉——警察。**苏比厚着面皮把小流氓该干的那一套恶心勾当一段段表演出来。**警察在盯着。那受人轻薄的女子只消将手指一招,苏比就等于进安乐岛了。他想象中已经感到了巡捕房的舒适和温暖。年轻的女士却如藤蔓一样缠住了苏比。一拐弯,他甩掉女伴撒腿就走。苏比突然感到一阵恐惧,会不会有什么可怕的魔法镇住了他,使他永远也不会被捕呢?(**解法三:骚扰女性,失败。**)

他顺着街往麦迪逊广场走去,因为即使他的家仅仅是公园里的一条长凳,他仍然有夜深知归的本能。可是,在一个异常幽静的地段,苏比停住了脚步。这里有一座古老的教堂,建筑古雅,不很规整,是有山墙的那种房子。

柔和的灯光透过淡紫色花玻璃窗子映射出来,风琴师为了星期天的赞美诗在苦练,动人的乐音飘进苏比的耳朵,把他胶着在螺旋形的铁栏杆上。明月悬在中天,光辉、静穆,车辆与行人都很稀少,檐下的冻雀睡梦中唧啾了几声——这境界一时之间使人想起乡村教堂边上的墓地。风琴师奏出的赞美诗使铁栏杆前的苏比入定了,因为当他在生活中有母爱、玫瑰、雄心、朋友以及纯洁无邪的思想与洁白的衣领时,赞美诗对他来说是很熟悉的。苏比这时敏感的心情和老教堂的潜移默化会合在一起,使他的灵魂突然起了奇妙的变化。他猛然对他所落入的泥坑感到憎厌。那堕落的时光,低俗的欲望,心灰意懒,才能衰退,动机不良——这一切现在都构成了他的生活内容。

一刹那间,新的意境醍醐灌顶似的激荡着他。一股强烈迅速的冲动激励着他去向坎坷的命运奋斗。他要把自己拉出泥坑,他要重新做一个好样儿的人,他要征服那已经控制了他的罪恶。时间还不晚,他还算年轻,他要重新振作当年的雄心壮志,坚定不移地把它实现。

管风琴庄严而甜美的音调使他内心起了一场革命。明天他要到熙熙攘攘的商业区去找事做。有个皮货进口商曾经让他去赶车。他明天就去找那商人，把这差使接下来。他要做个炬赫一时的人。他要……

苏比觉得有一只手按在他胳膊上。他霍地扭过头，只见是警察的一张胖脸。"你在这儿干什么？"那警察问。"没干什么。"苏比回答。"那你跟我来。"警察说。第二天早上，警察局法庭上的推事宣判道："布莱克威尔岛，三个月。"（最终揭秘：忏悔自新，成功入狱，揭示了在资本主义社会制度之下，美国现实生活就是这样的颠倒黑白。结局深刻地揭露了美国法律的虚伪和美国社会的黑暗。）

美国作家欧·亨利在小说《警察与赞美诗》中，开篇设悬：流浪汉苏比想去监狱度过寒冬，能否如愿呢？解决的办法是犯点小罪。于是乎，苏比去饭馆白吃，砸玻璃，调戏女人，可都不能如愿。当他站在教堂前悔过自新时，却被关进了监狱——悬念始解。从故事的结局和情节的发展来看，这显然是矛盾的：苏比干了许多破坏的勾当，希望落入法网，而警察不理他；在他愿意改邪归正时，反倒被警察逮捕，判刑三个月。这"不合常情"的精妙构思，正是作者的成功之笔。

⑤半解

前面四种悬念的解法都属于"全解"。半解，指的是只对悬念进行部分的释消，而留下一部分谜题，让读者根据全文的线索和已揭示的悬念部分自己进行推断。

【范例】

你的孩子让我抱抱

宗利华

母亲到城里来，照看她的孙子。

孙子还不满两周岁，一脱手便跌跌撞撞做奔跑状。然而，不出几步，就会跌倒。跌倒，母亲并不去扶，母亲有她自己的处理方式。母亲说，自己跌倒，要自己爬起来。我们兄妹几个，小的时候就一直接受这些理论。但我的儿子，母亲的孙子却并不配合，他哭起来，等奶奶去拉，否则，便趴在地上。

母亲对此非常自信也极有耐心。

于是，祖孙两个，在人行道边上对峙。

就在这时候，那个女人出现了。

女人的目的很明确，这从她的视线就能看出来。她是冲我儿子来的。

女人眼窝很深，这样就显得像是睡眠不足。她瘦削的脸上挂着笑，那笑看上去非常灿烂。

她老远就张开了手，把我的儿子非常利落地拉起来，那个动作仿佛在一瞬间就完成了，甚至母亲还没来得及去阻拦。

女人把我的儿子揽在她怀里，腾出另一只手去拍打他身上沾的土，嘴里说，好孩子，摔疼了吗？

母亲赶紧蹲下去，想把孙子接过来。因为，她看到孙子的眼睛直直地瞧着那女人，小嘴嘟着。母亲想，也许接下来，他就会哭了。他还太小，对陌生人还不那么认可。

可那女人似乎搂得更紧了些，依然笑着，说，我孙子也这么大了，也会跑了，一刻也闲不住，可调皮了，和他爸爸一样。他爸爸小的时候，就爬上爬下的，有一次，把刚长出来的牙都摔掉了一颗。

母亲笑着，应着说，男孩子嘛，不都顽皮吗？要老实安稳了，你还以为他病了呢。说着，伸手去抱孙子。女人伸了手，竟小心翼翼去抚摸儿子，母亲隐隐约约有点生气了，她是那样认为的，孙子是我的，你这般亲昵干什么呢？

女人却浑然不觉，继续说她的儿子，小时候他也长得这样，胖乎乎的，一笑，两酒窝……女人脸上簇成核桃状，移了腮去贴孩子的小脸。

母亲已经将笑收起来了。

她看到孙子的嘴撇了一撇，看来，他真要哭了。

母亲就伸了手，打算把孙子硬夺过来。

这时候，一个白发的老头子出现了，老头子显得很紧张，所以步子就很零乱。一边蹒跚着，一边喊，你怎么出来了？你怎么出来了？

母亲吃惊地看看他，再看看那个女人。

女人嘿的一声笑了，说老头子，你来看看，他像不像咱儿子小时候？

老头走过来，笑着说，像，真像！

一边说，一边将我儿子抱起来，顺手递给了我母亲，同时小声说：对不起，没吓着孩子吧？

母亲这时把孙子抱紧了，轻声地和他说着话，抬起头，却发现老头挽着那女人沿路走过去了。

母亲回家，就跟我讲这件怪事。母亲说，那个女人，怕是个疯子吧？

我正摘下帽子，解着警服上的扣子，慢慢就顿住了。

那女人看上去年纪很大吗？我问。

母亲点点头。

我就一下子沉默了，一个熟悉的影子执拗地出现在眼前。**我告诉母亲，那个女人的儿**

子去年抗洪时离开了我们。（解悬）

母亲看着我，老半天没说话。

很久以后的一天，母亲在道边上又瞧见了那女人，母亲赶紧让她的孙子喊奶奶。可是，那个女人似乎浑然不觉，眼直直地瞧着前方，走过去了。

母亲站在那里，瞧着那个背影，眼泪就扑簌簌地流下来。

宗利华的《你的孩子让我抱抱》这篇作品是悬念的"半解"。说它是"半解"，是指作品首先也有一个"正常→反常①→反常②"的情节启动与发展的过程。母亲带孙子时，"那个女人"忽然违反母亲"让摔跤的孙子自己爬起来"的带孩子方式，并将孙子非常亲密、爱怜地抱起来，亲吻、拍土、问话，把孙子差点给弄哭了；当母亲生气时，一个白发老头出现，"那个女人"却对"白发老头"说："他像不像咱儿子小时候？""女人"的两次令母亲、也令我们奇怪的"独特言行"（人物现实维），形成悬念后，在结局部分的"高潮细节"里，被叙述者"我"迅速"释悬"："我"告诉母亲，"那个女人"的儿子"在去年抗洪时离开了我们"。这个细节一方面回应"白发老头"的道歉——"女人"精神不正常了，另一方面只是"半点破"了"女人"精神不正常的原因——儿子在抗洪中牺牲而导致思念成疾。那么，"女人"的儿子究竟是怎么回事？"女人"精神病是怎么形成和发展的？"白发老头"与"女人"如何面对失去儿子的痛苦？这一切除了让读者尽情想象外，也仍然把人间的爱子之情，丧子之痛，以及人类面对生活灾难时的相互扶持、相濡以沫的家庭亲情，做了生动的艺术描写，为读者编织出一幅感人的画面。

⑥无解

无解指作者在前面设置悬念，并作某些暗示，但直到结尾也不解悬，把解悬的任务有意留给读者，使读者掩卷之后仍在回味、分析、沉思，进行艺术再创造。

【范例】

落棋有声

张新民

铸造车间主任的人选，通过民意测验，调查座谈，集中在大黄和小李两个人名下。要说工作能力、群众关系，两位各有千秋，不分上下。这可把干部科汪科长难住了。几经斟酌，决定不下来，他打算听听新厂长的意见。

厂长略一沉思，出其不意地问道："还能告诉我一些题外的细节吗？"

"关于他俩？"科长疑惑了。他理了理额前的乱发，突然想了起来："哦，这两位都是象棋高手。大黄连续3年蝉联全厂冠军；小李呢，虽没有大黄稳定，但去年也得了第三名……"

厂长颇感兴趣地站起身来："好哇，我找他俩赛几盘！"原来厂长也是个棋迷。

为了知己知彼，厂长亲自找不少工人了解情况，最后正式下了战表。昨晚与大黄下了3局棋。大黄一向出手稳健，素有"以柔克刚，后发制人"的美誉。但昨天他下得不很顺手，接连3局都握手言和。厂长拱拱手，说："真太过意不去，让你连让3局。"

今天上场的是小李。棋友们给他的外号是"程咬金"。据说他既有开局的"三斧头"，在遇到逆境时，又常常会像"半路里杀出个程咬金"一样，走出一些出其不意的妙着，使对手防不胜防。两局下来，厂长就被他凌厉的攻势逼得只有招架之功，没有还手之力了。第三局，下到得意处，小李一扫初进门时的拘谨，竟然拍起厂长的肩膀来："老兄，十步之内，结束战斗。"

"唔？"厂长不买账，"要是赢不了呢？"

"这辈子不下棋！"

"一言为定？"

"当然！"

厂长毕竟还有两下子，他在太阳穴上抹了点儿清凉油，抖擞精神，沉着应战，几起几落，终于和了这一局。他笑吟吟地开始收摊，小李猛然抓住他的手："慢，再来一盘。"

"不是说这辈子不下棋了吗？"厂长用含笑的眼睛端详着小李，意味深长地问。

小李不服气地说："不行！刚才漏了一着，不补回来睡不着。"

厂长朗声大笑："你睡着睡不着我不管，反正今天我可以睡个好觉了。"

他把小李送出门外，径直朝汪科长家走去……

张新民的微小说《落棋有声》，开头写干部科科长为车间主任人选犯难，等待新厂长拿出意见，设置了悬念，中间写新厂长与两位候选人下棋，了解候选人的气质和作风，结尾写新厂长径直朝汪科长家走去：是推荐稳健但缺乏开拓拼搏气质的大黄，还是举荐生气勃勃、敢拼、不达目的不罢休的小李呢？作者没有说，留给读者思考。但读者在作者叙写新厂长之"新"——工作深入，作风扎实，性格开朗，性情随和中就已经猜到了谁是车间主任的人选。

（4）悬念式结构的类型

考生在实际写作中并非一定要完全展示出悬念式结构的三部分即设置悬念、强化悬念、释消悬念，也不一定要完全按照顺序进行展示，只要考生能够灵活地对其进行排列组合，同样可以令文章妙笔生花。常用的集中组合方式有以下几种：倒叙式（设置悬念→释消悬念）；抖包袱式（设置悬念→强化悬念→释消悬念）；悬而不决式（设置悬念→释消悬念→再设新悬念）等。

①倒叙式：设置悬念→释消悬念

倒叙式悬念结构，就是打破故事发生发展的正常顺序，将本该是小说的结局或中间的情节放在最前面，造成悬念，然后再按照故事原本发生的先后顺序展开叙述，释消悬念。倒叙式悬念结构又可以分为部分倒叙式和整体倒叙式两种类型。

部分倒叙式结构是将故事后面的某个细节、某个部分提到前面，提前告诉读者，生成疑团，然后再按照故事发生发展的先后顺序展开叙述。

下面来看陈永林的《杨梅的婚事》的情节安排：

A. 女主人公杨梅正在家门前喂鸡，儿子石头在一旁玩耍。一个男人出现，温柔地叫着"杨梅"的名字，并问了一个问题，石头是不是他的儿子？

B. 杨梅18岁时外出打工，认识了这个男人，两人相恋。不料，当杨梅怀孕找到他时，他却不辞而别。之后，杨梅嫁给了一个身患癌症，预计只能活一年的男人，并生下儿子。奇迹出现了，这个男人的癌细胞消失了，一家人过上了幸福美满的生活。

C. 面对男人的询问，杨梅摇了摇头，坚定地说"不是"。听到这个回答，男人失望地离开了。

正常情况下，事件的发生顺序应该是B→A→C，但是作者将中间部分放在了开头，再加上这个男人突然问了一个令读者感到唐突又刺激的问题，整篇小说瞬间疑窦丛生。读者不禁产生疑问：这个男人是谁？他和杨梅什么关系？石头到底是不是他的儿子？杨梅会怎么回答？这一下子就抓住了读者的心，形成阅读兴奋点。接下来作者才从头说起，把杨梅从18岁到后来的人生经历一一道来，既释消了文本开头设置的悬念，解开了读者心头的疑团，又满足了读者的阅读期待。随后，读者便会从短暂的感性满足中抽离出来，开始更为持久的理性思考，思考故事背后的意义和启迪。杨梅对待婚事的态度和做法，是她经历年少青涩的少女时代后更为理性地面对生活和情感的选择。这篇作品立足于社会现实，告诉读者情之真假冷热，需要用心体味。

整体倒叙式结构是将故事发生发展的正常顺序（开端→发展→高潮→结局）完全颠倒，形成"结局→高潮→发展→开端"的结构。这种思维结构很多创作者都难以把握，在微小说中的应用也较少，但如果能够运用得当必然能够创作出一些新颖有趣的作品。比如电影《返老还童》，主人公自出生起就是一个老人，然后越长越年轻，最后变成了一个婴儿。

再如蔡楠的《生死回眸》，讲述了一位农民子弟成长为银行副行长而又堕落的故事。小说开头就描写了主人公的死亡，然后故事逆流而上。情节安排如下：

A. 杜君因为贪污受贿而在刑场上遭受枪决，年轻的生命在此刻黯然凋零。

B. 他三十一岁时就被任命为银行副行长，年少有为、志向远大。但是，后来他难以抵抗权力和金钱的诱惑，沉溺于贪污受贿和挪用公款等不法行为。最终，东窗事发，纪检委查处，他被送进监狱。

C. 在监狱里，中学时代的班主任首先来看望他，并将当年他积极申请加入共青团的申请书交给他。他由此想起自己勤奋好学的少年时代。

D. 他的父母从农村来探望他，带着他小时候最喜欢吃的烤玉米和煮白薯。面对年迈的父母，他俯首跪地，回忆起自己的童年时光和出生的情景。

这个事件如果按照时间线索正常的发生顺序应为：D→C→B→A。然而，作者将主人公被枪毙在刑场上的悲剧结局放置在文章的开头，制造出一个巨大悬念，让读者不由产生怀疑，到底为什么主人公会被执行死刑。接下来讲述了杜君从贪污受贿到审判的全过程，对死亡原因做了解悬。之后又叙述了杜君年轻时候拼搏奋斗的时光和幼年的美好回忆，与前文形成巨大反差。如果按照正常顺序来写，这就是一个很平常的贪官人生，但是这样反过来写却能给读者造成一种心理距离，使作品的内容更富有冲击力和震撼感，同时还能引发人们对自身、对人生的深思。

②抖包袱式：设置悬念→强化悬念→释消悬念

抖包袱式结构是悬念结构中应用最多的一种，它最受微型小说作者和读者喜爱。这种结构就像说相声中的抖包袱一样，先把悬念抛给读者，铺陈善诱、反复蓄势，等到发展高潮后才解开悬念，造成出人意料的刺激感和情理之中的满足感，从而产生高强度的爆发力，形成"高速率"审美刺激。

在抖包袱式悬念结构中，设置一个能够吸引读者的悬念只是其一，重要的是要对悬念进行层层铺垫，通过反复蓄势、增强悬念的曲折度来让读者的期待心理在延宕中获得满足。因此，强化悬念是抖包袱结构中最重要的一环，它能够激发起读者最强的好奇心、最高的审美欲求，使作品达到高潮，从而产生最富有意义、最紧张的一刻，待到作者给出答案、解开悬念时，才能够产生最强的爆发力。

强化悬念有正向强化和逆向强化两种。前文已经讲过强化悬念的两种基本方式，正向强化对应的是相似细节的重复，即通过同形同质的细节重复使得单一悬念得到递进式的强化，直到构成一个完整且极具爆发力量的情节整体。这就好像滚雪球似的，围绕着所设的悬念朝着同一个方向越滚越大，作品的信息量就会越来越大，读者的审美兴奋点也会越来越高。《池塘灯影》在开头设置了"永不熄灭的灯"这个悬念之后，围绕悬念，又增加了"我"备考、写论文的细节单元，层层铺垫，通过不断重复直到悬念递进至最高潮处，才一抖包袱公布谜底，使结局既在意料之外又在情理之中。逆向强化对应的是不同的细节叠加，即通过异形同质的细节单元加强悬念。如《鞭炮声声》，结合"假释"的方式，增加设悬和解悬之间的距离，造成更广的审美空间。

抖包袱式悬念结构在一抖包袱之后往往留给读者又一新的悬念和更为理性的深层思考，其目的是让审美刺激保持得更为持久。

③悬而不决式：设置悬念→强化悬念→再设新悬念

倒叙式悬念结构和抖包袱式悬念结构最终都完成了释消悬念的任务，满足了读者的阅读和审美期待，属于"封闭式"悬念结构。而悬而未决式结构，在解悬的过程中产生了新的悬念，且新的悬念尚未解决文本便已结束，文中没有任何解释和暗示，属于"开放式"悬念结构。这类作品意义具有未定性，未定性越多，所产生的文本空白就越大，也越能激发读者参与作品的二度创作。通过二度创作，读者调动自身的生活阅历、知识储备和审美经验，驰骋想象，生发出更为丰富的文本内涵。

悬而不决式悬念结构具有以下特点：作者在文章开头抛掷一个悬念，随着情节的展开，文本逐渐释放出该悬念的答案，但在结尾处却出现了新的悬念，作者将其置之不理，完全由读者自行想象和解释。这样的结构留下了极大的艺术空白，激发了读者的想象与创造力。《落棋有声》便属于这种结构。为什么厂长要去找两人下棋？为什么下棋后便决定了选谁？最后到底会选择谁？

采用悬念式结构是微小说抓住读者的有效手段。悬念不仅能够对读者的注意力和思想感情产生较为持久的"聚焦"和"定向"效果，而且往往可以通过不断地"蓄势"和最终的"突转"，使文本产生一种出人意料、回环曲折的艺术效果，让读者在惊奇之后，领会文本背后蕴含的深意和真理，从而获得更高层次的理性认识和感情满足。

2. 误会

"误会"是微小说中最常用的技巧之一，使用"误会"写作技巧的结构被称为"误会式情节链"。在悬念式结构中，情节链只有一条且集中，而误会式结构中，情节链至少有两条。从情节链的角度说，作者是有意让两条链交织成一种错位的，由此引发一系列的矛盾冲突，在明暗两条线索的交织、映衬和对比中，作品的主题得以表达。在微小说的写作中，考生要想在短小的篇幅里形成激烈的矛盾冲突，不宜展开过多情节链，原因有二：一是写作比较困难，二是容易发生混乱。因此，考生最好使用明暗双线，在强化误会的地方下功夫，于明暗线交汇处使对比和冲突达到最强烈。考生首先要集中大量的笔墨来铺写明线，与此同时，还要隐藏暗线。暗线隐藏得越严，误会就越深，最后谜底揭示、真相暴露时读者受到的冲击也越大。经过这一系列操作后，微小说就会产生一种极强的戏剧效果，使读者欲罢不能。

根据误会产生方的不同，误会式结构分为两种：一是"一般误会式"，即人物的一方对另一方产生误会，另一方没有误会；二是"互相误会式"，即情节链中的双方互相误会。

（1）一般误会式

下面通过分析《翻浆的心》来把握一般误会式的创作方法。

【范例】

翻浆的心

毕淑敏

那年，我放假回家，搭了一辆运送旧轮胎的货车，颠簸了一天，夜幕降临才进入戈壁。正是春天，道路翻浆。

突然在无边的沉寂中，立起一根"土柱"，遮挡了银色的车灯。

"你找死吗?!"司机破口大骂。

我这才看清是个青年，穿着一件黄色旧大衣，拎着一个系着鬃绳的袋子。

"我要搭车，我得回家。"

"不带！哪有你的地方！"司机愤愤地说。

"我蹲大厢板就行。"

"不带！"司机说着，踩了油门，准备闪过他往前开。

那个人抱住车灯说："我母亲病了……我到场部好不容易借到点小米……我母亲想吃……"

"让他上车吧！"我有些同情地说。

他立即抱着口袋往车厢上爬，"谢谢谢……谢……"最后一个"谢"字已是从轮胎缝隙里发出来的。

夜风在车窗外凄厉地鸣叫。我找到司机身后小窗的一个小洞，屏住气向里窥探。

朦胧的月色中，那个青年龟缩在起伏的轮胎里。每一次颠簸，他都像被遗弃的篮球，被橡胶轮胎击打得嘭嘭作响。

"我好像觉得他要干什么。"司机说。

这一次，我看到青年敏捷地跳到两个大轮胎之间，手脚麻利地搬动着我的提包。那里装着我带给父母的礼物。"哎呀，他偷我东西呢！"

司机狠踩油门，车就像被横剌了一刀的烈马，疯狂地弹射出去。我顺着小洞看去，那人仿佛被冻僵了，弓着腰抱着头，企图凭借冰冷的橡胶御寒。我的提包虽已被挪了地方，但依旧完整。

司机说："车速这么快，他不敢动了。"

路面变得更加难走，车速减慢了。我不知如何是好，紧张地盯着那个小洞。青年也觉察到了车速的变化，不失时机地站起身，重新搬动了我的提包。

我痛苦地几乎大叫。司机趁着车的趔趄，索性加大了摇晃的频率，车窗几乎吻到路旁的沙砾。再看青年，他扑倒在地，像一团被人践踏的草，虚弱但仍不失张牙舞爪的姿势，贪婪地守护着我的提包——他的"猎物"。

司机继续做着"高难"动作。我又去看那青年，他像夏日里一条疲倦的狗，无助地躺在了轮胎中央。

道路毫无先兆地平滑起来，翻浆也消失得无影无踪。司机说："扶好你的脑袋。"就在他的右腿狠狠地踩下去之前，我双腿紧紧抵地，双腕死撑面前的铁板……

不用看我也知道，那个青年，在这突如其来的急刹车面前，可能要被卸成零件。"看他还有没有劲偷别人的东西！"司机踌躇满志地说。

我心里安宁了许多。只见那个青年艰难地在轮胎缝里爬，不时还用手抹一下脸，把一种我看不清颜色的液体弹开……他把我的提包紧紧地抱在怀里，往手上哈着气，摆弄着拉锁上的提梁。这时，他扎在口袋上的绳子已经解开，就等着把我提包里的东西搬进去呢……

"他就要把我的东西拿走了！"我惊恐万状地说。师傅这次反倒不慌不忙，嘴角甚至显出隐隐的笑意。

我们到了一个兵站，也是离那个贼娃子住的村最近的公路，他家那儿是根本不通车的，至少还要往沙漠腹地走10公里……

那个青年挽着他的口袋，像个木偶似的往下爬，跪坐在地上。不过才个把时辰的车程，他脸上除了原有的土黄之外，还平添了青光，额上还有蜿蜒的血迹。

"学学啦……学学……"他的舌头冻僵了，把"谢"说成了"学"。

他说："学学你们把车开得这样快，我知道你们是为我在赶路……学学……"他恋恋不舍地离开了我们。

看着他蹒跚的身影，我不由自主地喝了一声："你停下！"

"我要查查我的东西少了没有。"我很严正地对他说。

司机赞许地冲我眨眨眼睛。

青年迷惑地面对我们，脖子柔软地耷拉下来，不堪重负的样子。我敏捷地爬上大厢板。我看到了我的提包。我摸索着它，每一环拉锁都像小兽的牙齿般细密结实。突然触到鬃毛样的粗糙，我意识到这正是搭车人袋子上那截失踪的鬃绳。它把我的提包牢牢地固定在大厢的木条上，像焊住一般结实。我的心像凌空遭遇寒流，冻得皱缩起来。

在这篇微小说中，作者以"我"的怀疑为明线，以陌生人的一系列行为为暗线，明暗交织，两条线索发生了错位，于是便产生了误会。在明暗两条线索同时进行的过程中，作者把主要笔墨用在明线的处理上，尽量隐藏暗线，在文章的最后才把误会揭开，从而达到较强的艺术效果。在文章的前半部，作者先是设置了司机不愿让陌生人搭车的台阶，使得读者和文中的"我"对青年产生一种怀疑，而青年的种种行为在这种怀疑中不断被强化成"偷窃"。明暗两条线索的反差越来越大。在对这种误会的强化过程中，作者主要从主客两方面入手。一方面，青年的动作被视作偷窃，加深了"我"和司机的怀疑，司机加速以惩罚陌生人。另一方面，车速加快使得颠簸更加严重，"我"的行李也就面临更大的危险，青年为了保护我的行李，不得不在更加严重的颠簸中继续做各种动作来保护行李。这样相互交织的两条线索把误会放大至最大。

（2）互相误会式

林双不的《枪》是典型的"互相误会式"结构，通过人物双方互相误会展开小说的情节，当误会揭开时作品产生的戏剧效果更为强烈。

【范例】

枪

林双不

车子愈往南驶，我愈觉得不对劲，司机始终不怀好意地透过后视镜瞅着我，有几次似乎再忍不住了，居然微偏着头，眼睛向后掠。

恐怕我是上了贼船了。（开篇直入，产生误会）实在不应该冒冒失失搭乘这辆野鸡计程车。趁着星期日到台北处理一些事情，原本计划搭十一点半的最后一班平快夜车回员林的，谁知东拉西扯，赶到火车站时，那班火车已经开走了。怎么办呢？星期一一大早就有课，不赶回去怎么行？

真是的，就算一定得搭野鸡车，也应该睁大眼睛啊，居然司机一说是回头车我就上了，居然司机说载不载客都无所谓我就让他开了。为什么我当时没有考虑到旅途的安全问题呢？报纸上几乎天天有，计程车司机在荒郊野外劫财抢色，甚至还要伤人，为什么我这么大意。

果然，车子刚过中坜吧，我就感到异样了。就如同我前面所说，司机一再从后视镜瞅我，瞅得我心底发毛。当然，我身上的钱不多，又是一个大男生，实在不必害怕。如果他真正心怀恶意，如果他嫌钱太少不满意，无论如何，还是我吃亏。我悄悄打量他的体型，没有我高，但是比我结实多了，单打独斗，我未必就会输他，可是他不可能没带东西，而且我根本不想打。

就在这时候，我看到他的右手从方向盘挪开，往下伸，不知在摸什么东西，大概是扁钻或刀子吧？车窗外一片漆黑，正是苗栗一带的山间，歹徒下手最理想的所在。要动手了吧？我下意识坐直身子，冷汗开始往外冒。

什么事也不曾发生，他的手又伸了上来，放在方向盘上，没有拿什么东西。一定是他看出我有了戒备，不敢轻率下手，在等待更恰当的时机吧？难道我就这样束手待毙吗？也许我可以想想办法，化解这场危机，我不是一向自诩最善于动脑筋的吗？怎么突然吓呆了呢？或许我可以试着和他聊聊天，动之以情，让他不好意思动手。

于是我吞了口口水，和他搭讪：

"生意好吗？老乡。"

他似乎吓了一跳，过了好几秒钟才回答我：

"不好啊，几乎连油钱都跑不回来。"

"不会吧？你不是回头车？刚刚还有客人包了你的车去台北，不是吗？"

他不再回答，我突然想到可能不是真的回头车，一紧张，舌头打结，也沉默下来。沉默最适于培养紧张的气氛。为什么他不跟我聊天呢？是不是怕暴露他口音或其他特征，增加警方缉捕他的可能？他当然明白，我被抢之后必定会去报案的，好聪明狡猾的家伙！我恨恨地咬了咬牙，他又从后视镜飞快地掠了我一眼。

这一眼非常狠毒，我有生以来不曾看过更狠毒的眼神，使我再度直冒冷汗，再度后悔自己的莽撞。即使赶不回员林上课，请一天假又有什么大不了，何必一定要搭野鸡车冒险？

算了，如果他真的要抢，就给他吧！好汉不吃眼前亏，财物嘛，生不带来死不带去，有人要就给他，犯不着因此打斗伤身。不行！这么一来，岂不是助长了恶人的气焰？无论如何，都应该和他拼斗一番，给他一点教训。

两种想法交战缠斗，还没有分出胜负，员林居然到了。可爱的员林！当计程车在公路局车站前一停，我立刻打开车门，冲了下去。松了一口气，才想到还没付钱，便绕过车后，走到司机窗口，伸手到旅行袋里掏钱。突然，车子往前冲，迅速拐一个弯，消失在不远的街角上。我最后看到的，是司机无比惊惶的神色。

怔怔地站在凌晨两点左右冷冷清清的员林街头，莫名其妙地把车钱再放入旅行袋，我这才看见旅行袋的右方开口突出一截枪管。那是我在台北特地为孩子买回来的玩具枪，枪管太长，无法全部塞进旅行袋。

开篇，直入误会——"我"乘坐出租车觉得司机对"我"图谋不轨，并通过各种细节不断强化、加深了这个误会，直到最后才发现是"我"买的玩具手枪露出来让司机以为我也图谋不轨。作品在"我"和司机的互相误会中展开情节并不断推进，通过误会的产生、深化以及最终的释消，文章回环曲折、波澜起伏，在误会产生和释消的反差中产生强烈的戏剧效果。

误会式结构的关键在于强化误会情节链，这就要求作者在写作时，把其中一条情节链设定为明线，另一条作为暗线，集中笔墨铺写明线，尽量隐去暗线。暗线隐藏得越隐秘，反差就越大，最后解开误会时带给人的震撼感也就越大，艺术效果就越明显。在明线铺写中，要强化误会心理的描写。一般误会式的叙述视角是产生误会方，要集中描写主人公的误会心理，让读者有代入感。而互相误会式结构的作品中有两个误会方，这就需要作者确定哪一方为明线，以其为主人公描写误会心理，同时注意暗线即另一方的心理塑造，当明暗线交汇，读者和主人公同时产生恍然大悟的心理。

误会式结构创作的一般规则是：两条情节链分别作为明线和暗线同时发展，明暗线之间的错位越大、距离越远，产生的误会效果就越好，要扩大这种错位，就要不断加强误会，可以通过对明线的多重铺写渲染和主人公误会心理的强化来实现。

3. 巧合

所谓巧合是指恰好相合。巧合作为一种写作技巧，即让两个或两个以上的事物碰巧相遇或相合，使矛盾骤起或突然得到解决，从而产生文势的起伏曲折。这类通过设置一个巧合组织情节、推进情节发展的结构形式，被称为"巧合式结构"。

【范例】

打错了

刘以鬯

一

电话铃响的时候，陈熙躺在床上看天花板。电话是吴丽嫦打来的。吴丽嫦约他到"利舞台"去看五点半那一场的电影。他的情绪顿时振奋起来，以敏捷的动作剃须、梳头、更换衣服。更换衣服时，嘘嘘地用口哨吹奏"勇敢的中国人"。换好衣服，站在衣柜前端详镜子里的自己，觉得有必要买一件名厂的运动衫了。他爱丽嫦，丽嫦也爱他。只要找到工作，就可以到婚姻注册处去登记。他刚从美国回来，虽已拿到学位，找工作，仍须依靠运气。运气好，很快就可以找到；运气不好，可能还要等一个时期。他已寄出七八封应征信，这几天应有回音。正因为这样，这几天他老是待在家里等那些机构的职员打电话来，非必要，不出街。不过，丽嫦打电话来约他去看电影，他是一定要去的。现在已是四点五十分，必须尽快赶去"利舞台"。迟到，丽嫦会生气。于是，大踏步走去拉开大门，拉开铁闸，走到外边，转过身来，关上大门，关上铁闸，搭电梯，下楼，走出大厦，怀着轻松的心情朝巴士站走去。刚走到巴士站，一辆巴士疾驰而来。巴士在不受控制的情况下冲向巴士站，撞倒陈熙、一个老妇人和一个女童后，将他们碾成肉酱。

二

电话铃响的时候，陈熙躺在床上看天花板。电话是吴丽嫦打来的。吴丽嫦约他到"利舞台"去看五点半那一场的电影。他的情绪顿时振奋起来，以敏捷的动作剃须、梳头、更换衣服。更换衣服时，嘘嘘地用口哨吹奏"勇敢的中国人"。换好衣服，站在衣柜前端详镜子里的自己，觉得有必要买一件名厂的运动衫了。他爱丽嫦，丽嫦也爱他。只要找到工作，就可以到婚姻注册处去登记。他刚从美国回来，虽已拿到学位，找工作，仍须依靠运气。运气好，很快就可以找到；运气不好，可能还要等一个时期。他已寄出七八封应征信，这几天应有回音。正因为这样，这几天他老是待在家里等那些机构的职员打电话来，非必要，不出街。不过，丽嫦打电话来约他去看电影，他是一定要去的。现在已是四点五十分，必须尽快赶去"利舞台"。迟到，丽嫦会生气。于是，大踏步走去拉开大门……

电话铃又响。

以为是什么机构的职员打来的，掉转身，疾步走去接听。

听筒中传来一个女人的声音：

"请大伯听电话。"

"谁？"

"大伯。"

"没有这个人。"

"大伯母在不在？"

"你要打的电话号码是……"

"一……九七五……"

"你想打去九龙？"

"是的。"

"打错了！这里是港岛！"

愤然将听筒掷在电话机上，大踏步走去拉开铁闸，走到外边，转过身来，关上大门，关上铁闸，搭电梯，下楼，走出大厦，怀着轻松的心情朝巴士站走去。走到距离巴士站不足五十码的地方，意外地见到一辆疾驰而来的巴士在不受控制的情况下冲向巴士站，撞倒一个老妇人和一个女童后，将他们碾成肉酱。

一九八三年四月二十二日作

是日报载太古城巴士站发生死亡车祸

《打错了》运用了巧合式结构，小说中的两则故事前半程完全一样，后半程从一个打错的电话开始发生变化，男主人公由此逃过一劫。在巧合式情节型小说中，一般会有一个偶然性的因素造成了时间上的误差，从而演绎出生动、新奇、富有戏剧性的情节，使人物的鲜明个性和不同命运得以表达。本篇作品正是将"打错电话"这个偶然事件插入故事中，对时间进行了新的调整和分配，才造成了人物生和死两种截然不同的命运和结局。

不过，巧合的设计还必须符合生活逻辑。微小说的设计需要打破常规，借助偶然基础上的巧合使微小说在最小的体量中最快速地制造矛盾冲突，从而强化作品的主题，这是巧合式微小说创作的重要手段。但巧合的设计要从作品的主题出发，不能片面追求技巧而偏离主题。巧合的设计要在偶然性中展示真实性，胡编乱造只会弄巧成拙，反而读来让人摸不着头脑。

在实际创作中，悬念、误会、巧合经常会结合在一起使用。

当悬念法和误会法叠加使用在同一篇微小说中时，其总体结构安排是这样的：双方在一个场面中产生误会，这个误会就构成了一个悬念，随着情节发展，误会不断推进，悬念也得到不断强化，最后悬念释消、误会也被解开，原来是两个不相关的事件发生了错位连接，如此，意外的结局也就形成了。这种微小说结构也叫"释悬曲转式"结构。

如《一盒月光》的情节安排：

①小说开头先设置一个悬念：我因为好奇撬开妻子肖潇的木盒，结果发现里面空无一物。

②发展细节一：现在的肖潇勤劳能干，开朗乐观。

③发展细节二：肖潇认为我把一盒月光放跑了，接下来小说折叠式叙述了肖潇对童年往事的回忆，父亡母病、家境困难，这些都令肖潇痛苦忧虑，悲观失望。

④发展细节三：母亲为安慰女儿送给女儿一盒月光，在母爱的帮助下肖潇逐渐走出生活的阴影，重新变得坚强乐观。

⑤小说结尾：我与肖潇相约将这份爱传递下去，送一盒月光给未来的孩子。

在微小说短小的篇幅里，开头使用悬念法，能够迅速地抓住读者的注意力；整体使用误会法，既大大扩大了信息量，又实现了艺术蓄势；以突转的形式出现的意外结局，使艺术大变化、情节大反差在短时间内得以实现。

《看老马》这篇微小说便是典型的"释悬曲转式"结构，它将悬念、误会、巧合极为巧妙地结合在一起，使得整篇小说跌宕起伏。

【范例】

看老马

马五斜着身子，一脚在电动车踏板上，一脚踩在人行道台阶上，附在王三耳边说，老马是新来黄主任的姨夫。王三干咽了口唾沫，噎得伸伸脖子，咳，咳，是应该去看看老马……

小刘问王三，王哥，老马住院了，去不去看？（设置悬念，制造矛盾点。）王三用中指摸几下鼻头，虽然上下班常见老马，可和他没有什么人情往来啊？我不去。小刘倒干脆，也是，老马只是一个传达室的临时工，不去了。王三笑着点点头，用手击打着酸痛的肩膀走出大门。起码，节省下来两百块钱。

小城不知道从什么时候起，去看望病人不再买礼物。空着手，进病房寒暄几句，甚至还要赔出几滴泪水，然后掏两百块钱或更多些，放在病床上，也不知道你喜欢吃啥，拿这钱买点喜欢吃的东西吧，祝你早日康复，有空我再来看你。虽然很多人走出病房就没有空再来看病人了，但都要说有空还来。

王三顺着人行道走，看着洒水车唱着歌谣过去，激射的水惊扰得路人失措，有的躲闪不及，裤腿上溅满泥花。王三，有人喊他。王三扭头，马五刹住电动车，王三，老马住院了，你不去看看？王三准备把刚才对小刘说的那番话再说一遍。**马五斜着身子，一脚在电动车踏板上，一脚踩在人行道台阶上，附在王三耳边说，老马是新来黄主任的姨夫。王三干咽了口唾沫，噎得伸伸脖子，咳，咳，是应该去看看老马**，就算他不是新主任的姨夫也应该去看看他，上下班经过传达室，老马都热情地打招呼。（发展细节一，王三遇到了马五，马五又问去不去看老马，并且透露一个信息老马是新来黄主任的姨夫，王三遂决定去看老马。）

王三坐在马五电动车后座上，想，看完老马，一定不能忘了给小刘打个电话，让他也来看看老马，最起码要告诉他，自己来看过老马了。

在老马病房，王三和马五拉上"祝你早日康复，有空我再来看你"的帷幕，出了医院大门。**没走几步，碰见小刘**，他拎着新买的炒菜锅，正急忙往家赶。小刘问，你们干啥去了？马五伸手拍拍小刘新买的铁锅，铛，铛，**我们去医院看老马了**。小刘寒了脸，看王三。王三忙把目光撒向人头攒动的大街。有马五在，没办法解释，王三想过会儿给小刘打个电话解释解释。（利用巧合的手法制造误会，小刘对王三产生误会。）

王三和马五原打算看完老马找个小酒馆晕晕，现在王三没有那个心情了，推说家里有事情，匆匆和马五分别。走到一个僻静处，掏出手机，打开通讯簿，翻出小刘的号码，打了过去。**没人接**。王三又接连着打了几次，还是没人接。看来小刘生气了。王三没办法，只好再找机会解释了。（王三打电话解释，但是小刘没接，强化误会。）

在单位，小刘看见王三掉头就走。一天也找不到两人单处的机会，王三有些急了。快下班的时候，王三跑去小刘的办公室，看见门半开着，小刘背对着门口，正在电脑上打文件。王三忙走进去，这是多么好的一个时机，没有其他人，而且小刘是背对着自己，很多话说起来比面对面方便多了。王三用中指摸摸鼻头，冲着小刘的背影说，小刘，看老马的事情你不要误会。我原本不想去看老马的，就是现在我也没有半点想看老马的意思。小刘没有回头，手指在键盘上噼噼啪啪，哦，是吗？声音像冰凌。

王三接着说，都是马五，他硬拉我去，说什么老马和新来的主任是亲戚，不看僧面看佛面，没说完拉着我就走，我不去真是抹不开面子。小刘哦了一声，这样啊，我就说王哥不是那号人。声音像开冻的江水，春江水暖了，王三心情愉快。

王三拍着小刘的肩膀，不是马五硬拉我，我才不会去看老马，和新主任有亲戚咋了，新主任那么大年纪了，头发整天弄得油光光的，直闪眼，什么玩意。王三心情格外好，多说了几句话。他看小刘赶一份文件，转身告辞。（发展细节二，王三单独寻找机会去找小刘解释，为向小刘解释，王三说是马五硬拉自己去医院看老马，顺便说了几句新主任的坏话。）

王三转过身，笑容突然僵住，结结巴巴地说，黄、黄主任好。（再次使用巧合法，王三的话正巧被新主任听见，得罪了新主任。）

王三木然地盯了会儿黄主任远去的背影，转过头看着一脸愕然的小刘，冷哼一声，寒着脸离开。走出门，王三咬着牙暗说，装什么装小刘，电脑屏幕上肯定映照出了黄主任的影子，你也肯定看到了，就因为看老马的事情，你就这样子，哼。

第二天上班，小刘老远看见王三，笑着迎上来。王三寒着脸，掉头走开了。小刘的笑容骤然硬在脸上。（王三迁怒于小刘，两人嫌隙加深，小说骤然结尾，将王三的圆滑与会做人揭示得淋漓尽致。）

4. 对比

对比，就是将两种相反、相对的事物或同一事物相反、相对的两个方面加以对照比较。对比作为一种能使形象更鲜明、矛盾更突出的艺术手法广泛地运用于各种文学创作中。如《红楼梦》中，在人物塑造方面就突出运用了对比手法，孤傲冷清的黛玉与活泼大方的宝钗、温柔沉着的鸳鸯和抓尖要强的晴雯均形成强烈对比。这种对比手法在微小说中的使用有利于作品在短小的篇幅里集中突出事物的矛盾，形成强烈的艺术效果和感染力。甚至，有一些微型小说作品，直接在对比中展开情节、结构成篇，故这类作品的结构被称为"对比式结构"。

相对于中长篇小说充裕的艺术空间，限于短小篇幅之内的微小说，其在运用对比手法时最好集中于一两个细节，把人物性格和思想中的一个元素作单一性对比。对比结构中的情节链有两条，对比的对象或是一个场面中的两个细节单元，或是一个细节单元出现在两个以上的艺术场面。

（1）一个场面中两个细节单元的对比

先来看同一个场面中不同细节单元的对比：

【范例】

岳跛子

叶大春

鞋匠岳跛子手艺棒，讲书也棒。特爱讲岳飞，慷慨激昂泪满襟怀，常炫耀道："俺是岳飞的第四十四代子孙咧！"众人并不肃然起敬，且嗤笑揶揄："哼！莫腌臜岳飞啰！你配做岳飞子孙吗？岳飞子孙甘戴绿帽子吗？嘻嘻……"岳跛子瞠目结舌汗流浃背，跌进汗腥氤氲的被窝茶饭不思心如锥扎……

岳跛子倾囊从人市上买来的婆娘却无缘消受。他阳痿，婆娘熬不住，偷偷与木匠憨二相好了。岳跛子几次撞上，蹲在门外干咳嗽抽闷烟。憨二根本不把他放在眼里，从不跳墙爬窗，总是大摇大摆来去从容。憨二剽悍劲大，挥斧比岳跛子舞锥还轻巧，要揍扁岳跛子还不比捏瘪臭虫容易？众人耻笑他，他无奈苦笑，自嘲道："天要下雨娘要嫁人，没法管，让她快活吧！"

如今辱及祖宗岳飞，岳跛子才痛苦不堪。

不久，日本兵占了野牛镇。一日，鬼子小队长闯进鞋铺，搂住岳跛子的婆娘就往房里拽。鞋铺对面就是木匠作坊，憨二正在挥斧劈料。婆娘凄厉地呼喊："憨二，救救我！"憨二怔了怔，斧落地，溜进屋。婆娘绝望了，瞥瞥呆若木鸡噤若寒蝉的岳跛子，但没呼喊。岳跛子浑身一颤，怒火攻心：狗日的，都不把老子放在眼里，连她也小觑我……房里传出婆娘撕心裂肺的惨叫声和鬼子阴森吓人的怪笑声。岳跛子真想伏地痛泣，耳边回荡起喧嚣的耻笑声、唾骂声。他颤抖地操起那把锥了多年鞋的钢锥，橐橐地走进房里。鬼子小队长泄尽淫威后死猪般躺着，见岳跛子怒目圆瞪走进来，一愣，腾地跳起叽里咕噜地怒吼。岳跛子冷冷地逼视着他。鬼子小队长慌忙抓手枪，但岳跛子迅若脱兔、捷如猿猴，飞起一锥，鬼子小队长惨叫一声砰然倒地，脑袋被锥了个透穿。岳跛子嫌不解恨，舞锥狂扎，不一会儿，鬼子脑袋成了马蜂窝……婆娘双手捂脸恐惧万分。岳跛子瘫软地坐在门槛上嗫嚅："好汉做事好汉当！你快逃吧，跟憨二去……"婆娘猛地扑进他怀里："不！我不逃！我不跟憨二去！你才真正是我男人……"

岳跛子叫鬼子的大狼狗撕碎了！野牛镇人肝胆俱裂，默默叨念："岳跛子，你有种！谁再耻笑你，就他娘的不是人！"

在《岳跛子》中，岳跛子是一个身体有缺陷的、软弱的人，木匠憨二却身强体壮、剽悍过人，并且勾引了岳跛子的妻子，岳跛子和木匠憨二两种不同的形象形成一种巨大反差。然而，当日本人欺负岳跛子的妻子时，在场的憨二丢掉手中的斧子落荒而逃，身体孱弱的岳跛子拿起鞋锥子刺死了日本人。两个不同的人物展现出与自身形象不同的行为。这篇文章中既有人物自身的对比，又有人物之间的对比，使得文章本身充满戏剧冲突和艺术张力。

（2）一个细节单元出现在两个以上的艺术场面的对比

陈村的作品《陈村报告会》就属于这种对比结构。某县召开文学创作报告会，邀请著名作家陈村来作报告。开始来的作家是一个冒充陈村的骗子，5天以后来的才是真正的作家陈村。可是，假陈村作报告时，侃侃而谈，生动诙谐，大受欢迎，整个会场的气氛十分热烈；而真陈村作报告时，却语言干涩，讲得像要"睡过去一样"，整个会场听众的反应十分冷淡。

同样的对比模式还有孙学明的《耳朵》。当方副县长身体健康，耳聪目明，精力十分充沛时，全县工业改革的几件大事一件都办不好；可是当方副县长生了一场病，耳朵失聪，不能正常工作时，全县工业改革的四件大事一天之内全办成了。

同样的场合作同样的报告，骗子和真作家形成鲜明对比；全县工业改革同样的几件大事在副县长身体健康与生病时完成的效率差距显著。

以上的对比结构是这样的：设置两重对比，这两个对比反差强烈——应该出现的没有出现，不该出现的反而出现，和读者的阅读期待相反。如身体剽悍的木匠憨二不敢救婆娘，而身体孱弱的鞋匠岳跛子却挺身而出；假陈村的报告会反响强烈，大获成功，而真陈村却讲得十分无趣；在方副县长身体健康时全县工业改革的几件大事都办不成，而在他耳朵失聪后，这些工作却取得巨大进展。这些人物的行为和人物的命运、事件的最终结果对比交错扭结在一起，刚好形成错位连接。这种对比手法或结构也可以称为"反跌对比法"，它具有极强的艺术审美效果。

（3）对比结构的创作思路

第一，作品中要设置两重对比，可以是一个场面中两个细节单元的对比，也可以是一个细节单元出现在两个以上的艺术场面的对比，不论是哪种结构的对比，人物的思想性格、行为方式及前后命运对比内容要清晰。

第二，对比链中的双方必须有一个连接的结构点，这就需要作者进行巧妙的设置，这个结构点最好落实到一个道具上，形成错位的交叉。譬如《耳朵》里方副县长那个失聪的耳朵，具体道具细节刚好把人物、把事件的对比内容都凝结在它的上面。有了这个道具，那些较为复杂的、有两重变化的内容就可以向一个内核集聚，微小说的表现内容也得以单纯化，能够有力体现微小说作者艺术构思的机智，凸显出微小说特定的艺术氛围和魅力。

第三，要有变异重复的细节单元。微小说的总体框架是由若干个大致相同的细节单元组成，但是每个具体的细节单元，它自身的形态和构成元素又有一些新的排列、组合，我们称之为"变异"。考生在写作中，为了突出主旨，强调作品的关键情节，可以对有些细节单元进行适当重复，从而使整个作品产生一种新的艺术质变，让作品的深刻的主题以及作品所要传达的艺术意味凝结在这"变异重复"的细节的组合之中。

【范例】

抻面条

许行

小时在家里母亲给他擀面条，一碟鸡蛋酱，一盘芽葱，或者黄瓜、水萝卜丝等小菜，他吃得真香！以后结了婚成了家，妻子摸到了他的脾气，比母亲还下力给他做面条吃。她能擀、能抻。抻出来的面条要粗有粗，要细有细，比从模子里轧出来的挂面还匀溜，吃起来硬实、筋道、口感好，就是到了肚子里也觉得舒服。

不幸，妻子比他先走了。他也六十多了，身板硬实，牙口好，还是爱吃抻面条。现在续了个后老伴，这个五十刚过的小老太太，就只给他买挂面吃，吃起来真败口！

星期天女儿回来了，一看爸爸瞅着挂面条眼晕，不下筷……她把爸爸的饭碗端过去说："你等一会吃。"便扎起围裙下了厨房。和面、揉面、饧面、抻面……大约半个多钟头后，一碗抻面条端到了爸爸的面前。他一惊，女儿什么时候也学了母亲的手艺？这回他吃着嘴里香，肚里苦，他想起前妻，眼泪含在眼眶里……

这一切后老伴都看在眼里，心中很不是滋味。第二天她吃罢早饭，便提了一盒点心，到饭馆去向抻面师傅学习。学和面，学揉面，学饧面，学抻面。抻面这道关最难过。她人老了，手脚笨了，力气也小了，怎么也弄不到抻面师傅那么灵巧，不是粘连，就是断条，2斤面未抻完便一身汗了。她不得不出个高价，买了一斤抻面条回去。

老头子离休后搞史志，天天到班上去。午间回来，一碗抻面摆在面前。

"啊，小凤来了？"他以为女儿回来了。

"没。我给你抻的。"

"你也会抻……"

"你别隔着门缝看人。"

老头子吃得很香，这面条跟过去妻子抻的差不多。

"想不到你还有这两下子，这跟她过去抻的一样……"老头子一高兴，有点说走了嘴。

老太太听了当然有点不是味，这老家伙总想着他的前妻……不过这毕竟是赞美她，把她说成跟他前妻一样，有啥不好？于是，也很高兴。

第二天老太太练抻面就更来劲了，她先到饭馆去学一通，又在家里自己和面苦练。可翻来覆去还是抻不好，这大概得费点工夫，不到十天半个月出不了徒……眼看就该做午饭了，没办法还得跑到饭馆去买人家抻好的面条。好话说了一筐，勉强按成碗的面条价格匀了一斤回来。呵？一上楼房门开着，老头子回来了。

这回露馅啦！

"唉，没想到吃一口饭，给你添了这么多麻烦……"老头子明白了后有些过意不去。

抻面条煮好后，老头子只吃了半碗，不知怎么的，他心里老觉得这抻面条味道有点不对了……他说："以后咱们吃烙饼吧！"

这天夜里老太太偷偷抹了半宿眼泪。

又一个星期天，老头子女儿回来了。她又要动手给爸爸做抻面条，老太太一把揽过去说："我来！"

老头子和女儿都睁大了眼睛，惊讶地看着老太太熟练的抻面表演。

老头子这晚心情激动，喝了两盅酒，话也多起来。睡觉时，老太太脱衣服，他怔住了，天哪，老太太两条胳膊肿得像发面馒头了……他一切全明白了，心中震动非常，紧紧地搂着老太太，眼含热泪，不胜爱怜地抚摸着她的胳膊。

"唉，这该死的抻面条呵……"

许行的《抻面条》有两个人物：老头子和后老伴。老头子从小就喜欢吃抻面条，成家以前是母亲做，成家后妻子做。妻子去世，再续的后老伴不会做，而他瞅着挂面条常下不了筷子。女儿星期天回来看到父亲胃口差，便亲自动手下厨做抻面条；后老伴看在眼里，很不是滋味，于是偷偷到饭馆里去学抻面。一个星期天，女儿过来正想抻面，后老伴一把抢过去，相当熟练地为老头子抻了顿面。老头子和女儿都惊得睁大了眼睛。当晚睡觉时，他看到了她那两条肿得像发面馒头似的胳膊，这才明白缘由，明白她的一片深情。抻面条这一件小事，把一对老年夫妇如晚霞般的爱情有滋有味地写出来了。

在这篇小说里，文章的结构有两条线索：①他爱吃抻面条；②她暗地里去学抻面条。这两条线索在整个作品中有两次碰撞，最后一次碰撞才披露她刻苦学练抻面的动人情意。"抻面条"是这篇作品的细节，这一细节在文中多次被重复；母亲做、妻子做、女儿做和后老伴做则是细节的"变异"。经过这样的重复变异，作品中人物的反常举动被构造出来，深刻的主题也得以揭示。

5. 重复

微小说的重复是指对作品中的某细节单元进行多次重复以深化主题、强化人物某一性格特征，从而达到微小说速效刺激的审美特征。根据某情节或细节单元是否在同一场面中重复，微小说的重复式结构又可分为同一场面式重复和不同场面式重复。

（1）同一场面式重复

即两个或两个以上的相同细节单元在一个或若干面中相加形成重复场。一般重复次数不止一次，而是多次。

【范例】

！！！！！！

路东之

车站旁有一棵婆娑的老树。

老树下两个孩子做着游戏——

"我们都是木头人，不会说话不会动。一不许笑，二不许动，三不许交头接耳听。看谁的意志最坚定。"

我欣然——这是一个古老的游戏了。

"我们都是木头人，不会说话不会动。一不许笑，二不许动，三不许交头接耳听。看谁的意志最坚定。"

我哑然——这是一个古老的游戏了！

车不来。孩子依旧做着——

"我们都是木头人，不会说话不会动。一不许笑，二不许动，三不许交头接耳听。看谁的意志最坚定。"

我陶然——这是一个古老的游戏了！！

"我们都是木头人，不会说话不会动。一不许笑，二不许动，三不许交头接耳听。看谁的意志最坚定。"

我惘然——这是一个古老的游戏了！！！

车不来。孩子依旧做着——

"我们都是木头人，不会说话不会动。一不许笑，二不许动，三不许交头接耳听。看谁的意志最坚定。"

我慨然——这是一个古老的游戏了！！！！

"我们都是木头人，不会说话不会动。一不许笑，二不许动，三不许交头接耳听。看谁的意志最坚定。"

我愕然——这是一个古老的游戏了!!!!!

车不来。孩子依旧做着……

老树下——我已怆然!!!!!!

醒目的标题，新颖的结构形式，使这篇微小说形成独特的风格。作品中，作者采用反复、层层推进的手法，将儿童玩的古老的游戏和等车人"我"对这游戏内容的主观感受，有机地结合起来，使其释放出巨大的艺术感染力。老树下，孩子们做着木头人的游戏，做游戏的细节单元重复了六次，观看游戏的"我"从起初的欣然，逐渐到哑然、陶然、惘然、慨然、愕然，最后怆然，使得重复的细节层层递进。游戏原本是解放天性、给孩童带来快乐的娱乐活动，但作者对快乐游戏的强制性重复上演却将它的力量慢慢向相反的方向转化，使它转化成了一种令人无可奈何的悲剧，渲染了"我"内心对于儿童天性被扼杀的悲痛感。这一次次的重复，便是对读者的一次次提醒，我们在对下一代的教学上存在一些弊端，民族传统中的一些惰性气质正在形成一种消极心理定式，守旧、麻木、愚昧的消极心理定式再不加以重视会将人的创造力消磨殆尽。

通过多次重复，这一细节单元已经化成一种隐喻和象征，让简单的文本具有了超越形体之外的意蕴。

（2）不同场面式重复

【范例】

一个老人的问题

[埃及] 穆罕默德·阿里

酒店快关门的时候，一个衣衫褴褛的老汉迈进门来。酒店伙计惊奇地望着这个陌生客人。看上去，他是位饱经风霜的老人，满面皱纹，步履蹒跚，走起路来甚至跌跌撞撞，鼻梁上架着一副老花眼镜，右手拄着一根看上去已伴随他二十多年的拐棍。

老人一屁股坐在门口的凳子上，打了个手势，请酒店伙计过来，声音颤抖地问：**"有人问起过我吗?"**

伙计闹懵了，忙说：**"没有啊!"**

老人抬起右手，用手指揩了一下脸上的汗水，伤感地说：**"那么，请给我倒一杯酒来，先生。"**

老人叹着气，两只眼睛忧愁地望着门口，慢慢地饮完了酒。随后，他用拐棍支着地，哈着腰、低着头，好像寻找坟地似的走出酒店。伙计目送着他，觉得他既可怜又古怪。

十多天过去了，顾客不断光临酒店，酒店伙计几乎忘记了那可怜的老人。但一天夜里，当酒店最后一个顾客走出门时，老人的面孔又出现在门口。他一声不吭地挪进屋内，又坐在门口的凳子上，悲伤地问："**有人问起过我吗？**"

伙计不安地答道："没有！"

老人抬起右手，用手指揩了一下脸上的汗水，像受了伤似的喃喃地说："**那么，请给我倒两杯酒来，先生。**"

老人一口一口地抿着酒，两只眼睛呆呆地凝视着门口。酒杯空了，老人用拐棍拄着地，慢慢站起身来，缓缓地挪动着步子，磨蹭着出了酒店大门。

几个月过去了，老人一直未再"光临"酒店。一天夜里……

"**有人问起过我吗？**"

几年过去了，酒店伙计的答复仍是那两个字："没有！"

老人凄惨地说："**那么，请给我拿一瓶酒来，先生！**"

伙计同情地问："一瓶酒？"

老人点点头，抬眼看了看他，好像明白了他正在故意找话说。

酒拿来了，老人喝着、喝着，喝光了一瓶酒。伙计的眼睛始终注视着他的脸。

老人用拐棍吃力地撑起身，向酒店大门方向挪动着步子，但一个趔趄，拐棍滑出手，他一下子跌在地上。

他的两腿神经质地勾住一张桌子，颤颤巍巍地伸出右手，抓住桌子腿，挣扎着想站起来，但桌子倒了……

伙计赶忙奔过去，两眼涌着泪水，哭着说："最近好像有人问起过您，爸爸！"

"有人问起过我吗？"这一次次的重复实际上是对老人悲惨命运的一次次强化，直到最后一次，老人摔倒在地，酒保才哭着说"最近好像有人问起过您，爸爸！"，这个陡转的结局让读者猝不及防。前三次的重复为最后的陡转做了十足的铺垫，因此给读者心灵造成了巨大的艺术冲击力。多次重复，看似啰唆，实则是艺术张力由小到大、由弱到强的过程。从一杯酒、两杯酒、一瓶酒，直至最后急转的结局激活全部的情节，不同场面式的重复使一个细节的意义得到多层次、多方面的展示，也将作品推向高潮，使蕴藏在重复背后的意蕴渐渐清晰，使小说结局形成巨大的艺术冲击力，作品集中丰富的艺术效果得以展现。

（3）重复结构原则

微小说中重复结构运用的关键在于所重复的细节。在一个重复系统中，两个因素相加形成的功能，并不只等于二者之和。在系统的综合作用下，两个因素相加所产生的功能，要大于二者之和，即一加一大于二。因此，微小说运用重复是否成功，应以两个细节的重复能否产生细节本身之外的东西来评价。因此，考生在创作微小说时如要判断某个情节或者细节是否可以作为重复链，可重点关注该情节或细节重复后是否有多出的东西。

经过多次重复之后，被重复的细节单元不断相加形成一个系统，成为一种隐喻和象征，这个隐喻和象征也就是"多出来的东西"，它并不是单独细节单元所具备的。这个多出来的东西所蕴含的隐喻和象征能够使重复的细节单元顿时发出耀眼光辉。同时遵循微小说简洁的创作原则，考生可以通过对典型细节单元的重复，省略不必要的过渡和枝蔓，而以主旋律的反复咏叹形成内在意蕴的强化和外在形式的简洁和集中。

6. 反转

悬念式、误会式、巧合式、对比式、重复式几种结构都属于细节单元的组合方式结构，反转和斜升则属于情节发展方向结构。

情节具有单一性的微小说，要想写得跌宕起伏、一波三折并不容易，但是微小说还有一个重要特点，那就是其情节链的最后一个细节单元能够瞬间迸发出火花，激活全篇，出现结局的意外突转。要实现这种突转，最关键的是要有一个反转情节链，既可以是主要事件的突转，也可以是人物情绪、行为的突转。不论是哪一情节的反转，一定是向初始方向的相反方向发生转变。也就是说，如果第一个细节单元为"A"，那么最后的细节单元则必须是"-A"。

如浩歌的《最佳人选》：乡党委在讨论接班人问题，室外等结果的人们正七嘴八舌猜测谜底。那个刚从部队转业回来被人们看成"耍宝"的小李（武装干事），对大伙说：王秘书是最佳人选。他摇头晃脑一口气数了五个理由。谁知，会议报出的结果，最佳人选不是王秘书，而是毛头小伙小李自己。事情的结局与开始形成反转。在这篇小说中，事件 A 是王秘书当选接班人，但是结局反转为-A，变成小李当选。呈现出如此结构的微小说还有白小易的《易外》，写的是农村青年牛牛，得知他女友怀孕是下乡知青君明作的孽时，拿起刀要去找君明算账。当他赶到堤坡，正好碰上君明推车失误，掉进湍急的河流中。他蹬掉布鞋，连衣服也没脱，就跳进湍急的河流中把君明救了上来。人物的行为动机和行为结果发生突变。

反转式结构要求发生转变的事件或人物要前后一致，A 只能变成-A，而不能变成 B。《最佳人选》中如果乡长最后既不是小李，也不是王秘书，而是另一个在前文没有出现过的人，那就不属于反转式结构。

反转式结构微小说要求作者在写作时对于 A 的细节单元描写要足够离奇，而对于-A 的描写则非常一般，反之亦然。总之一定要平中见奇，或者奇中见平，在 A 与-A 之间造成充足的反差和错位，错位越大，越能扣住读者的心弦，最后越能实现"即出乎意料又在情理之中"的效果。

7. 斜升

与反转式结构相反，斜升式结构的作品在第一个细节单元描写了一个事件或人物性格的元素，这个元素在第二、第三个细节单元里做了一种向上或向深方向的延伸发展，形象地说，即让细节单元 A 沿着一开始的发展轨迹继续发展为 A+，细节单元之间有递进差。当斜升手法和反转结合后就形成了"斜升曲转式"结构。在这种结构中，通过 A 到 A+事件或人物性格元素被充分渲染和铺垫，之后再突然反转，使情节结局和初始方向刚好相反。

比如许行的微小说《砚》："他"有一块珍贵的石砚，恰好处长对这块砚爱不释手，但"他"却不愿送给处长（启动细节：不送）→后来在处长的关照下"他"的工资上调了一级，这时他还没有把石砚送给处长（发展细节一：还不送）→再后来处长成了副局长，"他"还是坚持不送（发展细节二：坚持不送）→最后副局长被打成右派，"他"却把石砚送给了副局长（反转细节：送了）。

另外还有飞鸟的小说《去洗澡》，其情节安排：学生家长送给于老师一沓洗浴中心贵宾券，老薛给于老师送煤球时于老师顺手送给老薛一张（启动细节：送贵宾券）→老薛第一次去如此豪华的洗浴中心，心情非常紧张，感觉自己像羊群里跑头驴，又怕让加钱，结果第一次进去转了一圈，没洗成走了（发展细节一：没洗成）→过了一个月，老薛又给于老师送煤球，并问清了是否还有别的消费，再次准备去洗浴中心洗澡（发展细节二：再次准备去洗澡）→老薛害怕别人瞧不起自己，提前去大众浴池先洗洗澡，搓搓背，换上干净的衣服，然后再步行去温泉大酒店，准备充分，终于脱光了衣服，这个时候意外结局产生了，贵宾券丢了，而且老薛身上只带了82元钱（反转细节：贵宾券丢了）。这篇小说抓住去洗澡这个单一事件中的一个情节元素老薛第一次去高档洗浴中心洗澡的核心细节反复渲染，然后情节突然来了个下跌反转——贵宾券丢了。

斜升式结构可以将关键的细节隐藏起来，通过情节的不断延伸和强化，给最后的反转做足了铺垫。需要注意的是，斜升的发展细节部分必须有所重叠，并且必须有等级差别。

8. 象征

在重复式结构中，我们提到了重复的细节单元经过多次重复会形成隐喻和象征，隐喻和象征在微小说中也是常用的写作技巧。象征是指用具体事物表现某些抽象意义，也指用部分事物代表整体，借用某种具体的形象或事物暗示特定的人物或真理。象征有多种表现方式，如用具体事物表示某种特殊意义，用部分事物代表整体，用特定形象表现某种概念、思想或感情等。在文艺创作中，象征也是一种表现手法，通过某一特定的形象以表现与之相似或相近的概念、思想或感情。隐喻是在彼类事物的暗示之下感知、体验、想象、理解、谈论此类事物的心理行为、语言行为和文化行为。简单来说，象征喻意，隐喻喻物。

恰当地运用象征和隐喻手法，可以让抽象的精神化为具体的可以感知的形象，赋予文章以深意，从而给读者留下深刻的印象和咀嚼回味的余地。在微小说中，使用象征手法更为普遍，因为微小说需要通过作品的故事人物去象征作者的思想内涵。但微小说中的象征与一般诗歌、小说中的象征有所不同，一般诗歌、小说中的象征意蕴是无限的、不确定的，不同的人有不同的理解；而微小说中的象征有明确的指向性，象征意蕴即作者所要表达的主题思想。

林双不的《枪》一文由于两个人之间的互相不信任而使得整篇文章充满戏剧性，文中的"枪"不再单纯是我买给小孩的枪，也不是司机误认为的威胁他的枪，它已超脱了实在的物质范畴，上升为一个象征的意象。"枪"所象征的是横亘于当今社会中人与人之间的使人们不再相互信任的一堵墙，这杆"枪"是危险的，也是实实在在存在的。《枪》中象征手法的运用，使读者在阅读时不再仅仅停留于文章的故事层面，即表层世界，而是往深层次去探求"枪"所象征的真正本质是什么，引发读者无限思考。同时，这种象征又是有确定方向的，从前文作者对两人互不信任的铺垫就可看出，作者有意引导读者朝着固定的方向前进。

微小说在使用象征手法时，其结构是双层的，一个是作为表层结构的本体世界——因为这把玩具枪构成的表层误会，另一个是作品的深层结构——当代社会信任缺失的象征世界。作品的表层并不包含深层的审美意识内容，只有当作者的主体审美意识从外向内进行灌注时才能形成本体和象征的统一。象征结构的双层世界，表层是呈现给读者的故事、人物，深层是作者的主题思想，即象征意蕴。

受限于篇幅，微小说中象征内涵比较单一，它可能是哲理也可能是生活的启示。象征手法的关键在于增加作品的厚度，通过象征，作者把自己的思想寄寓在微小说中，希望读者在阅读后能够联系自己的生活经验去想象，把作品的艺术含量延伸到更远的地方，这一方面展示出作者对读者的信任，另一方面也使作品达到言尽意余的含蓄效果，避免了微小说单薄、呆滞的弊端。

9. 哲理

如果说象征式结构的微小说是作者主体审美意识由外而内灌注到作品中的过程，那么哲理式结构微小说将哲理在作品中直接道破，则是由内而外地表露作者主体审美意识的过程。我们在做阅读理解时，常常会对作品最后一段做出"点明主旨、升华主题"的评价，一般来说，象征式结构小说的结尾是一种超越，哲理式结构则是一种升华。

前文中白小易的微小说《客厅里的爆炸》，结尾父亲说："有时候，你简直不明白是怎么回事，你说得越是真的，却越像假的，越让人不能相信。"这句话道破了现实生活的一种窘境，越是说真话越不被人们理解。从中我们可以感受到一种生活的哲理，即人与人之间应该少一些怀疑和猜忌，多一些信任和交流，解开那些心理隔阂，坦诚相待。

象征式结构的微小说有两种形态，一是用客观现实的事件来明理，如《客厅里的爆炸》；二是通过虚幻的事件来明理，这种形态的象征式结构通过虚构和想象，构造现实中不可能发生的虚幻故事来说明某种道理。刘国芳的《走神》就是一篇典型的以虚幻讲述哲理的微小说，首先来看文章第一部分。

刘平老是走神。他看到教室外有棵大樟树，树下有个放牛的孩子，还有一个搓草绳的汉子和一个打瞌睡的老人。刘平"走神"，从教室出去。他问孩子："你为什么在这里放牛呢？"孩子回答："我没读过书。"刘平接着问："你以后做什么呢？"孩子回答不出来。搓草绳的汉子回答："以后像我一样，搓草绳。"刘平问汉子："你是不是也没读过书，才在这里搓草绳。"汉子回答："你真聪明。"刘平又问汉子："你以后做什么呢？"这时，一旁的老人替汉子回答："以后他就像我一样，老了。"刘平问老人："那爷爷以前是不是也放过牛？"老人点点头。刘平问："那都是什么时候的事？"老人说："那就是刚才的事。"刘平不解，"怎么会是刚才的事呢。爷爷你已经很老了呀？"老人回答："人老起来很快，说老就老了。"

在文章的第二部分，被问者变成了刘平。

放学的孩子从教室里跑出来，来到刘平的身边。孩子开口问："爷爷，你一直坐在这里吗？"刘平很吃惊，反问道："你喊谁？""我是老人吗？"孩子回答："你已经很老了，你一直就这么老吗？"刘平说："不是，我刚才还很年轻。"孩子又问："那你现在怎么这么老呢？"刘平叹了一口气："人老起来很快，说老就老了。"

对比第一部分，文章的第二部分更加的虚幻。但第二部分是对第一部分的强化和升华，"人老起来很快，说老就老了"这句话分别从老人和刘平的嘴里说了出来，使得文章的哲理更加突出，被这种强化所引导读者也不免认可这种哲理。作者在这里直接用主角之口道出哲理，故事本身也就是阐释哲理的过程。

10. 书信

书信式结构的微小说极具新颖感，借鉴书信的形式安排情节和结构，考生在创作时可以略去对背景的介绍和一些过渡性叙述，只需要将最精彩的部分呈现出来。虽然可有省略，但其本质还是微小说，情节、人物、场景仍需有。

《两地书》便是典型的书信式结构微小说，它巧妙地将复杂的情节浓缩在了千字的篇幅中，还在短小的篇幅内横生枝丫，加入反转，使得小说情节波澜起伏，扣人心弦。

【范例】

两地书

唐训华

一

亲爱的弟弟：

你好！

此次来信，要请你原谅我的罪过：我对你撒了五年的谎。

这五年中，我时刻都在愧疚。每次写信都想向你吐露真情，但穷困的生活，你的瘫痪在床的嫂嫂，不得不使我一次次向你谎报家情，骗取你的孝心。我真不配当你的哥哥呀！你每月都给父亲寄来十元赡养费，可是你知道吗？父亲早在五年前就去世了！

现在，由于你知道的原因，我们翻身了，你嫂嫂也得到了彻底治疗，该是对你们披露真情的时候了！

五年中，我用说谎的手段，以死人的名义，索取了你们省吃俭用六百元血汗钱，现一并寄还给你们。谢谢你们的深情大恩。

你能原谅我吗？没见面的弟媳能原谅我吗？

即颂

近安

兄长

一九八四年七月一日

二

尊敬的兄长：

您好！

读了您的信，我很悲痛。公公早已去世，我做儿媳的未能尽一点孝心，真是愧对公公九泉之下的魂灵。

您是为生活所逼撒了谎，我完全能谅解。可是，您能原谅我的撒谎吗？为了使老人不至于过度悲伤，为了让您一家愉快地生活，我隐瞒了您弟弟在对越自卫反击战中牺牲的消息。

寄给你们的钱是您弟弟的抚恤金。现在我手头很宽绰，这六百元钱仍退还给您，请接受。

也请兄长原谅我的罪过。祝贺嫂嫂病体康复！

致

礼！

弟媳

一九八四年七月七日

二、性格型结构

性格型结构，顾名思义是以人物性格刻画为中心结构的小说。这种结构的特点是以人物性格的成长发展为结构线索，人物性格及性格的鲜明突出占据结构的中心地位。微小说的性格型结构往往选取人物的典型性格来展开情节，其写作技巧有"聚焦式、对比式、并列式"三种。

1. 聚焦式

所谓"聚焦式"，就是微小说围绕人物身上的一个性格闪光点进行细节刻画，将人物的某一核心性格作为主要描写对象，并且这种性格在文中是不变的、始终定型的，文章的所有情节细节都为体现这一性格服务。

【范例】

立 正

许行

"你说说，为什么一提蒋介石你就立正？是不是……"

我的话还未说完，那个国民党军队的被俘连长，早又"叭"下子来了个立正，因为他听到我提蒋介石了。

这可把我气坏了，若不是解放军的纪律管着，早就给他一撇子了。

"你算反动到底啦！"

"长官，我也想改，可不知为什么，一说到那个人就禁不住这样做……"

"我看你要陪他殉葬啦！"我狠狠地说。

"不，长官，我要改造思想，我要重新做人哪！"那俘房连长很诚恳地说。

"就凭你对蒋介石这个迷信的态度，你还能……"

谁知我的话里一提蒋介石，他又"叭"下子来了个立正。

这回我终于忍不住了，一杆子把他打了个趔趄。并且厉声说：

"再立正，我就打断你的腿！"

"长官，你打吧！过去我这也是被打出来的。那时我还是个排副，就因为说到那个人没有立正，被团政训处长知道了，把我弄去好一顿揍，揍完了对我进行'单兵训练'，他说一句那个人的名字，我就马上来个立正，稍慢一点就挨打。有时他趁我不注意冷不防一提那个人名字，我没反应过来便又是一顿毒打……从那以后落下来这个毛病，不管在什么时间地点，一说到那个人或一听到那个人的名字就立正，弄得像个神经病似的，可却受到嘉奖，说这是对领袖的忠诚……长官，你打吧！你狠狠地打一顿也许能打好了呢，长官，你就打吧！打吧！"俘虏连长说着就痛苦地哭了，而且恳切求我打他。

这真怪了！可听得出来，他连蒋介石三个字都回避提，生怕引起自己的条件反射。不能怀疑他这些话的真诚。

他闹得我也有些傻了，不知该怎么办啦！

一九四八年我在管理国民党军队俘虏时，遇到了这么一件事。当时那个俘虏大队里都是国民党军队连以下的军官，是想把他们改造改造好使用，未曾想竟遇到了这么一个家伙。

"政委，咱们揍他一顿吧！也许能揍过来呢。"我向大队政委请示说。

"不得胡来，咱们还能用国民党军队的办法吗?！你以为你揍他，就是揍他一个人吗?！"

嚇！好家伙，政委把问题提得这么高。

"那么?"我问。

"你去让军医给他看看。"

当时医护水平有限，自然看不出个究竟来，也没有啥医疗办法。以后集训完了，其他俘虏做了安排，他因这个问题未解决，便被打发回了家。

事隔三十年，"文化大革命"后，我到河北一个县里去参观，意外地在街上遇到了他。他坐在一个轮椅上，隔老远他就认出我来。

"教导员，教导员！"他挺有感情地扯着嗓子喊我。

他头发花白，面容憔悴，显得非常苍老，而且两条腿已经坏了。我问他腿怎么坏的，他说因为那毛病没改掉，叫"红卫兵"给打的，若不是有位关在"牛棚"的医生给说一句话，差一点就要他的命啦！

我想这个我们不许做，也不忍做的，"红卫兵"却做了。打断了他两条腿，当然就没法立正了，这倒是一种彻底的改造办法。于是我有意识地说：

"你这一辈子，算叫蒋介石给坑啦！"

天啊！我非常难过地注意到：在我说蒋介石三个字时，他那坐在轮椅中的上身，仍然向前一挺，作了个立正的姿势。

该篇微小说作者将重点放在了主人公刻板、机械的扭曲性格元素上，以此为中心，设计了一个典型细节——"立正"。作者几乎将所有的笔墨都聚焦在"立正"这一细节上，"立正"写透了，人物的性格也就写活了。

聚焦式是性格型结构小说最常使用的一种写作技巧。在这种写作方式指导下，作者通过各种细节单元不停强化人物性格，小说的所有情节和细节都服务于一种性格，这使得情节更加集中，人物形象鲜明传神，不仅有力地传达作品的主题，也使所塑造的人物形象在读者心中留下深刻的印象，引发读者的深入思考。《立正》中的主人公在做国民党士兵时被国民党戕害，一听到"蒋介石"就身体不受控制地立正，反映出国民党军队专制统治下实行的非人道的奴化教育。

聚焦式性格结构可以和情节型结构微小说中的表现手法结合使用。比如雨瑞的《日子》这篇微小说，使用斜升法对主人公的性格特点进行了描写并不断延伸和强化，体现了聚焦式的性格结构。主人公"她"原本是一个剧团中才华横溢的青年演员，因为控告副团长调戏自己被发配到偏远的公社文化站。八年过去了，原本充满才华的她被这生活磨光了艺术的热情，变得极为空虚无聊。作品全篇都在不断渲染她的这种空虚无聊性格，一开始是天天去桥头观鱼，晚起床、晚做饭，不停拆毛衣、织毛衣；后来染上酒瘾；最后与人同居并生下私生子。文中用于加强主人公空虚无聊性格特征的细节单元使用斜升手法，斜升的每一个细节单元都体现了主人公空虚无聊性格的逐步发展变化过程，使人物形象一步步变得丰满。在这种写作方式下，作者的字里行间充满控诉，表现了一个才华被埋没的艺术人才的悲剧人生。

2. 对比式

对比式性格结构指在不同场面中，对不同人物的性格进行对比，由此突出主人公人物形象的正面性。叶大春的《岳跛子》就使用了对比手法，把岳跛子和木匠憨二放在反差环境中塑造互相矛盾的两种性格。在平时，岳跛子性格懦弱，木匠憨二剽悍霸道；而面对日本人的欺侮时，憨二默默躲了起来，岳跛子则不顾自己的安危救下婆娘，把日本人的脑袋捅成了马蜂窝，英勇十足。

性格型结构不像情节型结构那样跌宕起伏，也不能像哲理式结构直接在文章中发表议论，但是可以通过所刻画的人物表达思想。在性格型结构中使用对比法，可以增强情节的冲突和矛盾，扩大作品的艺术张力。

3. 并列式

有些微小说不只着眼于人物的一种性格，而是选取了人物的不同侧面，从多个闪光点对人物进行刻画，不同的细节单元展现几种性格特质，这些性格属于并列关系。这种结构属于"并列式"性格结构。

【范例】

陈小手

汪曾祺

我们那地方，过去极少有产科医生。一般人家生孩子，都是请老娘。什么人家请哪位老娘，差不多都是固定的。一家宅门的大少奶奶、二少奶奶、三少奶奶，生的少爷、小姐，差不多都是一个老娘接生的。老娘要穿房入户，生人怎么行？老娘也熟知各家的情况，哪个年长的女佣人可以当她的助手，当"抱腰的"，不需临时现找。而且，一般人家都迷信哪个老娘"吉祥"，接生顺当。——老娘家都供着送子娘娘，天天烧香。谁家会请一个男性的医生来接生呢？——我们那里学医的都是男人，只有李花脸的女儿传其父业，成了全城仅有的一位女医人。她也不会接生，只会看内科，是个老姑娘。男人学医，谁会去学产科呢？都觉得这是一桩丢人没出息的事，不屑为之。**但也不是绝对没有。陈小手就是一位出名的男性产科医生。**（①特立独行：陈小手不在乎世俗的看法，敢于当一名男性产科医生。）

陈小手的得名是因为他的手特别小，比女人的手还小，比一般女人的手还更柔软细嫩。**他专治难产。横生、倒生，都能接下来**（他当然也要借助于药物和器械）。据说因为他的手小，动作细腻，可以减少产妇很多痛苦。大户人家，非到万不得已，是不会请他的。中小户人家，忌讳较少，遇到产妇胎位不正，**老娘束手，老娘就会建议："去请陈小手吧。"**（②医术高超：陈小手专治难产，能够解决一般老娘处理不了的情况。）

陈小手当然是有大名的，但是都叫他陈小手。

接生，耽误不得，这是两条人命的事。陈小手喂着一匹马。这匹马浑身雪白，无一根杂毛，是一匹走马。据懂马的行家说，这马走的脚步是"野鸡柳子"，**又快又细又匀。**我们那里是水乡，很少有人家养马。每逢有军队的骑兵过境，大家就争着跑到运河堤上去看"马队"，觉得非常好看。陈小手常常骑着白马赶着到各处去接生，大家就把白马和他的名字联系起来，称之为"白马陈小手"。（③爱岗敬业：为了更快救人，陈小手专门养了一匹白马赶路。）

同行的医生，看内科的、外科的，都看不起陈小手，认为他不是医生，只是一个男性的老娘。陈小手不在乎这些，**只要有人来请，立刻跨上他的白马，飞奔而去。**正在呻吟惨叫的产妇听到他马脖子上銮铃的声音，立刻就安定了一些。他下了马，即刻进产房。过了一会（有时时间颇长），听到哇的一声，孩子落地了。陈小手满头大汗，走了出来，对这家的男主人拱拱手："恭喜恭喜！母子平安！"男主人满面笑容，把封在红纸里的酬金递过去。**陈小手接过来，看也不看，装进口袋里，洗洗手，喝一杯热茶，道一声"得罪"，出门上马。**只听见他的马的銮铃声"哗棱哗棱"……走远了。（④正直高尚：不看重报酬，对产妇和家属恭敬有礼。）

陈小手活人多矣。

有一年，来了联军。我们那里那几年打来打去的，是两支军队。一支是国民革命军，当地称之为"党军"；相对的一支是孙传芳的军队。孙传芳自称"五省联军总司令"，他的部队就被称为"联军"。联军驻扎在天王庙，有一团人。团长的太太（谁知道是正太太还是姨太太），要生了，生不下来。叫来几个老娘，还是弄不出来。这太太杀猪也似的乱叫。团长派人去叫陈小手。

陈小手进了天王庙。团长正在产房外面不停地"走柳"。见了陈小手，说："大人，孩子，都得给我保住，保不住要你的脑袋！进去吧！"

这女人身上的脂油太多了，陈小手费了九牛二虎之力，总算把孩子掏出来了。和这个胖女人较了半天劲，累得他筋疲力尽。他趔趔歪斜走出来，对团长拱拱手：

"团长！恭喜您，是个男伢子，少爷！"

团长龇牙笑了一下，说："难为你了！——请！"

外边已经摆好了一桌酒席。副官陪着。陈小手喝了两盅。团长拿出二十块现大洋，往陈小手面前一送：

"这是给你的！——别嫌少哇！"

"太重了！太重了！"

喝了酒，揣上二十块现大洋，陈小手告辞了："得罪！得罪！"

"不送你了！"

陈小手出了天王庙，跨上马。团长掏出枪来，**从后面，一枪就把他打下来了。**（⑤悲剧命运：不顾自身安危救了团长太太，但是在封建社会和男权之下，特异独行的陈小手的悲剧命运是不可避免的。）

团长说："我的女人，怎么能让他摸来摸去！她身上，除了我，任何男人都不许碰！这小子，太欺负人了！日他奶奶！"

团长觉得怪委屈。

在并列式结构微小说中，虽然多个性格并列呈现，但是每个性格的细节单元在整篇文章中占的比重是不同的，在众多性格中必须突出其中一两个主要的性格，以此来强化主题，其他性格也为烘托主性格服务，以此使得人物立体且有重点。

三、心理型结构

心理型结构微小说仍然以人物为中心，它以人的内部情感、意识、思想等为表现手段，重点描写人的内心活动。在这种结构中，情节的连贯性和人物形象的塑造被削弱，让位于环境，通过对人物所处的环境的描写，文章渲染出某种特定的气氛，由此突出人物的某种心理和情绪。环境是主人公所在的场景，人物对客观世界的看法反映其自身的主观世界色彩，因此环境的描写也传达着主人公的心理状态和情绪。心理型结构中的故事情节也跟随主人公的情绪被裁剪，只保留下展现主人公心理的情节，通常是片段式的回忆、想象、某种念头、梦境、幻觉、心理活动独白等。

【范例】

永远的蝴蝶

陈启佑

那时候刚好下着雨，柏油路面湿冷冷的，还闪烁着青、黄、红颜色的灯火。我们就在骑楼下躲雨，看绿色的邮筒孤独地站在街的对面。我白色风衣的大口袋里有一封要寄给在南部的母亲的信。

樱子说她可以撑伞过去帮我寄信。我默默点头，把信交给她。

"谁叫我们只带一把小伞哪。"她微笑着说，一面撑起伞，准备过马路去帮我寄信。从她伞骨滑落下来的小雨点溅在我眼镜玻璃上。

随着一阵拔尖的刹车声，樱子的一生轻轻地飞了起来，缓缓地，飘落在湿冷的街面上，好像一只夜晚的蝴蝶。

虽然是春天，好像已是深秋了。

她只是过马路去帮我寄信。这简单的动作，却要叫我终生难忘了。我缓缓睁开眼，茫然站在骑楼下，眼里裹着滚烫的泪水。世上所有的车子都停了下来，人潮涌向马路中央。没有人知道那躺在街面的，就是我的蝴蝶。这时她只离我五公尺，竟是那么遥远。更大的雨点溅在我的眼镜上，溅到我的生命里来。

为什么呢？只带一把雨伞？

然而，我又看到樱子穿着白色的风衣，撑着伞，静静地过马路了。她是要帮我寄信的，那，那是一封写给在南部母亲的信，我茫然站在骑楼下，我又看到永远的樱子走到街心。其实雨下得并不大，却是一生一世中最大的一场雨。而那封信是这样写的，年轻的樱子知不知道呢？

"妈：我打算下个月和樱子结婚。"

这篇小说主要讲了"我"亲眼看到自己的未婚妻发生车祸的故事,全文对整个事件并未着墨太多,而是着重描写整个环境,下着雨、路面湿冷冷的、邮筒孤独地站在街对面……"我"看到樱子缓缓地飘落在湿冷的街面上,不敢相信、后悔、悲痛,车祸现场、深秋般的环境和雨色朦胧的天气交织在一起,这一切让读者也跟着痛心。整个小说不铺排任何故事情节或者人物塑造,只是紧紧围绕主人公的心绪,营造一种无比凄凉的氛围,这种写法既造成情节的空白,又让情绪充满这些空白,颇有含蓄蕴藉之美。

总结本节所讲内容:情节型结构小说按照构造方式大约可分为 10 种结构类型。按照细节单元组合的写作技巧,情节型结构可以分为悬念式、误会式和巧合式,这三种写作技巧可以互相组合构造出波澜起伏的情节;除此之外,还有对比式、重复式,这两种写作技巧追求情节的集中,能够强化主题。按照情节发展的方向情节型结构又可分为斜升式和反转式,这两种技巧结合又可以构成斜升曲转式。象征式和哲理式也是情节型结构微小说的重要写作技巧。还有一种特殊的书信式,它能够省略不必要的篇幅,将微小说最精彩的部分呈现出来。情节型结构中的各种技巧还能相互组合作用,从而使其单一的情节跌宕起伏。性格型结构的微小说强调突出人物,注重人物的塑造,其写作技巧有聚焦式、对比式和并列式。聚焦式主要是对人物一种性格进行深挖;对比式是将两人及以上进行对比,以此突出主人公的性格特质;并列式是对人物的多种性格同时进行塑造,但是有主性格和次性格之分,次性格是辅助主性格的,这种写作方法令人物更加立体,增加了人物形象的丰富性。心理型结构以人物内心的各种情感、情绪、思想为主要表现对象,重视环境因素的描写,不重视情节铺排和人物塑造,它的一个重要特点是可以超越时空的限制跟随主人公的内心来选择写作材料。不管是情节型、性格型还是心理型结构,其都是微小说,都需要遵循小说的创作原则。

第四节　微小说写作的叙述角度

不论是创作哪种小说,在创作之前作者都要解决好这些问题:采用什么样的叙述角度、叙述多少、谁来叙述等。例如:一个事件应该讲多还是讲少?应该用全知全能的视角来描述还是用有限的局部眼光去讲述?应该通过谁的视角来把这个事件讲给读者听?是应该进入人物的内心进行阐述还是纯粹从外部世界进行客观叙述?面对同一个事件,微小说的叙述角度不同,它最终呈现出的艺术效果必然也不一样。

一、叙述的多少

考生在写作的时候，应有意识地制造信息差，使作者、读者以及文中人物所知道的信息有所差距。

1. 全知叙述

【范例】

<h2 style="text-align:center">正 常</h2>

白小易

丈夫老是怀疑她和小林有什么事。她觉得又好气又好笑。小林和她在同一间办公室，但他们很少说话。小林对人很冷淡，她甚至觉得和他在一起工作挺闷的。不过丈夫不解疑，总看出她的神情"不对劲儿"。

开始还好，只是偶尔盘问一两句。渐渐的，这样的审问成了家常便饭，并带着威胁，要她"交代清楚"。她真觉得受不了，甚至老远地一看见这个家就头痛。

有一天，下班时间已过，她还坐在那儿不动弹。小林出了门又折回来，郑重其事地问她是否有什么困难需要帮助。她站起身，走出门来，对小林说，"送我回家"。

小林就默默无语地陪着她走。

你该陪我走走了；你不知道我每天都在为你受罪呢……她悻悻地想。

平时她要坐公共汽车的，今天她突然不想坐了。走着走着，她发觉身边的这个男人又高又大又温暖，竟抑制不住软软地靠在他身上。这时她才知道有一颗心为她跑得如此急骤。

这天晚上，丈夫没有盘问她。她却心平气和地等着，一直等到半夜，她等得不耐烦了，就主动问他：

"你干嘛不要我交代清楚？"

"不用问了。你今天心里没鬼。你的脸色从来也没有这么正常过。"他那副神态就像个活神仙。

如果在一篇微小说中，文中人物知道的信息和读者知道的信息是等量的，那么二者就不会有信息差，也不会有潜在的信息产生，读者读起文章来会"食之无味"。在这篇《正常》中，开始丈夫以为"她"和小林有事，但是读者知道"她"与小林是清白的，这样就形成了读者和人物之间的信息差。文本中的人物不知道事件本身的复杂性，而读者却能够把握事件的真相，这种就属于"全知叙述"。"全知叙述"能够使读者产生愉悦的阅读体验，使其对人物的性格命运进行深入的思考。文中人物与读者的信息差越大，读者所产生的阅读愉悦感就越强，其思考也越深入。运用全知叙述时，作者应有意识、有技巧地制造人物信息差，在作品中快速植入隐藏潜在信息并令读者容易发掘，这样才能自然快速地吸引读者。

2. 先半知叙述后全知

这种叙述方式的特点是说话说一半，把正讲到一半的故事突然停住，留下悬念，在文章的最后再解开悬念。但是结局要有迹可循，这就要求作者在已讲出的部分中加入伏笔，使潜在信息埋藏其中。

【范例】

九级浪

邓开善

爱不依赖表白。

她和他，大学同窗四年，每每从匆匆投来的深情一瞥中，窥见了那匿藏心底的爱的躁动。心有灵犀一点通！

毕业前夕，她终于写了一封长信给他。邮票还是一幅海景名画哩。她蹬车去了郊外，从邮所寄给了他。信里边，是少女一缕缕缠缠绵绵的情思，她等待爱的裸露！爱是永恒的谜。太失望，她等来了一串长长的沉默。别了，少女温馨的相思梦。她悄悄哭了一夜，自愿去远离他的那个地方了。

爱不相信眼泪。

五年后，她和他都成了家。那一天，在一位老师家里不期而遇了。她和他，呆呆地望了许久。他还像姑娘一样腼腆。她问一句，他答一句，不肯多说一句话。心虚么？她在想。他太狠心了，连信也不回一封，太过分了。闲谈之中，一位也在老师家的校友内疚地说起一件往事：进校那一年期末，他去取信，发现某同学信上有一枚漂亮的邮票。他想撕下来，结果撕破了信封。他害怕，将信扔进了下水道。年轻人总会做出一些蠢事。

那是一枚什么邮票？她急切地问。未几，她惊呆了，校友说，邮票上是俄罗斯油画大师艾伊凡佐夫斯基的杰作——《九级浪》！

读前半段文章时，读者和文中人物一样，并不知道"他"没有收到这封信，甚至会猜测，他可能不喜欢她，或者他太害羞了才未回信……待到结局才大吃一惊：信被毁掉，他并不知道她的表白。"话先说一半"，之后任凭读者猜测，待到公布答案时结果与读者的想象完全相反，这种先半知后全知的叙述方式不仅使读者获得丰富的审美刺激，而且吸引读者不断倒推情节，感受潜在信息带来的独特魅力，艺术效果极好。

使用这种先半知后全知的叙述，作者需要仔细斟酌，确保后面的全知部分讲出的时候能够给读者带来意外之感。

3. 半知叙述

半知叙述是指始终将故事的另一半隐藏起来，给读者留下充分的想象空间，让读者联系自己的生活经验对情节进行推测。在运用半知叙述时，文中的潜在信息需要足够丰富，以使读者推出尽可能多的方向，可推测的谜底越多，文章所达到的艺术效果就越好。比如之前举过的例子《地球上最后一个人》《丈夫账单的最后一页》，我们始终不知道结局是什么，但是又可以有无数种猜想。

【范例】

小日本

黑孩子

宋奶奶死前只有一件事不放心，就是秀芝的身体。

如今宋奶奶死去五年了，秀芝长成大姑娘，更加看不下眼。黄皮寡瘦的脸上没有一点红润的色彩，乌乌的细辫子垂在蓝底白花的小棉袄上，宛如抽了大烟而中毒的人。

秀芝一定是得了不治之症了，小巷里的人都这样嘀咕着。

是中午，太阳暖暖地躺在小巷里。秀芝搬了个小椅子放在家门口，蜷缩在上面像一只冬眠的羊。

隔壁的李婆婆从秀芝身边走过去，看见这副模样，就添了心事。傍晚吃过饭，她就找到秀芝家："秀芝她哥，你家妹妹病成这个样子，还不快找个婆家，兴许会冲了忌呢。"

果然就有人上门介绍，秀芝一概无动于衷。

哥哥无奈，就喘吁着破口骂。嫂子笑嘻嘻走过来："秀，你这样大了，也该找个婆家，满意不满意，先去看一看。"

秀芝不愿意，但既然从老远来了，就勉强地去了。

小伙子家在河北农村，在北京的一家军队里站门岗，方脸大眼，一身的憨气。

秀芝死活不应。哥哥又骂，秀芝便垂着眼，将身子倚着门边不说话，失去感觉一般。

嫂嫂又笑了："秀不说话，就是应了，明天就去登记吧，结了婚你带她走。"

登记上了，洞房的门却无论如何不开，小伙子无奈，只得留下些钱孤身远行了。

数月后，秀芝开始吐血。李婆婆见到，更添了心事，急慌慌找到秀芝哥："你妹子怕不行了，既是人家的人，就不要死在这里的好。"

一封电报，小伙子又赶来了。嫂子笑嘻嘻将两只包袱挂在秀芝的肩头上，把夫妇二人送上了车。

几站过去了，小伙子从酣睡中醒过来，一眼就发现身边的妻子不在了，包袱也不在了。青白青白的脸是吓出来的，跳下车又重新返回秀芝的家。

任何人问了千万遍却不回答一个字。哥哥真火了，嫂子也火了，骂声在家里持续了几天几夜。太不近情理了。

一天晚上，秀芝去了厕所，许久都不见出来，嫂子犯了嘀咕，就去厕所打探，秀芝此时已倒卧在一摊口吐的鲜血上，不省人事了。

秀芝死了。

人们都不理解秀芝。

小伙子却从秀芝唯一锁着的小抽屉里找到了一小本日记。日记上记着一个中学时的男同学，外号"小日本"。

读开头人们不禁疑惑，秀芝为何一直病恹恹的？读了中间更是不解，秀芝为何沉默寡言、不肯谈婚论嫁？为何结了婚要逃婚？直到结尾人们更迷惑了，"小日本"是谁？和秀芝有过什么过往？他和秀芝的病有什么关系吗？这些读者都无从知晓，也无法根据已有的信息推测出确定的答案。这样就为文本留下了充足的空白，让读者在无限想象中去完成故事的再创作。考生使用半知叙述时，要保证潜在信息含量足够多，潜在信息越丰富，就越能激发读者的想象。

二、谁来叙述

叙事视角的划分角度有很多，传统的叙事视角一般以人称为依据，分为第一人称叙述、第二人称叙述和第三人称叙述。第一人称叙述是叙事者作为故事中的某个人物来对故事进行叙事；第二人称叙述是用"你"作为故事中的人物进行叙事；第三人称叙述则是以旁观者的口吻从外部讲故事。微小说的叙述人称一般是第一人称和第三人称，不同的叙述角度会产生完全不同的效果。

1. 第一人称

第一人称是最直接的表达方式，最能让读者有代入感。"第一人称"的使用能够快速拉近作者、文中人物和读者三者之间的关系，这种叙事视角方便作者抒发感情，也使得情感更加动人。

许多经典的小说都采用了这种叙述角度，如歌德的《少年维特之烦恼》、塞林格的《麦田守望者》。但是对于微小说而言，使用第一视角进行写作难度比较大，因为在没有"上帝视角"和背景说明的情况下，伏笔和悬念的设置是比较难的，因此采用这种视角的微小说还比较少。

使用第一人称的时候，叙述者本身也是文本中的人物，可以是主角、配角，也可以是无关的旁观者。

（1）主角叙述角度

在这种叙述视角下，"我"既是故事的亲历者，又是故事的讲述者，因此除了要叙述自己在事件中的种种经历，还要讲述自己的内心感受和对事件中的其他人物的看法，"我"的话就是推动情节发展的核心动力，因此必须由"我"来产生矛盾制造冲突。小说是写人的艺术，因此微小说在使用主角叙述时，也必须通过这种叙述视角创造出至少一种性格。

之前提到的《池塘灯影》就是一篇典型的采用第一人称作为主角进行叙述的微小说。"我"在不断和这个"灯的主人"较量中通过考试、写完论文、顺利答辩，作者用细腻真切的笔触展示了"我"的种种复杂矛盾心理，塑造出"我"不服输、坚持不懈、迎难而上的人物性格。

（2）配角叙述角度

在这种叙述视角下，"我"所叙述的故事主角不是"我"，而是其他人，但是"我"在故事中也推动了情节的发展。

【范例】

金翅鸟
邵宝健

我家搬进绿荫新村226幢三单元301室时，我尚在初中求学。底楼邻居方伯是一位极具富贵相的老人。他鬓发花白，精神矍铄，服装整洁，年纪恐怕已超过70岁。我很快就知道他是一个养鸟高手。天刚亮，他的后院就有各种鸟开始鸣叫。鸟声有清脆的、沉浑的，有婉转的、打旋的，简直像个合唱团。奇怪的是，这个鸟声"合唱团"表演的节目时常发生变化，有时似乎有数十位在亮嗓，有时只有"对唱"或者"独唱"，这些天，后院则静悄悄的了。我猜想，方伯一定是做买卖鸟生意的，而且一定为此发了点财。

方伯的行踪有点神秘，独进独出。他干过什么行当？在何部门退休？不甚了了。只知道，他有个儿子在京都工作，每月邮递员总会交给他一张高额汇款单。这情况是和方伯作对面邻居的邱婶告诉我的。我曾把自己的猜测说给邱婶听，邱姨回答我的是满脸神秘的笑，没别的言语。

果然不出我所料，一天，我在鸟市看到方伯，他正面红耳赤用高于别人的钱，把十多只金翅、画眉、相思鸟买到手，惹得别的买客愤怒不已。至此，他的后院又恢复了众鸟争鸣的情形。

那是春季里的一个星期天，我出门准备到马路上闲荡去，路过方伯家，被他叫住："小伢儿，愿不愿意和我一起去游山？"

那自然是很有趣的事，我满口答应。我和他各骑一辆单骑，他的车后挂着两只鸟笼，里面有三十多只小鸟。他大概要到远处去卖个好价钱，我倒要好好学学这个门道。一路上，我和他也不谈什么，只听鸟笼里的小鸟在叽叽喳喳叫个不停。

两个多小时后，我们到了郊外的云巢山脚下。方伯的神情变得亢奋，脸上的皱纹像微波荡漾。他一手举起鸟笼，一手打开笼门，扑棱棱，笼中的鸟一下子飞上天，向树木葱郁的山间飞去。此刻的方伯，两眼晶亮晶亮，花白的长眉一曲一曲，一串爽朗的笑声随之跃出肺腑："哈哈哈哈哈……"

我蓦然醒悟：方伯是位护鸟老人。

邱婶曾向我披露过一件有关方伯的轶事。说他之所以有钱，是和鸟分不开的。说他有一次在山道上救起一只翼部受了伤的金翅鸟，他为它包扎、涂药，待它康复后，又把它放了生。金翅鸟为了报恩，之后曾三次光临他的寓所，每次为他衔来一枚钻石，放在窗台上，云云。我以为这是神话故事。趁我们在山脚歇力的当儿，我把这个传闻说与方伯听。他仍像打开鸟笼门时那样，爽朗地笑了。他说："鸟是人类的朋友，这是真的。鸟也通灵性，这也不假。至于有没有会衔钻石的神鸟，我不敢断言。金翅鸟并没有给我衔钻石来，但它给了我比钻石还要珍贵的东西……"他陷入沉思，目光深邃。随着一声沧桑感极浓的长叹，他向我讲述了一段往事：

方伯很年轻的时候，曾是一名地质勘探队员。有一次，他和队员们失散，并迷了路。这个山脉少林木，荒无人迹，他走肿了脚板仍绕回原地。他又饥又寒，看来非葬身荒山不可。就在这时，奇迹出现了。有一群金翅鸟在他眼前盘桓。他用有气无力的手去抓、去捞，自然是想逮住一只鸟来充饥，可是怎么也抓不到手。鸟儿不时地缓缓前飞，他就往前挪动身子。不一会儿鸟儿飞走了，他也昏迷了过去。他的耳畔响起鸟鸣，鸟儿又在他眼前盘桓，甚至还停栖在他的头上、肩上、手背上。就在他伸手捞抓的一瞬，鸟儿又飞走了。就这样，在金翅鸟的引导下，受渴念生命力量的驱动，他一步一步向营部靠近，终于听到了泉水的叮咚声，山崖脚下，出现了帐篷和炊烟……

"是真的吗？"我睁大眼睛问。

老人望着我，不再说话。良久，他启开厚厚的嘴唇："我只知道有过这样的经历。也许那是一种神鸟，它只在我昏迷时出现，在梦中飞翔。但这于我是无所谓的……"

不久，我在市报上详细地知悉了方伯护鸟的事。三十多年来，他放鸟二十多个品种，大到仙鹤、猫头鹰，小至山雀、相思鸟，共计一万多只，支出近三万元。市环保部门给他送来"护鸟老人"的牌匾，他是受之无愧的。就在前几天，他把政府奖给他的2000元奖金，又陆续买了一批鸟，约我和他再次同作郊野游。

《金翅鸟》中的"我"叙述的是方伯的故事。在第一个细节单元中，"我"初步了解有关方伯和鸟的故事——方伯收入不低、家中有很多鸟，他行踪很神秘，这些都令人心生疑惑：方伯是干什么的？第二个细节单元是方伯邀请我去游山，在游山过程中，通过"我"的见闻对第一个细节单元中"鸟"有关的悬念进行了释消——他是护鸟人，因此会买鸟放在家中，又因为放生，所以家中鸟的"合唱"时多时少，这就引出读者新的疑惑：为何护鸟？通过邱婶向"我"讲述的金翅鸟衔钻石报恩的故事文章进一步强化了方伯与鸟的离奇感。第三个细节单元，通过我所听到的话对邱婶说的"金翅鸟"故事释消悬念。结局方伯因为三十年来护鸟而受嘉奖，他又用奖金买了鸟。于是这篇微小说的情节就离奇不奇了。

第一人称的配角叙述角度要求作品的主人公必须是其他人，在文中，主人公即主角与叙述者即配角相互纠缠，通过配角的眼睛和耳朵读者了解到主角的故事。这种叙述视角的作品，主角一般带有传奇色彩，能够迅速吸引读者的注意力；同时总体故事情节又要由离奇向不离奇转化，并且在不离奇谜底揭开之前要对离奇之处做进一步强化，尽量让短小单一的故事情节跌宕起伏，为结局做足够的铺垫。

（3）旁观者叙述角度

在这种叙述视角的作品中，"我"作为旁观者，与所讲述的故事无关，"我"并不参与这个事件，但是这个故事与和"我"有关系的另一个人物有关，而且这个故事会对"我"产生深刻的影响。

【范例】

路　口

沈善增

一个同学告诉过我这样一个故事。

他很有一点小聪明，可惜那时待分配在家，常常"吃饱了饭没事做"。一天，他邀了两个同学，到大街上去寻求刺激。

他们来到闹市口的一个阴沟边，蹲下，全神贯注地往里看。不到一分钟，他们身后已站下了五六个人。"看什么？"有人问。

"一只大老鼠，浑身雪白，这么大。"我那同学用手比画说。

"喏，头露出来了！"他的同谋趁机起哄。七八个脑袋立刻一齐凑向阴沟。

"缩回去了，等会儿还会出来的。"

不到十分钟，阴沟边上已围上了几圈人，外圈的人焦急地向里层的人打听："什么东西？""白毛老鼠，绿眼睛，连尾巴两尺长。""哟！"

我那同学和他的同谋，悄悄地隐退了。

待他们到别处逛了一大圈再回来时，那里已围得黑压压的。十字路口被堵塞了，排成长蛇阵的电车、卡车像乌鸦一样狂叫。

"什么事？"我那位同学拉住一个踮脚张望的人问。

"一只大老鼠。"那人摆摆手，向人圈里挤。阴沟边，有人在喊："头露出来啰！"

多么伟大的愚蠢啊！

在旁观者叙述视角中，"我"和故事情节是无关的，"我"未卷入事件的发生发展，与故事有一段距离，因此不能通过"我"来打破这种离奇，这样才能具有真实感。

2. 第三人称

第三人称是微小说最常用的叙述角度。所谓第三人称，是指故事主角、配角人物之外的第三方，也被称为"上帝视角"。以第三人称视角进行叙事的作品，叙述者不作为作品中的人物而是以文本之外的旁观者身份出现。第三人称的叙述角度可以不受时空限制，因此表现方式灵活，有比较广的发挥空间。这种叙事方式为读者呈现出的世界更加全面，也更有利于全方位表达。

采用第三人称进行叙事时，作者的情感是中立的，不会过多地介入到情节和人物中，最多也就是稍微在人物中倾注一些自己的情绪，更多的时候作者需要隐蔽自己的情绪情感。作品中情节的推动要靠文本中的人物直接说话或者行动，让人物对事件直接做出反应和评价，而不是通过作者之口说出。

使用第三人称叙述时，一定要谨慎进入人物的内心。进入人物内心进行独白是第三人称叙述视角经常使用并且有效的手段，但一定要慎重，所写出的内心世界应符合人物本身的性格。作者的笔触一旦进入人物的内心，相当于剖开了故事的内核，而故事内核揭开的时机一定要恰当。比如《正常》中，在故事发展环节对人物反常行为和内心的揭示把女主人公长期生活在被压抑的环境中的不正常心理准确地进行了表露，既推动了情节发展，又丰满了人物形象。

微小说不管采用哪种叙述人称，必须单一、固定。很多中长篇小说会在叙述时不断变换写作的叙事人称，比如莫言的《红高粱》，综合采用全知视角第一人称"我爷爷""我奶奶"和第三人称，这种叙事人称调度既能全方位展示事件发生发展的过程，又能够增强文章的情感色彩，使读者有代入感。但是对于微小说来讲，篇幅十分短小，如果频繁变换叙述人称会导致文章结构混乱，难以形成完整的氛围。因此作者应在下笔之前就选定一个最适合叙述故事的视角，之后把这个视角贯穿到底，切忌中途随意、盲目转换人物视角。

第五节　微小说写作的注意事项

1.写作前要构思

很多考生在看到写作题目后往往会立马想到一个创意并即刻动笔，但是等到兴奋地写下开头之后却卡住了，之后的情节要怎样发展、主角要做些什么、场景应该怎么安排等考生毫无头绪。下笔前没有任何计划，写作必然会陷入瓶颈。要是平常也就罢了，可以慢慢构思，但是在考场上时间紧张，随着时间一分一秒地流逝，很多考生迫于考试压力对于后面的情节要么胡编乱造，粗糙不堪，要么虎头蛇尾，匆匆结束。可想而知，在这种情境下创作出来的微小说，注定是得不了高分的。那应该怎么办呢？

考生一定要记住，微小说虽然看似篇幅短小，但其创作却并不是朝夕就可以完成的事情，很多创作者也不是有了灵感就能文思泉涌，落笔成章。创作微小说没有捷径可言，"唯手熟尔"。所以考生在平日里一定要多加练习，尤其应注意训练写作前的构思布局，考生可结合前文讲到的几种常用的写作结构和叙述角度进行练习并熟练运用，不断锤炼文笔。只有做到这样才能在考场上游刃有余。

2.构思好再落笔

考生在下笔写作前一定要先打好腹稿，这一点至关重要。即便是大才子王勃，在写文章前都要凝神静思，直至烂熟于心后才开始动笔，更何况我们普通人呢？所以考生在考场上一定要先静心思考，不要怕构思会浪费时间。"磨刀不误砍柴工"，只有想好大纲和小说的节奏点、文章层次后再开始落笔，行文思路才会清晰，考生在考试时才会越写越顺畅，这样做还有利于整个作品的风格保持流畅连贯。

3.平时要多写多练

虽然说写作与天赋有一定关系，但研究表明关系并不大，更不是决定性因素。其实写作和学习其他功课一样，都需要考生平时要多积累多练习，熟能生巧。当然，考生在平时的训练中也不一定非要写微小说，故事、散文、剧本等文体都是可以的，甚至是记录自己日常生活或心理情感的随笔、日记等也对锻炼我们的写作大有帮助。总而言之，只要考生能够在平日里多写多练，在考前就投入到写作和构思练习中，久而久之，能力和水平一定能大有提高。

4.要培养积累灵感的习惯

考生在平时应注意灵感的积累。学习导演类专业的考生都应该慢慢培养一个习惯，那就是在平时的学习和生活中，遇到任何关于写作的灵感和构思的素材都要及时记录下来，比如日常的所见所闻、阅读中的感悟、与他人交谈中的顿悟、一句很感人的歌词、新闻报道、社会热门事件等。虽然说"灵感"这种东西转瞬即逝且无法强求，但是如果我们平时注意搜集和积累，它就会慢慢转变为我们头脑里的素材库。等到我们进入考场，打开"库门"，这些素材就可以任我们随意选择了。

5.语言要朴实简洁

微小说要求语言简洁明了，切忌使用铺张华丽的辞藻。优秀的微小说不是华丽文字的堆砌，它要求考生用最通俗易懂的语言，展现曲折的情节和人物形象。所以考生在创作微小说时一定要把重点放在小说的三要素即人物、环境、情节上，尤其是人物和情节。那种集中于渲染气氛、堆砌辞藻和卖弄文采的做法，只会导致情节设置和人物关系失重，万万不可取。

6.不要过度使用技巧

要使微小说短小的篇幅骤升波澜，考生需要掌握一定的写作技巧，但切忌单纯为了追求技巧而写作，这无疑是舍本逐末的做法。很多考生在微小说写作中往往使用过多花里胡哨的技巧，这不仅没有传达出作品的核心思想和深刻内涵，反而使文章变成了单纯的炫技。这样的文章形式大于内容，空洞无味。

7.要刻意设置伏笔和关键线索

写作一定要有"藏"的习惯，这是制造情节波澜、书写意外结局的关键。在小说情节发展的时间线上，什么时候该让读者知道什么情节，这就要求作者会藏。在细节方面，注意埋藏伏笔，伏笔必须与主人公和情节的发展有关，使用伏笔时记得收尾。写作还必须有关键的线索，可以是一个物品、一句话、一件小事等，贯穿全文。

8.情节设置要注意把握节奏

剧情穿插，要尽量有起伏，切忌过平，以防写成流水账。成功的微小说能让读者产生坐过山车的感觉，前段平缓，高潮段高度紧张，结尾让人意犹未尽。高低落差越大，审美刺激程度越高，效果越好。但是，考生也不能一味追求曲折而忽视了情节的有序安排，应把握好情节的发展速度，过慢过快都不可取。此外，还要注意文章的节奏拍子，就像音乐，有的是二分之一拍，有的是四分之一拍。节奏的快慢同样会引起人们或紧张或平稳的情绪。

9.合理安排"高潮""巧合"和"转折"

考生一定要合理安排好文章中的"高潮""巧合"和"转折"。剧情进展顺利的时候考生就要用心制造高潮，及时抓住读者的胃口。高潮一定要放在主线之上，并且和主题相符合。巧合和转折必须要符合生活逻辑，切忌强行扭转情节发展方向，那样效果会适得其反。另外，巧合也不宜过多。

10.要学着模仿借鉴优秀微小说

考生要学会借鉴。前文列举的许多例子都是很典型的作品，还有许多经典的作品都值得我们借鉴，考生千万不要因这些题材已经被写过而担心撞车，先模仿，后创作。最关键的是我们要学习这些作品的骨架和精髓，学习后再加入自己的思想，不怕找不到创作方向。

11.人物和剧情设置要有主次

人物和剧情设置要有主次，切忌喧宾夺主。人物数量要控制好，主要人物不要超过两人，千万不要浪费笔墨在无益于推动情节发展的人物身上，配角的出现一定是为衬托主角和推动剧情服务的。另外，考生还要学会"忍痛割爱"，对于不必要的情节要全盘舍去，留下的情节也要做到详略得当。文中角色所说的每一句话都要和情节有关，事件也要和故事有关，不要横加一笔，更不要废话连篇。

12.要时刻牢记主题，切忌说教

考生要时刻牢记自己作品要表达的主题，切忌下笔千言，离题万里。如果写到中间时卡住了，也不要盲目增加旁支，而是要回到原点，看看自己先前的设定，是否还能从中找到另一个方向，或者检查一下前面的段落是否还有遗漏的细节没有交代，有目的地进行延伸。另外，考生在创作微小说时，可以使用哲理式结构，但是主题一定要深刻有内涵，且能给读者留下充足的思考和想象的空间，切忌在文章里对读者进行枯燥乏味的说教。此外，考生还要注重微小说的时空，时空可以连续，也可以跳跃，但一定要符合主题。

13.要借角色表达思想，对话要平实

考生在写作微小说时，要时刻记住自己文中的角色，借用角色的感受向读者传达思想。角色与角色之间的对话既要有艺术性又要有真实性。用语尽量平实，对话不要花里胡哨，少用俗语俚语。平实并不意味着写作只围绕一件事或者一个人进行，考生应在此基础上进行深入挖掘，最终将情节和人物指向微小说的主题内核。

14.要合理运用虚构

微小说可以合理运用虚构，创造本就是将虚幻和现实混合，产生似真似幻的神秘感，从而给读者以既反常又合理的感觉。考生一定不要把真人真事直接套在作品中，而是要适当运用各种技巧对其进行艺术化加工，这样才能足够吸引人。小说中人物的名字要符合人物形象，尽量简单，不要太长太复杂，但也不要随意用一些太亲切的昵称。

15.写完后一定要检查

微小说所蕴含的主题思想并不是唯一的，一千个读者有一千个哈姆雷特，考生不需要把主题思想明确讲出，而是要留给读者去思考。另外，文章的叙述视角要固定，不要随便转换视角。考生在写完一篇微小说后，一定要从头到尾再读一遍，检查结尾与开头是否相吻合，时间线、发展逻辑是否正确。检查工作必不可少也至关重要，因为当我们沉浸于写作之中时，往往会因过分关注局部而忽视了整体，只有等到写完后再检查一遍时才能发现很多细节上的小问题，从而及时做出修改。

第五章　微剧写作

第一节　微剧写作的基本概念及考试要求

在以往编导类专业的命题故事编写环节中，给定文体多集中在"叙事散文"和"短故事"这两种类型上。2024 年，随着艺考新政的正式实施，编导类专业被撤销，取而代之的是戏剧影视导演专业，其统考的考试科目更加趋于专业化和精细化，其中表现之一就是在"叙事性作品写作"这一考试科目中，给定文体由从前的两种扩充为四种，而"微剧"写作正是新增的两种文体之一。

微剧，是相对于大型戏剧的一种戏剧体裁，它包括小型话剧（独幕剧）、小型戏曲以及戏剧小品。就形式而言，微剧是一种短小精悍的戏剧形式，时长在几分钟至十几分钟之间，与传统戏剧相比，微剧更注重情节的紧凑与节奏的快速，通常只需要少数演员、简单的舞台布景即可完成。就主题而言，微剧既容纳了传统的戏剧元素，同时又与当下的文化语境密切融合，呈现出时代性和先锋性等特征。微剧常结合网络热点、社会话题和青年文化等元素，以简洁、生动的故事情节和紧凑的表演形式，在短时间内传递出丰富而有深度的信息和情感，是一种与当下文化需求匹配度很高的文体。

根据新发布的《2024 年表（导）演类专业统考考试大纲》规定，微剧写作的要求如下：

（1）作品主题积极健康，能够体现考生开阔的观察视野和理想情怀，尤其是家国情怀。

（2）写作内容基本符合题目要求，能够体现考生的审美素养、知识素养和对事物的观察、提炼能力。

（3）叙事构思具有逻辑性和创造性，能够体现考生的形象思维、创意思维培养潜质。

（4）写作语言通顺、流畅，行文格式规范、表述清晰，无明显病句或错别字，能够体现考生的文学基础。

（5）根据给定命题进行写作，考试时长150分钟，不少于1200字。

总体而言，微剧写作同其他文体创作的要求大致相同，主要考查考生在文学创作的立意把握、结构创意和文字组织等方面的综合能力，以及考生在视听表达方面的潜力，但值得注意的是，戏剧自身有着独特的艺术表现规律，考生在创作时要尊重这一文体的特色，严格遵循格式上的规范进行写作。

第二节　微剧写作的主要类型及文体要求

微剧从属于戏剧，其体量虽小，却不失大型戏剧所需的各项要素，因此若要理解微剧的本质和特征，需先从戏剧切入，理解戏剧与诗歌、小说、散文等文体的不同之处。戏剧是一种综合性的艺术，在其诞生、发展、繁荣的历史进程中，衍生出多种多样的戏剧样式，主要包括话剧、歌剧、舞剧、戏曲、音乐剧、舞台剧、小品等品类形态。有别于诗歌、散文、小说等其他文艺样式，戏剧既"兼容着文学、音乐、表演、舞蹈、美术等艺术因素"，又"具有多种艺术相互交叉、互为渗透的多重性"，是一个特别的有机的整体。

一、戏剧的分类与特征

1. 戏剧的分类

戏剧是演员在舞台上扮演给观众看的一个已经做了专门安排的故事，有广义和狭义之分。广义的戏剧是话剧、歌舞剧、戏曲等品类形态的总称，狭义的戏剧主要指话剧。戏剧是一种古老的艺术形式，产生于宗教仪式和英雄崇拜。远在4000多年前古埃及为庆祝主神奥赛利斯举行的宗教节日活动中，曾产生过所谓的"阿皮杜斯受难剧"，这便是戏剧的发端。经过漫长的历史积累，戏剧内部逐渐发展出多种门类。

从表现形式划分，戏剧有话剧、歌剧、舞剧和歌舞剧。话剧是通过演员的对白来揭示全剧内容的戏剧，经典作品有《雷雨》《茶馆》等；歌剧是以歌唱、音乐为主的戏剧，有的歌剧只有歌唱，有的歌剧则是歌唱、独白和对话三者兼而有之，西洋古典歌剧只有歌唱，中国古代戏曲则是歌舞剧或歌剧，经典作品有莫扎特的《费加罗的婚礼》等；舞剧是一种把舞蹈、音乐、戏剧三者结合在一起的戏剧艺术，经典作品有柴可夫斯基的《天鹅湖》、现代舞剧《白毛女》等；歌舞剧是一种将诗歌、音乐、舞蹈、戏剧等因素综合在一起，载歌载舞，亦唱亦白的戏剧艺术，现代美国百老汇的音乐剧就属于这类歌舞剧。

从审美效果划分，戏剧有悲剧、喜剧和正剧。悲剧起源于古希腊，由酒神节祭祷仪式中的酒神颂歌演变而来。在悲剧中，主人公不可避免地遭受挫折，受尽磨难，甚至丧失性命，但他们合理的意愿、动机、理想和激情预示着胜利和成功的到来。基于描写对象和手法的不同，悲剧还可分为英雄悲剧、命运悲剧、性格悲剧、社会悲剧、日常生活悲剧等样式，经典作品有《俄狄浦斯王》《哈姆雷特》等。喜剧同样起源于古希腊，一般以夸张的手法、巧妙的结构、诙谐的台词及对喜剧性格的刻画，引导人们对丑陋的、滑稽的予以嘲笑，对正常的人生和美好的理想予以肯定。喜剧冲突的解决一般比较轻快，往往以代表进步力量的主人公获得胜利或如愿以偿为结局。基于描写对象和手法的不同，喜剧又可分为讽刺喜剧、抒情喜剧、荒诞喜剧和闹剧等样式，经典作品有《威尼斯商人》《钦差大臣》等。正剧，也称严肃剧，是在悲剧与喜剧之后形成的第三种戏剧体裁，产生于 18 世纪启蒙运动时期。在正剧中，生活的肯定方面和否定方面往往同时作为表现的对象，正剧主人公也像悲剧人物那样把历史的必然要求作为自己的目的，具有明确的自觉意识，通过自己的行动使这种要求有实现的可能。人物的命运、事件的结局在正剧中具有完满性，我国古代戏曲中的公案戏均属于正剧。

从戏剧场次划分，有独幕剧、多幕剧和戏剧小品。独幕剧是独成一幕的短剧，它的容量较小，把全剧情节集中在一幕中来表现，类似于小说中的短篇。它的人物较少，情节也比较简单，往往通过一个集中的生活片段反映具有重大意义的主题，表现尖锐的矛盾冲突。多幕剧是大型的戏剧，它的容量较大，剧情较为复杂，同长篇小说一样，篇幅长，可以容纳更多的人物，可以有较为复杂的故事情节。它分幕分场，能够通过换幕来表现时间的间隔和空间的转移。因此，多幕剧能够反映更广阔的社会生活。戏剧小品原来是戏剧学院培训和考核表演、导演人员的一种"表演练习"和"教学小品"，20 世纪 80 年代开始成为一种独立的戏剧样式。它仅仅截取生活的一个片段，只叙述一个单一事件，通过少数演员运用少量道具进行烘托性表演，突出人物鲜明的个性特征，机智幽默地展示生活情趣。这个戏剧品种造就了像陈佩斯、赵本山等一大批小品明星，诸如《超生游击队》《扶不扶》等脍炙人口的戏剧小品名篇得以出现。

此外，戏剧还可以从题材内容划分，有情节剧、社会问题剧、心理剧、纪实剧和历史剧等。

2. 戏剧的特征

戏剧作为一种表演艺术和叙事艺术的综合体，主要表现出以下四种基本特征：

（1）表演性

著名学者余秋雨曾明确地指出："任何戏剧作品都是为了演给由若干人组成的一群观众观赏的，这就是戏剧作品的真正本质，这就是一个剧本存在的必需条件。"戏剧作为一种以剧场排演为主要传播方式的艺术样式，兼具文学性和剧场性双重特征，相比之下，剧场性更能突出戏剧的艺术门类特征。

所谓剧场性，是指戏剧呈现的场域特征。从戏剧的表演性本质出发，我们可以知道，戏剧剧场性的核心，是由演员的表演与观众构成的实时的、直接的、生动的观演关系，这种观演关系，是建立在演员的戏剧表演之上的，并主要由演员的表演所主导。

所以，表演性是戏剧艺术的首要特征。表演性是指演员在舞台上借助角色而传达的动作、语言以及所营造的戏剧情境。戏剧的表演性特征，是贯穿戏剧构思、剧本创作、剧场呈现等整个创作过程的指导性特征。

（2）叙事性

在绝大多数情况下，戏剧离不开故事，一部戏剧往往讲述一个曲折且富有深意的故事，所以，戏剧是叙事的艺术。戏剧讲述一个故事，必须兼顾三个叙事的基本问题：讲述什么故事，谁在讲，怎么讲。从这点上看，似乎所有的叙事艺术都是相似的，都要在叙事过程中兼顾这三点，但具体到戏剧，又呈现出独特的叙事艺术特征：

首先，"什么故事"，戏剧所讲故事必须适合在戏剧剧场呈现，必须能够通过演员的表演来实现。其次，"谁在讲"，一般来说戏剧的叙事者是剧作家，但是受到舞台演出的影响，戏剧的创作往往不像小说一样由创作者主宰，而是混合了多种叙事者的视角。最后，"怎么讲"，这是戏剧的核心，每一种戏剧样式都有自己独特的艺术呈现方式，比如中国戏曲的载歌载舞，再比如话剧对语言、动作等基本手段的强烈依赖。

（3）抒情性

戏剧的抒情性，首先表现在它与戏剧叙事的紧密相连上。戏剧的抒情是一种具像化的抒情，与诗歌、小说、散文等其他文艺样式不同，戏剧的抒情必须借助角色的语言、动作等来实现，必须与具体的故事情境相融合。以话剧《雷雨》为例——

在第二幕中，繁漪有一段著名的独白："热极了，闷极了，这里真是再也不能住的。我希望我今天变成火山的口，热烈烈地冒一次，什么我都烧个干净，当时我就再掉在冰川里，冻成死灰，一生只热热地烧一次，也就算够了。我过去的是完了，希望大概也是死了的。哼，什么我都预备好了，来吧，恨我的人，来吧，叫我失望的人，叫我忌妒的人，都来吧，我在等候着你们。"

这段独白，展示出繁漪的焦灼、压抑和苦闷，她爱起来像一团火、恨起来也像一团火的炽烈情感和阴鸷的性格亦熔铸其中。曹禺在他的剧作中，善于赋予人物以简约凝练的戏剧语言，这些语言的情感分量远远超过它们的字面意思，或委婉隽永，或浓烈奔放，富有抒情意味。

简言之，戏剧的抒情性要求创作者将自己的主观情感对象化、具体化到戏剧中，这种被对象化和具体化的情感的集结与凝聚，传达出创作者深刻的人生体验和个人情感，使戏剧拥有了强烈的抒情性。

（4）综合性

从戏剧的创作流程来看，戏剧是包括了剧作者、导演、演员、服装、化妆、舞美、灯光、道具、音响、作曲、观众等多方面、多环节的综合性、集体性创作。一般来说，剧本、演员、观众被称为戏剧三要素，再加上戏剧得以实现的物理空间即剧场，便构成了戏剧四要素。戏剧创作的综合性或曰集体性，是它区别于小说、散文等文艺样式最显著的特征，这也要求剧作者的创作绝不仅仅止于案头文本创作。作为剧作者，应当具有全局意识，能够充分意识到剧作的综合性，在构思剧本时就充分考虑到整部戏剧的舞台设计，在脑海中建构虚拟但具体的舞台形象，细致地将自己的构思具体化到角色身上，使自己的剧本既具有文学观赏性，又能够顺利地搬演到舞台上，成为"场上之戏"。

二、戏剧文学的含义与审美特征

戏剧有四个必备的要素，分别是演员、观众、剧场和剧本。戏剧文学就是指专供戏剧演出用的剧本，作者借此记录人物言行、叙述情节发展、进行舞台演出提示。在戏剧发展的萌芽期，并没有专门的供戏剧演出的剧本，也就是说戏剧文学晚于戏剧产生，而它的产生也标志着戏剧这种艺术形式走向成熟。

戏剧文学的审美特点主要表现在四个方面：

1. 限制性叙事视角

戏剧文学是戏剧艺术的衍生品，它的审美特征与戏剧的审美特征密切相关。由于戏剧独特的叙事特点（"谁在讲"问题），剧本中的语言如台词或唱词，必须由剧中人讲出（或唱出），所以戏剧文学排斥作者出面。不同于小说可以由作者出面用叙述、议论的语言来引导读者去理解人物、解释人物隐藏的思想和行为动机，戏剧文学必须由舞台上人物的言行来传达作者的意图。

2. 带有动作指示的语言

由于戏剧以表演性作为自己的指导性特征，所以与小说不同，戏剧从根本上排斥叙述，小说家通常通过对动作的叙述、描写，帮助读者理解想象，戏剧却直接通过台词来规定动作的内容和方向，将人物的动作直观地呈现在读者面前。以曹禺对巴金小说《家》的改编为例。

小说《家》第三十六章中，陈姨太借口"血光之灾"逼迫瑞钰到城外分娩，听到这个无理的安排后，巴金是这样表现觉新和瑞钰的反应的，作为叙述者的他直接"跳"出来用一句话交代了他们的反应——"他没有说一句反抗的话"，"瑞钰也不说一句抱怨的话"，然后再深入分析他们无言的哀楚。但是作为剧作家的曹禺却是这样改编的：

陈姨太 （阴沉）大少爷？

觉　新 （望一望低着头的瑞钰，转对克明，痛苦地）三爸，您看——（克明毫无勇气地低下头来，觉新转对周氏）母亲，您——（周氏用手帕擦着眼角。觉新缓缓转头，哀视着瑞钰，——）

瑞　钰 （哀痛中抚慰着觉新）不要着急，明轩。（对陈姨太，沉静地）我就搬，（转对周氏）城外总可以找，找着房子的。

主人公那些无言的哀楚在这里化作伴随着动作神态的精炼台词，虽无小说中的直接剖白，读者却分明能深切地体察到角色的感受和作者要传达的意思。

3. 人物、时间、空间高度集中

戏剧是表演的艺术，演出的舞台与广阔的社会生活相比，无论时间还是空间上都极为有限，这也决定了戏剧文学不能像小说那样上下千年、纵横万里，而必须浓缩地表现生活。剧本是戏剧创作的基础，戏剧受到舞台的制约，要求剧本中的人物、时间和空间高度集中。

就人物而言，一般的剧本，写四五个主要人物已经很不容易了，独幕剧通常要求描写人物更加精简，过多的人物和复杂的人物关系势必难以在规定的舞台时间内充分展开，继而影响艺术效果。在戏剧影视导演专业统考的叙事性作品写作考查中，考试时间为150分钟，写作字数要求不少于1200字，这就对写作的时间和字数进行了明确限制，因此考生在构思微剧本时，一定要对人物数量进行严格限制，千万不要天马行空创作出过于复杂的人物关系，这样只会使整个剧本千疮百孔。

就时间而言，舞台演出有时间限制，即便像《茶馆》那样反映半个世纪社会生活的剧作，也只能将半个世纪的社会生活浓缩进三天的特定时刻。所以考生在考场上构思微剧本时，一定要选择在短时间内发生的故事，只要把故事叙述清楚，人物性格刻画生动即可。不建议考生构思跨越时代的鸿篇巨制，除非其把握剧本的能力特别强，否则很容易使创作出现虎头蛇尾，或是陷入"假、大、空"的境地。

就空间而言，舞台上只能依靠分幕、分场来改换场景，即便采用灯光来切割表演区域、变换场景也是有限度的，频繁换景会影响剧情的连贯性同时加大制作成本，不是戏剧所追求的。而从考试的角度讲，由于对创作时间和剧本字数有限制要求，考生的微剧本创作建议以"独幕剧"为主，这类戏剧空间明确而简单，更加有利于考生对于戏剧冲突和人物性格的表现和刻画。

为了解决舞台表现的有限性，古典主义戏剧提出了戏剧创作的"三一律"，要求戏剧创作在时间、地点和情节三者之间保持一致性。所谓"三一律"，即一出戏所叙述的故事发生在一天（一昼夜）之内，地点在一个场景，情节服从于一个主题。

曹禺的《雷雨》便是成功运用"三一律"的经典创作案例，剧中两个家庭、八个人物在短短一天之内发生的故事，牵扯了过去的恩恩怨怨，狭小的舞台上不仅表现了伦理的矛盾、阶级的矛盾，还有个体觉醒与时代发展之间的矛盾，而在这种种激烈的矛盾和冲突中，剧作家又完成了对人物性格的塑造。

4. 尖锐的戏剧冲突

冲突是构成剧本的基础和根本因素，没有冲突就没有戏剧。剧本必须表现一个迅速爆发、迅速发展、迅速解决冲突的戏剧过程，也就是将生活中变化最显著、斗争最激烈的那些事通过舞台表现出来，而那些生活中平和的，即使是一般性的冲突，是不能在戏剧中表现出来的。因此，人们把剧本叫作"激变艺术"，而把小说叫作"渐变艺术"。剧本如果没有波澜起伏的矛盾冲突，那么它常常只能是失败的。

三、微剧写作的基本类型及格式规范

微剧主要指向三种戏剧类型，即小型话剧（独幕剧）、戏剧小品、小型戏曲。

1. 小型话剧（独幕剧）

话剧历经百余年的发展历程，已然形成较为规范的创作模式。现结合丁西林的独幕剧代表作《三块钱国币》的节选，就话剧的格式规范做如下介绍：

时间：1939 年抗战期间。

地点：西南的某一省城。

剧中人（亦可作"人物"）

吴太太——抗战时期西南的某一省城的热闹街上所看到、听到、碰到的无数外省人之一。年 30 以上，擅长口角，说得出，做得出。如果外省人受本省人的欺侮是一条公例，她是一个例外。

杨长雄——抗战期间，跟着学校转移，上千的流离颠沛的 大学学生 之一。年20左右，能言善辩，见义勇为，有年轻人 爱管闲事 之美德。如果外省人袒护外省人是一条公例，他是一个例外。

成　众——休假日期杨长雄卧室中进进出出的许多 少年朋友 之一。年岁与杨相若，言语举动常带有自然而不自觉的 幽默。如果一个人厌恶女人的啰唆，喜欢替朋友排难解纷是一条公例，他好像是一个例外。

李　嫂——物价飞涨，工资高贵的非常时期中，许多从乡间来省谋生赚钱的 年轻女佣 之一。年20以下，毫无职业经验。初出茅庐，虽得其时，而未得其主。如果一个女佣只有赚钱，不会贴钱，只有正当的或不正当的增加财产，不会损失财产是一条公例，她确实是一个例外。

警　察——当然是西南某一省城内许多维持治安的 警察 之一。但在数目的比率上，微有不同，因为在这一个城内，不但警察数目较多，卫队宪兵纠察侦探亦较多，然这与本剧无关，没有说明之必要。如果警察应该 尊重权威专门招呼汽车 是一条公例，他不是一个例外。

布景

[一个旧式住宅的四合院子。上面是有廊子的三间正房，是吴太太的住所。右面是两间矮小的厢房，是杨长雄的公寓。左面两间厢房，一为厨房，一为出门的过道。院子里有树有花，也有晒着的被单、女人的内衣和小孩的尿布等。廊子上堆着别无放处的桌子、椅子、茶几、板凳和小孩的车马等。（注意！此处不是"［］"而是"［"。）

[开幕时（亦可写作"幕起："），吴太太在收拾晒干的东西，有的只是折好，有的先需熨平。杨长雄坐在窗外的一个蒲团上看书，晒太阳。

吴太太　（继续开幕以前的口角）穷人，穷人，这个年头，哪一个不穷呢，哪一个不是穷人呢？白米卖到六十块钱一担，猪肉一块五毛钱一斤，三毛钱一棵白菜，一毛钱一盒洋火，从来没有听说过。穷人，穷人，是的，做娘姨的是穷人，做主人的个个是发财的吗？这个年头，只有军阀，只有奸商，没有良心的人，才会发财呀，我们可不是这样的人——这样的三间破房子，一个月要四十块钱的房租。打仗以前，连四块钱都没有人要。简直是硬敲竹杠！这样的事，才是欺负人的事，这样的人，才需要旁人去管教管教……

（一面说话，一面已折好几件衣服，说时，目常向杨长雄藐视，他显然是她管教的对象。）

［杨长雄想用两手掩耳，则无手拿书。不得已，用一手把对着声浪的一耳掩上。

吴太太 是的，我用的娘姨是一个穷人，我承认，可是我并没有欺负她。这样贵的伙食，她一个人吃三个人的饭，我并没有扣她的工钱呃。（转调）打破了我的东西，不赔！还有旁人帮忙，说不应该赔。我倒要听听这个大道理

成 众 （正当他的朋友预备讲道理的时候，从右厢房走出，一手提着一张方凳，一手拿着一盒象棋，走到杨长雄的面前，放下凳子）下棋，下棋。

杨长雄 （放下书本，预备下棋。忽然看了吴太太一眼，想逃出对于下棋不利的恶劣环境）拿到里面去下好不好？

成 众 （没有懂得杨的提议的理由）里面很冷，外面有太阳，外面比里面好得多。（刚说完，就看见杨长雄用大拇指向后指指那恶劣环境的产生者，了解了杨长雄的意思）喔！里面和外面一样！（两人摆好棋子，开始下棋。）

…………

吴太太 那不用你担心，你等着看好了。

成 众 下棋，下棋。

［杨长雄就此下台，回到象棋的战场，继续未完的棋局，吴太太也继续回到她未完的家事。少停，外面先传进一阵敲门的声音，接着走进一男一女，男的一望而知是一个警察，女的一手提了一个小包袱，从她的可怜神情，也不难猜出，她就是闯了祸的李嫂。

…………

（1）舞台提示

舞台提示是剧作者为话剧演出提供的创作说明。舞台提示主要包括三部分内容：

①人物表：主要介绍话剧的所有出场人物及角色说明

话剧剧本的开头往往有一份比较详细的人物表，对登台的演员做简要介绍。话剧的人物表一般需要说明人物的年龄、身份、主要性格特征以及其他需要特殊说明的情况。人物表一般按照从主要人物到次要人物的顺序排列，主要角色的介绍较为详细，为之后演员理解角色、塑造角色提供重要依据。《三块钱国币》中女主人公吴太太的年龄在 30 岁以上，外省人，是一位擅长口角，性情泼辣，容不得半点委屈的太太。丁西林用短短两行字便使吴太太的形象跃然纸上。

②故事背景：主要交代故事发生的时间、地点，每一场戏发生的具体环境说明

一般来说，话剧需要对故事发生的背景作较为详细的说明，因为话剧的写实性要求剧作者营造一个具体而真实的故事环境，这就需要剧作者对故事发生的宏观的时代背景、故事的具体情境等作出较为详尽的描摹。在《三块钱国币》中宏观的时代背景是1939年抗战时期西南的某一省城，故事发生的具体情境是国难时期一间几家人共同生活的旧式四合院子，作者对故事环境从宏观到微观的介绍既交代了故事背景，也为接下来人物的出场做铺垫。

③舞台设计：主要包括舞台的服装、化装、道具、美工、灯光、音响等方面的构思，以及人物的上下场安排。

话剧对舞台设计的介绍非常详细，除交代舞台布景外，对人物上下场的交代也是其中的重要内容，剧作者必须考虑到角色的上下场问题。在《三块钱国币》中，成众在杨长雄正要"应战"的时候，以找杨下棋为由上场，杨长雄在成众的召唤下结束了与吴太太的争吵，借由回到棋局完成了"下场"的任务，而警察和李嫂则通过"敲门声"出场。

（2）台词

话剧的主体内容是台词。台词是指角色在舞台上的语言，它是话剧展开情节、塑造人物、营造戏剧冲突的主要手段。一般来说，话剧的台词都较为生活化，当然，作为一种艺术语言，它也不能像日常说话那样随意。因此，话剧的台词往往介于书面语和口语之间，是经过剧作者艺术加工和提炼后的口语。台词一般有三种，即对白、独白和旁白。

①对白

对白是指话剧中角色之间的对话，是台词的主要形式。如，杨长雄想要躲避吴太太的"管教"，于是提议去屋内下棋，成众没有理解他的言外之意，于是回答说屋内太冷，还是在屋外下棋更好。

②独白

独白是指文学作品中角色的自言自语，往往指角色的自我表白，剧作者通过独白来揭示人物的内心世界，使观众（读者）能够深入了解人物的思想活动。例如，一开场吴太太便因李嫂打碎了自己的花瓶而自言自语地发表对物价上涨、房租涨价以及损坏东西要赔偿的见解，看似不经意，实则是暗示杨长雄不要多管闲事，与此同时这一段独白也将吴太太尖酸刻薄、咄咄逼人的形象展现得淋漓尽致。

③旁白

旁白是指话剧中跳出具体的戏剧情境，从旁观者或叙述者的角度对话剧做介绍和评价的台词。旁白可以由局中人道出，但一定是剧中人跳出情境，说给观众听的话，起到解

释、说明的作用。旁白也可以由剧外人以叙述、评价的方式出现，这个人不出现在舞台上，但为观众提供了一种欣赏视角，起到升华主题等作用。然而，传统话剧很少使用旁白，因为它的出现容易让观众出戏，使其将注意力放在旁白提供的视角上，偏离故事主线，但这往往也能营造出一种戏剧的"间离效果"，这种演出效果多为某些现代话剧和先锋话剧所喜，是它们常用的创作手法。

（3）角色动作提示

角色动作提示是话剧舞台提示的重要组成部分，承担着推动剧情、塑造角色的任务。角色的动作大致可以分为外部动作和内部动作两种。

①外部动作

外部动作，也称形体动作，是角色在舞台上的主要动作，包括角色的头部、肢体、五官等能够快速被观众捕捉的动作，这些动作和台词一起，承担着主要的叙事作用。

②内部动作

内部动作，也称心理动作。这种动作是角色内心情绪的体现，动作幅度不大但往往能够体现出人物微妙的心理或性格。

值得注意的是，话剧的动作设计既要夸张也要合理，既要富有艺术表现力也要符合生活逻辑。

2. 戏剧小品

戏剧小品是 20 世纪 80 年代初期在我国兴起的一种短小的戏剧样式，从起源上看，戏剧小品是从独幕剧中独立出来的剧种，所以总体看来，它基本符合小型戏剧的艺术特性，同时和小型戏剧共用同一套文体格式规范，遂本节不再对其格式展开介绍。

但值得说明的是，戏剧小品和小型戏剧在主题风格上仍存在较为明显的差别，需要考生加以辨析。戏剧小品常常是各种晚会和文化娱乐的压轴节目，虽然最早的戏剧小品来自戏剧舞台，但它真正走进千家万户却是通过电视节目，这种特殊的流行方式也使得戏剧小品不可避免地带有喜剧性和世俗性的特点。戏剧小品是百姓自我娱乐的一种方式，也是一种绝对平民化的艺术形式。相较于独幕剧，戏剧小品更具有"俗"的气质，它一般取材于社会百态，讲述的是贴近生活的凡人小事，质朴灵动，小巧玲珑，耐人寻味，代表作有《超生游击队》《扶不扶》等。

3. 小型戏曲（折子戏）

小型戏曲（折子戏）是中国戏曲特有的一种演出方式。与诞生于西方的独幕剧一样，折子戏也属于小型戏剧、微型戏剧的范畴，其篇幅短小，情节不复杂，但具备一定的戏剧性。"折"在元代元杂剧中就出现了，一"折"相当于现代戏剧中的一"幕"，当时一部完整的戏曲为"一本四折加一楔子"，但由于有些作品过于松散冗长，一部戏常常要演几天，于是便出现了从全本戏中摘取精彩的单折来演的先例，折子戏便由此诞生。

　　传统戏曲中的折子戏是整本戏中的一段，通常是从戏曲之中选取其剧情高潮部分进行演出。这一折之中，剧情相对集中，情节虽然不是很完整，但也能自成片段，再经过舞台上不断地补充修饰，变成了一折折完整的小戏曲。中国传统戏曲中有不少精彩的折子戏，比如京剧整本戏《红鬃烈马》（薛平贵与王宝钏的爱情故事）中经常演出的《平贵别窑》《武家坡》《探寒窑》等，《牡丹亭》整本戏中具有代表性的《游园惊梦》《春香闹学》等。

　　新中国成立以来，小型戏曲创作十分繁荣，作品数以万计，但真正成为精品得以保留下来的却不多，比较著名的有《打铜锣》《新嫂嫂》《包公赔情》《界树下》等。1978年以后，小型戏曲创作有了新的发展，出现了《摇篮曲》《大姑爷坐席》《一包蜜》《定心丸》等一批反映现实生活的作品。近十年来，由于戏剧环境发生变化，小型戏曲创作进入低潮期，优秀作品凤毛麟角。

　　在中国戏曲的漫长发展历史中，由于每个时代的创作风格和表演需要不同，戏曲的文体也千差万别。在近现代，受到话剧等外来戏剧形式的影响，中国戏曲的文体也有向话剧靠拢的倾向。

　　戏曲的文体大致可以分为文本和台本两种形式。文本与话剧剧本的体制基本相同，用于架构故事，设计唱词、念白、动作。文本完成后，还需要进行演出台本的设计。台本是音乐乐谱和曲词兼有的全谱形式，台本完成后，将成为演出的依据，供演员和乐队排练、演出使用。但考试对写作叙事类戏曲作品的考查，仅要求完成戏曲文本创作。现结合现代戏曲经典《朝阳沟》的节选，就戏曲文本的格式规范做如下介绍：

时间：春暖花开的时候。

地点：公园一角。

人物

银　　环——十八九岁，到山区参加劳动的中学毕业生。

流氓学生——与银环同时毕业的学生，父亲是资产阶级右派。

拴　　保——二十岁的青年，银环的未婚夫，也是同时毕业的同学。

拴 保 娘——四十多岁，忠厚善良的老大娘。

巧　　真——十五岁，聪明活泼的小姑娘，拴保的妹妹。

布景

[台中间，一个花池，盛开着五颜六色的花朵。台右一根路灯杆，上面三个白色圆球形路灯。台左靠花池有一张二人的小连椅。

[开幕时 远处传来隐隐约约的敲锣打鼓声，不是向党送决心书，就是庆祝某项建设工程顺利完成。随之乐队奏起烦闷的开幕曲，显然和刚过去的锣鼓气氛不调和。银环，扎着两条大辫子，背着书包，拿着一本戏剧报，无精打采地走上，她往右台下看了一眼，坐到连椅上，翻了两页书，看不下去，看了看手表，站起来，靠着路灯杆。

银环 (唱慢板)杏花谢，桃花开，白里透红，

冰雪消，百草生，杨柳发青。

蝴蝶儿随风舞飞过头顶，

(钟声响) 从南关又传来放学的钟声。

冬天过春天来日月长在，

白天思夜里想难下决心。

(改流水) 李桂兰到农村参加劳动，

张莲英她来信回到农村，

同学们都来信把我批评，

都说我年轻轻虚度光阴。

我有心到婆家参加劳动，

我的娘她骂我太丢人。

(改连板) 我说得轻了她不搭理，

我说得重了她骂得更凶，

她张口骂我不孝顺，

闭口骂我糊涂虫。

一晚上没有关电灯，

脚踩门合骂到天明，

她整整骂了我七点钟。

(以下转两句飞板)

我左等右等，不见人影，

难道说我写的信，他没有看清？

〔唱完，放下书包，坐在椅子上又看书。

〔 流氓学生上 。他身背书包，半洋不土的打扮，头梳得像狗舔了似的。他像狗找食似的藏到路灯后， 向银环投了一封开口信，扭头跑下 。银环拾起一看，上写自己的名字，撕了个粉碎。

银环 (唱紧二八) 人要脸来树要皮，

你少皮没脸是个啥东西！

屎壳郎闻不见自己臭，

三番五次把我追，

你想叫我爱上你，

除非是生铁化成灰。

〔 唱完，怒气冲冲地背起书包向左台口走去 。

〔拴保虽然是个学生，但已经实地参加过劳动，除了打扮上还看出是学生外，气质已和农村青年一样。他手里拿着和银环的"合照"，一上场见银环不在，左右一看，坐在椅子上，又站起来喊了一声"银环"，又气又急。

拴保 (唱飞板) 王银环你太不该，

沤烂的木头难成材；

我来找你你不在，

你不该叫我空跑来。

(扭头就走，银环上)

银环 拴保！

⋯⋯⋯⋯

从这个剧本片段可以看出，戏曲的文本规范和体例基本与话剧相同，也可分为舞台提示、对话和动作三部分，但是，由于戏曲以歌舞演故事，它的文体又与话剧有明显的区别，主要表现在：

（1）舞台提示

①人物表：出场人物及角色说明，如年龄、身份、性格等。

②故事背景：时间、地点、舞台布景等。

③舞台设计：服装、化装、美工、道具和人物的上下场设计。

④音乐提示：戏曲的舞台提示比话剧的舞台提示多出了一项音乐提示，用以显示剧作

者对该剧主要唱段的音乐构思。

（2）唱与白

①唱

唱是戏曲中配合音乐演唱的曲词片段，唱段是戏曲剧本的主体，戏曲的歌舞性特点主要表现在唱段上。

剧作者在创作唱段时，必须兼顾两个因素，即音乐性和文学性。音乐性是剧作者创作时首先要考虑的。一般情况下，一个剧种往往具有一定数量常用的曲调和板式，剧作者在进行戏曲创作时，必须要熟悉这些曲调和板式，以及它们之间连接的规则和变化规律，这样才能创作出符合戏曲音乐规则、突出戏曲声腔特点的剧作。所以，剧作者的文学文本必须以音乐体制为前提，且在创作剧本时，应建议性地标示戏曲的板式和唱腔，如《朝阳沟》中，作者就注明了唱段的板式变化，如"二八""慢板""飞板"等。

②白

白相当于话剧中的对话，戏曲中以唱的方式出现的白称为唱白，以说话的方式出现的白则称为念白。

戏曲的白也有独白和对白之分。戏曲创作尤其要注意独白唱段的创作，与话剧相比，戏曲的独白比例较高，是角色交代故事背景、抒发感情的重要表现手段。戏曲的独白严格来说并不算纯粹的第一人称视角的个人心理活动的表白，而是混杂了创作者对剧情、人物情感说明和展示的复杂文体。例如银环上场时的一段独白便是以叙事为主，以银环的口吻叙述了她毕业后，同学们纷纷响应号召下乡参加劳动，而银环却遭到妈妈的反对，她苦恼之际给未婚夫拴保写信约他面谈。这段独白在开篇就为整部戏铺设了主要的叙事矛盾，可见戏曲的独白不仅担任着抒情的功能，也有重要的叙事作用。

戏曲的念白是唱白的有效补充，起到连接剧情、承上启下的作用。戏曲的念白一般与日常对话区别不大，在白中所占比重不大。

（3）动作提示

动作提示，顾名思义就是角色的动作设计。戏曲的表演高度程式化，人物在台上的各种动作都有较为成熟的套路，这些套路是戏曲演员根据生活的自然形态，加以艺术提炼和加工而形成的规范化表演，在舞台呈现上极富美感和表现力。所以，戏曲的动作提示一般较为简略，仅对人物的大动作或者对剧情有较大影响的动作做简单提示。

第三节　微剧写作的选材立意及话题类型

根据多省、市新发布的《2024 年表（导）演类专业统考考试大纲》给出的考题范例，叙事性作品写作的命题形式是这样的：

示例 1：请以《我的春天》为题，写一篇叙事类作品，叙事散文、短故事、微小说、微剧等体裁均可，不少于 1200 字。

示例 2：请以《我的秘密朋友》为题，写一篇叙事类作品，叙事散文、短故事、微小说、微剧等体裁均可，不少于 1200 字。

命题微剧写作，是指根据指定题目或范围进行的一种微剧本创作。考生要想写好一篇命题微剧本，首先要从微剧写作的"审题"和"选材"上下功夫进行学习。

一、微剧写作的审题技巧

微剧本写作的第一步也是非常关键的一步就是审题，通过审题，考生可明确写作的要求、范围和重点各是什么，这对接下来的写作非常重要。

微剧本写作在审题上尤为需要注意的一点是"抓住题眼"。在一个题目中，往往有一两个关键词语对文章的中心和主要内容起到规定和暗示的作用，对于这样的关键词语，我们常常称之为"题眼"。考生在审题时一定要抓住题眼，如果离题、偏题，那么写得再好也很难得到理想的分数。

练习 1：《关怀》《慰问》《亲人》《清晨》《春风》《火炬》

这一组练习的特点是以词语为题目。这些词对微剧本的中心或内容已经进行了明确的规定。因此，抓住题眼，就要认真理解这些词语的含义。比如《亲人》，我们就要思考：是写家庭中有亲戚关系的人呢，还是写感情深厚、关系密切具有特殊意义的人？再比如《春风》，是写自然界春天的风，还是写人民群众之间的一种和悦的精神风貌呢？考生只有经过深思熟虑，才能把握住题目的实质。

练习 2：《有趣的一件事》《难忘的一件事》《最有意义的一件事》

这一组的特点是以词组做题目。这些题目中的中心词，就是写作的对象。问题是如何抓住这些修饰中心词的词语，例如，可以这样思考："有趣"的事，是从个人的兴趣出发，故要写的事，必须是个人感到愉快，感到有意思、有吸引力的事；"难忘的事"，必须是在记忆中留下深刻印象，不容易忘记的事；"最有意义"的事，必须是对个人、对集体、对社会、对国家最有价值的事。

练习3:《雷锋精神鼓舞我前进》《这件事教育了我》《我发现了……》《我学会了……》

这一组的特点是以句子做题目。在这样的题目中,往往表示动作的词如"鼓舞""教育""发现""学会"等,是词眼所在。如《雷锋精神鼓舞我前进》,就要抓住"鼓舞……前进",重点写雷锋的什么精神、怎样使我振作起来不断进步的。《这件事教育了我》,就要抓住"教育",重点写这件事是怎样使我懂得道理、提高认识,从而获得进步的。

二、微剧写作的选材诀窍

选材,即选择题材。作者根据自己对生活的观察和认识,从客观生活中选择特定的生活范围、生活现象和具体事实(包括人物、故事、情节等),作为进行艺术加工、表达一定生活道理的创作材料,这一艺术行为,就称为选材。选材是剧本创作的重要工序,其意义、效用不言而喻。下面我们将为考生详细讲解,如何选择适合微剧写作的题材,以帮助考生明确哪些选材不适宜微剧,又有哪些适宜。

1. 不适宜"微剧"的选材

(1)缺乏戏剧性的选材

众所周知,戏剧作品的选材有它特殊的要求,并不是所有激发作者创作冲动的题材都可以入戏。按理说,这样一个常识性的问题不应该成为微剧作者创作的障碍,但事实上我们还是常常碰到这样的例子。一些作者把适宜于小说、散文或其他文学样式表达的材料写成了戏剧,当然还有一种情况,那就是把适宜于戏曲表达的东西写成了话剧,或者是正好相反。这种题材和体裁之间错位的结果是作者辛苦写作却只能事倍功半,可谓吃力不讨好。

(2)题材过大,情节、人物关系等较为复杂的选材

一般来说,一个剧本的大小是由生活素材的体积和内在容量所决定的。一些作者在创作微剧时比较常见的毛病是,喜欢把独幕剧的材料拉长成大型戏剧。而更多的作者则把多幕剧的材料简单地压缩为一个独幕剧,使剧本里面只剩下一个干枯的故事轮廓,这样的情况下,微剧本短小的篇幅里再也腾不出空来集中刻画作品最主要的内核。以写微型戏剧著称的丁西林先生在20世纪50年代谈小型戏剧的取材时就曾指出:"目前我们的独幕剧大都写得不够精练,人物众多,情节繁杂,作品包括的内容,往往不是一个短小的独幕剧的容量所能包涵得了的。"这一批评至今仍有现实意义。

一些作者经常会陷入这样一种误区：只有题材大，作品的思想意义才大，只有题材重，作品的思想分量才重。但事实上，艺术品对社会生活的涵盖面、穿透力和影响程度决不取决于题材的大小。常见的情况是，一个重大题材，由于作者缺乏相应的艺术功力，写出来的作品十分平庸；而一个很一般的生活题材，由于作者的巧思和独到处理，成为脍炙人口的艺术精品。如新中国成立初期我国的优秀独幕话剧《妇女代表》，该剧通篇只讲了一个农民家庭中关于要不要把家里的稻草卖给集体，媳妇该不该参加社会活动这样一些小事。但正是通过这些小事，该作品塑造出一个坚定沉着地同封建势力作斗争的新一代妇女形象，并触及我国在新民主主义革命胜利后，继续同封建残余思想作斗争的必要性这样一个重大的历史课题。

　　2. 适宜用"微剧"表现的选材

　　（1）小事件

　　丁西林在谈到独幕剧的选材时说："独幕剧在结构上贵乎精巧，它常常只是表现生活中的某个片段，有时，一个独幕剧的艺术使命，甚至只是为了突出地描写某种气氛、某种情调，或是抓住一两个人物的个性，表现出某些生动的生活情趣和感受……"这一经验之谈，完全符合小型戏剧的创作实际。

　　小型戏剧由于篇幅有限，容量有限，时空有限，只能写些小事件，成功的小型戏剧作品都是围绕极小的事情展开叙述的。比如丢了手机，借一本书，去一次超市，爬一次山，理一次发，见一个人，写一封信，等等。

　　即便是写大人物、大题材，也总是从小事件着手。从某种意义上说，小型戏剧作家的功力就在于能不能找到必要的"小"和表现出应有的"大"。如契诃夫的《小公务员之死》，事情极小，小公务员不小心冲着一位将军的后背打了一个喷嚏，便疑心自己冒犯了将军，这个小公务员害怕极了，他回家后就死了。通过该作品，契诃夫揭露了旧俄社会的官僚统治和那时人与人之间的关系，揭露了封建专制对人们的威慑力量，揭露了社会的黑暗与不合理，以及人性受的扭曲和摧残，这就是"以小见大"的范例。

　　（2）情节单纯

　　好作品的情节都是很单纯的。一部电影、一部戏剧或者一部小说，如果你不能用五分钟讲清楚它的故事脉络，那么，这绝不是一部好作品。皇皇巨著《三国演义》，事件繁杂，人物众多，矛盾交错，气象万千，其实最精彩的部分只有"舌战群儒""智激周瑜""巧授连环计""诸葛亮祭风""周瑜纵火"等几件事情，这些事件在文中仅占八回，用字三万多。一部洋洋洒洒近百万字的大作品姑且如此，更不用说一部小型戏剧了。

　　李渔在三百多年前便提出一人、一事、单线发展是戏曲写作的要旨。展开来说，一部戏应只写一人，而且只写此人的一件事，且此人此事必须足够有"戏"。可见，只有足够有戏的某人某事才能被选作题材，并非任何人任何事都能入戏。这些道理，尤其适用于小型戏剧的选材。

当然，单纯不等于单薄，单纯也不是简单，我们要将简单的事情复杂化，把一个简单的故事展开来写。比如陆军的《闹瓜园》一剧，懒汉阿福要跟瓜大王的女儿甜姑讨西瓜吃，甜姑不答应，这很简单。可阿福提出，年初曾将一百棵瓜秧交给甜姑的爹代种，事情复杂化了。甜姑聪明伶俐，用以毒攻毒的办法制服了阿福。阿福不甘心，认为今年西瓜丰收，田里有上万个瓜，吃掉百分之一也不过是牯牛身上拔根毛。甜姑将计就计，请阿福下田数瓜，数清了，就按百分之一的比例给阿福西瓜。阿福答允，数了半天，才刚开头，就经不起烈日暴晒，只得退兵。阿福见甜姑软硬不吃，就耍起无赖来，说要讨还一百棵瓜秧，缺一棵，罚西瓜三个。甜姑成竹在胸，说刚才你在这里吃了 101 颗傻子瓜子，100 颗算是还瓜秧，另一颗算利息，阿福只好吃瘪。就这样，讨几个西瓜吃，便讨出这么多复杂的事情来，这就叫简单的事情复杂化。

单纯的呈现方式是简练，就是要用最小的篇幅，表现出最大的生活容量，而又有丰富的色彩、鲜明的形象。通常做到这点要满足四个要求：一是主线鲜明，如果有副线，副线则紧随主线，不与主线脱离；二是主题明确，集中；三是有适当的跳跃，跳跃而不中断，疏密得当，繁简适度；四是灵活运用多种叙述的方法。

（3）要有"绝招"

所谓绝招，就是要有"杀手锏"。这个绝招可以是人物关系的发现，可以是一个出乎意料、合乎情理的动作，也可以是一个照亮全局的细节，甚至也可以是一两句画龙点睛的话。比如前面所述的《闹瓜园》一剧中，阿福耍无赖要讨还一百棵瓜秧，甜姑说刚才你在这里吃了 101 颗傻子瓜子，100 颗算是还瓜秧，另一颗算利息，阿福吃瘪，便是"绝招"。当然，严格说来，"设置绝招"更多的是在进入剧作艺术构思时要做的，但如果在选材时就有所考虑，那就可以起到事半功倍的效果。

三、对选材做进一步开掘

戏剧作品的题材选定以后，接下来的任务就是对选材进行开掘。诚如鲁迅先生所说："单是题材好，是没有用的，还要有技术……"而技术运用的第一项重要工作就是题材的开掘。开掘，犹如下棋，如果甲只想到三步，而乙却能想到五步，不用说，乙一定能胜甲。同样一个题材，由于作者的素养不同其开掘出的立意往往层次不同、审美价值也不同。

那么，创作微型戏剧如何在平凡的素材里开掘出富有时代特色的新意来呢？考生可尝试如下方法：

1. 大环境、小故事

剧作者要善于将自己要描写的故事放到大的社会历史环境中去考察、去研究、去描摹，此举可以收到事半功倍的艺术效果，这方面，奥地利著名作家阿瑟·显尼志勒的小型话剧《绿鹦鹉》可以说是一个不可多得的典范之作。

这是一部反映法国大革命对人民影响的佳作，但在文中作者并未直接描写大革命的风起云涌，而是将目光聚焦于一个小酒馆内演出的一场戏。酒馆外面，革命已经山雨欲来；酒馆之内，贵族们仍在醉生梦死。台上的戏与现实时空中平民对贵族反抗的革命形势互为呼应，在现实中演员亨利的妻子被公爵勾引，他只能隐忍，在舞台上通过演戏想象性地杀死公爵，当他得知革命爆发的消息后，就真的在舞台上动手杀死了那位扮演公爵的演员。由此可见革命对受压迫者精神面貌的巨大改变，同时舞台上发生的这起杀人事件也极好地烘托了此时正在涌起的革命声势。

这出戏在很多方面都有值得借鉴的地方，但就选材的开掘方面而言，这部戏最成功的一条便是将剧本所要表现的内容置于社会大背景下展开。通过对酒馆中来来往往的人以及这些人的言谈举止的描写，对当时的社会风情的渲染，一幅革命前后生动的社会众生相展现在读者面前。戏中男演员亨利的思想、性格、行为发展过程依赖于法国大革命这个社会背景，依赖于革命的发展演变，亨利从在想象中或演戏中杀死公爵到革命爆发后真的动手杀了"公爵"，恰到好处地透露出革命对普通人的影响。作者这种对题材的开掘方式不仅开拓了题材的深度，其对艺术情节的处理尤其令人拍案叫绝。

再如《妇女代表》这部剧。该剧也只写了一个农民家庭中关于要不要把家里的稻草卖给集体，媳妇该不该参加社会活动这样一些本来只能反映家庭矛盾的小故事。但通过将这些小故事置于宏大的社会背景下去考察，最终触及我国在新民主主义革命胜利后，继续同封建残余思想作斗争的必要性这样一个重大的历史课题。

2. 从独特的人物形象下手

如果考生在创作时感到才思枯竭、素材缺乏，缺少灵感，那么不妨静下心来对生活中一些有特点的人物进行琢磨。琢磨的结果是个人会对生活、社会和人生产生一些新的理解，这些新的理解有时会激发作者创作的冲动成为其作品题材或立意的来源。比如越剧《胭脂》这部戏，就取材于清代作家蒲松龄《聊斋志异》中的同名小说。原作写的是一个平反冤案的故事，剧作者魏峨、双戈发现了这个题材中独特的东西，即吴南岱这个人物——他不同于一般文艺作品中所描写的料事如神的清官形象，他在审案过程中有精明求实的一面，但不彻底，又有主观草率的一面，所以出了差错。吴南岱的行为中有"差之毫厘，谬以千里"的教训，因而，剧作者认为这个人物具有一定的典型意义。抓住这个人物设置情节，剧作者让吴南岱判错案子，又让他自己改正错判，体现知错必改的可贵精神，完成"知错能改即圣贤"这样一个富有新意的主题，从而使《胭脂》这部戏成为同类题材作品中的佼佼者。

3. 研究不同寻常的结尾升华主题

研究结尾通常可以使一些立意浅显的戏获得新的生命。举例来说，有这样一个故事：有关部门希望剧作家根据当地一个真实的社会事件来创作一部戏剧作品，事件是这样的，某年春天，某乡遭到暴雨袭击，乡长到农民家里嘘寒问暖，农民感激涕零，有关部门希望以此为题材，歌颂党与群众之间的鱼水关系，高唱一曲"党的优良传统回来了"。但剧作家在调研时也了解到，那位乡长虽然关爱群众，但缺乏改革的勇气、魄力和方法，多年来他所在的乡镇始终未能摆脱贫困的帽子。剧作家认为，与"慈善家"相比，农民或许真正需要的是一个"改革家"。据剧作家回忆，在处理这个题材时他先后考虑过三种处理方法。

第一种是，一个暴雨的夜晚，老农民守在破旧的茅草房中等待乡长来访贫问苦，他相信遭逢这么大的雨，乡长一定会来看望他。所以，尽管孙女一再劝他搬到新楼房去住，他就是不听，因为从某种潜在的层面上来说，老农民期望的就是这样一个雨夜，在这样破旧的茅草屋和这样艰苦的条件下，领导干部被吸引过来，干群重温促膝长谈、上下亲密无间的旧情旧景。但是，孙女无法理解爷爷的苦心，一针见血地告诉他："爷爷，过去那些当领导的来看你，是因为那时候他们住的房子也在漏雨，他们家的粮食也不多。可现在，他们住的、吃的，都跟我们不一样了，所以，不会再有人来坐这把椅子了！"于是，爷孙俩发生了冲突。就在这时，一个路过的陌生人来屋内躲雨，孙女便恳求他扮演乡长来安慰爷爷，继而使爷爷尽早搬离这座茅草房。陌生人答应了。爷爷沉浸在与乡长交心的愉悦中，但陌生人走后，爷爷却无意中发现了这位乡长是孙女请人假扮的，于是他老泪纵横，近乎绝望。就在爷爷伤心难过之际，忽然，爷孙两人发现茅草房不漏雨了，原来是村主任和乡长在给爷爷修屋顶，而将他们带来的人正是那位与爷爷谈心的陌生人，他的真实身份是新到任的县长。这是一个政治童话般的故事，但剧作者并不满足于此，他希望在满足有关部门对剧作的期待的同时，将自己对这个题材新的想法吐露出来，于是便有了第二种处理方法。

关于第二种处理方法，剧作家又有两种考虑。一种是：雨夜，爷爷盼望乡长前来慰问，中途闯进一个陌生人，孙女请他假扮乡长，对方同意了。爷爷得到了安慰，陌生人走后爷爷却突发心脏病去世，令孙女感到安慰的是，爷爷是带着满足离开人世的。后来，孙女意外发现，其实爷爷也知道对方假扮乡长，于是她明白了这样一个道理，即人们的某种政治愿望是可以用假话来安抚的。但显而易见，这样的写法牵强了些，并且这样深刻的主题也不适合用短剧来表现，于是剧作家又产生了另一种写法。这种写法与第一种写法有点类似，只是结尾变了：……陌生人离开了茅草屋，爷爷知道了来慰问的乡长是孙女找人假扮的，但他不怪孙女骗了他，只是怪自己老了，不中用了。就在绝望之际，茅草屋突然不漏雨了，是谁在帮爷爷修缮破屋？对此剧本没有交代，只给观众（读者）留下了一个开放式的结尾，由他们根据自己的生活经验自由想象。这种处理方法相比第一种显然没有那么强的政治童话色彩，同时也具备了一定的现实批判性。但剧作家还是不满足，于是他又想出了第三种处理方法。

雨夜，爷爷在盼望乡长来慰问的时候，有个穿着雨衣的少妇来借铁锹，因为她的车卡在了公路上，孙女求她假装乡长来安慰爷爷，她答应了。在一段感人肺腑的交谈后，少妇要走了，爷爷却意外发现这位乡长其实是假扮的。少妇只能如实相告，她说自己是本乡的砖瓦大王，而爷爷望眼欲穿的乡长，此时正坐在她的车上，等待着疏通道路，尽快到她的砖瓦厂解决抗灾问题。她对爷爷说，如果一乡之长只知道关心自己辖区内的那几个贫困户，那不能算作高明的领导，与其花时间在这些廉价的同情和虚假的问候上，不如好好考虑如何使乡里更多的人富起来，不再住危房、破屋。爷爷听后很恼火，他要砖瓦大王转告乡长，说他有话要跟乡长说，但是砖瓦大王还是走了，并且乡长因为赶着去救灾，也没有来看望爷爷。

通过研究结尾、改变结尾，该戏的立意不断变化、不断深化，最后区别于同题材的其他戏剧。而这个戏的题材的开掘过程、立意的深化过程，其实也是不断研究结尾的过程。

第四节 微剧写作的高分角度及素材积累

高分角度一：家国情怀、职责与使命等。

【代表示例】

"大学生村官" 黄文秀

黄文秀，1989年出生于广西百色一个贫苦的农民家庭。从北京师范大学硕士毕业后，为响应党和国家脱贫攻坚的号召，黄文秀毅然加入广西选调生队伍，投身于广西的扶贫事业，并主动请愿奔赴扶贫第一线，担任百坭村驻村第一书记。在黄文秀的带领下，百坭村逐渐摆脱贫困，展现新貌。然而，一场意外，让黄文秀年轻的生命永远定格在扶贫战场。遇难当天，黄文秀正在家里照顾刚做完肝癌手术的父亲。不料天气骤变。她担心暴雨会引发山洪，威胁村民的生命财产安全，便顾不上陪伴病床上的父亲，想连夜赶回百坭指导防灾工作。父亲说夜晚暴雨，开车不安全，劝黄文秀明早再走，黄文秀却坚持说："正因为有暴雨更得赶回去，怕村里受灾，我马上得走了。"在回程路上，面对恶劣的行车环境，黄文秀仍不忘实时关注百坭灾情，指导村干部做好防洪工作。当晚，雨势越来越大，通往百坭的道路已被山洪淹没。她像当初奔赴扶贫战场一样，毅然选择了百坭群众。然而这一次，百坭人民却再没有等来黄文秀。凌晨1点，黄文秀失联。次日中午，搜救人员在河道下游发现了黄文秀的遗体。她将最美的韶华留在了扶贫路上。

"生命摆渡人" 汪勇

"封城"第二天，农历大年三十。汪勇边看春晚边玩手机，直到进了一个微信群。他进群的目的很简单，他想通过群里的医护人员了解自己所在的城市到底面临着什么样的状况，而了解得越多，他的家人就越安全。群里没有医护人员说话，只有不停出现的用车需求，但没有人应答。有一条求助消息引起了汪勇的注意，那是一名女护士发布的用车信息，七个小时过去，仍然没有人回复。汪勇给女护士发消息，只有四个字："我来接你。"

但那名20多岁的女护士上车后，汪勇就开始害怕，除了对方的那一句"谢谢师傅"，两人全程没有任何交流。整个城市空空荡荡的街道加剧了汪勇心中的恐惧，他开始打退堂鼓，从晚上八点一直到深夜，"一个单都没接，就躺在床上"。继续接送还是临阵退缩？第二天早上，汪勇7点钟就醒了，第一单他没接，第二单，接了。"如果医生护士扛不住，疫情会彻底失控，我帮他们，就是间接地在救人。"汪勇知道，这场危机，需要所有人一起面对。

到了第三天，医护人员对车辆的需求不断增加，一个人一辆车，汪勇忙不过来，他开始往其他的群里发送求助信息，招募更多的志愿者伙伴。不断挑选磨合后，包括自己在内，汪勇组建了一个7个人的团队，疫情期间，汪勇和他身后的志愿团队共计为4000名医护人员提供了各种各样的后勤服务。在以他的事迹创作的传记文学《生命摆渡人》一书的扉页上，汪勇写下一行字："国家有难，匹夫有责"——家国情怀是汪勇理解的抗疫精神。

值得一提的是，疫情期间，汪勇志愿服务团队内部还发生过一段"小插曲"：

看到一个护士"我好想吃大米饭啊"的微信朋友圈后，汪勇自己掏了480元买了30份盒饭送去了医院，随后又和团队克服各种困难，协调各方资源帮助解决医护人员各种切实的生活需要，如帮医护人员修手机、换眼镜、剪头发；主动给医护人员送图书、面膜、拖鞋、指甲剪；给医护人员送去巧克力，为上海医疗队买庆生蛋糕……团队成员有不同看法，认为有些并不是医护人员的"刚需"，但汪勇有自己的想法。让他上心的，不仅仅是医护人员的基本生活问题——他想看到他们的笑脸，想让医护人员感到温暖，他觉得，只有一线医护们"精神放松"了，才能更好地治病救人。

"燃灯校长"　张桂梅

扶贫先扶志，扶贫必扶智。对山区贫困面貌有着切身体会的张桂梅，深深懂得，只有教育才是斩断穷根的根本途径。为此，她克服重重困难坚持筹办华坪女高，不设门槛、不收学费，只希望用知识改变贫困山区女孩的命运，通过教育阻断贫困的代际传递。没有子女，没有财产，张桂梅用全部的生命教书育人。自2008年建校以来，她帮助1800多名女孩走出大山、走进大学。如今她身患多种疾病，却依然不肯把时间留给自己，因为在她的价值排序里，"豁出命改变她们的命"才是第一值得的事。

张桂梅校长曾因反对学生当"全职太太"而引发全网热议。在一段采访视频中，她回忆了因学生当了全职太太，而不愿接受其捐款的故事，这段视频随即在网络上引起争论，有人认为当不当全职太太是个人选择和自由，张桂梅歧视全职太太的做法不可取，但更多人站在了张桂梅校长一方，认为故事主人公黄付燕的做法辜负了华坪女高的培养，接受了大学教育的她重复着大山深处妇女围着灶台、丈夫和孩子转的悲剧。而捐款被拒的第二年，有记者跟踪报道了黄付燕的情况，她已考上了贵州安顺某小学的特岗教师，并笑称自己是迷途知返。

张前东

张前东是重庆南桐矿业公司鱼田堡煤矿掘进103队的队长，负责煤矿巷道的开挖和掘进工作。在2002年6月煤矿发生的一次严重透水事故中，张前东主动放弃了逃生的机会，冒险返回矿井深处营救工友，挽救了63名矿工的生命。2002年6月13日上午10时49分，位于鱼田堡煤矿西侧的浏家河河床突然塌陷，河水以每小时1万立方米的流量涌入矿井，这是一起堪称世界矿难史上都罕见的特大洪水穿井事故。灾情发生时，干完工作正准备出井的张前东，本可以用20多分钟就安全撤离险区，可他没撤。因为他想到了那些在井下更深处作业、生命危在旦夕的工友！在生与死的严峻考验面前，他趟着淹到腰部的洪水，返身直奔深达800多米的井底最深处，以最快的速度，先后3次、行程3000余米奔跑到各掘进碛头通知工友撤离；凭借自己10多年的井下工作经验、超乎寻常的勇气和智慧，与洪魔搏斗7个多小时后，终于组织、指挥着63名几乎绝望的工友逃生，创造出一个不朽的人间奇迹。

高分角度 2：文化传承、大国工匠、个人奉献等。

【代表示例】

"敦煌守护神" 常书鸿

1927 年，23 岁的常书鸿便赴法留学，十年间成就卓越。1935 年秋天，他在巴黎塞纳河畔的一个旧书摊上，偶然看到一部名为《敦煌石窟图录》的画册。自那一瞥，敦煌和莫高窟的名字刻在了他的心上，后来，他回到了战火纷飞的祖国，作为"敦煌艺术研究所"主要负责人的他，不顾妻子的反对，长途跋涉地来到了心中的圣地。他肩负着重现敦煌的重任，带领着第一批志愿者，清沙筑墙、整理资料、筹措资金、洞窟编号、美术临摹，就这样在莫高窟开始了艰苦的拓荒工作。抗战胜利时，国民政府下达撤销敦煌艺术研究所的命令。想到失去保护的敦煌将会重遭被盗劫的厄运，常书鸿心中清楚，他必须坚守。于是，他变卖了所有家产，四处奔走呼号，终于保住了研究所。一直到迟暮之年，常书鸿仍惦念着敦煌，按照莫高窟的习俗他在窗前挂了一副铃铎。铁马于微风中摇曳作响，梦里依稀回到敦煌。岁末期颐，常书鸿与世长辞，他的墓碑上刻着五个字——"敦煌守护神"。

"壁画医生" 李云鹤

1956 年的一天，年仅 23 岁的李云鹤为响应国家支援西北建设的号召，踏上了西去新疆的漫漫征程。因看望在研究院工作的舅舅，他在敦煌停留了几日，未承想，这一停便是一辈子。时任敦煌文物研究所所长的常书鸿，一眼就相中了这位年轻人。在他的邀请下，李云鹤从打扫洞窟和清理积沙做起，开始了保护石窟、修复壁画的漫长生涯。在物质条件匮乏、人手不足的情况下，同行者陆续离开，李云鹤却毅然决然地留了下来。毫无基础的李云鹤从零开始，一点一点地摸索和学习修复壁画，在洞窟里拿着修复刀、除尘器、胶水等，一坐就是两三个小时。六十余年，李云鹤都在从事古代壁画和彩塑等修复工作，使岌岌可危的壁画和彩塑再露"花容月貌"。如今已至耄耋的李云鹤，依然穿着深蓝色工作服，背着磨得发亮的工具箱，穿行在各个洞窟之间。一生与千年文物打交道的他说："我这辈子问心无愧，因为我对文物绝对没有三心二意。"

高分角度 3：抗争奋斗、砥砺前行等。

【代表示例】

"破冰人" 蔡磊

蔡磊身上有很多标签，京东副总裁、渐冻症患者，也有媒体将他形容成堂吉诃德，面对死神无畏发出挑战。四十岁之前，蔡磊是人们眼中的成功人士。求学时总是轻松考第一，"玩儿似的"参加高考，考上中央财经大学。毕业后蔡磊到基层税务机关工作，不久后便辞职投身"商海"。到京东后第三年，蔡磊帮助京东开出了国内首张电子发票，作为项目主要推动人的他更是被称为国内"电子发票第一人"。但这一切却在他被确诊为渐冻症患者后戛然而止。从 2018 年开始，蔡磊察觉身体不适，他前后在医院做了六次检查，最终在北京大学第三医院拿到"肌萎缩性侧索硬化症"确诊报告。为了对抗渐冻症，蔡磊开始阅读大量相关的书籍和文献，但是随着了解的增多，他的内心也越加绝望。因为在所有的资料里，没有一个被治愈的案例，这种病的病因也不明确。和蔡磊同一时期住院的十几个渐冻症患者，在一年内去世近一半。眼看着鲜活的生命就这样悄然消失，蔡磊不愿坐以待毙，既然没有特效药，那就自己去推动研发。为此，蔡磊不断拜访科学家、专家、投资人，推动了 10 余条治疗药物管线的建立。两三年间，蔡磊经历了数不清的失败。因为渐冻症极小的患者规模，使得其药物的商业前景难以预测，不少人不愿意冒险。钱不够，蔡磊就自己往里填，前后投入达千万，他甚至把自己的房子挂了出去，手里的股票也卖得所剩无几。如今，蔡磊依然在"作战"状态，虽然双手的肌肉都已萎缩，丧失打字能力，但他选择了入局直播带货，挣一些钱，用来持续地支持攻克渐冻症的事业。他把直播品牌起名叫"破冰驿站"，意思是"攻克渐冻症的补给站"。

"超级替补"　邓清明

2010 年，邓清明第一次进入执行任务梯队，成为神舟九号的候选人之一。他和几位候选人"疯狂"训练了两年多，最终却沦为"备份"。神九之后，是神十。遗憾的是，参加任务选拔的邓清明，又被列为备份，他再一次与飞天无缘！但邓清明并没有想太多，而是更加细心而刻苦地投入到下一个任务的准备中。2013 年下半年，邓清明盼来了他期待已久的神舟十一号备战训练任务，就在他准备全力备战神十一任务时，命运却和他开了个不大不小的玩笑！做体检时，医生在他体内发现一块微小的肾结石。如果是普通人，完全可以不用理会，但他是航天员，如果不取出的话，带着它上太空就是个隐患。邓清明当机立断做手术取出它，但过程并不顺利，两次手术才成功取出。病愈后，邓清明拖着初愈的身体立即投入到神十一的训练中。

神十一将与天宫二号实现自动交会对接，航天员要在太空工作三十三天。2015 年初，为了突破在轨驻留技术难题，邓清明和比他小十二岁的陈冬一起，参加了为期三十三天的地面组合模拟验证试验。这次试验完全比对神十一计划三十三天飞行任务的全部内容，其中包括近乎残酷的七十二小时睡眠剥夺训练。可以说，备战神十一的那三年，是邓清明付出最多、拼得最厉害的三年，也是准备最充分的一次备战。

但命运就是这样残酷。执行神十一任务的两名航天员将从备战的四人中确定。发射前

一天晚上，四名待命的航天员一起等候总指挥部的指令。整个大厅安静得出奇，似乎掉根针都能听见。名单正式宣布的一刹那，邓清明能够感受到，在场所有人的目光，都聚集到自己身上。总指挥部决定，由景海鹏、陈冬执行神舟十一号飞天任务，邓清明再一次站在了备份的位置上。

事实上，经过多年的训练，他们之间的差距非常小，但这就决定了他们在航天任务中是主份，还是备份。你只能接受。已经很难用词语形容邓清明当时的心情。他隐隐感到，自己一下子蒙了，大脑一片空白。别人投来的目光令他几乎难以招架。

记得当时有一项预先安排：四名参与本项任务的航天员都要谈一谈接到指令后的感受。景海鹏和陈冬谈过了，现场气氛轻松，引发阵阵掌声。轮到邓清明时，他心情极其复杂，感觉心中纵有千言万语，却无法说出口，真不知说什么好。大家的目光都再一次望向他。他愣怔了一会儿，突然站起来，侧转身，出人意料地给了身边的景海鹏一个紧紧的拥抱，那一刻，他眼含热泪，只说了一句话："海鹏，祝贺你！"景海鹏也很感动，几欲落泪，饱含深情地说："谢谢你，兄弟！"这是景海鹏第三次飞天，而邓清明，则是第三次被列为备份，实际上是落选。他们拥抱的时间很长，那一刻，整个问天阁大厅寂静无声。

邓清明拥抱过景海鹏，放下手臂，转头一看，发现在场的不少人都流泪了——在座的可都是各级领导、著名专家。邓清明的举动感动了在场的所有人。这浓浓的感情里面，既有人们对邓清明因微弱差距再次落选的惋惜，更有大伙对他执着于航天事业的无声赞许与钦佩！

江梦南及其父母

半岁时，江梦南得了肺炎，当时远在瑶族一个穷山沟里教书的父母都不在她的身边。住在农村的奶奶就把江梦南带到当地一个赤脚医生家治疗，后来又去乡医院打针，但是高烧持续十几天不退。当父母知道时赶紧把孩子送到市医院进行治疗。高烧退后，江父江母发现孩子表情木讷，他们担心她的听力出现了问题。果不其然，"无听力，系极重度神经性耳聋"，检查后医生给出了这样的诊断结论，江梦南的妈妈直接晕倒在了现场。从医院回到住处，疲惫不堪的大人相对无语，女儿扶着床沿自顾自地玩着。可能是她的球掉在了地上够不着，她忽然发出了一个求助信号——一声含糊不清的"妈妈"。江父江母像触电般不约而同地跳到女儿身边，迫切地把她的小手放到她的脖子上，让她再喊，体会到声音的振动。终于，一句句含混不清但又有意识的声音从女儿的口中迸发出来……他们当时觉得，那是世界上最美的声音。为了帮助女儿康复，梦南妈妈带着她来到了聋儿康复中心，自费参加特教老师培训，并取得了教师资格证。回家后，为了让女儿能够同步看到她说话，她又买了一面大镜子，然后每天抱着梦南对着镜子说话。通过镜子，梦南能同步看到爸爸妈妈的口型，并开始尝试感受喉咙里不同发音的气流震动。家里到处贴满了各种生活中的名词的卡片。一个词，梦南往往要反复练习上万次。就这样，经过几年不懈的努力，梦南学会了说话，而且言语能力和同龄儿童相去不远。1998 年秋，与梦南一起入幼儿园的同学都读一年级了，秋季开学时，梦南无论年龄还是智力都已经具备了上普通小学的条件，夫妻俩高兴地带着她去报名，但老师却委婉表示暂时把她列为旁听生。考虑到学校对老师有成绩的考核，身为老师的江父江母也理解老师的苦衷，于是答应让梦南旁听。由于格外珍惜上学机会，再加上要靠观察老师的口型"听"课，梦南在课堂上十分专注，学习也很刻苦。从入学到四年级，她的成绩始终名列前茅。她的努力让她摆脱了"旁听生"的身份，有了正式学籍。后来梦南竟主动提出要跳级，理由是赶上当初的小伙伴，将耽误的一年时间补回来。于是，2003 年，她直接从四年级跳级到了六年级。小学毕业时，她的成绩科科优秀，还被学校推荐为"市级三好学生"。

高分角度 4：公仆意识、为民情怀、干群关系等。

【代表示例】

李聚奎"就低不就高"

李聚奎参加过中央革命根据地反"围剿"作战、红军长征、抗日战争、解放战争和抗美援朝战争等，凭借着过硬的军事素质和指挥本领，他为新中国成立作出了重要贡献。像这样的人，在授衔仪式上授个大将都是绰绰有余的，但李聚奎却遗憾地错过了 1955 年的授衔仪式。原因很简单，他离开了部队。1955 年，国家在紧锣密鼓的筹备授衔仪式时，还成立了石油工业部。此时国家的石油产业刚刚起步，根本找不到一个合适的部长人选，这时周总理想到了李聚奎。二人谈话时，李聚奎的心里还有些犹豫，让他打仗没问题，让他做后勤也不要紧，但开采石油他是真不会。就如同某部电影里的台词那样，周总理也很无奈地说："你不会，我也不会，美国人会，日本人也会，但是他们会教给我们吗？党中央既然让你干这个部长，就代表了对你的绝对信任，放心大胆地去干就行！"就这样，李聚奎成为石油部部长。离开军队的他，自然不会出现在授衔大名单里。石油部的工作结束后，李聚奎第一时间回到了心心念念的部队。此时的解放军已经实行军衔制，那么李聚奎应该被授予一个什么军衔呢？按照资历来说的话，他最少是个大将。但是此时大将的名单都满了，这又该怎么办呢？中央军委开了一次又一次的讨论会，始终没能拿出一个合适的方案来，最后还是李聚奎主动提出申请："我的军衔就低不就高，给我个上将就很满足了。"

张富清 "六十年来，初心不改，深藏功与名"

张富清出生于贫农家庭。他 24 岁参军，在解放战争中九死一生，两次获得 "战斗英雄" 荣誉称号。退役转业时，张富清坚决服从组织安排赴湖北最偏远的来凤县工作，先后任城关粮油所主任，三胡区副区长、区长，建行来凤支行副行长等职务。每一个岗位，他都脚踏实地，竭尽所能，担当奉献。当公社班子成员分配工作片区时，张富清抢先选了最偏远的高洞片区，那里不通路、不通电，张富清就带领社员们投工投劳，一起打炮眼、开山修路；到建行工作后，张富清和同事们白手起家，盖起了办公楼，他还开展 "拨改贷" 业务，经他手放出的贷款，没有一笔呆账。从转业那天起，张富清就 "封存" 所有战功记忆，对子女也只字不提。即使生活过得并不宽裕，他仍然没向组织提过任何要求。国家开展精简退职工作时，张富清首先动员妻子离职；大儿子遇到一个到市里工作的机会，身为当时公社革委会副主任的张富清却让他放弃机会，下乡当知青；做白内障手术时，虽然医药费能全部报销，张富清还是选择了最便宜的晶体。张富清深藏功名，淡泊名利。直到 2018 年底，国家开展退役军人信息登记，张富清隐藏半个多世纪的战功才得以被发现。

反例：张雨杰 "小官巨贪"

张雨杰是市不动产登记中心的一名工作人员，工作的 3 年多时间里，他通过收款不入账、伪造收款事实等方式，侵吞公款高达 6900 多万元。之所以产生侵吞公款的念头，和他玩网游有关。一天，一名买房人带着几万元现金来办理资金托管，由于按规定只能刷卡付款，张雨杰就先为他办理了手续，将现金存到自己卡里，打算第二天帮他刷卡支付。谁知当晚打游戏时，需要充值买装备，张雨杰控制不住自己把这几万元全花光了。结果这件事一直没人发现，张雨杰便萌生了侥幸心理。只要没钱花了，他就再次向公款伸手，三年中总计贪污公款四百多次。并非没有想过有一天会暴露，但他却无法自控。张雨杰的贪污手段，就是虚开凭证，由于该市每年二手房交易量不小，资金池里常年有进有出，张雨杰从中侵吞一部分，缺口不那么容易显现。但其实，只要将进账和出账认真比对，并不难发现问题。也正是因为看到了单位管理的极度缺失，张雨杰才敢一再铤而走险。2019 年，张雨杰打算结婚，便以女友名义购买了一套二手别墅。他没交一分钱房款，利用职务之便虚开了一套资金托管手续，购房款就从资金池里支付了。随后，张雨杰从单位辞职，幻想能就此逍遥法外。人算不如天算，他没有想到，新冠疫情的暴发使他的行为迅速暴露了出来。疫情最严重的时候，交易全部停止了。资金池本来是一边进一边出，疫情时却只出不进，不停出到最后，资金池空了，却还有近 7000 万元待支付的资金缺口，经调查，张雨杰很快被锁定。2020 年 11 月，张雨杰被判处无期徒刑。

高分角度 5：致敬英雄、学习英雄等。

【代表示例】

永不褪色的"雷锋精神"

至 2023 年，"雷锋精神"正好走过了一个甲子，为什么总有世人感叹"雷锋还活着"？为什么总有后人对"雷锋精神"痴心仰望、执着追随？

有人从《雷锋日记》中寻找答案——"什么是时代的美？战士那褪了色的、补了补丁的黄军装是最美的，工人那一身油渍斑斑的蓝工装是最美的，农民那一双粗壮的、满是厚茧的手是最美的……为社会主义建设孜孜不倦地工作的人的灵魂是最美的。这一切构成了我们时代的美。如果谁认为这并不美，那他就不懂得我们的时代。"

个人与家国、小我与大我、利己与利他……是雷锋曾经追求的"活着的意义"，而它也具有跨越时空、历久弥新的力量，感召着一代又一代中国人奋发向上、忘我奉献。从"雷锋式好战士"刘英俊到"八十年代新雷锋"朱伯儒，从坚持开展学雷锋志愿服务的张黎明到矢志不渝传承雷锋精神的郭明义，从把心血和汗水洒遍千山万水、千家万户的扶贫干部到疫情防控一线的千千万万志愿者……一个个鲜活形象，书写着不同时代的雷锋故事。

补充两个致敬"雷锋精神"的具体案例：

"雷锋式战士" 刘英俊

刘英俊入伍后的第二年，正值毛泽东等老一辈无产阶级革命家发出向雷锋同志学习的伟大号召。刘英俊学雷锋，言行一致，从点滴做起，从身边做起。在连队，他是"业余修理员"，连队的桌椅、门窗坏了，他主动修好。在部队驻地，他是附近小学的"校外辅导员"，还用自己的津贴给学校买了许多宣传革命英雄人物的书籍。1966 年 3 月 15 日，刘英俊和战友驾着 3 辆马拉炮车到佳木斯郊外执行训练任务。临近某公共汽车站时，他驾的炮车辕马被汽车喇叭声所惊，径直向人群冲去。这时，炮车前不远处有 6 名儿童被吓得不知所措。千钧一发之际，刘英俊用力把缰绳在胳膊上缠了几道，猛力一拉，使惊马前蹄腾空而起。紧接着他不顾个人安危，双脚猛踢马的后腿，马突然倒下，车翻了，6 名儿童安然脱险，他却被压在了车底。由于伤势过重，抢救无效，刘英俊光荣牺牲，年仅 21 岁。

"铁路情侣" 雷杰和郝康

男主郝康是一名铁路司机，在榆林站负责"运煤"工作，他感觉自己有着当"煤老板"一样的成就。女主雷杰是一位列车乘务员，常常在西安和乌海西两点一线之间往返。由于铁路工作的限制，聚少离多成为这对情侣相处的常态。他们只能凭借一列都经过榆林的列车，透过窗户或者在站台争分夺秒地相见，即使是这样的相见，有时候也是几个月才有一次。但两人不仅热爱自己的铁路事业，一直以来更是强烈支持和认可对方的工作。在"春运"期间的一个晚上，郝康打算向女友求婚。但由于工作繁忙，两个铁路工作者在那一天只有 1 分 52 秒的相聚时间，且由于工作原因他们无法手机联系，郝康只能摸黑寻找女友。在这短暂的时间里，他沿着铁路跑了一个个车厢，好不容易找上女朋友，完成了一次紧张而简单的求婚，甚至都来不及浪漫地说一声"嫁给我"，两人又要分别。隔着一道玻璃门，他们一个戴上戒指，一个涂上护手霜，相聚只有 1 分 52 秒，时间却在此刻汇聚成永恒，他们什么都没说，但爱情、思念、责任，一切的一切又尽在不言中。他们的故事既是一对铁路情侣平常的爱情故事，又是千千万万"春运逆行者"真实生活的一个缩影，正是他们无悔的奉献铺平了中国人回家的道路，他们的精神正是雷锋精神在当代的优秀传承。

高分角度 6：科技创新、科技强国等。

【代表示例】

疫苗研发拓荒者顾方舟

顾方舟，我国脊髓灰质炎疫苗研发生产的拓荒者。1957 年，他临危受命研制脊髓灰质炎疫苗。疫苗问世后，顾方舟和同事们冒着麻痹、死亡的危险，首先把自己当作试验对象，试服了疫苗。1960 年底，正式投产的首批 500 万人份疫苗推广向全国 11 座城市，脊灰疫情逐渐减少。顾方舟借鉴中医制作丸剂的方法，创造性地改良配方，把液体疫苗融入糖丸。糖丸疫苗的诞生，是人类脊灰疫苗史上的点睛之笔，使得发病人数逐年递减，上百万的孩子免于残疾。

高分角度 7：生态保护等。

【代表示例】

塞罕坝林场

清朝晚期，国势渐衰，为弥补国库空虚，同治皇帝宣布开围垦荒。此后，树木被大肆砍伐，原始森林逐步退化成荒原沙地。光秃秃的山丘，狂风肆虐的沙地，难觅活物……1961 年，时任林业部国营林场管理总局副局长刘琨临危受命，带着 6 位专家登上塞罕坝。他们先是在石崖下，发现被火烧过的黑黢黢的树根。之后，他们冒着凛冽寒风向前行进。行到第三天，不知是谁喊了一句："你们看！"大伙儿的眼睛瞬间都亮了：渺无人烟的荒漠深处，一棵落叶松迎风屹立。一群人扑上去抱住树，含着眼泪大喊："塞罕坝能种树，能种出大树。我们要在它周围建起一片大森林、大林海！"

塞罕坝机械林场由此成立。次年，369 人肩负使命，或坐车，或骑马，或徒步，豪迈上坝。初来乍到，热血青年们干劲十足，两年种下 6400 亩落叶松，但没多久，幼苗一株株接连夭折，成活率还不到 8%。不服输的塞罕坝人沉下心来，找原因、想对策。外运不行，塞罕坝人就决定自己育苗，传统遮阴育苗法培育的幼苗经不起风雪，塞罕坝人便反其道而行之，首次在高寒地区进行全光育苗并取得成功。1964 年的春天姗姗来迟，林场职工集中在三面环山的马蹄坑，连续大干 3 天，在 516 亩荒地上种满了自己精心培育的落叶松幼苗。经过 20 天焦急和不安的等待，奇迹出现了，96.6% 的幼苗开始放叶，塞罕坝人在汗水与泪水交织中欢呼雀跃。

10 年过去了，60 多万亩树木让濯濯童山换了人间。但上天对塞罕坝人的考验并没有结束。一天，天空阴沉，气温越来越低，雨越下越急，树木很快被厚厚一层冰凌包裹。瞬间，树枝断裂声铺天盖地，撕人肺腑。那场雨淞灾害中，20 万亩林木毁于一旦，十几年心血换来的劳动成果损失惨重。林场老职工后代闫晓娟说："妈妈含着泪投入生产自救，当时坡陡路滑，在往山下拖断木时被大树砸断了左腿，落下了残疾。"

1980 年，林场又遭遇百年不遇的大旱，12 万亩树木旱死。毁了，从头再来。面对一次次灾难，塞罕坝人没被击垮。凭着超常的恒心和意志，塞罕坝人仅仅用了 20 年，就造林 96 万亩，总量 3.2 亿多株。一道坚实的生态屏障再次拔地而起，浑善达克沙地的南侵步伐戛然而止。

高分角度 8：青春、青年担当

【代表示例】

四川森林消防员

2019 年 3 月 30 日，四川凉山木里县发生森林火灾。消防队员们每人负重 30 余斤，徒步行军 8 小时，在海拔 3700 余米处与大火搏斗。因林火爆燃，27 名森林消防指战员和 4 名地方干部群众不幸壮烈牺牲。大队营区的笑脸墙上，每一张年轻的脸庞都笑容灿烂。牺牲指战员的平均年龄只有 23 岁，年龄最小的只有 18 岁。有一个消防员的妻子看了凉山大火的新闻，问他：牺牲这么大，为什么要去呢？他说："那里山高林密，气候干燥，几乎年年都会有山火。为什么去？因为山上有村寨，山下有城镇，如果消防员不去，火势蔓延，牺牲会更大。逆行，就是他们的职责，就是他们的使命，在他们眼中，自己的生命之外，更重要的是别人的安危。所以他们用赌上性命的冒险去点燃别人生的希望，在自己的生命之外，保卫别人的安危。"

从大专落榜生到一代大国工匠

35 岁的杨永修，是一名数控技术工人，更是中国汽车制造领域的专家。他会操控精密机床加工出高精度异形零部件，能把高端发动机缸体、缸盖垂直度和同轴度等制造精度做到头发丝直径的 1/3，把精细的图纸参数加工成精密缸体，还能改装进口数控机床使其拥有更多功能。

15 年前，杨永修还远在河南商丘，那年他高考落榜。深信知识能够改变命运的他，复读一年之后再战，成绩还是不理想，虽然可以上本科，但可选余地较少，最后他决定上个好专科——长春汽车工业高等专科学校，成为一名数控专业学生。毕业后，他如愿成为原一汽技术中心的一名工人。

当了半年普通加工工人后，他转入自己热爱的数控岗位。5 年多的时间，他废寝忘食地向前辈请教难题，很多人对他知无不言。他还购买了很多课件，自学最新理论。杨永修说："我曾到一个复印社连续打印了 1000 多张的电子材料，花笨功夫照着试验，快乐且充实。"功夫不负有心人。很快，杨永修脱颖而出，成为技术能手。

但新的挑战也接踵而至，如今的智能制造，让数控技术有了更多用武之地，但加工设备的操作系统也变得更加复杂，杨永修曾为此沮丧过，但从未放弃。事情越难就越能激起他的学习欲望。虽然只有大专学历，但凭借这股劲头，杨永修不仅能熟练操作海德汉等进口数控系统，还具备了多款软件编程、多台数控设备操作和复杂刀具设计改制等技能，这让他在高端发动机制造、精密零部件研制等领域大显身手。他还依托师徒工作间和劳模创新工作室，开展快速试制、集成制造等多项试制技术研究，培养了一批高技能人才。看到大街上搭载自主研发发动机等关键零部件的红旗牌汽车越来越多，杨永修特别高兴。他说："把民族汽车品牌搞上去是一汽人的使命，我愿意扎根东北，扎根一汽，与同事们一道攻关，为攻克更多的卡脖子技术贡献自己的力量。"

"银发知播"

青春不在于年龄，而在于心境；青春永不会散场，不忘初心，方得始终！

"春蚕不老，夕阳正红。没有墙壁的教室，不设门槛的大学。白发人创造的流量，汇聚成真正的能量。知播，知播，传播知识与文化，始终是你们执着的方向。"据央视报道，3 月 4 日，"感动中国 2022 年度人物"揭晓，集体奖花落 13 位"银发知播"。他们平均年龄 77 岁，有中国科学院院士、中国科技馆原馆长，有大学教授，还有中小学老师。天文、物理、文学、美学……借助短视频与直播，他们将毕生所学授以他人，用日复一日的耐心播下知识的种子。

虽已高龄，却玩转网络；白发飘飘，却依然很潮——中科院院士欧阳自远每次在短视频平台做探月知识直播都有上百万人观看；海洋地质学家汪品先用大白话科普海洋知识；古代文学专业教授戴建业通过短视频讲授古诗词，深入浅出、幽默风趣的风格吸引了770多万粉丝；退休物理学教授吴於人和十多位博士生在短视频平台科普物理常识、演示趣味物理实验，吴教授被网友称为"科学姥姥"；退休教师王广杰每晚直播90分钟，为网友"粉丝家人们"上电工课；有着50年教龄的语文教师杨维云两年间在直播间里为数万名成年人提供零基础拼音识字课程……

网友们赞叹"这群爷爷奶奶真酷""这才是最值得追的up主们"，字里行间不乏对"银发知播"何以令人感动的生动诠释——人们感动于职业生涯已画上句号的老人未被数字鸿沟吓退，而是主动拥抱新技术，为知识传播插上互联网的翅膀；感动于有这样一群人退而不休，发挥余热，为社会继续贡献价值；感动于在扎实功底和丰富阅历的加持下，"银发知播"们的课堂有着非比寻常的魅力和感染力；感动于这一群体不求利益、不问回报，一门心思将传授知识进行到底的无私与热忱。

读懂"银发知播"的内心，我们或许会明白，比传授知识本身更令人感动的，是他们身上散发出的人格魅力与蕴藏着的精神力量。经年之后，网友们或许会淡忘在直播间里学过的知识，但爷爷奶奶们的那份执着和自信、积极和热情，应该不会被时光轻易抹去。

第五节　微剧写作的独特规律及谋篇布局

一、何谓戏剧结构？

戏剧结构又称"布局"，即情节的安排。再具体地说，戏剧结构就是除了分幕分场，还要考虑怎样出角色，怎样做介绍，场与场之间如何衔接等问题。此外，哪些内容可以正面敷衍，哪些内容需要侧面交代；哪些是正戏，需要大力渲染，哪些是过场，需要草草带过；何处从容描绘，何处步步紧逼；何处卖个关子，何处穿插笑料；何事先设埋伏，何事宜后作呼应；何处跌宕，何处高潮；怎样开场，怎样闭幕；等等，这些都是构建戏剧结构时需要考虑的问题。

戏剧结构比其他任何文学艺术形式的结构都显得重要，因为戏剧受时间和空间的限制非常严格，且剧本中的人物必须用自己的语言和行动来表现自己的特征而不用作者提示。戏剧的这一特征给剧本创作带来了一系列特殊的要求，特别是在结构上带来了很大的难度，因此，学习戏剧创作，考生首先要掌握戏剧的结构技巧。

二、戏剧结构形态——起、承、转、合

戏剧结构大体上可以分为四个部分，即"起、承、转、合"，中国传统编剧理论要求对戏剧结构的处理达到"凤头、猪肚、豹尾"的境界。一部好的独幕剧可以用以下简单的话概括起来：戏的开场是抓住兴趣，戏的发展是增加兴趣，转机或高潮是提高兴趣，戏的结束是满足兴趣。

起，是矛盾的开端。矛盾的首次冲突，好比导火索的点燃，要清楚明白地解释矛盾双方的面貌、处境、力量、趋向和特点，点明冲突的实质，造成山雨欲来风满楼的情势。起的部分一般很短，贵在干净利索，一目了然，引起观众的期待。起，即戏的开场要抓住观众的兴趣，就应避免冗长与平铺直叙，力求迅速且具有行动性，"寓交代于动作之中"，以造成强烈的"期待"。

承，是矛盾的发展，矛盾的逐步激化，量变的积累。导火索越激越旺，危机感不断上升。情节逐渐错综复杂，曲折多变，尖锐紧张，层层展开。承的部分占全局篇幅最大，又要螺旋上升，又要一气呵成，是结构的难点。贵在环环相扣，步步登高。因此，作者必须倾尽全力把这个部分写好，它决定着一部戏的成败。这一部分要想写得好，必须足够迂回曲折，变幻莫测，丰富多彩。它应该是时而快，时而慢，一方面向着矛盾的解决不断迈进，一方面又恰如其分地抑制着这种前进的意向，以达到有张有弛的境界。

转，是矛盾发展的高潮、顶点。所谓"高潮"，乃是全剧最大的重点，总的转折，即戏剧冲突最强烈的地方，也是剧中人物面临胜败的关头与矛盾性质的转变。转的部分是全剧最紧张最精彩的时刻，也是最有意义的时刻。在这一部分，人物性格得到最深入的揭示，主题思想得到最有力的表达。这是戏剧的核心部分，贵在有雷霆万钧的分量。

合，是矛盾转化后的结局，剧本提出问题的回答，爆炸之后的新境界、新秩序。要像爆炸闪光的反射，照亮人们的眼睛，合紧接着转，转后即合。合的部分应简短而有余味，贵在引人深思。

起、承、转、合四个部分，都要起到引导观众的心理活动变化的作用，"起"要令人期待，"承"要引人入胜，"转"要叫人震动，"合"要使人回味。

考生还需注意的是，起承转合的结构形态意味着戏剧将有较大的结构规模。相较于篇幅更加短小的戏剧小品而言，起承转合的结构形态更常运用于独幕剧的创作之中。

示例分析：日本儿童剧《回声》，作者坪内逍遥

大郎　　（五六岁，高高兴兴地跳出来）真高兴！真高兴！妈妈叫干的活儿都干完啦，这回光剩下玩儿啦。

　　　　〔高高兴兴地，这儿那儿地跑跳着。

大郎　　万岁！万岁！

　　　　〔山那边响起了回声。

回声　　万岁！万岁！

大郎　　（自语）哎呀！这是谁呀！

　　　　（大声地）谁在那儿哪……

　　　　〔山那边重复着。

回声　　……在那儿哪？

大郎　　（自语）哎呀！山那边也问啦！（大声地）你是谁呀？

回声　　你是谁呀？

大郎　　我呀，是大郎！

回声　　我呀，是大郎！

大郎　　我才是大郎哪！

回声　　我才是大郎哪！

大郎　　不！你不是大郎。

回声　　不！你不是大郎。

大郎　　是大郎！

回声　　是大郎！

大郎　　哎呀！你真讨厌！

回声　　……呀！你真讨厌！

大郎　　讨厌！

回声　　讨厌！

大郎　　去你的！

回声　　去你的！

大郎　　你！小狗。

回声　　你！小狗。

〔妈妈从窗里探出头来。

妈妈　　大郎！你跟谁那么粗声粗气的……

大郎　（要哭的样子）妈妈！山那边有个坏孩子，净这个那个的学我。

妈妈　那，你跟他说什么啦？

大郎　我跟他说："讨厌！去你的！小狗！"

妈妈　你好好跟他说说试试，他也就跟你好好说啦。可别像刚才那样粗声粗气的啦！啊。

[妈妈缩回头。

大郎　（向山那边）噢咿……！

回声　噢咿……！

大郎　别生气啦！刚才我不对啦！

回声　别生气啦！刚才我不对啦！

大郎　咱俩做朋友吧。

回声　咱俩做朋友吧。

大郎　你来这儿玩吧。

回声　你来这儿玩吧。

大郎　到这儿来！

回声　到这儿来！

大郎　我过不去！

回声　我过不去！

大郎　那！咱们就这样说话吧。

回声　那！咱们就这样说话吧。

大郎　行吗？

回声　行吗？

大郎　好吧。

回声　好吧。

[妈妈又从窗口探出头来。

妈妈　大郎，吃饭啦，快回来吧。

大郎　哎！（向山那边）我吃饭啦，不说啦！

回声　我吃饭啦，不说啦！

大郎　再见。

回声　再见。

妈妈　大郎！快点呀，你还在那儿磨蹭什么哪！

大郎　妈妈，刚才我照你说的那样，和和气气地跟他说话，那孩子就跟我好啦。

妈妈　嗯，你看是不？你跟人家好好的，人家也跟你和和气气的吧？可得好好记住点。来吧，来吧，快回来吧。

这个小戏不足千字，但是结构上的起、承、转、合非常完整，有头、有身、有尾，是我们学习戏剧结构的典范之作。该戏的第一句台词可以算作全剧的一个交代，它描写了大郎在完成大人交给他的任务后的一种轻松愉快的心情，为他下面喊出"万岁"作了情绪上的准备。紧接着第二句台词即大郎面对山崖喊出"万岁！万岁！"之后，山那边的回声，在这里，孩子的幼稚与客观事物的复杂性发生了矛盾。他面临"回声"这种物理现象，感到吃惊，奇怪地思索："这是谁呀？……你是谁呀！"问题提出来了，这可以说是戏的开端。

再往下，是戏的发展，这个部分进行得很快，只用了二十几句"对话"，就把大郎与陌生的回声之间的关系推进到"你！小狗"的尖锐境地。到大郎又伤心又着急地向妈妈诉说"山那边有个坏孩子，净这个那个的学我"时，戏到达了"高潮"。然后，在妈妈循循善诱的启发下，孩子改用文明礼貌的语言向山崖喊道"别生气啦！刚才是我不对啦！咱俩做朋友吧！"这时，戏就转了，及至大郎向山崖说"再见"时，矛盾就解决了。全剧最后一句台词，不妨可以理解为"点题"——妈妈说"嗯，你看是不？你跟人家好好的，人家也跟你和和气气的吧？可得好好记住点"。

三、微剧写作的结构模式

起、承、转、合是一部优质微剧必须具备的结构特征，但考生仅仅了解这些是远远不够的。根据时空、线索、布局的变化，我们进一步总结了 13 种戏剧结构类型，以期在实际写作中为考生提供更为有效的帮助。

（一）时空组合

一切存在的基本形式是时间和空间。空间是物质存在的广延性；时间是物质运动过程的持续性和顺序性。时间和空间是运动着的物质存在的基本形式。微剧时空逼仄，但并非凝固板结、一成不变，根据时间和空间的组合方式，它可分为如下几种结构类型：

1. 同步型

舞台时空与生活时空对应一致，所截取的只是发生在某一时刻、某一地点的某一件事情，一般都不太复杂，多为日常生活的点点滴滴，没有前因，也没有后果。譬如陈佩斯与朱时茂演出的经典戏剧小品《胡椒面》中的"眼镜"和民工，二人为一瓶胡椒面争得难解难分。故事中的两位主人公从前并不相识，此后也再无往来，小品仿佛是直接"克隆"

了生活的某一个片段,时间、空间、情节三者完整一致,高度集中,是一个绝对的"三一律"时空构成。

2. 压缩型

压缩型与同步型类似,但二者质地不一样,这类作品容纳的生活较之同步型要厚实得多,有前史的介入或未来发展趋向的预示。譬如,在一出戏中有这样两个场景:一是黄昏时分,男子等候、盯梢一个女律师,等到她后,将她丈夫手写的纸条拿给她看,那是下午在捉奸现场,他让她丈夫亲笔所写——这就是一段事件的前史;二是戏结束时,女律师丈夫来了,她从手指上取下结婚戒指,而他们也即将开始另一段故事,这个结尾也预示着未来即将发生冲突。所谓的时空压缩不是一种平均的、机械的压缩,而是捕捉一段生活进程中最富有戏剧性的一环,甚至是一刹那,将过去和将来有机地结合在现在正在发生的事件当中,现在是以往生活进程的结果,由现在的推进来展现过去和预示未来。

3. 串联型

即使是一部小型戏剧也可以存在若干个时空单位,像一出多幕剧一样,但与之不同的是,受制于微剧的容量,一般在存在多个时空单位的情况下,微剧中的情节会相对单一。譬如在戏剧小品《征婚》中,场面间的时空跨越春、夏、冬三个季节,中间时长跨越一年有余,在架构故事时作者便选取了征婚、结婚、悔婚三个围绕着老人婚姻问题的片段来表现:春天时,儿子要结婚,住房紧张,儿媳为母亲征婚,把母亲介绍给张师傅;夏天时,母亲准备和张师傅结婚,但儿媳又怀孕了,小两口想让母亲带孩子,母亲和张师傅硬被活活拆散;第二年冬天,母亲推着婴儿车,路上偶遇张师傅,两人都有说不出的孤独和心酸……

4. 重复型

两个或若干个独立的故事,先后在同一空间中发生,故事不尽相同,但无论内容、形式还是语言都具有相似性和重复性对比的意义。如《末班车的故事》中,一个戴眼镜的青年在公共汽车上目睹一位壮汉追赶一个姑娘,让她把钱拿出来,于是,戴眼镜的青年开始下意识地想象:

①意识流场面一:大汉抢劫姑娘钱财,眼镜苦口婆心劝导大汉不要犯罪,做了一回东郭先生。

②意识流场面二:大汉抢劫姑娘钱财,姑娘向眼镜求救,眼镜胆小,瘫软在地,被大汉绑在站牌柱上。

③意识流场面三:大汉抢劫姑娘钱财,眼镜见义勇为,与大汉搏斗,和姑娘一起制服大汉。

④现实场面：大汉原来是姑娘的丈夫，向她要钱只是为了给生病的老战友捐钱。

四个时空重复着一个相似却又不尽相同的故事。

5. 重叠型

当一部戏剧作品中同时存在两个或两个以上的独立时空构造时，可以在舞台上进行分区，使两个不同的时空存在重叠于同一演出时空。例如，在《时差》这部小戏中，舞台的左右两边被切分成两个时空，左边是日本老式建筑，右边是上海老式工房单间，墙上都挂着一只大钟，时差一个小时。在日本打工的丈夫和在上海留守的妻子相互不断地打着电话。由于时差，更由于种种其他原因，两人阴差阳错地一直未能接到对方打来的电话，由此互相误会，产生了种种疑惑和猜忌。最后，电话终于接通，两人尽释前嫌。随着剧情的推移、时间的变化，墙上两只大钟同时转动、两个角色自始至终未曾谋面，日本的住所和上海的家，两个不同的时空却重叠在同一演出时空当中。

（二）线索梳理

纵向地考察微剧的结构，该结构呈某种线索走向，而线索是贯穿整个作品的情节发展脉络，是一种纵向的组织方式。

1. 单线型

由于体量限制，大多数微剧作品只有一条线索，剧中的若干任务在某一点上产生矛盾，引发动作与反动作，互相作用，环环相扣地推进，形成一条贯穿全剧的轨迹。

2. 复线型

这类微剧通常有两条线索，一条为主线，一条为副线。在梁冠华的经典小品《执法如山》中，临时交通安全检查员小环子先是逮捕了赶着去火车站接人而乱穿马路、翻越隔离栅栏的中年知识分子，接着他又扣了一辆"红旗"车，拆了轿车的车牌照。在这两条线索中，小环子与中年知识分子的戏是副线，而他扣"红旗"车、拆车牌照则是主线，结尾时小环子叫"红旗"车司机去送那位已经迟到的中年知识分子去车站，这时两条线索合二为一了，主副线整合为一个统一的故事。

3. 并列型

在一个微剧作品中也可以存在两条并行的线索，它们各自独立，自成起讫，按各自的逻辑向前发展，互不干扰。当然选取的这两条线索虽然各自独立，但也不是任何时候都可以随意各行其是，平行应以对比观照为前提，两条线索之间应既能相互对照，又能互补。

4. 分段型

在一个微剧作品中，存在着一条分成了几个阶段的线索，这几个阶段有着相对的独立性。有这样一出戏，故事的起因是乡长丢了一把伞：

乡长的爱人写了一张寻伞启示，启示中交代了这把伞的材质、颜色等细节信息。构成了第一段线索。

紧接着来了一个个体户，想跟乡长套近乎，他佯装找到了乡长的伞，其实是买了一把新伞。构成了第二段线索。

后来又来了一位女会计，送上一把伞，想请乡长帮忙解决夫妻二人分居的困难。构成了第三段线索。

最后来了个老婆超生的年轻小伙子，也送上一把伞，希望乡长在执行计划生育时能够高抬贵手，放他一马。构成了第四段线索。

故事发展到最后，乡长发现自己的伞就在办公室里，根本就没丢。构成了第五段线索。

这出小戏的几段线索在同一时空中运动，每一段线索既有相对的独立性，又有相似的重复性，最终服务于反腐倡廉的主题，形成了一个有机的整体。

5. 网络型

这类微剧作品也只有一条线索，但是线索的发展可以引出若干平行的线头，形成网络状，最后又归于统一。例如，戏剧小品《太阳鸟》中，女兵班收到一封情书，班长以为这封信透露了班里存在的思想问题，于是她巡视、留神着每个人的神情。"太阳鸟"是属于谁的？女兵们一个个陷入回忆。女兵们的回忆具有平行的性质，撒开了网络，连严肃认真、将此事看得十分严重的女班长也在女兵们的"逼迫"下，情不自禁地透露了自己的心声。最后她们发现信封中还粘着另外一张纸，通过这张纸，她们发现自己误把一份广告当作一封情书。一只美丽的"太阳鸟"飞进了一群爱意朦胧的少女心中，撒开的网状线索，最终回归到一点，戛然而止。

（三）格式布局

横向地考察微剧的结构，该结构呈现某种格式布局，而格式布局将作品分为若干层次，是一种横向的组织方式。

1. 点线推进型

由一个矛盾的点开始，故事情节沿着一条线索，经历若干阶段，层层推进至顶点，并最终完成冲突，每一个阶段，即是一个层次。这是戏剧小品创作中最常见的一种布局方式。譬如小品《全都忙》中，从拍戏时演员叫不出角色名字开始，男演员 BP 机响，女演员 BP 机响，导演 BP 机响，最后实拍时，整个儿把戏拍砸，差点把导演气昏过去，这一回又一回的矛盾，一步步将戏剧推向高潮。

2. 点面倒置型

这类微剧的结构步骤不是从前到后、按故事的发展过程依次布局，而是发现一个最精彩的点（戏眼或称戏胆、戏扣），然后围绕着这个点逆向地去组织情节，以这个点为轴心，扩充成一个面。这种扩充有一个指向，就是沿着"戏眼"的表层围绕着内核作铺垫。比如，著名剧作家魏明伦的川剧《巴山秀才》，反映的是光绪二年四川东乡发生的一起惨案。据史料记载，四川总督错杀三千东乡灾民，幸存者赴省鸣冤，却呼告无门。适逢提学张之洞入川主持科举，一群东乡秀才趁考试机会牺牲功名，在试卷上书写冤状。此事震惊朝野，在舆论压力下慈禧太后命令追查此案。此剧中，东乡秀才在试卷上书写冤状的这一奇事就是戏眼，这一戏眼成为《巴山秀才》全部戏剧情节最重要的支撑点和最独特的闪光点，而该戏的前后情节也都是围绕着状纸上书写冤案这一戏眼来铺排、设计的。

3. 起承转合型

在上文中，我们已经了解了戏剧的结构形态——起、承、转、合，在架构戏剧中的作用和各自承担的功能。在这一部分我们将着重介绍，如何在千字规模的狭小篇幅内实现戏剧的起承转合。首先，入戏要快。如果已经写了五百字还没有挑开矛盾，没有进入到真正的戏剧冲突中，令人不知所云，那这部戏自然也谈不上有何艺术感染力了。至于为什么会出现入戏慢，以及如何快速入戏，我们会在接下来的章节中详细讲解，此处就不再赘述了。其次，考虑到篇幅的制约。采用这类布局方式的戏剧作品往往存在着高潮与结尾合二为一的特点，这也要求剧作者在设计高潮时要展示一个场面而非一个点。

第六节　微剧写作的 N 种实用方法与技巧

一、如何入戏

每部戏开头的方式自然都是不同的，但对于小型戏剧来说，却有一个共同的要求，那便是"入戏要快"。在戏剧舞台上，我们常常会发现，有些小型戏剧，演了十几分钟，还没有挑开矛盾，还没有进入真正的戏剧冲突之中，令人不知所云，自然也就谈不上艺术的感染力了。那么如何才能快速入戏呢？可以有这样几种方法：

1. 冲突法

戏一开场，人物就发生冲突。比如，匈牙利作家弗列基耶什·卡林蒂的小型戏剧《魔椅》，剧本一开始，通过两名官员马尔济和达维特的对话，交代出二人与发明家可能有过冲突，副部长不在等情节：

马尔济　（从左侧上场）又是他来了！

达维特　你说的是谁？

马尔济　是个发明家。

达维特　真是活见鬼。你为什么不跟他说，今天不对外接待？

马尔济　他说他有事非来不可。

达维特　那你没跟他说，副部长先生还没来吗？

马尔济　当然说了！他说他情愿等到副部长来。

达维特　可是如果副部长不来了，他又怎么能等得到呢？

马尔济　那倒好办啦！要知道副部长今天是一定要来的。

达维特　当然啦，他是要来的。

马尔济　本来就是嘛！

达维特　但是副部长先生不是特意为这位发明家才来的。好吧，你叫他进来，我要亲自跟他谈谈。

在冲突的过程中，也引发了悬念，盖尼究竟有何了不起的发明，非要见副部长不可？副部长来了会怎么样呢？从而顺利地引出"魔椅"上场，也让副部长等人在椅子上做了一番表演。

2. 布阵法

布阵法就是戏一开场就布下戏剧冲突的情势，便于快速入戏。如小型戏剧《另一条出路》，剧本写一对令人称羡的情侣，为了找回两人未婚自由的感觉，荒唐地为彼此设计了出轨的计划，要对方同他人调情。

这个戏一开场，两位主人公就开门见山地抱怨处处被别人当作夫妻，担心这样会破坏彼此的自由，于是他们决定各自出轨一次，好打破人们心中的印象。随后，作者就安排两个充当实验品的人物出场，马上展开戏剧纠葛，入戏非常之快。

3. 渲染法

就是将戏中反映的主要冲突从正面或侧面或反面进行渲染，使观众产生兴趣，尽早入戏。比如，俄国著名作家安德烈夫的小型戏剧《仁爱之心》，故事叙述在一处风景名胜的悬崖上，出现了一个宣称要跳下去的人，这立刻聚集了一大批游客，连警察也不得不跑来维持秩序。

请看开头，在人命关天的时候剧中人一些鸡毛蒜皮的对话：

警察甲　走开！你这个小丫头，往哪儿钻哪？太太，这是您的闺女吗？请您把她带开一点儿，年轻人马上就要摔下来了。

女　士　啊，马上？哎哟，我的天哪！我的丈夫不在呀！

女　孩　他在小酒馆里，妈妈。

女　士　（绝望地）这还用说嘛，他没有不泡酒馆的时候！涅莉，去叫他来，就说：那个人就要摔下来了！快去！快去呀！

　　[人声：——伙计！

　　　　　——堂倌！

　　　　　——来人哪！

　　　　　——啤酒！

随后是两位英国游客，他们则讨论着跳崖人的年纪，讨论他什么时候会跳下来。

甲　年轻得很。

乙　多大了？

甲　28岁。

乙　26岁。人一害怕，就见老。

甲　打赌。

乙　十对一百。记下来。

这种侧面渲染的开场方式，把主要事件巧妙地点了出来，同时，人物的庸俗可恶自私，更是跃然纸上。

4. 意外法

《蚕乡女》中，某艺术团招生复试在即，一"台柱子"向团长递上请调报告，恰在这时，一位盲人姑娘前来报考艺术团。姑娘的意外之举，引起团长与"台柱子"的兴趣，当然，观众势必也会为之吸引，戏便由此切入，变得跌宕起伏起来。

5. 南辕北辙法

西班牙剧作家甘代洛兄弟的小型戏剧《一个晴朗的早晨》中，剧作家让曾经是恋人的男女主人公在长椅上相会，如果一上来就直接让他们在椅子上会面，那这个细节就会显得比较单薄，缺乏生活气息。作者进行了聪明的处理，先宕开一笔——写男主人公不愿坐到女主人公的旁边：

黄尼托　您可以坐在那儿，老爷。那儿只有一位夫人。

　　　　[朵尼亚·罗拉转过头来听着他们的对话。

堂·冈扎罗　不，黄尼托，我要个儿坐一张椅子。

黄尼托　可是没有椅子啦！

堂·冈扎罗　可那边的椅子是我的呀！

黄尼托　有三位神父坐在那儿。

堂·冈扎罗　叫他们让开。他们走了吗，黄尼托？

黄　尼　托　他们哪里会走，他们正谈得高兴呢。

堂·冈扎罗　好像他们黏在那个位子上似的。别希望他们会走开了。往这边走，黄尼托。（他们往鸽子那边走去）

然后再回锋到主题：

朵尼亚·罗拉　（很气愤）看着点！

堂·冈扎罗　（转过头来）您是跟我讲话吗，夫人？

朵尼亚·罗拉　是的，就是跟你讲。

堂·冈扎罗　你想做什么？

朵尼亚·罗拉　你把那些吃面包屑的鸟儿都吓跑啦。

堂·冈扎罗　我管那些鸟儿做什么？

朵尼亚·罗拉　可是我要管的。

堂·冈扎罗　这是一个公众的公园。

朵尼亚·罗拉　那么你为什么要抱怨神父们占了你的椅子呢？

堂·冈扎罗　那几个神父还没走吗，黄尼托？

黄　尼　托　真的没走，老爷。他们还在那儿。

堂·冈扎罗　在这些晴朗的早晨，官家应该在这儿多摆些椅子才对。哦，我想我只好让步了，跟那位老太太合坐一张椅子吧。

开头这段笔墨其实并不多余，在一松一紧的描述中，男女主人公的性格也初步确立，他们虽已年过花甲，可都保持着一点年轻时的脾气。老太太爱捣乱爱漂亮，要是当初年轻的时候，人们一定巴不得坐在她身边，可是人老珠黄，请人家坐人家也不肯坐，堂·冈扎罗此举肯定早让她心中不满，也为她后来找碴埋下伏笔。试想若是等坐下慢慢聊再展现性格，进展缓慢又缺少变化，戏剧性也会削弱。

6. 当头一棒法

比如《种花人家》。戏中农村青年春哥办了个文化室，开张那天，偷偷爱上春哥的小花姑娘抑制不住心中的喜悦，小心地打扮自己，穿戴一新，准备与小姐妹们一起去参加活动。但正要出门，人称"出土文物"的老父亲突然出现在门口，不准她去文化室，并规定她每个晚上必须编三个花篮，父女俩之间的冲突由此而生。

7. 自报家门法

自报家门是一种比较陈旧的方法，传统戏剧中用得很多，后来又改用"搭架子"的办法，即与幕内人物或观众对话，也有用打电话的方法来介绍有关必须介绍的东西的，所有这些方法都是为了减少交代，尽快入戏。外国小型戏剧也有这样的例子。例如，布莱希特的《例外与常规》，剧本写一个自私残忍贪婪卑鄙的商人，他为了能首先到达开矿地点，霸占石油矿，用皮鞭和手枪威逼着苦力挑着沉重的担子赶路，其中一个苦力把自己的水壶送给商人喝，商人以为他拿的是石头，就开枪打死了他。

这个剧本一开头就有一段演员的合唱，对即将发生的故事及希望引起人们注意的事项进行了说明：

众演员　（唱）我们马上向诸位报告，

　　　　　　　一个剥削者和两个被剥削者

　　　　　　　所作的一次旅行的故事。

　　　　　　　请准确地对这些人的关系加以审察：

　　　　　　　不陌生的事情要另眼相待，

　　　　　　　习以为常的事情要当作难以解释，

　　　　　　　即使是常规也要视之为不明不白。

又如商人刚上场时，也说了这么一段自报家门的话：

卡尔·郎格曼　我是商人卡尔·郎格曼，要到乌尔加去签订一项专利权合同。跟着我后面走来的是我的竞争者。谁先到那儿，谁就能先做成这笔生意。靠着我的机警，和克服一切困难的力量，还有我对待仆人又毫不留情面，所以才把这里的一段旅途比通常所要花的时间缩短了几乎一半……

这里交代了自己的身份和故事发生的缘由、背景，让观众（读者）一开始就对商人的品性有了一定的认识，便于继续欣赏下面的情节。这样，戏就很快进入了正题。

8. 逼上梁山法

所谓逼上梁山，即戏一开场就将人物抛到一个十分尖锐的戏剧情境之中，然后开展冲突。如《骑墙记》对一对老夫妻之间小矛盾的描写：蓝花婶为防止老伴儿将良种名兔送给贫困户，出门时特意上锁，谁知老伴儿阿毛早已躲在井下，等蓝花婶一走，阿毛即偷走一对名种兔翻墙欲出，刚好蓝花婶忘了拿售毛凭证回到家中，一回来就发现有贼骑墙，忙打翻凳子，阿毛被逼上梁山，骑在墙上，左右尴尬。蓝花婶见是老伴儿，于是就在墙下坐地审"贼"。

二、如何设置情节

情节在戏剧文学中具有重要的作用，一部戏精不精彩往往取决于核心情节的好坏。那么，微剧的情节设置有什么特殊的要求呢？

1. 新奇

小型戏剧的情节要新奇，这是由小型戏剧的特性决定的。"在独幕剧里应当写荒唐事——独幕剧的力量就在这儿"，契诃夫的这句话道出了小型戏剧选材的奥秘。生活中的奇人奇事虽然具有极大的偶然性，但常常可以从中发现某些社会本质的东西，奇特的人与奇特的事又极有利于小型戏剧的情节结构与性格塑造，不少成功的剧作一再证明了这一点。如常德汉剧《祭头巾》，老儒生石灏屡次科举不第，到了 82 岁高龄还在考，在"放榜之期"的晚上，石灏坐在店房等候喜讯，一报没有，二报也没有，石灏止不住大哭，于是怨天尤人，想到自己一辈子没有中第，皆是"吃了这顶头巾的亏"，因而"科科不中，榜榜无名"，于是脱了头巾来祭。又如吉剧《包公赶驴》，身为开封府尹的包公为了查明贪官的罪证，不顾满头白发，气喘吁吁为一卖唱女子赶驴。这些故事奇特、新颖，特别适合用小型戏剧这一艺术形式来表现。

2. 真实

情节要新奇，但前提是必须真实，因为戏剧情节的真实性，是一部戏剧作品最基本、最重要，也是最起码的要求。艺术是真善美的统一，一旦剧作家热衷于制作离奇的情节，也就容易写出矫揉造作、令人生厌的"超脱尘世"的作品来，这对于戏剧创作来说是非常危险的。但要求情节真实也不是说它必须是现实中真实发生过的故事。我们应该达到的，是一种艺术上的真实。而所谓"艺术真实"，是指在艺术作品中所反映的过去、现在或未来的生活（人物、事件、情节或细节）确实是真实的，即与上面所说的生活的真实是一致的；或者，由于艺术家的艺术创造，使读者或观众，认为是可信的，或者是可以接受的，由于他们知道艺术的特点，所以不追究或者忽略在实际上不会出现的那些事件、情节或细节的真实性。

此外，在实际写作的过程中，微剧的情节设置又有何技巧呢？

1. 深挖细节法

微剧的时空逼仄，要在有限的时空内写出无限精彩的情节，这十分考验考生的创作功力。一个比较实用的技法就是以小见大、深挖细节。所谓细节，是指细小的环节或情节，通常被认为是"文学艺术作品中细腻地描绘人物性格、事件发展、社会环境和自然景物的最小组成单位"。就情节而言，细节具有细微和局部的表征，在微剧中，这种细微和局部却可以独立衍化为整体和全部。

首先，一个细节可以独立为情节主干，构成贯穿全剧的中心事件。《山路弯弯》中，一个小妹妹从山那头背来清凉的山泉水，免费招待过路的女大学生姐姐，希望她喝过水后，能教她认字：

小妹妹　村里有座学校，就是没老师。原来有过一个老师，后来他走了。

大姐姐　他为什么走？

小妹妹　阿爸说，他走的时候，跟大姐姐你刚才说的一样。他说，以后会有合适的人来这里教书的。

大姐姐　他也这么说？

小妹妹　嗯。

大姐姐　（茫然地）他就这么走了？

小妹妹　嗯。大姐姐，什么是合适的人？

大姐姐　这……我好像也该走了。小妹妹，该给多少水钱？

　　　　［小妹妹摇摇头。

大姐姐　学雷锋？

小妹妹　（递上课本）大姐姐，您喝了我两竹筒水，要有时间的话，就教我认两个字吧。

　　女大学生被感动了，小妹妹请她留下来教书，这位师范学院的毕业生无法在孩子与自己的前途之间做出选择。"喝水认字"这一细节支撑起整部戏的全部情节，这是一种典型的以"一桩小事"关照全局的技法，也是微剧创作在情节设置中最常用的技法。

　　其次，一系列细小零碎的细节连缀起来也可以组成动人的情节。荣获 2013 年第 22 届中国金鸡百花电影节最佳原创剧本奖提名的电影《孙子从美国来》，主要讲述了一位美国小男孩儿布鲁克斯被父母寄养在中国陕西农村的爷爷家里，这一突然的举动，使两人立刻陷入文化不适应造成的矛盾漩涡中。

　　布鲁克斯对中国农村生活方式并不适应，老杨头应对美国孙子也显得手足无措。布鲁克斯是个懵懂小儿，他嫌农村厕所臭，不肯进去，爷爷只好给他的鼻子上缠一块儿布，再手持一根点燃的香，才算解决了如厕问题。他不肯吃油泼面就大蒜，连方便面也吃腻了，吵着闹着非要吃汉堡包，要喝牛奶。老杨头只好去村里的供销社想办法。服务员用面包加上肉，给他做了个中式汉堡包。可是供销社不卖牛奶，因为村里人一喝牛奶就闹肚子。老杨头只好硬着头皮去镇文化站王站长家里讨要，因为他家养了一头奶牛。一番周折下来，小洋人的基本生存问题才总算得以解决。两人之间由文化差异和生活差异所引发的这些啼笑皆非的故事可以看作是构成情节的一个个细节，而通过这些细节又可以看到老杨头和美国孙子的行为背后所反映出的共通的心理机制，即由文化的不适应而产生的精神焦虑。可见，一系列细小零碎的细节连缀起来也可以组成动人的情节。这些细节可以是相对独立、互相之间没有因果联系的，但彼此之间又存在着较强的戏剧张力，组合到一起可以表达同一个鲜明的主题。

2. 异常思维法

契诃夫说："在独幕剧里应当写荒唐事——独幕剧的力量就在这儿。"那么，怎样才能达到奇特的标杆呢？这就需要在提炼、组织情节时有意识地运用异常思维来指导微剧的情节构思。异常思维是相对于常规的逻辑思维而言的，常规的逻辑思维具有合乎日常生活常情常理的推进过程，一步步扎实平稳地衍生出前因后果式的情节轨迹，但是异常思维则与之相反，往往背离常规逻辑思维的顺向规则，寻找、表达事物不同寻常的轨迹思路，逆向地反常地提炼和组织戏剧情节。在情节设置中，异常思维的表现形式多种多样，其中较为经典、易操作的技法有：

反向动作：反向地提炼铺排人物的行为动作。

戏剧小品《真假难辨》是个以"打假"为主题的小品，假冒伪劣商品充斥市场，害得人们叫苦不迭，但若正面表现售假行骗的危害，虽说也未尝不可，但反向构思却更能取得意想不到的效果：手中明明是真的火车票和真的人民币，持有者却怀疑它们的真实性。

甲、乙　（把钱和票同时伸向对方）假的！胡说！（指对方手中的钱和票）这才是假的！这是真的，这是假的，（争执中全指错）真的，假的，真的，假的……

甲　停！（喘气）我这张车票真的是真的！你这张钱才真的是假的！

乙　不对，我这张钱真的是真的，你这张票才真的是假的！

甲　不对！真钱上面伟人的表情是这样的，（严肃状）你这张钱的表情是这样的。（怒状）

乙　不对！（指甲手中的钱）这表情明明是这样的。（严肃状）你非要说是这样的，（怒状）我越看你这张票越像是假的，你听（手指弹票）卟卟，这是假票！真票的声音应该是……！

甲　敲锣呵！这钱你拿去吧，我不多收你的钱，但是我怕收假钱！把票还给我。

乙　快拿去吧，我不怕多出钱，就怕买到假票！

[两人收回钱和票。

甲　想用伪钞骗人！

乙　先生，有个道理你要明白，既然钱可以造假，一张小小的火车票就更好造假了。

甲　……我受不了这种侮辱！本来我是和我们单位的供销科长一起出差到广州的，可临时他另有重任，就让我帮他把这张票退掉，可退票的窗口关了，所以我才到这儿来卖票，这是我的车票，这是我的行李，这是我的工作证，这是我的介绍信，这是我的身份证！

乙 （轻蔑一笑）都可以造假的嘛！

退火车票的甲解释自己要退票的理由，并出示种种证件和证据，被怀疑用假币购票的乙却轻蔑一笑："都可以造假的嘛！""假作真时真亦假"，反向动作的构思，入木三分地揭示了假冒伪劣商品对社会的危害和对人心的腐蚀。

3. 否定转折

微剧的戏剧性很大程度上是由剧情的反转、突转决定的。而在微剧的若干次转折中，应有一次最具规模、具有根本性变化的突转，也就是说，在终场或终场前，要出现一次高潮性的转折，一次最具张力的动作否定，以形成高潮场面中最具冲击力的关节点，有人将其称之为"爆发点"。

这种高潮性的否定转折通常有这样几种构成方式：

第一，事件突转。事件进程改变原先走向，出现一个大转折。如，《女主角失踪案》中的女主角在电视剧即将拍摄完成前夕失踪，数天之后又悄然出现，一会儿说身体不适，要离开剧组去北京、上海做检查，一会儿提出要补贴多少多少酬金，否则就"拜拜"走人，剧组被逼得走投无路。导演急中生智，让编剧修改剧本，让女主角演的角色提前下场，另请演员继续拍戏，这下轮到女演员追着导演了。道高一尺，魔高一丈，用一个突如其来的总否定，改变事件进程，具有情节终结的意义。

第二，纠葛突变。人物间的关系在瞬间发生一次质的变化。如，《主角与配角》中配角不甘心总是给别人当陪衬，不愿出演剧中的叛徒，于是他竭尽干扰、捣乱之能事，终于如愿以偿，与主角互换角色，穿上了八路军服，演起了主角，但是演着演着，他又不知不觉露出了叛徒的嘴脸，又恢复到原先配角的身份。只是这一恢复已不是原有意义的恢复，而是在更高层面的否定之否定：配角—主角—配角，从演配角到演主角是逐渐量变，从演主角到演配角是剧烈质变，一次大逆转，将情节推至顶点。

第三，性格凸显。情节推进中，人物性格突然显现其不为人知的一面。如，《风雨同车》中的人力三轮车工人在风雨中踩车接客，电视台副导演接外地女演员参加抗洪赈灾义演晚会，因路面积水，不得不乘坐三轮车摆渡，三轮车工人趁机抬价，去电视台90元，搬块压车的石头20元，教五句方言25元……动不动就要问："给多少钱？"副导演讥讽他是想钱想疯了，三轮车夫给人的印象是唯利是图、趁"水"打劫，一副可恶可憎的面目。三轮车夫反讥他们走穴扒钱，不斩你们斩谁！当他得知演员是去参加抗洪赈灾义演时，他告诉他们，他今天风雨出车，多多挣钱凑个整数，也是为了抗洪赈灾捐款！至此，人物行为突然有了另一种截然不同的解释，人物顿时变得可敬可爱了，而对人物的全新认识改变了情节的性质，使剧情达到一个新的高度。

三、如何结尾

1. 响雷式

在冲突的顶点收尾，高潮与结局合二为一，犹如豹尾，骤然一击，又如一声响雷，戛然而止，十分有利，能够取得强烈的戏剧效果。这种结尾方式在话剧中尤为多见。如，苏联剧作家米哈尔科夫的独幕剧《权充监察员》的结尾。该剧写农学家拉波切夫和路沙柯夫深夜乘火车来到某镇，幸运地在镇上唯一的旅馆的唯一的空房间住下，还受到了莫名其妙的殷勤款待。正当两人躺在舒适的床上，庆幸自己不必像许多人一样露宿街头的时候，旅馆经理耶季尼查突然要求两人立即腾房搬出去，理由是管理员一时疏忽，错把两人中的一位当成从首都派来视察的监察员了，而这间房间是为那位随时可能出现的监察员准备的。现在监察员已经来了，因此他们必需搬走。正当两位农学家无计可施的时候，随后赶来的那位"监察员"却通情达理地表示愿意与两人同住，耶季尼查只得遵从他的意愿。让人意想不到的是，那位"监察员"竟然也是"冒牌货"，他叫丘万罗，是一位兽医，在火车站被耶季尼查错当成监察员才受到如此殷勤的招待。三人为这一连串的误会感到好笑，又担心真的监察员随时会到来。此时，隔壁房间传来一个女人的声音："我就是监察员，我在你们隔壁已住了三宿了。"这一结尾，无论对农学家、对观众，还是对管理员都如同一声响雷，令人惊叹不已。

2. 悬而未决式

在小型戏曲中，以这样的方法来结尾的剧作有不少。如沪剧小戏《要不要原谅他》描写了一个农村妇女如何对待与她已离婚八年的负情丈夫。结尾是这样写的：

柳明　菊香，我对不起爹，对不起晶儿，更对不起你菊香！

（跪下）

[改嫂与晶晶上。

改嫂　（见状）你怎么啦？

柳明　我的腿……晶儿来扶一下爸爸吧！

[改嫂与小晶上前扶起柳明。

小晶　（无意间摸到柳的假腿，惊怕地）婶婶，这脚是装上去的……妈妈，妈妈！

（进内室门）

[菊香上，开门，小晶急入内依偎在母亲身后。

改嫂　（发现假肢）是装的假腿，柳明，你的腿……？

柳明　二年前，我们厂里的仓库失火，在救火中给塌梁压断的。

改嫂　是因公致残的？

柳明　后妻见我成了残废，不久就和我离了婚。

改嫂　（颇为不平地）这个没有良心的坏女人！

［菊香在耳闻目睹此情此景后缓步由内室出。柳见到菊香羞惭地低下了头，拄着手杖慢慢起立。

柳明　改嫂再见了！晶儿今后你要努力学习，（拿文具塞在晶儿手里）好好听妈妈的话，菊香，我走了。祝你幸福。（拉着手杖悲痛地拖着假肢缓下，不时频频回首，乡土难舍，亲人难离呀）

小晶　（迸发地）妈妈，我要爸爸，我要爸爸！

菊香　（此时千头万绪，茫然无主）……

改嫂　（不无感动地）菊香，我这个媒人不做了！晶晶，去把你爸爸叫回来。小晶妈妈……

菊香　（情不由己地轻轻将晶儿推向门外）……

小晶　爸爸，爸爸！……

改嫂　晶儿，婶婶陪你去。（随下）

菊香　……八年前，他对我做了件坏事……如今他为了抢救国家财产成了残废。（对观众）……我要不要原谅他？？？

这个结尾就是典型的悬而未决式的结尾。

3. 延伸式

剧本里的主要冲突已经结束了，但作者在剧终又提出一个戏中没有解决的问题，好像戏还没有结束；或者通过新的细节来表达一种新的情绪，令观众回味无穷，这种方法就称为延伸式。

比如丁西林的《压迫》一剧中男客与女客联合起来，战胜房东太太和巡警后，剧本的结尾是这样的：

男客　（关上门，想起了一个老早就应该问还没有问的问题，忽然转头过来）啊，你姓什么？

女客　我——啊——我——

虽然这里也提出一个问题，但与悬而未决式的问题是完全不同的，并没有展开新的冲突，这个问题的解决与否与题旨关系不大，但有了这一笔，戏就变得耐看了。

4. 反弹式

反弹，是指在自然延续的戏剧结尾处，猛地产生新的性格体现或情节陡转，从而使得全剧顿生深意，令观众不由得为之而细细体味前面的内容而产生新的理解和认识。

如，捷克的小型戏剧《见证》，剧本写于思妥斯·柯尔培的妻子戴蕾莎和丈夫的朋友古斯达夫有过一段长达15年的婚外情，戴蕾莎觉得对不起丈夫，决心搬家离开这些婚外情的见证。就在这时，突然来了一个不速之客，要敲诈戴蕾莎。就在丈夫审问要挟者的时候，幕后传来一声枪响，故事由此结束。尽管作者没有提示，只是传来一声枪响，但我们仍可以推论出，是可怜的戴蕾莎开枪自杀了。这个反弹式的结尾令人不禁想起欧·亨利的一篇小说《警察与赞美诗》，男主人公为非作歹时，警察却迟迟不抓，正当男主人公准备重新做人的时候，警察的手拍到了他肩上，以流浪不轨罪，判他服刑三个月。这一结尾令人感叹——在那个社会里，法律是专门整治想认真生活、自主人生的善良好人的。本剧也是如此，当戴蕾莎准备不再欺骗丈夫时，老天却揪住她的错误不放，一点机会也不给她。戴蕾莎的遭遇是造化弄人还是咎由自取？让人生出无限叹息。

5. 点睛式

在剧本的结尾处，用一个细节或一二句话画龙点睛，由此照亮全剧。如墨西哥的小型戏剧《钉上十字架的人》，写一群愚昧的村民将一个无辜的青年钉在十字架上，剧本结尾"耶稣"的未婚妻说了一段话，是极好的点睛之笔：

[马利亚倚着抹大拉的肩膀，不出声地哭着，不能说话。

抹大拉 哭吧，继续哭吧。没有别的办法了。可是真正的过错在他自己。他从这里走出去，喝醉了酒去死，自己也不知道，把我们孤苦伶仃地在这里丢下，贫穷、饥饿，无依无靠。（她抑住抽泣，然后怂激地振作起来）这个可怜的人，他也许还以为，他死了，我们会得到什么……（马利亚把脸埋在抹大拉胸前。抹大拉以痛苦的同情抚摸着马利亚的脑袋，同时，幕十分缓慢地渐渐落下）

读了这段话，让人不由想起一首古诗"公无渡河，公竟渡河。堕河而死，其奈公何！"用亲人的哀痛比照村民的麻木，给整部悲剧增添了一抹悲壮的色彩，而村民的麻木、冷漠、无动于衷更让人愤懑。

6. 呼应式

如湖南花鼓戏《打铜锣》一开场，蔡九敲三下锣，边喊边上："收割季节，谷粒如金，各家各户，鸡鸭小心。"到了戏剧结尾时，蔡九战胜了林十娘，又重重地敲了三锣，喊了同样四句话下场。一样的四句话，上场时喊得较轻，因为蔡九害怕林十娘，到下场时，变得理直气壮，因为蔡九战胜了林十娘。前后对比，反映了人物的发展变化过程。这种戏剧结尾方法因为前后呼应，给人以结构完整的感觉。

7. 轮回式

美国戏剧家马尔兹的作品《莫里生案件》，写莫里生原本是个安分守己的造船厂工人，他为人正直诚实有同情心，有主见而不盲从，可偏偏就是这个人，被所谓的忠诚审讯委员会给盯上了，经过一番断章取义，逼供诱供，吹毛求疵，这位所有兴趣就在于钓鱼贴补家用的工人被他们判为共产党，名字上了黑名单，无人敢再雇用他。有趣的是，当三年后审讯委员会的主席巴特勒再次见到他时，这位原先对政治不感兴趣的工人却变成了一位政治积极分子。该剧的开头部分，是莫里生重逢巴特勒，这位工人表现得自信且坚定，伴随着几句话，他们一同回到当初的审判现场，回忆着莫里生是如何经受审判的。在戏的末尾，当他们再度从回忆中回到现实时，进行了这样一番对话：

巴特勒　（轻蔑地）是的……我记起你来了。（嘲笑地）近来钓鱼钓得怎么样呀？

莫里生　（愉快地）有三年没钓鱼了。不过我近来又染上了另一种嗜好——政治！巴特勒先生，你使我成了一个积极的公民，晚上、周末、假日，都忙个不停！

巴特勒　（得意地）我早就知道你是个共产党员了。

莫里生　你错就错在那里，我以前并不是！

这个轮回式的结尾再度衬托出审讯委员会的滑稽可笑。在它虚张声势的审判中，原本是要扼杀这个"赤色分子"，没想到却把他培养成了一个政治积极分子，目的和结果背道而驰，正说明审讯中所用的种种伎俩擦亮了人民的眼睛，让人民对其本质面目看得更加清楚明白。

8. 结论式

冲突结束，归于平静，在全剧的终点打个句号，这是一种平静的收尾，要紧的不是讲大道理、说主题，而是不落俗套、恰到好处。如《三块钱国币》中，杨长雄出人意料地摔破另一只花瓶，赔上三块钱，吴太太一时手足无措、目瞪口呆，在一旁下棋的成众对这场不分胜负的恶斗，得出一语双关的结论"和棋"。

四、如何刻画人物

1. 写人不要简单化。

戏剧创作中常犯的一个毛病是人物脸谱化。特别是对立面人物，一些作者常常竭尽丑化之能事，要么"獐头鼠目"，要么"猪肚象鼻"，实在觉得这样描写人物太过分，便也找一些简陋的细节来丑化人物。如有个小型戏剧，写一个下台干部去群众家煽风点火，在窗口窥探动静，刚一探头，女主人公正好过来开窗，一下子撞破了额角，待他再上场时，额头上已贴了一张伤膏。这种处理方式作者也许觉得爱憎分明，十分解恨，实际上效果并不好。因为，生活是复杂的，温柔中可能充满力量，粗暴有时恰恰是软弱的表现；不谦虚和不诚恳有时是用谦虚和诚恳的姿态来表现的；悲哀时可能笑，快乐时也可能笑；刻薄之至的商人却是非常慈祥的父亲，地位十分低贱的妓女却具备了非常高尚的灵魂，丰富多彩的生活决定了艺术形象也不应该简单化。

《秦香莲》是中国戏曲观众极为熟悉的一出戏。观众对陈世美这个封建时代喜新厌旧、忘恩负义、丧尽天良、杀妻害子的艺术典型，真可谓是恨之入骨，但作者对这个人物的描写也是有分寸的。在戏中，陈世美又想认妻儿，又舍不得驸马爷的荣华富贵。当秦香莲诉说家乡荒旱，双亲饿死，儿女们腹内无食、身上无衣以及他俩的夫妻旧情时，陈世美就产生了"亲骨肉心相连"之意，欲认妻儿，但一想到头上的乌纱、身上的锦袍以及美貌的公主，就觉得认不得了。在秦香莲的申诉下，在儿女们的呼唤声中，陈世美又萌发了相认的念头，但当他再次觉得他将会失掉荣华富贵时，就横下心板起脸，决然断情。这样的处理使人感到真实可信，思想意义也深了一层。要是简单化地处理，陈世美不认就是不认，没有内心矛盾，没有思考过程，陈世美这个人物也就不可能是有血有肉的了。

2. 人物要有发展。

人物性格和世间一切事物一样，无时无刻不在发展变化之中，当然，变化的幅度有大有小，发展的速度有快有慢，但决不会呈现静止、僵化的状态。塑造人物，必须反映生活的这一规律。不少作品中的人物从剧情开始到结束，停留在一个水平线上，原地踏步，而静止、僵化的人物是不真实的，也是没有力量的。有经验的剧作家都深深懂得这个道理。他们十分重视层层深入地揭示人物性格的发展，以此作为塑造人物的重要法则。在大家熟知的《秦香莲》中，重要人物的性格都有发展。当秦香莲抱着夫妻团圆的热望，携儿带女进京寻夫的时候，她是一个贤妻良母；当她被逐出宫门、拦轿喊冤之后，又接受了老相爷的安排，进宫弹唱琵琶词，想以夫妻父子之情感动丈夫，此时她是一个善良的、委曲求全的、抱有幻想的受害者；当她一次一次地绝望，几乎被杀，在开封府大堂上，亲眼看到皇家的权势、国法的无能，她才喊出了"官官相护"的强烈反抗之声，这时她才成为一个斗争的勇士，和封建统治势不两立。坚强不屈，殊死搏斗，成为她性格的主调。

之前提到的陈世美也不是一个毫无感情的冷血动物。他有动摇，有矛盾，只有在事情发展到严重威胁了他的荣华富贵的时候，他才下了毒手，由道义的罪人发展为杀人凶犯。在《秦香莲》中，变化幅度最大的是韩琪这个人物。他受陈世美差遣，追杀贫妇母子三人，不过是效忠主子的一名家将。当他弄清贫妇却是驸马的原配，要他干的乃是一桩灭绝天良的罪行时，他不能下手，也不忍下手。他斗胆放贫妇逃走，转念一想，自己无法复命，横竖不免一死，于是毅然自刎。他的性格发展短暂急促，从一个奉命杀人的下人到一个用生命维护正义的英雄，只不过一场戏的时间，却具有震撼人心的力量。

再如《白蛇传》中的许仙，本是一个耳朵软的老实人，他的性格是在两种力量的争夺中发展的。一边是与白娘子的夫妻之情，一边是法海的诱惑。经历了"盗仙草""水漫金山""断桥"等一系列事变的激发，他终于战胜了灵魂中的怯懦与自私，坚定地站到白娘子一方。"许仙今日心头亮，吃人的是法海不是妻房！"（京剧）"娘子呀，纵然你是灵蛇变，许仙绝不改心肠。"（越剧）从而宣判了法海在精神上的惨败。

3. 运用细节刻画人物。

细节，作为文学作品中描绘人物、时间和环境的最小组成单位，其意义、效能是毋庸置疑的。从某种意义上说，一部戏剧作品艺术感染力的强弱，主要取决于作品中有没有新鲜别致的艺术细节。

在任何一部成功的艺术作品中，总有几个精彩的细节令人击节赞赏。看过鲁迅先生《阿Q正传》的，一定不会忘记阿Q画押这个细节。写犯人在最后受判决时的画押，通常是写其颤抖着双手，无可奈何地画上一笔。阿Q则大大不同。他一方面是使尽平生的力气画圆圈，生怕被人笑话，立志要画得圆。而另一方面却是，这可恶的笔不但沉重，并且不听话，刚刚一抖一抖的几乎合缝，却又向外一斜，画成瓜子模样了。阿Q画押这一细节，一下就把这个人物的麻木、无知以及精神胜利法都尽情地表露出来了。看过曹禺《雷雨》的，也一定会记得周朴园逼繁漪喝药这一细节。而《威尼斯商人》中的一磅肉、《玩偶之家》中的一张借据、《奥赛罗》中的一块手帕、《西厢记》中的一封信，更是脍炙人口，历经传诵。

相较于一般的文学创作，剧本中人物的塑造更显得关键，而除了神态、形态、语言等直接的人物描写外，细节描写也是刻画人物非常重要的手段。以湖南花鼓戏《打铜锣》为例。林十娘眼看处于劣势，便绞尽脑汁，心生一计，用"戴高帽子"的方法将蔡九引入迷魂阵。她夸蔡九是"脾气好，思想强，做事聪明又大方。私事上面带得过，公事上面过得堂，关公没得你讲仁义，观音老母没得你的好心肠，真是个：一不好酒，二不贪杯，三分人才，四季勤劳，五好社员，六好干部，七窍通心，八面玲珑的九哥哥，实实服了我林十娘"。蔡九被吹捧得得意忘形，林十娘乘机骗来蔡九打锣用的锣槌，自认为占了上风。谁知蔡九在短暂的慌乱过后马上镇定下来，从背后变戏法一般亮出一个锣槌，林十娘终于败阵。这里，"捧蔡九，骗锣槌"的细节生动地揭示了林十娘精明、油滑、泼辣的性格。而蔡九"一听好话飘飘然，失了锣槌有准备"的细节也形象地展现了这个人物克服缺点、逐渐走向成熟的个性特征。

第七节　微剧写作优秀例文及范文解析

三块钱国币

丁西林

时间：1939 年抗战期间。

地点：西南的某一省城。

剧中人：

吴太太——抗战时期西南的某一省城的热闹街上所看到、听到、碰到的无数外省人之一。年 30 以上，擅长口角，说得出，做得出。如果外省人受本省人的欺侮是一条公例，她是一个例外。

杨长雄——抗战期间，跟着学校转移，上千的流离颠沛的大学学生之一。年 20 左右，能言善辩，见义勇为，有年轻人爱管闲事之美德。如果外省人袒护外省人是一条公例，他是一个例外。

成　众——休假日期杨长雄卧室中进进出出的许多少年朋友之一。年岁与杨相若，言语举动常带有自然而不自觉的幽默。如果一个人厌恶女人的啰唆，喜欢替朋友排难解纷是一条公例，他好像是一个例外。

李　嫂——物价飞涨，工资高贵的非常时期中，许多从乡间来省谋生赚钱的年轻女佣之一。年 20 以下，毫无职业经验。初出茅庐，虽得其时，而未得其主。如果一个女佣只有赚钱，不会贴钱，只有正当的或不正当的增加财产，不会损失财产是一条公例，她确实是一个例外。

警　察——当然是西南某一省城内许多维持治安的警察之一。但在数目的比率上，微有不同，因为在这一个城内，不但警察数目较多，卫队宪兵纠察侦探亦较多，然这与本剧无关，没有说明之必要。如果警察应该尊重权威专门招呼汽车是一条公例，他不是一个例外。

布景

[一个旧式住宅的四合院子。上面是有廊子的三间正房，是吴太太的住所。右面是两间矮小的厢房，是杨长雄的公寓。左面两间厢房，一为厨房，一为出门的过道。院子里有树有花，也有晒着的被单、女人的内衣和小孩的尿布等。廊子上堆着别无放处的桌子、椅子、茶几、板凳和小孩的车马等。

[开幕时，吴太太在收拾晒干的东西，有的只是折好，有的先需熨平。杨长雄坐在窗外的一个蒲团上看书，晒太阳。

吴太太　（继续开幕以前的口角）穷人，穷人，这个年头，哪一个不穷呃，哪一个不是穷人呢？白米卖到六十块钱一担，猪肉一块五毛钱一斤，三毛钱一棵白菜，一毛钱一盒洋火，从来没有听说过。穷人，穷人，是的，做娘姨的是穷人，做主人的个个是发财的吗？这个年头，只有军阀，只有奸商，没有良心的人，才会发财呀，我们可不是这样的人——这样的三间破房子，一个月要四十块钱的房租。打仗以前，连四块钱都没有人要。简直是硬敲竹杠！这样的事，才是欺负人的事，这样的人，才需要旁人去管教管教……（一面说话，一面已折好几件衣服，说时，目常向杨长雄藐视，他显然是她管教的对象。）

[杨长雄想用两手掩耳，则无手拿书。不得已，用一手把对着声浪的一耳掩上。

吴太太　是的，我用的娘姨是一个穷人，我承认，可是我并没有欺负她。这样贵的伙食，她一个人吃三个人的饭，我并没有扣她的工钱呃。（转调）打破了我的东西，不赔！还有旁人帮忙，说不应该赔。我倒要听听这个大道理

成　众　（正当他的朋友预备讲道理的时候，从右厢房走出，一手提着一张方凳，一手拿着一盒象棋，走到杨长雄的面前，放下凳子）下棋，下棋。

杨长雄　（放下书本，预备下棋。忽然看了吴太太一眼，想逃出对于下棋不利的恶劣环境）拿到里面去下好不好？

成　众　（没有懂得杨的提议的理由）里面很冷，外面有太阳，外面比里面好得多。（刚说完，就看见杨长雄用大拇指向后指指那恶劣环境的产生者，了解了杨长雄的意思。）喔！里面和外面一样！（两人摆好棋子，开始下棋。）

吴太太　（将已经整理过的几件衣服收进屋去，一会儿走出，手里拿着一只花瓶）咦，看罢，就是同这个一模一样的花瓶。还是五年前我从牯岭避暑回上海的时候在九江买的。她要二十块钱一对，是我还了六块钱买下的。用到现在，没有见打破一点。我因为喜欢它的样子，才特地当宝贝似的带在身边。她把那一只打个粉碎！你说可恨不可恨？现在你就是出十块钱一只，也没地方可以买得到。我要她照原价赔我三块钱，可算是十二分的客气了。（说着，将宝贝玩赏了一回，顺手放在廊上的一张茶几上。继续做她未完的工作。）

成　众　老兄，你也应该客气客气啊！怎么连将军你说都不说一声！

吴太太　现在的三块钱，值什么？抵不到以前的三毛钱，照道理应该照市价赔我才是。不过我既说了只要她赔我三块钱，已经说出的话，我不反悔。可是如果连三块钱都不赔我，那可不行！

成　众　（并非认真的）唉，老杨，我和你赌一个输赢好不好？这盘棋，如果你赢

了，我出三块钱，如果我赢了，你出三块钱。赢的钱送给李嫂让她还债，怎么样？

杨长雄　李嫂没有债，我也没有钱。你是阔人，三块钱不在乎，我是一个穷光蛋，我的三块钱用处多得很。（用刚听到的口吻）这个年头，自来水笔，卖到六十块钱一枝，钢笔头两块钱一打，九毛钱一瓶墨水，一毛钱一只信封。从来没有听说过！

吴太太　（得到一个进攻的机会，回头向杨长雄）啊，你知道说穷，你也会说你是一个穷人，那么刚才你说的全是废话！你既知道大家都是穷人，还说什么替穷人想想？你说你是一个穷光蛋，请问现在哪一个不是穷光蛋？

杨长雄　（被迫抗战）吴太太，你还要多讲吗？

吴太太　我为什么不能多讲？难道我连在我自己家里说话的权利都没有了吗？

杨长雄　（放弃了纸上谈兵）好罢，你既要讲，我就再和你讲好了，你刚才要我讲道理，我为省事起见，没有理会。现在我把这个道理就来讲给你听听。我们都是穷人，不错，不过穷人也有穷人的等级。一个用得起娘姨服侍的太太，如果穷的话，是一个高级的穷人；一个服侍太太的娘姨，是一个低级的穷人；像我这样一个扫地抹桌子要自己动手的穷学生，是一个中级的穷人。如果今天是我这样一个中级穷人，打破了像你这样高级穷人的一只花瓶，也许还可以勉强赔得起。现在不幸得很，打破花瓶的是李嫂，她是你雇用的一个娘姨，她是一个低级穷人，她赔不起。三块钱在你不在乎，可以不在乎，在她……

吴太太　你这话不通，什么叫作不在乎？……

杨长雄　不要忙，不要忙。请你让我把话讲完。不在乎，就是说，一桌酒席，一场麻将，一双丝袜，一瓶雪花膏，……

吴太太　废话。那是我的钱，我爱怎样花就可以怎样花，旁人管不着。

杨长雄　好，好，好，就说是我说错了，你说对了。就承认这个问题不是在乎不在乎，也不是赔得起赔不起的问题；这正是我要说的话。穷不穷，赔得起，赔不起，讲的是一个情，人情之情。现在我要说的是一个理，事理之理。我们争的是：一个娘姨打破了主人的一件东西，应该不应该赔偿的问题，我的意见是：一个娘姨打破了主人的东西不应当赔，主人不应该要她赔。完了。

吴太太　喔！不应该赔？

杨长雄　不应该。

吴太太　花瓶是不是我的东西？

杨长雄　是的。

吴太太　是不是李嫂打破的？

杨长雄　是的。

吴太太　一个人毁坏了别人的东西，应该不应该赔偿？

杨长雄　应该赔偿。

吴太太　好了，还要说什么？

杨长雄　啊，别忙，别忙，你说的是毁坏了别人的东西，可是你不是别人啊！我问你，李嫂是不是你的佣人？

吴太太　是的。

杨长雄　佣人应该不应该替主人做事？

吴太太　当然。

杨长雄　你的花瓶脏了，你要不要她替你擦擦？

吴太太　要她擦擦，是的，可是我没有叫她打破啊。

杨长雄　当然你没有叫她打破。如果是你叫她打破，那就变成执行主人的命令，替主人打破花瓶，那就只有做得快不快，打得好不好的问题，而没有赔偿的问题了。我现在再请问你：从古到今，瓷窑里烧出来的花瓶，少说，也有几十万几百万。这些花瓶，现在到哪里去了？一个花瓶是不是有打破的可能？

吴太太　有的，谁可以把它打破？

杨长雄　是呀，谁可以把它打破？我请问你。

吴太太　花瓶的主人可以把它打破，该有花瓶的人可以把它打破。

杨长雄　你这就错了，该有花瓶的人，不会把花瓶打破，因为他没有打破的机会。动花瓶的人，擦花瓶的人，才会把它打破。擦花瓶是娘姨的职务，娘姨是代替主人做事。所以娘姨有打破花瓶的机会，有打破花瓶的权利，而没有赔偿花瓶的义务。好了，还要说什么？

吴太太　胡说八道！

杨长雄　胡说八道？我还有话要说，你要听不要听？

吴太太　我不要听！

杨长雄　你不要听？没有关系！我还是一样的要说。因为你刚才说了半天，你并没有征求我的同意，你说你在你的家里，有你说话的权利，现在我在我的家里，也有我说话的权利。刚才我说的是理，现在我还要说势，"理所当然，势所必至"的势。刚才我听说，你已毫不客气地把李嫂身上都搜过了。一个主人有没有搜查她雇用的娘姨的身上的权利，这是一个极严重的法律问题，现在且不去说它，你搜查的结果，你发现了她身上只有三毛钱，对不对？现在你要她赔的不是三毛钱，而是三块钱。这三块钱的巨大赔款你叫她从何而来？所以我劝你……

吴太太　那不用你担心，你等着看好了。

成　众　下棋，下棋。

[杨长雄就此下台，回到象棋的战场，继续未完的棋局，吴太太也继续回到她未完的家事。少停，外面先传进一阵敲门的声音，接着走进一男一女，男的一望而知是一个警察，女的一手提了一个小包袱，从她的可怜神情，也不难猜出，她就是闯了祸的李嫂。

吴太太　啊，警士！你来了，好得很，谢谢你！

警　察　太太！

吴太太　（放下工作，走到来人的近边，指着李嫂，对警察）她是我雇用的一个娘姨。现在我把她回了，她就要走。她今天早上把我的一只花瓶打破了，我的花瓶原来是一对，（说着，从茶几上将另一只花瓶拿来作证）请你看一看，她打破了的那一只，同这一只一模一样。这一对花瓶，是我亲自在江西买的，江西是全国出最好瓷器的地方，你知道，原价六块钱国币一对，现在要到市上去买，十块钱一只也买不到。现在我要她照原价赔我三块钱国币，她自己也已经答应了赔我。她要我扣除她的工钱，可是她以前的工钱，我已经都给她了。现在我不愿意再用她，因为——因为一对花瓶已经打碎了一只，这剩下的一只，我一时还不想把它打碎。（为谨慎起见，将一时不想打破的花瓶放还到原处）现在我先请问你，她打破了我的东西，应该不应该赔偿？

警　察　是啦吗。

吴太太　好，请你问问她，花瓶是不是她打破的？是不是她答应了愿意赔我？

警　察　（认为用不着问）是啦吗。

吴太太　请你问一问，她是不是答应了赔我三块钱？

警　察　（向李嫂）你懂吗？你打碎了主人家的花瓶，太太要你赔她，赔三块钱国币，你听懂了没有？

[李嫂低头无言。

吴太太　好了。我已经看过她的包袱和她身上，她只有三毛钱。现在请你等一等，（向杨长雄看了一眼，走进正房。一会，提了一个小包袱走出向警察）这是她的铺盖。这条巷子的对面，就是一家当铺，我请你带着她把这个铺盖拿到那家当铺去押三块钱交给我。

杨长雄　（从蒲团上跳起来）什么？你要押她的铺盖！

吴太太　是的。

杨长雄　（走到吴太太的面前大有抢夺铺盖之势）岂有此理！你把她的铺盖押了，你叫她睡什么？

　　吴太太　　这是她的铺盖，不是你的铺盖，与你无关！（转向警察）警察，请你过来，我指给你看那一家当铺在哪里。（向门走去。）

　　杨长雄　　（走去拦住去路）不行！

　　吴太太　　什么叫不行？这是不是你的东西？打破的是不是你的花瓶？我的事要你来管！——先生，请走开，让我走路！

　　成　众　　（走去把杨长雄拉开）下棋，下棋，下棋，下棋，下棋，下棋。

　　[吴太太、警察、李嫂同走出，杨长雄回到蒲团上，气得说不出话来。

　　成　众　　（燃着一支香烟，也回到原来的位置，静默了一会）这盘棋大概是没有希望下完了罢？（无意的一人代表两方，进行未完的棋局。）

　　杨长雄　　（转过气来）唉，气人不气人？这样的蛮家伙，见过没有？捶她一顿，出出气，赞成不赞成？

　　成　众　　（似乎经过了一番考虑）和一个女人打架？不大妙，可是我赞成给她一个教训。

　　杨长雄　　这样的女人，除了拳头的教训，没有别的办法，我想给她几拳，打一个痛快再说。（站了起来，好像真想预备动手的样子。）

　　成　众　　（知道这不过只是说说，所以也就随便应应）不甚赞成。（又走了几着棋。）

　　[杨长雄在院子里走来走去，成众一人着棋。一会，吴太太从大门走进，面有余怒，进来后，即走进正屋，不久，警察走进，一手提了李嫂的铺盖，一手拿了三张纸币。

　　警　察　　太太！

　　吴太太　　（从屋内走出，看见纸币，同时也看见了铺盖）怎么了？

　　警　察　　这里是三块钱国币，交给你。（呈上手中的纸币。）

　　吴太太　　（收下应得的赔款）铺盖怎么了？

　　警　察　　是啦吗，当铺的少奶奶，给了三块钱，听说太太是外省人，她不要李嫂的铺盖。

　　吴太太　　（不甚中听，赶紧将警察向大门引去）对不住的很，对不住的很，谢谢你，谢谢你。（引着警察一同走出。）

　　杨长雄　　（向成众）你说丢人罢？……这样的一个无耻的泼妇！

　　吴太太　　（走进，不幸的听到了对她的批评，向杨长雄）什么？你讲什么？你骂人是不是？（向成众）成先生，你听见的，他破口骂人……

　　成　众　　对不起，我在下棋，没有留心到我四周围的环境。

　　吴太太　　（再转向杨长雄，一逼）你以为我没有听见是不是？无耻，我请问你什么叫无耻？（得不到答复）无耻，是的，旁人的事，不用他管，他来多事，才是无耻。一个在背后骂人的人，才是无耻。——

　　杨长雄　　（仍旧无言，一忍。）

　　吴太太　　（再逼）一个大学生，以为了不得，自己说话不通，还想来教训旁人，自己以为是受过高等教育，开口骂人！泼妇，请问什么叫作泼妇！哪一个是泼妇？讲啊！

　　杨长雄　　（欲言而止者再，再忍。）

　　吴太太　　（三逼，转到杨长雄的面前）你没的说了是不是？刚才你很会说话，怎么现在连屁也不放了？你骂了人你不承认。你骂了人你不敢承认，这才是无耻。是的，无耻！下流！混蛋！

　　[杨长雄面白手颤，忍无可忍，忽然看到了茶几上放着的花瓶。急忙地走去，抱在手中，走到吴太太的面前，双手将花瓶拼命地往地上一掷，花瓶粉碎。

　　吴太太　　（血管暴涨，双手撑腰）你这怎么说！

　　杨长雄　　（理屈词穷，闭紧了嘴唇，握紧了拳头，没得说。忽然灵犀一点，恢复了面色，伸手从衣袋中摸出了三张纸币，送上）三块钱——国币！

　　[吴太太事出意外，一时想不出适合环境的言辞。抢了纸币，握在手里，捏成纸团，鼓着眼，看着对方。

　　成　众　　（危险暴风波渡过，得到了这一场恶斗的结论）和棋。（收拾棋子。）

——幕落

点评：

　　《三块钱国币》是丁西林抗日战争时期的代表作品，延续和发扬了剧作家20世纪20年代的喜剧风格，并从现实的社会生活中汲取了新的内容，其社会批判意识更为强烈，对人物形象的刻画也更为积极明朗。戏剧结构精巧集中，语言幽默诙谐，"成为抗日时期也是整个现代戏剧史上最优秀的独幕剧之一"。

　　《三块钱国币》延续了丁西林一贯的诙谐幽默的语言风格，令人回味无穷，在人物台词和舞台提示中都有所体现。剧本一开始的人物介绍就已显露出剧作家的语言特点：吴太太"如果外省人受本省人的欺侮是一条公例，她是一个例外"；杨长雄"如果外省人袒护外省人是一条公例，他是一个例外"；成众"如果一个人厌恶女人的啰唆，喜欢替朋友排难解纷是一条公例，他好像是一个例外"；警察"如果警察应该尊重权威专门招呼汽车是一条公例，他不是一个例外"。以这样精心组织的语法形式去介绍出场人物，不仅让读者对剧中的人物有了整体的认识，同时也制造了戏剧悬念，激发起读者想要了解剧情进展的兴趣。

　　在塑造人物方面，剧中人物的性格还通过人物极具特色的台词来体现。吴太太为人自私自利、恃强凌弱，所以说起话来也尖酸刻薄、咄咄逼人；一开场时她便因娘姨打碎了自己的花瓶而自言自语地发表对物价上涨、房租涨价以及损坏东西要赔偿的见解。看似不经意，实则是对着杨长雄说的，要他不要多管闲事。当杨长雄迫不得已开始应战时，她则抓住机会向杨长雄进攻。两个人互不相让，直至叫来了警察。最后杨长雄故意打碎了她的另一个花瓶，并赔了她三块钱国币，她竟目瞪口呆一时反应不过来。整场戏中人物的台词都极具特色，显示着人物的性格，推进着剧情的发展。杨长雄生性爽直，看不得不平之事，因此说话时立场鲜明，据理力争。他希望吴太太能放过李嫂，不让她去赔三块钱国币。可实际上他不但没有求情成功，还在吴太太的一再逼迫下愤然摔碎了剩下的一只花瓶。他直率热情的性格和富有同情心的品性显现无遗；而剧中另一个重要人物成众却和杨长雄的性格迥然不同，他沉着机智，言语不多，不愿多管闲事。剧作运用对比手法来刻画人物。同为青年学生，一个能言善辩，爱打抱不平，另一个则冷静幽默，不动声色。一动一静的对比中人物性格尽显。剧作家在塑造成众这个人物时，笔墨俭省，三言两语就将人物性格表现出来。在整出戏里为成众设置的台词不多，但似乎每一句都一语双关，表面上都是在说下棋的事，可又都可以与正在发生的事件联系起来，特别是最后一句"和棋"，更是意在言外，令人拍案叫绝。

本剧在结构布局上也极为精巧。从一开场吴太太的旁敲侧击，指桑骂槐，杨长雄的躲避退让到中间两人针锋相对、各执一词，再到高潮部分杨长雄怒气冲冲地将剩下的一只花瓶故意摔碎并给了吴太太三块钱国币，最后以成众的一句"和棋"收尾，更是余音绕梁，韵味无穷。整场戏的起承转合安排得自如流畅，毫无斧凿之感。戏剧节奏把握得精准到位，特别是全剧的高潮部分，吴太太与杨长雄二人剑拔弩张、互不相让。吴太太是一逼再逼三逼，杨长雄是一忍再忍直到忍无可忍终于爆发。戏剧情势一步步走向紧张，矛盾冲突达到顶点，极具戏剧张力。对于学习戏剧编剧的同学而言，这一段戏在帮助其把握戏剧节奏方面将会有很大的助益，值得认真揣摩和学习。

一篮杨梅

选自：张瑾编著《戏剧小品写作案例教程》

时间：傍晚

地点：某小城镇的街市

人物：

凌启——男，60岁，刚退休的教师。

于虫——男，58岁，卖杨梅的小贩。

乐宝儿——13岁，丝袜摊小贩的女儿。

[幕启。薄暮时分，熙攘的小县城街市透着淡淡的橘黄色。不足十尺宽的路有些泥泞。脚步渐渐稀疏，给了这座年迈的天桥一个喘息的机会。天桥上有一个卖杨梅的摊子和一个卖丝袜的摊子。正巧是午市和晚市交界的空档，卖杨梅的摊子前只剩下最后一篮杨梅，蓝色塑料篮子里装满了紫红饱满的本地杨梅。卖杨梅的老头正在收拾准备回家。他戴着斗笠，脸不太看得清，身着藏蓝色布褂子和长裤，看上去硬朗结实。

乐宝儿　（向右侧招呼）妈，你快回家拿丝袜，晚市要开始了！

于　虫　哟，宝儿，你家最近换生意了？

乐宝儿　丝袜最近可流行了。虫叔你看那边那块广告牌，上面的大美人就穿着丽人牌丝袜。

于　虫　难怪这街上的女孩裙子越来越短了！

乐宝儿　怎么这样说！你像个老古董。

于　虫　（眯起眼）短点好，好看。

乐宝儿　咦，老风流！

于　虫　（轻拍乐宝儿的脑袋）嘿，小毛猴，我说不好你说古董，我说好你说风流。那我该说啥？

乐宝儿　（掏出一盒丝袜）什么都别说，直接买一双给婶婶最好。

于　虫　（接过丝袜）哈哈哈，好嘞，小财迷。给我包一双。

乐宝儿　（用扇子扇了扇面前的一篮杨梅）虫叔，送我一颗杨梅吃呗。这篮杨梅看起来真好！

于　虫　（笑着摇头）不行。

乐宝儿　就一颗，一颗最小的。

于　虫　（将杨梅篮子拎起）别闹，明儿我给你再摘。

乐宝儿　我就要现在吃！小气鬼！

于　虫　怎么还闹起来了。（故意引开话题）哟，这个点儿张牛的糖葫芦开始卖了吧。

乐宝儿　（扭头）哼！

于　虫　现在去能给你买到今晚最大的一串哟！

[乐宝儿转过头。

于　虫　不要？

乐宝儿　我就知道你肯定不会给我吃！哼！谁稀罕你的破杨梅，糖葫芦才好呢！

于　虫　（笑吟吟地）我这个古董老风流可稀罕着呢！

乐宝儿 看在我们俩关系这么好的份上你就跟我说说呗，你这每天留一篮杨梅干吗呢？是要给谁吗？可是你每年杨梅成熟的季节都在这儿，也没见谁来拿过啊。

于 虫 那看在我们俩关系特别好的份上，我就告诉你，这杨梅啊，是留给我一个好朋友的。

乐宝儿 好朋友？男的女的？

于 虫 男的。

乐宝儿 （顿时失去了兴趣，嘟囔着）两个男的还互送什么杨梅嘛。

于 虫 这里面啊，可是有着一个故事呢！

乐宝儿 什么故事啊？快说给我听听。

于 虫 （故弄玄虚地）好啦，我俩的关系就只能说到这儿了！等着，我给你买糖葫芦去。去晚了最大的该没了。

[不等乐宝儿反应，于虫下。

乐宝儿 （向于虫下场的方向大喊）快点啊，不是最大那串我就把你这破杨梅吃啰！

[乐宝儿话音刚落，凌启上。凌启身着墨绿色粗呢外套、浅米色西装裤，一丝不苟地系着一条棕色旧皮带，头发抹了发油，整齐的三七分，戴一副黑色粗框眼镜，脸白净却布满皱纹。凌启慢条斯理地走到乐宝儿摊前。

凌 启 小姑娘，这篮杨梅看起来真好！

乐宝儿 （将杨梅往后挪了挪）当然了，六十年的老杨梅树结得最好的一批果儿。

凌 启 （愣住，嘟囔）六十年的杨梅树？

乐宝儿 （夸张地）那树老粗，五个我都围不过来。估计这树的年纪啊，（打量着老者）比您都还要大！

凌 启 你自家种的？

乐宝儿 不是，我帮人卖的。

凌 启 哈哈哈，比我还老。那这篮杨梅怎么卖呢？

乐宝儿 这篮杨梅呀，您可吃不起。

凌 启 （吃惊）吃不起？

乐宝儿 甭说您，我都不敢碰。

凌 启 这不是你自己卖的杨梅吗？是镶金镀银，还是吃了能长生不老啊？

乐宝儿 （神秘地将凌启拉下，对着他的耳朵，神秘兮兮地）嘘！这些杨梅被下了咒。镇上有个老头给每天的最后一篮杨梅下了咒。你看它们又紫又圆，每一颗呀都喝足了那老头的血。（乐宝儿拾起一颗，凑到凌启的眼前）吃了这杨梅就是喝了老头的血。（故作惊恐状。)

凌　启　（皱着眉头，一副不信的样子）喝血？

乐宝儿　（耸耸肩）据说啊，那老头在等一个人。如果不是那个人，其他人误食了就要倒大霉。

凌　启　哈哈哈哈，小姑娘，你几年级了啊？我猜啊，你在学校的作文一定能拿满分。

乐宝儿　（有些扫兴地）好好的，提什么上学啊。

凌　启　怎么，你不喜欢念书？

乐宝儿　（快快地）还行吧。

凌　启　我听你刚才说得那么精彩，跟真的似的。

乐宝儿　你还别不信。我告诉你，晚上十一点半，到东大街第七户墙垣边——

凌　启　东大街第七户？

乐宝儿　对，东大街第七户院里有一棵老杨梅树，长得可好了，枝叶伸出院落好长一截。就是刚刚说的那棵，五个人拉起手来也抱不下。那老头……

凌　启　要不这样吧，小姑娘，你把这篮杨梅卖给我，我爱吃杨梅爱了一辈子了，倒是想尝尝这人血杨梅的滋味！

乐宝儿　那可不行！这篮杨梅是我帮别人看着的。再说了，就算是那人来了也不会卖的。

[于虫拿着一串山楂糖葫芦上。

于　虫　小毛猴，你大王给你带的糖葫芦来啰！

乐宝儿　（开心地跑到于虫跟前，接过糖葫芦）勉强合格，这次算饶过你了！

于　虫　哈哈，你这毛猴！快把你大王的宝贝呈上来。

乐宝儿　（提起杨梅递给于虫）您老接好，我可是尽力帮您保着的。喏，（指指凌启）买杨梅的。

凌　启　（凌启见乐宝儿将杨梅给于虫，有些不满）喂，小姑娘，先来先得。

[乐宝儿嘴里塞满糖山楂，口齿不清地解释着什么，于虫打断她走到凌启对面。

于　虫　（掏出一支烟）这位老哥，怎么称呼？

凌　启　（抬手拒绝，指指自己兜里）不了。

[于虫尴尬地把手上的烟别到耳后，凌启转过身站在一旁。

乐宝儿　这杨梅本来就是虫叔你的，我不过和他开开玩笑。

于　虫　宝儿，我看你妈在桥头那儿等着你呢，你快回去帮着她把丝袜拉过来吧。

[乐宝儿右下。于虫将杨梅放下，坐在摊前小板凳上，将耳后的烟拿下叼着，点着抽着。

凌　启　我说，这杨梅是你的？

于　虫　嗯，是我的。

凌　启　多少钱？我买了。

于　虫　对不住，不卖。

凌　启　我说你这个人，不卖你把杨梅拿到这儿来干吗？

于　虫　一看你就是外地来的吧。我今儿要卖的杨梅已经卖完了，你明天来买吧。

凌　启　你？

于　虫　（大方地笑笑）老哥，别生气。看你不像外地人，再说这地方又破又小，也没啥人愿意来消遣。你这是？

凌　启　我本来就不是外地人。

于　虫　但你也不像本地人。

凌　启　（本地方言）乡音无改鬓毛衰。不过是表面的东西变了，骨子里，我还一直在这儿。

于　虫　（吞吐着烟，拿出板凳让凌启歇会儿脚）听出来了，是本地人。呵呵。

凌　启　我都五十年没回来了，家乡话既不纯更谈不上正了。

于　虫　（有些诧异）五十年呀。

凌　启　是不是五十年我记不太清了，反正是很久以前的事了。（扶扶眼镜，似乎陷入了回忆。）

于　虫　那你这次回来是？

凌　启　哦，我回来看一个老朋友。这不，我想着买了你这篮杨梅送给他。对了，你这杨梅到底卖不卖啊？

于　虫　不卖。我这杨梅已经有主儿了。

凌　启　（较真儿）有主了它怎么还在你这儿？有主了不早被人拿走了。

于　虫　是啊，我这不正等着人来拿嘛。

凌　启　要不这样吧，你看这天色也不早了，估计啊，那个要来拿杨梅的人也不会来了。再说，这杨梅再这么放下去可就不新鲜了。我出两倍的价，你就卖给我吧。我去老朋友家，他和我一样最喜欢吃杨梅了！正好给他带过去。

于　虫　不行。

凌　启　（有点急了）我说这位老弟，你怎么就这么固执讲不通道理呢！

于　虫　我留这篮杨梅留了几十年了，每到杨梅成熟的季节我都留，就没有谁把我说动过！

凌　启　（无奈地）得得得！（想要离开。）

于　虫　哎，我说，你那位爱吃杨梅的朋友住哪儿啊？兴许我还认识他。

凌　启　他住在——（回忆。）

［没等凌启说完，乐宝儿推着一辆装满丝袜的小车上。

乐宝儿　（将一包东西递给于虫）虫叔，给婶婶的。

于　虫　（掏钱状）多少？

乐宝儿　逗你玩你还真给呀！快留着给我买糖葫芦吧。

［于虫一偏头，发现凌启已经快离开了。

于　虫　（抓起一颗杨梅，急忙跑过去）等一下，老哥等一下！

［于虫追上凌启。

凌　启　怎么，你改主意了？

于　虫　（将手中的杨梅顺势递出）尝尝。

凌　启　你舍得？

于　虫　嘿嘿，说实话啊，是有点舍不得。

凌　启　那我还是不强人所难了。（递回杨梅。）

于　虫　你刚刚说你也喜欢吃杨梅，又是几十年没回来了，我就为你破一回例！

凌　启　真的？

于　虫　快吃吧，拿久了就不好吃了！

凌　启　（小心翼翼地咬了一口杨梅，认真地回味了一番）这是在东大街第七户人家院儿里那棵大杨梅树上摘的？

于　虫　（惊）你怎么知道？

［乐宝儿不知什么时候出现在两人面前。

乐宝儿　（愤愤地）哼！你偏心。我求了你那么多次你都不让我吃！

于　虫　（有些尴尬）这……你看这位老哥是真的厉害，他都能吃出是哪棵树上结的果子！（对凌启）你是……

乐宝儿　有什么了不起的，是我刚刚告诉他的。

于　虫　（有些失落）是你说的啊……

凌　启　（缓缓地）刚才这位小姑娘是给我说了一个人血杨梅的故事，呵呵。

于　虫　（冲着乐宝儿）小毛猴，你又乱讲什么了？

[乐宝儿冲着于虫做了个鬼脸。

凌　启　（自顾自地继续）可是就算是她不说，我这一尝啊，也能尝出这杨梅的滋味。就是那棵老杨梅树上摘的！

于　虫　（仔细观察着身边这位老者）那你说说看，有什么不一样。

凌　启　那个院子坐向好，朝南，这棵杨梅树的光照就特别足，不像其他杨梅树结出来的果子甜中带酸，这棵树上的果子是纯甜纯甜的。又因为房子主人想着是自家吃的东西，从来舍不得给这棵树施化肥，都是用的有机肥，所以这棵树的杨梅虽然甜却个头小。

于　虫　（在老者说话的同时一直观察他，随即很突然地）这样吧，我们俩来比试比试。你要是赢了我，我就把这篮杨梅送给你。

凌　启　（有些吃惊）你不是不卖吗，怎么这会儿又要送给我了？

乐宝儿　哇，虫叔，你今天是怎么了？还跟不跟我做朋友了？

于　虫　我可没说要送给你啊，我是有条件的。你跟我比赛，赢了的话才能拿走杨梅。

凌　启　那好啊。你说说看，比什么。

于　虫　撞拐子。

凌　启　（迟疑了一下）行！比就比。

乐宝儿　（跃跃欲试）我也要比！我也要比！（缠着于虫）先跟我比嘛，先跟我比嘛！

于　虫　那好。

[于虫拉开架势，将一条腿盘在另一条腿上，双手紧紧拉住盘上去的那条腿，单脚跳了起来。乐宝儿也模仿着他的动作，比画了起来。

凌　启　（在一旁给乐宝儿做指导）靠蛮力行不通，打乱重心才有用。

于　虫　主动出击最重要，三步距离要记牢。

[凌启愣住，看向于虫。

凌　启　你？

于　虫　（不作回答）要不，我俩试试？

凌　启　（仿佛明白了什么）好啊！

[两个老人拉开了架势撞拐子。

于　虫　（冲着乐宝儿）小毛猴啊，你还记得我刚刚跟你说的故事吗，我朋友的那个？

乐宝儿　记得啊，你说你的这篮杨梅是留给一个好朋友的。

于　虫　是啊，我的那个朋友啊，跟我可不一样，白白净净的，就爱写啊画啊的。不过他和我有一个相同的爱好，就是吃杨梅！有一次啊，我俩偷吃那棵老杨梅树上的杨梅，被房主人抓起来带到了老师那儿。好家伙，那一顿臭骂啊！

凌　启　不光是一顿臭骂，回到家，两个人都被罚不准吃饭。结果第二天，两个人都跑肚窜稀的。

乐宝儿　不是没吃饭嘛，怎么还跑肚窜稀的啊？

于　虫　因为俩人都藏了满满两兜杨梅啊！

[两个老人都笑了起来，停下了撞拐子的游戏，笑得上气不接下气。

于　虫　我那个朋友啊，别看他斯斯文文的是个好学生，玩起撞拐子来可是一把好手，还一套一套的呢！靠蛮力行不通，打乱重心才有用。

凌　启　主动出击最重要，三步距离要记牢。

于虫、凌启　（同时）用力两步跳，积蓄能量最有效。

乐宝儿　哇，你们怎么都知道啊？

于　虫　因为他就是我一直在等的那个朋友啊！

[凌启笑着点了点头。

乐宝儿　他？

凌　启　是啊，我就是当年那个小伙伴。这一晃都五十年了吧……（感慨万千。）

于　虫　记得你当年搬家去城里的时候对我说，等你回来我们再去偷杨梅。

凌　启　是啊，那个时候不懂事，也馋得很，一心只想着吃。

于　虫　我可是没忘记啊！这不，前些年那个院子荒了，我就把老房子给卖了，搬到了那儿。那棵老杨梅树现在就是我家的了，咱再也不用偷偷摸摸的了！哈哈哈哈……

凌　启　哈哈哈哈，那我可是要敞开了吃啊！之前当老师工作忙，没有时间回老家来。现在我退休了，可是要守着你的杨梅树吃个够呢！

乐宝儿　喂喂喂，你们俩可别忘了，吃多了会跑肚窜稀哟！

凌　启　哈哈哈，忘不了忘不了。

于　虫　走，收摊儿！回家吃杨梅！（提起杨梅递到凌启手上。）

凌　启　（将杨梅递给了一旁眼巴巴地望着他们的乐宝儿）小姑娘，这个给你吧。要不是你的人血杨梅啊，我们说不定还见不着呢！

[乐宝儿喜滋滋接过杨梅。三人下。

———幕落

点评：

这部戏是一部典型的围绕着一个重要道具而展开的戏剧小品，使用这种构思方式可以帮助大家把写作的重心从画面和音乐、音响上转移到道具上面来，继而从一个不一样的角度展开写作，收获意想不到的创意效果。但是这样的创作技法用不好也很容易使得剧情节奏松散、拖沓，言之无物。《一篮杨梅》这部戏在剧情的展开方式上是很值得大家借鉴的，编剧将两位老人的故事作为重点，使"一篮不卖的杨梅"围绕着的秘密一步步"浮出水面"，而没有单纯地靠某一个人的回忆或者其他人的解谜来展开剧情，高潮部分的设计不仅别出心裁，而且间接反映出两位多年未见的老友之间的默契，不禁使读者为两位老人之间跨越半个世纪的友谊动容。

此外，该戏在节奏方面也有不少可取之处，譬如在两位老人即将相认的过程中，乐宝儿不断地打断两人之间的对话，率先认出老朋友的于虫也并没有直接说出真相，而是在进一步的对话中向对方进行暗示，这种延宕的技法使得剧情节奏在即将逼近真相时适当被放缓，结尾的相认情节也因此更加有力。

最后，在台词上，剧中的三位人物，台词各有各的风格，一位是退休教师，一位是乡下老头，还有一位是古灵精怪的少女，他们的台词不仅能够展现他们的身份、体现他们的性格，而且还具备一定的行动性。当然，这里所说的行动性并非真正意义上的由肢体产生的肉眼可见的具体的行动，而是一种推动剧情发展的功能，剧情的来龙去脉、前史后事都能通过台词向观众进行传达。这部戏通过差异化的台词和经过艺术加工的口语，将退休教师的儒雅谦和、乡下老头的风趣和善，以及鬼马少女的古灵精怪，都展现得淋漓尽致。

扶不扶

表演：沈腾、马丽、杜晓宇

郝　健　　（上场）哎呀……哎呀……哎呀……（疼）你说我这个人哪，有个最大的缺点，就是太好多管闲事。这不，刚才在马路上看见一辆汽车后备厢没关，我骑车子在后面这顿追啊，寻思告诉人一声。结果人家一个急刹车，我钻人家后备厢里去了。这刚爬出来，一位好心的民警过来拍了拍我的肩膀说，你全责。赔了人二百块钱，你说我这是不是多管闲事？我发誓，以后我要再多管闲事的话，我就不叫郝健，我就叫非常贱！

大　妈　　（上场）呃……啊……啊（摇摇晃晃）……哎……哎哟……（摔倒。）

郝　健　　（若无其事）啥也没看着。

大　妈　　哎呀……

郝　健　　哎呀……

大　妈　　哎呀……

郝　健　　哎呀……

大　妈　哎呀妈呀……

郝　健　（转身）你赢了！大妈呀，你没事吧？

大　妈　七十九了，咣当一下拍地上了，你说呢？

郝　健　哎呀，那快看看摔坏了没有啊？疼不疼啊？

大　妈　哎呀，我的胳膊肘儿啊！哎呀，我的波棱盖儿啊！哎呀，我的腰间盘那！哎呀都不疼啊！

郝　健　（无语）大妈，都这会了，就别用排除法了。那既然都不疼，那咱试试看还能不能走走了。

大　妈　我试试哦。

郝　健　哎，慢点哦！（大妈360度旋转行走）哎呀！你这走是能走啊，但你这是按表走的啊！

大　妈　哎呀，我这胯骨怎么突然疼了呢？

郝　健　那肯定的啊，刚才转的时候磨的呗，这没起火就不错了。来，大妈，我给您扶起来啊！

大　妈　哎呀，小伙子，你这脸上青一块的，紫一块的，你摔得也够呛啊。

郝　健　我没事。

大　妈　你是个好孩子，还知道把大妈扶起来。

郝　健　我这是做好事儿上瘾。

大　妈　这要换了别人啊，撞完我早跑啦！（郝健无语，将大妈放回地上。）

郝　健　大妈呀，你这是摔蒙了呀，（啊？）而且蒙得很突然那，你是自己摔倒的啊，你摔倒的时候，我还离你十米开外那。你看，那是我自行车，铁证如山。

大　妈　哎呀，车圈都瓢成那样了，弄了半天，我是从那边儿飞过来的啊，那我还能抢救的过来吗？哎呀……

郝　健　哎呀妈呀，这确实太像事故现场了，但大妈不是你想象的那样啊，我那车是追尾追的。

大　妈　哎呀我的尾椎呀！

郝　健　我说的是追尾追的，不是说追尾椎了，我说的是保险杠，你说的是尾巴根儿啊。

大　妈　完了，大过年的，尾巴根还撞碎了，行吧，碎碎（岁岁）平安吧！

郝　健　我说大妈，你好好回忆一下，真的没人撞你。

大　妈　没人撞我飞出十多米啊？那你要撞了我，我现在都出国了呗！

郝　健　不是，大妈你啥身份呢，你出国还能免签呢是咋的？再说，你没飞出十米去啊。

大　妈　那要飞几米啊？都这时候了，你还较那三米两米的真儿，有意义吗？

郝　健　行了哦，大妈，咱不掰扯了啊，咱看图说话，好在现在大街小巷都安装了摄像……（看见摄像机的镜头没了）头呢？完了，头没了，这再纠缠下去就没头了，我这跳进黄河也洗不清了我。

大　妈　怎么的，你还想走啊？

郝　健　走肯定是不赶趟了，我得跑了。

大　妈　哎，你……（郝健慌忙推车躲避，路人甲出场。）

路人甲　媳妇儿，我马上到家了，别着急哦……等等，我看见有个老太太摔倒在大马路上也没个人来扶一把，你说现在的社会风气怎么就成这样了，别人不管，我管！大妈，您别动啊。（照相）我马上发条微博好好谴责一下这种行为，让爸妈都转都评论，媳妇儿，记得给我点赞哦。哎呀，这老太太摔的，老惨了……（路人甲潇洒飘过，郝健在后面张牙舞爪。）

郝　健　惨，你不扶一把！（郝健跑回，扶起大妈）来，大妈，咱先坐起来啊。大妈啊，我呢，马上送你上医院，但是我求求你了，您帮我证明一下，您就说我是个无辜的路人，好不好？

大　妈　好。

郝　健　这就对了嘛。（拿起手机自拍）咳咳……我是好人郝健，就在刚才，我拎着我的自行车在前面肆无忌惮地走着，也不知怎么，后面就突然多了个老太太，我放下一切顾虑，毫不犹豫地上前去扶她。到你了，收点下巴，显瘦。

大　妈　我，是个无辜的路人，无辜地被你给撞倒了，完了你还要跑啊，（得意）呵呵呵……呵呵呵……哎呀……

郝　健　大妈，你这么顽皮，你家里人知道吗？

大　妈　呵呵呵，跟我来这套，呵呵呵呵呵呵。

郝　健　行了，别呵呵了哦，你赢了。你呢，现在就是当局者迷糊了哦。我陪你一起等一个明白事理的人给咱评评这理。（脱下大衣）来吧，大妈，别冻坏了，把大衣给您披上，暖和不，刘德华同款的，还能不能感觉到冷冷的冰雨在胡乱地拍了。

大　妈　良心发现了吧。（路人乙骑自行车出场。）

郝　健　哎，大哥。

路人乙　怎么了小伙子啊？

　　郝　健　这儿有个老太太。（路人乙把车骑到一边，叫过郝健。）

　　路人乙　（小声）哎哎！你撞的啊？

　　郝　健　真不是啊。

　　路人乙　快跑！我扶过仨。

　　郝　健　结果呢？

　　路人乙　这么跟你说吧，哥以前，（抽泣）开的是大奔！（路人乙洒泪离去，郝健鞠躬目送。）

　　郝　健　我简单地介绍一下我家里的情况啊。嗯，这么说吧，小偷到我家都是含着眼泪走的，逢年过节还得给我扔两袋米呢，你明白我意思没？那咱这样啊，咱们娘儿俩呢，一起分享几则寓言小故事啊，故事的名字分别是　东郭先生与狼、吕洞宾与狗、农夫与蛇、郝健与老太太。这几个故事分别讲的是什么呢，我从头到尾依次地给你讲讲啊，说从前那，有个叫东郭的先生，有一天，他骑着自己那头驴，在那嘎达嘎达嘎达嘎达骑了一脸大疙瘩，完了呢，就遇到了一个快要死了的狼，这个狼……

　　大　妈　（着急）太磨叽了！要扶你就扶，不扶你就走，你给好人腾个地儿！我就当你没撞过我，行了吧，你走吧，去吧去吧，逃逸去吧！

　　郝　健　我怎么还成逃逸的了呢？老这么说话，咱们以后还能不能一起玩耍了？

　　大　妈　你走不走？

　　郝　健　我不走！

　　大　妈　你走不走？

　　郝　健　我走我就成逃逸的了！

　　大　妈　你不走是吧？好，我走！（大妈匍匐前进。）

　　郝　健　我说大妈，你这是要上哪儿炸碉堡去呀你这是，怎么还就说不明白了呢？我好比现在就是那个东郭先生哦，完了我把狼救了，回头狼还要吃了我呢，那你说那狼……是不是挺没礼貌的？

　　大　妈　我才听明白啊，你搁那指桑骂槐呢，我一老太太搁这趴半天了，你以为我趴活呢啊？说谁是蛇，谁是狗，谁是狼？骂谁好贱（郝健）那，你才好贱（郝健）呢！

　　郝　健　郝健那名是我妈起早贪黑给我起的，到你这儿怎么成脏话了呢？

　　大　妈　你把我撞到了，哪怕说声对不起呢，不仅不道歉，还反咬我一口，我告诉你，哎呀你今天那，就别想走啊。（马丽强撑起身，鸭步走向自行车）这呀，就是证据啊，我今天就是豁出命，也要和这种社会不良现象斗争到底！（边说边挪郝健的自行车。）

　　郝　健　不是，你是怎么挪过去的啊？

大　妈　嗯？

郝　健　不，大妈你没事儿了啊！

大　妈　我？被你气的啊。

郝　健　呀！这气人还能治病那，那我这是气功啊！

大　妈　我今天非得找个人来给我评评理啊，来人那，来人……（警察出场。）

警　察　大妈，什么情况啊？（郝健顺势倒地。）

大　妈　（丢下车，紧握警员双手）救星啊！刚才啊，他……（郝健在地上抽搐）你怎么还倒了呢？他……

警　察　（观察）大妈，你这骑得也太快了！（啊？）这车圈都瓢成这样儿了，你飙车了啊？

大　妈　我……我……（语无伦次。）

警　察　你看你把人给撞的……

大　妈　他不是我撞的啊。

警　察　大妈啊，这车在这放着呢，人搁这躺着呢，事故现场太清晰了。

大　妈　那不是我的自行车啊。

郝　健　你老伴儿的自行车，你也没蹬那么快啊，我这是耽误你起飞了呀！

大　妈　他呀，我，刚才……什么玩意啊……

警　察　大妈别激动啊，我来处理，来来来来。哎呀，同志啊，这个没摔坏吧，疼不疼啊？

郝　健　我呀我的胳膊肘啊，哎呀我的波棱盖啊，哎呀我这腰间盘那。

警　察　都摔坏了啊？

郝　健　都不疼啊。

警　察　都这会儿了，就别用排除法了。这没事，看看能不能走走啊？

郝　健　走应该是能走啊，但肯定也得是按表走了。

大　妈　你怎么还按表走上了？

郝　健　呀，那车圈都瓢成那样了，闹了半天，我是从那边飞过来的呀，那我还能抢救得过来吗？（马丽百口莫辩）看这样，我飞出来能有十来米啊！

大　妈　（急）你哪飞十米了啊？

郝　健　那我飞几米，都这会儿了，还跟我较那三米两米的真儿，有意义吗？

大　妈　他说的，全是我的词啊！！

郝　健　这玩意儿，谁说算谁的啊。

警　察　哎，同志啊，我先扶你起来啊，来来来……哎，这……你不追尾那小子吗？（郝健翻身而起。）

郝　健　处理我事故那交警！（拥抱。）

大　妈　完了，他俩还认识！

警　察　来来来，手放下啊。不是，你俩这什么情况啊？

郝　健　警察叔叔，我给你解释一下啊，我拎着我那车子从您那出来啊，在前面走着，大妈突然就倒地上了，我好心过去扶一把，大妈就摔蒙了，非得以为是我撞的，您就给大妈解释一下，我那自行车圈是咋瓢的就行了。

警　察　哦，明白了。大妈呀，他这个自行车车圈是刚才追尾撞成这样的，事故就是我处理的。

大　妈　不是撞我撞的吗？

警　察　大妈呀，警察的话您还不相信吗？再说了您都这么大岁数了，他要撞您撞成那样了，那您还能站在这儿说话吗？

大　妈　也是啊？那我是咋倒的呢？

警　察　大妈您看哦，刚才那位司机啊，特意回来道了个歉，说当时脑子没转过这个弯来，让我把这个钱那，务必还给这个小伙子，说不能让做好事的人心凉，来拿着。

郝　健　哎呀，不凉了，不凉了，不凉了。

警　察　人家还多给你一百，让你拿去修车。

郝　健　哎呀，这不但不凉了，咋还突然有点烧心了呢？

大　妈　我想起来了，刚才啊我搁那拧啊拧啊，一个台阶迈空了，完了就摔倒了。

郝　健　终于真相大白了，大妈呀，对不起啊，你别生我气，我刚才不是有意要气你的，我是实在没办法了，才给你演了遍回放啊。

大　妈　孩子啊，大妈这么误会你，你都没走，还要扶大妈，好样的。

郝　健　大妈，这人倒了咱不扶，那人心不就倒了吗？人心要是倒了，咱想扶都扶不起来了……走大妈，咱上医院。（掏钱。）

警　察　坐我车。

大　妈　不用！不用你的钱，马丽有医保，臭小子，挺贼啊，吭当一下躺地上了，你还按表走上了，哈哈哈哈哈……

郝　健　我心眼多多呀，我都没转呢，（啊！）我寻思我这速度要转起来还不得自燃了啊！

齐　哈哈哈……（下场。）

点评：

影视作品中演员成功塑造角色往往依靠舞台语言技巧和肢体动作，舞台小品亦如此，角色需要典型的个性化。戏剧小品《扶不扶》就是一个典型的成功运用舞台语言的案例。舞台语言是一种艺术语言，在艺术上有着它的要求和标准，话剧舞台语言应该做到：既真实，又有夸张；既自然，又有所修饰；既有内心感受，又要有鲜明体现；既使人感到如同生活般的亲切，又是一种引人入胜的艺术享受。

例如小品前端"结果人家一个急刹车，我钻人家后备厢里去了！"一开场就将夸张的艺术手段搬上舞台，生动鲜活地再现当时自己的囧状，并将角色"好管闲事"的人物形象初步立了起来，再到后来"刚才转的时候磨的呗，这没起火就不错了"，摩擦起电是一种物理常识，而郝健却将其装饰上夸张的艺术色彩，运用到大妈躺着原地转圈上，形象化地再现大妈身体的灵活性，侧面暗示了大妈身体并无大碍，也将郝健的几分调皮和高度的敏捷力演绎得淋漓尽致。比如，大妈："没人撞我飞出十多米啊？那你要撞了我，我现在都出国了呗！"郝健："不是，大妈你啥身份呢，你出国还能免签呢是咋的？再说，你没飞出十米去啊。"大妈的话语中充斥着反驳和训斥的语气，通过巧妙地运用艺术夸张元素，博得观众一笑，面对接二连三的埋怨，郝健机智作答，话场效应第一时间巧妙构建，一来二去形成舞台语言冲突，呈现波峰波谷状态，文似看山喜不平，甚为好看，郝健的舞台语言中透着观众可以理解的抵触情绪，尽显角色身上独特的幽默气质。又比如，警察："大妈，你这骑得也太快了！（啊？）这车圈都瘪成这样儿了，你飙车了啊？"这里的"飙车"言过其实，为制造大妈"尴尬"的境况埋下伏笔，接下来在所谓的"证据"面前让大妈立即不知所云，气得语无伦次，唯有两手直哆嗦："我……我……"为后续郝健巧用大妈先前的台词作铺垫，"以牙还牙"将先前尴尬的境遇推向大妈，精准地实现了一次情景再现，也便于警察及时了解"案情"和快速解决问题。演员在一起合作时需要最大限度地相互理解彼此的台词，也需要通过使用高超的技巧和手法，使人物的思想情感交流往还。舞台小品中两位主角的台词互换、大段重复的舞台语言也构成了戏剧冲突的制高点。同时也将"换位思考"这一主题潜移默化地呈现了出来，生活中如果彼此多些"换位思考"，事情处理起来会更容易，交流会更加畅达，交际氛围也会更加和谐自如。

小品最后一句郝健说："我心眼儿多多呀，我都没转呢，（啊！）我寻思着我这速度要转起来还不得自燃了啊！"面对大妈说自己"挺贼"，咣当一下躺地上，你还按表走上了。郝健使用了"自燃"二字，以一种极度夸张的方式来延续大妈说的自己"挺贼"，也反映出思维的急速敏捷、机灵有余，符合角色人物性格。